U0535064

# 电视剧编剧教程

洪帆 张巍 (编著)

# 前　言

我与洪帆老师都是 2002 年自北京电影学院文学系毕业后留校任教的。作为同门师兄妹的我俩同年考入北电，共同就读于同一个导师郑雅玲老师门下，毕业后又一起留校，并在先后完成博士学业后加入我系电视剧教研组的教学中，这不能不说是生命中极罕见的缘分。

还在上学的时候，我们就经常一起在《北京电影学院学报》《电影艺术》《当代电影》上发表论文，通常做同一个作者研究专题，他写作品分析，我写导演研究。那时就发现，他逻辑清晰，极擅架构；我感情丰富，文字细腻，我们几乎是非常自然地在一开始做编剧的路上选择了彼此搭档。

我们入行时正值千禧年刚过，电视剧的体量基本以 20 集 / 部为常态，但我们也写过为北京卫视定制的 3 集贺岁短剧。当时最红的编剧名叫海岩，爱情＋悬疑双类型杂糅的写法是我们尽力模仿、学习的目标，虽然经常被彼时的制片人教育，大部分电视剧的目标观众都是"两低一高"（即低收入、低文化、高年龄）观众人群，但私下里，我们俩最喜欢的还是看制作精良、台词隽永的日剧，我爱北川悦吏子，他爱野岛伸司，我们都盼着有生之年能写一部媲美《悠长假期》的作品，最高规格上个"一黄"（中央电视台一套黄金档），那就此生无憾了。

很快地，我读了中央戏剧学院的博士，洪老师读了中国传媒大学的博士，我们不再搭档，而是各自走向了不同的创作方向。我开始与上海的几家公司合作，专攻都市情感与女性励志题材，热爱看各种行业剧、职场剧的我坚信属于自己的职业生涯尚未真正到来。电视剧的播出方式渐渐也从一剧 4

家省级卫视拼播，变成了两家省级卫视拼播，我们不再关注自己的作品能不能上央视，而是盼望着能被收视率前几名的卫视青睐。"这个戏如果湖南能播就好了！"或者"这个戏如果是东方拼江苏/浙江/北京……该多好啊！"

2010年，我的电视剧编剧作品《杜拉拉升职记》在上海东方卫视+北京卫视双台播出，取得了不错的市场反响。因为这个项目，我得到了一个工作邀请，是当时的一家名叫"土豆网"的视频网站要打造"跟电视剧制作水准一样的网剧"，于是邀请包括我在内的几个人作为评委来选择投稿剧本。来投稿的作品很多，但大多比较幼稚，其中甚至不乏向当时风靡的美剧《生活大爆炸》等借鉴创意的情况。评审活动结束，一个在卫视工作的好朋友问我，你觉得网剧的前景怎么样？我摇摇头说，要想达到电视剧的水平，起码还得好几年！

然后，就是昨天，我开着电视机，打开爱奇艺，打算看一期近期喜欢的综艺节目，边看边跟朋友说，最近满心焦灼，期待着我的新剧在腾讯视频尽快开播。隔壁房间，我儿子举着他的iPad，在B站（哔哩哔哩）上寻找自己喜欢的动画片。我同时是"优爱腾芒"四家的会员，外加为儿子购买了B站的大会员资格。虽然我跟洪老师共同教授的这门课依然叫"电视剧剧本创作"，但事实上，我已经很久无法区分我看的究竟是"电视剧"还是"网剧"，很多时候，我甚至觉得我已经告别"电视剧"，只看"网剧"了。

作为学习电影史出身的两个人，我们从学生时代就很喜欢拿《雨中曲》和《日落大道》对比着一起拉片，同为展现无声片向有声片转型时期电影发展变化的作品，一个热情洋溢地拥抱新时代，一个黯然惆怅地吟诵着挽歌。读书的时候，我们经常互相提醒说：写作和教学必须跟上时代，求新求变！但如今，作为已经在编剧和教学岗位上奋战了近二十年的我们，确实也不敢说，我们做到了。在今天的课堂上，30—40集/部、单集时长45分钟的结构不再成为标配，反而12—24集/部的结构、高概念、强话题、重人设、短而精的网剧成为学生们一致推崇的目标和方向，对于我们的创作和教学来说，每一天都不断变化，需要我们快速更新知识储备和教学方法。

还好，我们身边始终有年轻的学生和厚道的前辈。得知我们打算为北京电影学院文学系电视剧专业的学生们写作一本教材，但是欠缺剧本范例，我们多年的编剧前辈、师长和朋友们纷纷给予了我们大力的支持。赵冬苓老师向我发来了她的《红高粱》；吴楠、卞智弘老师发来了《十月围城》；高璇、任宝茹师姐发来了《归去来》《别了，温哥华》和《我的青春谁做主》；李潇老师发来了《大丈夫》的前几集。黄澜老师代表新丽传媒授权我们使用《虎妈猫爸》；我当年的学生，现任职爱奇艺的制片人齐康为我协调了爱奇艺和万年影业，授权我在教材和课堂中使用《无证之罪》和《最好的我们》中的部分内容作为教材范例。同时，圈内好友制片人全浩进、杨春晓，编剧杨哲、自由极光，也在我们写作过程中给予了许多无私帮助。我要向他们所有人鞠躬致谢！北京电影学院的校训是"尊师重道，薪火相传"，在我们编著这本书的时候，确确实实感受到了前辈和同人们对我们的薪火相传。

最后，要感谢在采访、整理和初稿写作过程中给予了我们大量帮助的我俩共同的研究生们。他们是顾馨、纪桑柔、丁滢鑫、丁璐、佟璐璐、姜尚延、向添歌、雷丙鑫、陈天麒、陈荫庆、陶梦洁同学（排名按章节顺序，具体署名详见每章文后），我们也向他们表达由衷的谢意。

要强调说明的是，没有洪帆老师的学术架构能力和雄厚的专业功底，写作完成这本书是不可想象的。能与他同学、共事，我至为幸运。

感谢中国电视剧、网剧行业。感谢北京电影学院。能把青春献给你们，是我的荣耀。

张巍

2021 年 11 月 15 日

# 目 录
## Contents

前 言 1

## 第一部分 写作前应知道的

1 什么是电视剧 ................................................................ 3

2 电视剧剧本格式 ............................................................ 9

3 剧作核心Ⅰ：结构与类型 ........................................... 17
    结 构 ........................................................................ 17
    类 型 ........................................................................ 25
        言情剧 ................................................................ 27
        青春偶像剧 ........................................................ 28
        伦理剧 ................................................................ 29
        职场剧／行业剧 ................................................ 30
        破案剧／警察剧／侦探剧 ................................ 31
        医疗剧 ................................................................ 32
        军旅剧／战争剧／抗日剧／剿匪剧 ................ 32
        谍战剧 ................................................................ 33
        历史剧／古装剧 ................................................ 34
        武侠剧 ................................................................ 34

玄幻剧……………………………………………………………35
　　　科幻剧……………………………………………………………35

4　剧作核心Ⅱ：人物与台词　37
　　人　物………………………………………………………………37
　　　主人公的塑造……………………………………………………38
　　　主人公周围人物的塑造…………………………………………40
　　　人物设置的规则和方法…………………………………………42
　　台　词………………………………………………………………48

# 第二部分　创作全流程指南

5　故事创意从哪来　61
　　电视剧剧本的故事创意来源………………………………………63
　　　自己熟悉的身边的人和事………………………………………63
　　　自己熟知的人和事………………………………………………65
　　　自己感兴趣的人和事……………………………………………67
　　如何形成故事创意…………………………………………………69
　　故事创意实例………………………………………………………72
　　　案例一：《女医·明妃传》………………………………………72
　　　案例二：《独孤天下》……………………………………………73
　　　案例三：《最好的我们》…………………………………………74

6　如何写故事梗概和故事大纲　79
　　故事大纲写作实例讲解……………………………………………84
　　　案例一：《何钟探案》……………………………………………84
　　　案例二：《雌父》…………………………………………………89
　　故事大纲与梗概中几个常见问题…………………………………95
　　　语言与文风………………………………………………………95

　　　　视点与多线索····································································96
　　　　省略和悬念······································································97
　　故事大纲范例与点评：《最好的我们》··········································97
　　完整故事梗概 & 故事大纲范例：《四重奏》··································101

7　人物小传与人物关系图　109
　　人物小传··············································································110
　　人物关系图···········································································126

8　怎样发展成分集大纲　131

9　分场与场景选择　149
　　分集分场大纲中的场数··························································156
　　分集分场大纲中的场景··························································158

10　初稿剧本写作与修改　165
　　初稿剧本写作········································································165
　　　场景说明············································································168
　　　台　词················································································172
　　　动　作················································································198
　　初稿写作范例：《女医·明妃传》与《无证之罪》·······················201
　　剧本修改··············································································268

## 第三部分　编剧生存技能

11　如何训练成为一名电视剧编剧　275
　　我适合做电视剧编剧吗··························································275
　　我为什么要写作电视剧··························································277

3

养成持续写作的习惯⋯⋯⋯⋯⋯⋯⋯⋯⋯⋯⋯⋯⋯⋯⋯278
　　　克服拖延症⋯⋯⋯⋯⋯⋯⋯⋯⋯⋯⋯⋯⋯⋯⋯⋯⋯⋯⋯280
　　　寻找老师和自我学习⋯⋯⋯⋯⋯⋯⋯⋯⋯⋯⋯⋯⋯⋯⋯283
　　　剧本试写考验⋯⋯⋯⋯⋯⋯⋯⋯⋯⋯⋯⋯⋯⋯⋯⋯⋯285
　　　从写小说起步⋯⋯⋯⋯⋯⋯⋯⋯⋯⋯⋯⋯⋯⋯⋯⋯⋯287

## 12　制片方需要怎样的编剧新人和新作　289
　　　制片方需要怎样的编剧新人⋯⋯⋯⋯⋯⋯⋯⋯⋯⋯⋯⋯289
　　　　　讲座实录："电视剧论坛——新人编剧入行的门与径"⋯290
　　　制片方需要怎样的剧本⋯⋯⋯⋯⋯⋯⋯⋯⋯⋯⋯⋯⋯⋯295
　　　　　访谈："制片方需要什么样的剧本"⋯⋯⋯⋯⋯⋯⋯⋯296

## 13　如何以编剧工作室的方式集体创作⋯⋯⋯⋯⋯⋯⋯305
　　　自组"创业型"编剧工作室⋯⋯⋯⋯⋯⋯⋯⋯⋯⋯⋯⋯306
　　　加入成熟编剧工作室⋯⋯⋯⋯⋯⋯⋯⋯⋯⋯⋯⋯⋯⋯309
　　　　　访谈："大魔王剧本工作室"⋯⋯⋯⋯⋯⋯⋯⋯⋯⋯311
　　　　　访谈：极光工作室创始人自由极光⋯⋯⋯⋯⋯⋯⋯314

## 14　如何签订编剧创作合同⋯⋯⋯⋯⋯⋯⋯⋯⋯⋯⋯⋯321

## 15　如何改编 IP⋯⋯⋯⋯⋯⋯⋯⋯⋯⋯⋯⋯⋯⋯⋯⋯⋯361
　　　　　访谈：编剧杨陌⋯⋯⋯⋯⋯⋯⋯⋯⋯⋯⋯⋯⋯⋯⋯363
　　　　　访谈：编剧自由极光⋯⋯⋯⋯⋯⋯⋯⋯⋯⋯⋯⋯⋯366

## 16　写网剧和写电视剧有什么不同⋯⋯⋯⋯⋯⋯⋯⋯⋯371
　　　　　访谈：《无证之罪》制片人齐康⋯⋯⋯⋯⋯⋯⋯⋯⋯373

出版后记　387

[ 第一部分 ]

# 写作前应知道的

# 什么是电视剧

作为电影的姊妹艺术（媒介），电视剧一般指专门为电视台制作并且在电视台播映的虚构剧情类作品，通常分成不少于三集的模式依次在非连续时段播出。这里有一点是很明确的，电视剧不包括电视纪录片和电视专题片［如《话说长江》（1983）、《舌尖上的中国》第一季（2012）］，当然更与综艺和访谈类节目无关；不过从广义角度来看，几乎所有电视节目编排都具有戏剧性，尤其是综艺节目，在人设和情节冲突方面都运用了大量剧作技巧。

有些结构特殊的电影有可能被特别拆分成若干集在电视台播放，比如意大利导演罗西里尼（Roberto Rossellini）的《游击队》（*Paisà*，1946），本身就可视为六个短片的合集，因此该片曾在美国电视台以"连续剧"形式播出，但它其实并不是电视剧。此外，早期中国电视剧有过"单本剧"［著名的如《新闻启示录》（编剧：张光照，导演：张光照、戚健，1984）、《希波克拉底誓言》（编剧：钱滨，导演：王苏源、潘小扬，1986）和《秋白之死》（编剧：果子、冒炘，导演：虞志敏，1987）］，从形式上看它有点像后来的电视电影，也部分类似于主要起源于西方电视台的迷你剧，不过"单本剧"只有单集、上下集和上中下三集这三种形式，并且一般都是在一个连续时间内一次性播完的。"单本剧"这种提法基本上在国产剧中已经消失了。

早期的电视剧与电影有比较明显的区别，譬如电影都是用胶片拍摄的，而电视剧则一般使用录像带。另一方面，主要受制于制作成本，电视剧中的场景比较单一并且以内景为主，摄影和灯光方面也不像电影那么讲究，所以在动作和画面设计方面，电视剧可以说毫无优势可言；也正因为如此，电视剧对导演的依赖度远小于电影，电视剧的核心竞争力是剧本，而剧本之重是台词。

很多人对于电视剧另一个由来已久的偏见是它一定比电影更"低级"。这一方面来自电视媒体本身的商业属性和大众通俗性，另一方面主要是制作成本和制作周期的特殊性，使得它很难像电影那样被精雕细琢。就通俗性或商业性层面来说，电视剧可以被比作电影类型中的喜剧，为了生存，它很难曲高和寡，但大俗大雅是可以做到的。传统电视剧的"电影感"比较弱，但这很难成为一个真正的缺陷，因为如果从艺术媒介的"鄙视链"来看，它反而常常更接近于比电影更"高级"的戏剧。

世界电视剧史上的"大师之作"并不少，20世纪的就有如《希区柯克剧场》（Alfred Hitchcock Presents，创剧人：阿尔弗雷德·希区柯克，美国，1955—1962）、《森林里的小屋》（La Maison des bois，编剧：勒内·惠勒，导演：莫里斯·皮亚拉，法国/意大利，1971）、《婚姻生活》（Scenes from a Marriage，编剧、导演：英格玛·伯格曼，瑞典，1973）、《柏林亚历山大广场》（Berlin Alexanderplatz，原著作者：阿尔弗德·多布林，编剧、导演：赖纳·维尔纳·法斯宾德，意大利/西德，1980）、《唐纳1988》（Tanner '88，编剧：加里·特鲁多，导演：罗伯特·奥特曼，美国，1988）、《十诫》（Dekalog，编剧：克日什托夫·基耶斯洛夫斯基、克日什托夫·皮耶谢维茨，导演：基耶斯洛夫斯基，波兰/西德，1989）、《双峰》（Twin Peaks，第一季，编剧：大卫·林奇、马克·弗罗斯特，导演：大卫·林奇等，美国，1990）。中国电视剧里也有在艺术性和思想性上完全不逊色于一流国产电影的精品，如《围城》（原著：钱钟书，编剧：孙雄飞、屠传德、黄蜀芹，导演：黄蜀芹，1990）、《小井胡同》（编剧：李龙云，导演：宫晓东、田迪，1996）、《大宅门》（编剧/导演：郭宝昌，2001）、《走向共和》（编剧：盛和煜、张建伟，导演：张黎，2003）、《大明王朝1566》（编剧：刘和平，导演：张黎，2007）和《潜伏》（原著作者：龙一，编剧：姜伟、林黎胜，导演：姜伟、付玮，2009）等。

时至今日，在国际电视剧工业最发达的国家和地区的某些超一流优质剧集如美剧和英剧里，除了时长和播映平台不同外，我们几乎已无法分辨它们与电影之间的任何差别了——无论是投资规模、主创阵容，还是场景奇观与精细动作设计，乃至整部剧作的艺术性、哲理性与先锋性。更新的现象是网剧（流媒体剧集）的出现，国外已经出现了包括交互／跨媒体叙事在内的全新结构形式；不过对于大多数国内网剧而言，依然可以借鉴电视剧剧作法。

中国电视剧的创作模式与电影类似，即在全部剧本完成之后再进行拍摄，这与欧美流行的"季播剧"非常不同。后者往往边拍边写，并且以每周一集的固定模式播出。这样整个创作流程都是在创剧人（往往身兼主笔编剧和制片人）的带领下，以分集主创团队模式（很多时候甚至每集的导演、编剧都不同）高度默契和高效合作完成——如第 n 集戏正在电视台播送，同时第 n+1 集在制作中，第 n+2 集剧本在修改审核中，第 n+3 集剧本在写作中……并且所有正在写作和制作的剧集都有可能要根据正在播出剧集的观众反馈进行即时调整。在这种制作模式下，"试播集"和由主笔编剧制定的"编剧手册"就显得格外重要。

从结构上来看，电视剧主要分成连续剧（serials）和单元剧（unit plays）两大类。连续剧是最常见的电视剧剧作形式，也是本书主要探讨的对象。在一部连续剧里，连贯始终地讲述着主人公们的故事，集与集之间有紧密的情节联系和叙事逻辑推进关系，如《大时代》（编剧：关静雯、曾瑾昌、方世强、陈宝燕、伍立光、张莉莉、龙文康、陈宝华、张宝燕、陈钰萍，导演：韦家辉，1992）、《闯关东》（编剧：高满堂、孙建业，导演：张新建、孔笙，2008）和日本电视剧《悠长假期》（编剧：北川悦吏子，导演：永山耕三、铃木雅之、臼井裕词，1996）等。

单元剧（在国内也常常被称作系列剧），其中既有贯穿全剧的主人公（们），也有只在单元（或单集）故事里登场的人物，其剧作结构非常明显地由一个个单元故事串连而成，故事与故事之间联系比较松散或较少有严密的先后逻辑关系。典型的单元剧有《编辑部的故事》（编剧：王朔、马未都、冯小刚，导演：赵宝刚、金炎，1992）、《重案六组》（编剧：申捷等，导演：徐庆东，2001）、《深夜食堂》（编剧：真边克彦、向井康介、及川拓郎、和田清人，导演：松冈锭司、山下敦弘、及川拓郎，日本，2009）、《犯罪心理》（编剧：杰夫·戴维斯等，导演：费利克斯·恩里克斯·阿卡拉、格伦·克肖等，美国，2005—2020）等。单元剧比较易于多位编剧同时创作，因为各单元故事相对独立，所以只要统一好主人公的人设和全剧大致风格与情节走向，每一个单元故事就可以交给不同编剧去同时创作了，最后由一位文学统筹或主笔编剧统稿即可。单元剧在医疗和探案题材中最为常见，因为这些题材本身就提供了非常多吸引人眼球的个案（单元故事）。不过单元剧在市场上（尤其是国内）的数量依然远少于连续剧，一个突出的原因就是单元剧的整体情节（单元故事之间）紧张连贯性不足，导致观众黏合度较低，因此单元剧在每周播出一集的周播剧模式下尚有一定生存空间，但显然很难适合国内一般观众的观剧习惯。所以近年来国产单元剧也不得不引入相当多连续剧的剧作技巧，比如在保留单元剧原有每个单元故事引人入胜的同时，强化主人公的独特"吸睛"魅力，再设计出一条类似连续剧的强戏剧性情节主线——这条主线必须紧紧围绕主人公并起伏跌宕、充满悬念，才能吸引观众持续不断地看下去。这样的单元—连续剧复合模式的例子有《白夜追凶》（编剧：指纹、顾小白，导演：王伟，2017）、《河神》（原著：天下霸唱，编剧：刘成龙、杨宏伟、张超，导演：田里，2017）等。

还有一种类似单元剧但比单元剧更不寻常的电视剧（在国产剧中更为少见），西方称之为"选集剧"（anthology series）[1]。选集剧比单元剧的结构更松散，因为选集剧的单元故事之间既没有情节关联，也没有贯穿主人公，唯一将这些"选集"故事串联在一起的只是某个主题。比较典型的有《周三夜剧场》（创剧人：西德尼·纽曼，导演：肯·洛奇、丹尼斯·波特、大卫·默瑟等，英国，1964—1970）、《聊斋》（原著：蒲松龄，编剧：萧尹宪，导演：张刚、陈家林、谢晋、李歇浦，1987）、《世界奇妙物语》（编剧：君

---

[1] ［美］帕梅拉·道格拉斯：《美剧编剧策略：职业编剧的成功之道》（第3版），徐晶晶译，人民邮电出版社2016年版，第26页。

塚良一、三谷幸喜，导演：雨宫庆太、一濑隆重，日本，1990）、《堕落天使》（编剧：吉姆·汤普森、C.盖比·米切尔、雷蒙德·钱德勒，导演：史蒂文·索德伯格、汤姆·克鲁斯、阿方索·卡隆、汤姆·汉克斯、菲尔·乔安诺、乔纳森·卡普兰，美国，1993）、《狮子山下》（编剧：甘国亮、舒琪、陈冠中、梁立人、岸西等，导演：徐克、许鞍华、方育平、张婉婷、刘国昌、林德禄、尔冬升、曾志伟等，中国香港，1974—2006）、《美国恐怖故事》（创剧人：布拉德·法尔查克、瑞恩·墨菲，美国，2011— ）等。

在连续剧与单元剧这种基于剧作结构的划分之外，电视剧还有一些其他分类方法并产生相应的特殊形式，比如情景喜剧（sitcom）。情景喜剧的剧作重点是塑造一组具有典型特征的喜剧人物，人物之间的关系往往集中在"同一屋檐下"——如家庭关系、同租关系、同事（办公室）关系、同学（宿舍）关系等，每集会围绕这些人物展开故事，故事之间的连贯性不强，这点比较接近单元剧，但不同的是单元剧往往有不限于贯穿单元故事的主人公，而情景喜剧的单元故事则依然围绕贯穿故事的主人公们展开；一般来说情景喜剧的整体剧情发展十分缓慢、人物成长变化不明显（几乎是连续剧的反面），只要观众愿意看，故事几乎可以永不结束地讲下去，因此情景喜剧大多数都是集数（或季数）非常长的电视剧。中国第一部情景喜剧是1993年的《我爱我家》（编剧：梁左、英壮、梁欢、臧里等，导演：英达），这是一部明显向美国情景喜剧学习并在本土化故事方面做得相当出色的剧集。此后具有较大影响力的国产情景喜剧还有《家有儿女》（编剧：臧里、臧希、廉春明、邢育森，导演：林丛，2005）、《武林外传》（编剧：宁财神，导演：尚敬，2006）和《爱情公寓》（编剧：汪远，导演：韦正，2009— ）。在美国，情景喜剧早已成为一个相当成熟的电视剧形式，一般单集播映片长30分钟，分三幕，每一幕8分钟（另外6分钟为广告），故又称"半小时剧"。早期的情景喜剧设有现场观众，现在多用"罐头笑声"，其故事多围绕家庭、朋友和同事关系展开，第一幕创设场景，第二幕矛盾复杂化，第三幕喜剧式地解决矛盾，经过大事化小、小事化了，最后走向理解、和睦、幸福、稳定。[①] 美

---

[①] 张智华：《电视剧类型》，北京师范大学出版社2012年版，第25页。

剧中的经典情景喜剧有《宋飞正传》(*Seinfeld*，创剧人：拉里·戴维、杰瑞·宋飞，1989—1998)、《老友记》(*Friends*，创剧人：大卫·克拉尼、玛尔塔·考夫曼，1994—2004)、《生活大爆炸》(*The Big Bang Theory*，创剧人：查克·罗瑞、比尔·布拉迪，2007—2019)和《摩登家庭》(*Modern Family*，创剧人：克里斯托弗·洛伊德、斯蒂文·莱维坦，2009—2020)等。

在国产电视连续剧中，剧集长度以20集以上、40集以内最为常见，不过随着网剧这种形式更灵活的剧集出现，国外的"迷你剧"(mini series)也开始被尝试模仿和接受。这样的剧集通常3到8集不等，一般最多不超过10集。迷你剧制作往往比一般电视剧更精良考究，连起来看俨然就是一部加长版电影。在迷你剧中名著改编扮演重要角色，出色的迷你剧包括BBC出品的英剧《神探夏洛克》第一季(*Sherlock*，2010)、《唐顿庄园》第一季(*Downton Abbey*，2010)、《战争与和平》(*War and Peace*，2016)，美剧《兄弟连》(*Band of Brothers*，2001)、《幽浮入侵》(*Taken*，2002)、《大小谎言》第一季(*Big Little Lies*，2017)和《杀死伊芙》第一季(*Killing Eve*，2018)等。国产剧中也已出现对迷你剧的尝试，如《无证之罪》(2017)和《东方华尔街》(2018)等。

通过上述介绍，我们对电视剧的结构和分类可以建立起一个初步概念，这将是写作前必要的准备功课。基本上我们可以认为，电视剧是一种比电影更依赖于结构设计的叙事艺术，否则无法支撑起这么长篇的故事。同时，对于大多数连续剧来说，更多出场人物、更复杂（以及多变）的人物关系也对编剧们提出了比常规电影更高的要求。下一节我们将学习和了解电视剧剧本是什么样的，以及作为一名专业编剧该遵守哪些写作规范。

（参与撰稿：顾馨）

▶ 思考题

（1）电视剧与电影有何异同？
（2）电视剧中的单元剧和连续剧各指什么？
（3）什么是情景喜剧和迷你剧？

# 电视剧剧本格式

专业编剧的剧本具有专业的格式。换句话说，很多不规范的剧本一开始就暴露了作者很可能是个"不靠谱"的业余编剧这一点。对于制片公司的导演和制片人而言，一个不专业的剧本如果没有格外出众之处，他们也许看不了一两页就会把它丢到垃圾桶里。

电视剧的剧本从单集剧本格式上看与电影剧本相似。正文都是由"场景标题"和"分场剧本内容"两部分组成，而场景标题又包含场号和场景说明。场号是从 1 开始按顺序排列的，根据剧集时长不同以及剧本叙事节奏（如台词／动作戏比例）不同，每集剧本的总场数也有变化。一般来说，每场戏中都有大量对白的剧本，或某角色常常有大段台词的剧本，总场数会较少；而动作戏比重大的剧本，因为平均每场戏的时长比较短，所以总场数就会增加。对于初学者来说，大致可以以下数字作为参考：以最常规的 45 分钟一集剧本为例，平均剧本场数大约在 35 场左右，总字数在 13000 字到 15000 字之间（但前三集剧本因为要加快叙事节奏、信息量更大，所以场数和字数都会增加）。通常来说，场号就用最简洁的 1、2、3 这样的数字表示即可，有的编剧习惯写更多的字，如"第 1 场"，这样的写法虽无伤大雅，但其实并没有必要，因为最后制作导演台本的时候最简洁的数字标识反而最有效，可令各部门一目了然。基本上我们不赞成用"第一场"或"第壹场"这样也许更有某种形式美感的方式来标注场号，因为这样可能对拍摄台本毫无用处甚至增添麻烦，比如导演可能在第5场和第6场之间临时增加一场，通常会用5A作为插入的新场号，如果用中文场号标注就不方便了。

　　场景说明包括三部分：地点、内外景、时间。地点需要用尽量简洁的文字说明，不需要出现修饰性的形容词，如"金碧辉煌的别墅"，也不能有冗长的定语，如"隔壁爷爷家的二层阁楼卧室"；另外，同一场景在全片剧本中应使用统一的地点说明文字，比如不能在第一集第3场用"神秘人的办公室"，第10场用"李达办公室"，到了第二集第7场又用"总经理办公室"指代同一场景；还有，地点就仅仅是地点说明，不可以增加其他修饰限制词，如"清晨5点的操场"，说明文字可以放到剧本正文相应位置。内外景说明很简单，一般来说就是"内"或"外"二选一，并且不需要写成"内景""外景"，如遇特殊情况，在同一场戏里可能需要变换内外景，那么写成"内／外"或"外／内"即可。时间说明通常只有"日""夜"之分，最多增加"晨"或"昏"，所有更具体的时间说明都不要出现在场景标题部分，可以写在剧本正文相应的环境描述里。所以我们通常看到的一个标准剧本场景标题格式应是如下：

　　　　1.学校操场　　外　　日

　　需要补充说明的是，在有的剧本中内外景和时间标示的次序可能会调换，如"1.学校操场　日　外"，甚至在某些剧本中会省略内外景说明，如"1.学校操场　日"，这也是没有太大问题的。

　　在场景标题下即是分场剧本正文。通常来说剧本正文第一段可能（但并非必须）包含对场景环境和登场人物的简洁描述。对于刚开始学习写剧本的写作者来说，尤其需要时时注意剧本与小说写作的差异。比如在环境或人物描述部分，小说可以非常自由地铺陈大量文字，但对于剧本来说，描述部分则一定是辅助性的——剧本主要由角色的台词和动作组成，所以描述文字力求简洁，起到拍摄提示作用即可。从另一个角度来看，小说是

"完成"的艺术，小说作家脑海中的画面和意境是直接呈现给读者的；而影视剧的剧本类似建筑中的施工图，场景和人物扮相在实际拍摄前和拍摄中要经过导演、美术、置景（包括制片选景）、服装、化妆、道具等多部门考虑后才能最终确定，所以在剧本中过多细致描写不但不一定有用，有时候反而会画蛇添足，造成困扰。还有一点必须要强调的是，在人物描写方面，应尽量避免心理描写，这也是小说中经常使用但在影视剧剧本中反而应"杜绝"的技巧。原因非常简单，影视剧剧本不是用来读的，而是指导表演和拍摄的，因此所有没法表演和拍摄的文字，原则上都不应出现在剧本中。一般来说，角色的心理活动只能通过外化的动作设计或者更直白的"内心独白"方式在剧本中表达；如极端特殊情况需要对演员表演做出某种心理状态提示，也须非常谨慎，点到为止即可。

作为电视剧剧本，在分场剧本正文中，通常占比例最大的是人物台词。台词的格式通常为：

角色：×××××。

首先，所有角色的台词部分只需要在前面加冒号即可，不要用双引号。用双引号表示人物说话显然又是一种小说式的写作方式，而一般如果这种方式出现在剧本中，多半只能显示作者是个业余编剧。当然，在剧本中更不要出现这样的台词写法：

"根本没有可能，"马涛的脸憋得通红，"我都不认识她。"

在剧本中只能写成：

马涛：根本没有可能……（脸憋得通红）我都不认识她。

台词格式的要领是：句子的开头一定是角色名加冒号，角色名应为这个人物在整个剧本中的统一称呼，并且不要在角色名前后加任何其他文字。角色在说话前的动作一般应单独写成一行；角色在说话中的动作应写在括号里。错误的例子，比如：

（1）马涛气急败坏地走进门里：太不像话了，这不是成心恶心人吗。

（2）换上了工作服的马涛气急败坏地走进门里：太不像话了，这不是成心恶心人吗。

对于（1）我们应该在剧本里写成：

马涛（气急败坏地走进门里）：太不像话了，这不是成心恶心人吗。

或：

马涛气急败坏地走进门里。
马涛：太不像话了，这不是成心恶心人吗。

对于（2）我们应在剧本里写成：

马涛换上了工作服，气急败坏地走进门里。
马涛：太不像话了，这不是成心恶心人吗。

或：

马涛换上了工作服。
马涛（气急败坏地走进门里）：太不像话了，这不是成心恶心人吗。

或：

马涛换上了工作服，走进门里。
马涛（气急败坏地）：太不像话了，这不是成心恶心人吗。

注意，在小说中，我们常常可以这样写：

马涛换上了工作服，走进门里。他气急败坏地说："太不像话了，这不是成心恶心人吗。"

于是有些人就会在剧本中写成：

马涛换上了工作服，走进门里。

他气急败坏地：太不像话了，这不是成心恶心人吗。

但在剧本中台词部分是不可以把角色名用"他"或"她"指代的。同样地，在接下来要讨论的角色动作部分，剧本凡一行开头的句子都必须用角色名，不可用"他"或"她"，无论上下行有多少次重复。这样的理由也很简单，我们再次强调，剧本不是像小说一样用来阅读休闲的，而是指导表演和拍摄的"实战说明书"，要想让演员（包括相关制片部门）对哪些戏中有哪些演员的台词和动作一目了然，就必须这样清晰地在剧本中标示出来。

此外，角色的画外音或旁白等也需要用括号标示，比如：

角色（画外）：这算什么呀，交给我我也一样做得妥妥帖帖的。
角色（旁白）：我还记得那个下午，那是我和她第一次见面。

剧本中角色动作部分的格式为：角色名加上发出的动作。角色名前不要加修饰词。一般来说，每个角色发出的动作都要单独写成一行，不要和其他人的动作连在一起写。剧本中对动作的描写大多数时候也力求简洁，不要对动作指导的工作越俎代庖。有的编剧习惯把所有角色发出动作的句子以某种特殊符号清晰标示，如三角记号，比如：

△林海小心翼翼地走到门前，透过窥视孔向外张望。走廊里空无一人。
林海（小声自言自语）：肯定是走远了吧。
△林海试探着打开房门，他忽然被眼前的场景吓呆了。

对于剧本的格式还有一些技术性说明：
（1）字体通常使用中文宋体，避免使用类似手写体的"花哨"字体；
（2）剧本正文一般使用小四号字体；
（3）正文内采用单倍行距，场景标题和正文之间通常需要空一行（也可不空）；但场与场之间必须要空一行；
（4）剧本中句首的角色名可以字体加粗；
（5）场景标题也可以字体加粗；
（6）某个角色的台词段落尽量在本页完成（避免跨页），实在必须跨页，可以采用（另见下页）和（接上页）进行标注，形式如下：

角色：还好，孙贵妃这胎总算是平平安安地过了六个月，现在隔三（另见下页）

分页——————————————————

（接上页）天才请一次平安脉，大家也总算能喘口气了。

（7）有些编剧会把需要让观众听到的而又非视觉线索的声效用字体加粗，如：

　　夜晚的村庄静悄悄的，突然远处传来了几声**狗吠**打破了平静。

　　王平躺在床上突然警觉起来……

下面我们来看一个规范的电视剧剧本样例，选自《女医·明妃传》。

---

### 《女医·明妃传》第一集

京城大街　　日　内

　　字幕：明宣宗九年　京城

　　旁白：大明宣德年间，帝国正处于兴盛的顶点，除了北方蒙古族的瓦剌（读LA音，四声）偶有威胁，可谓国泰民安、盛世长乐。只是那时也是程朱理学兴盛的时代，严格的礼教制度让女性的社会地位变得极其低下，她们不可以入朝为官，不可以成为医生、教师或工匠。即便是那些不得不自我谋生的底层女性，也只能从事接生、卖药、做媒、人口贩卖等低等职业，被贬称为"三姑六婆"。

　　在当时，贵族女子不能随便让外人触摸到自己的身体，平民女子虽然禁忌稍松，但却非常贫穷。她们一旦生病，往往无法得到大夫的及时诊治，只能求助于走街串巷、医术低下的"医婆"，因此死亡率奇高。

　　朝堂上，群臣济济。

　　太监总管（宣旨）：蒙上天恩泽，贵妃孙氏，已怀龙嗣，朕欲推恩百姓，故大赦天下，与民同庆，钦此！

群臣：遵旨，皇上万岁，万万岁！

1. 太医院　日　内

一座院舍，门匾上高悬"太医院"三个大字。院舍里御医们进进出出，一片忙碌。

正堂上，一位年约四五十岁的中年男子正在吩咐，他正是太医院院判谈复。

谈复：皇上已经下了严旨：孙贵妃娘娘这一胎，必须得保住。若是出了一点岔子，咱们太医院上上下下都得遭殃！所以，往后进给长春宫的药物，必须得有三名以上御医验看，没有吏目以上职位者签字画押，不得放行，听清楚了吗？

众人道：谨遵院判大人吩咐！

（跳接）

几位太医正在廊下熬药。

一青年太医（倒出汤药）：小心点！哎，咱们这些医士，好歹也算个九品官，现在倒跟打杂似的，熬起药来了。

一中年太医（走过，喝道）：刘平安！

中年太医（看看周围没外人，才道）：胡说些什么，让你熬药，那是天大的恩典！孙娘娘这回怀的可是个男胎，只要平安生下来，咱们可就算是为未来的太子立下一大功了。

刘平安（奇怪地）：太子？可是皇上跟前不是已经有两个……

中年太医（瞪他，又悄声道）：那两个皇子都是宫女跟前养的，成不了气候。皇后娘娘不得皇上欢心，孙贵妃她盯着那顶凤冠也不是一天两天的事了，现在就等着靠着这小皇子把皇后给……

中年太医（做了一个一把抓然后往下拉的手势）：可偏偏她之前又已经滑过两次胎了……唉，这就叫世事难料！所以呀，你们都打点着精神些！

> 刘平安心领神会地点了点头。而在他下首，正帮着他滤药的另一位青年蓝衣太医，却有些出神。镜头照到他的手上，虎口处，有一块明显的胎记。

最后需要补充的是：

（1）电视剧剧本通常是以每集剧本存为一个独立文件，如果打印出来也是一集剧本一个独立装订本；因此在每集剧本开头应标明"电视剧《××××》第 × 集"，如果讲究的话可以加一个封面页。剧本正文结束应空几行，居中字体加粗标明"第 × 集完"字样。

（2）剧本正文插入页码，一般在页面底端的正中或右下角标注。如有封面页，封面页为第 0 页。

（3）剧本中不可插入任何图片（有不少业余编剧特别热衷把场景效果图粘贴在文字中）。

实际上，我们在这一部分讲的许多电视剧剧本格式都是按照相对苛刻的规范要求来介绍的，也有不少专业编剧，尤其是从小说家转作编剧的，常常已形成自己的写作习惯，未必全能遵守，但作为初学者，还是建议大家从一开始就学会专业剧本格式，这对专业制作公司来说在对接和操作方面会更加顺利和高效。另外，国内已经出现了一些剧本写作类电脑软件，不过有不少是按照国外标准剧本格式"汉化"而来，不一定适合国内制作习惯。从下一节开始我们将一步步探索电视剧剧本写作的几个核心要点。

（参与撰稿：顾馨）

▶ 思考题

（1）电视剧剧本的常规格式是什么？

（2）试着写三场戏，表现一个连续的相对完整的情节段落。

# 剧作核心Ⅰ：结构与类型

## ✎ 结 构

正如前文提到过的，就剧作技巧而言，电影剧本和电视剧剧本有很多相通之处，譬如我们从这一节开始要连续探讨的电视剧剧作核心部分——结构与类型、人物与台词，这些也同样是电影剧作的重点，我们将通过具体论述告诉大家两者之间的异同。

传统电影剧作结构的基础是三幕剧，即一个电影故事应该主要由三部分组成，分别是开端（第一幕）、发展至高潮（第二幕）和结局（第三幕），如果以90分钟片长为例，三部分比重大致是15~20分钟、60分钟左右和5分钟上下。这个框架同样可以指导大部分常规/传统长篇电视连续剧的结构设计，以20集剧本为例，前三到五集和最后三集可以分别对应于第一幕和第三幕，而中间十多集就是作为发展部的第二幕。同样地，具体到每一集，我们亦可以将之视为一个相对独立的故事单元，在这一单元里可以再次运用三幕剧结构，以45分钟剧情为例，那么前10分钟、中间25分钟、最后10分钟即为三幕。与此类似的，也可以借鉴在电影结构设置中（尤其是商业片和动画片中）相当行之有效的"节拍表"，用其指导长篇电视连续剧剧集的全篇设计和每一集分集故事的组织结构。

可能有人会质疑，在影视（剧作）艺术发展到日新月异、脑洞大开的今天，我们再谈三幕剧和节拍表这样的陈词滥调是否有意义？我们的回答是肯定的，至少基于以下几点理由：（1）电视剧相对于电影来说有两个突出的特点，第一是全片时长是电影的数倍，第二是目标观众相对传统保守，就叙事的实验性来说，越短的篇幅越容易实现，也越容易被观众接受，所以在电视剧（广义上也包括网剧或流媒体剧）范畴，一般更具实验性的剧集多采用迷你剧；（2）从世界电影史来看，艺术电影对于三幕剧结构的颠覆反叛高潮主要发生在20世纪90年代前后，今天的大多数艺术片并不那么在意沿用传统剧作结构（或"改良"而非颠覆），而在大众商业片领域，传统剧作法依然行之有效并大行其道，毫无疑问电视剧的主要属性是商业性，完全"前卫性"的电视剧凤毛麟角，尤其在国产剧中基本不会涉及这个倾向；（3）无论电影还是电视剧，不少看似"花哨"的剧作结构其实只是三幕剧的"变奏"。

对于长篇电视连续剧的编剧，首先最重要同样也可能最困难的是如何设置结构。这是初学者最头疼的部分，即使一些有经验的电影编剧也不一定很快就有把握控制好。我们常常看到很多有写作天分和善于讲故事的人对于写好一场戏、一段戏甚至一集戏手到擒来，但是对于如何架构长达20集、30集甚至40集的故事就有些茫然了。这就像从写10分钟的短片剧本到开始构思90分钟以上的长片剧本，又好似一个短跑选手应对马拉松比赛一样。坦率地说，无论是10分钟以内的短片剧本，还是90分钟左右的长片剧本，如果真是非常有写作天分和故事结构直觉的人，是有可能事先没有明确结构蓝图而按照小说那种更自由的边想边写的创作流程进行的；但是对于长篇电视连续剧来说，那种写法几乎注定就是一场灾难。这就像我们现在能看到的大多数长篇网络小说在改编影视剧时所面临的最大缺陷——没有结构。

长篇电视连续剧结构设计的基本或者说传统思路就是以大化小，从宏观到微观逐级分段设定。简单来说，就是首先确定故事从何开始，到哪里结束。这有点类似于电影结构设计中的开场画面和终场画面，只有确定了头和尾(并且有精巧的呼应设计)才能真正开始协调地、按比例地一步步设计出完整的长篇故事。故事开头和结尾通常是以主人公们的某种状态为标志的,当然也可以有一些辅助标志,比如特定时间与特定地点。主人公们从起点到终点应该是有所变化的,尤其在长篇电视连续剧这种故事形式里,几乎都会具有某种"成长"主题(从广义上来说"成长"也包含了负面的变化,如死亡)。

一般来说,电视剧全篇的开场和结尾(集中体现为第一集和最后一集)都是编剧和制作公司倾尽全力精心打造的。电视剧的第一集差不多相当于常规电影的前十分钟,如果不能牢牢抓住观众,接下来的故事再精彩也很难奏效;而对电视剧来说写开场戏压力更大,因为至少基于时间和金钱成本考虑,在影院里看电影的观众真正半途离开尤其是开场几分钟就退场的不多,而电视剧观众换台弃剧就太容易了,因此电视剧编剧几乎绞尽脑汁、用尽奇招设计第一集戏和主人公出场,甚至有可能"夸大其词"到最后一集都无法自圆其说,这在即使电视剧工业非常发达的国家,比如美国和韩国的某些电视剧中都存在,即所谓的"烂尾"。而对于一部真正有水准的电视剧来说,结尾其实同样重要,它才是真正能够对这部剧的质量"盖棺定论"的重点和精彩高潮所在。从收视率来说,一部受欢迎的剧集一般会集中在前几集和最后几集创造最高收视纪录。

长篇电视连续剧的开篇有几种常见方式,借用景别的概念,一种是以"全景"开场,即宏观地交代故事大背景,如《女医·明妃传》。这部剧的开篇首先介绍时代背景:大明中期,程朱理学兴盛,苛刻的礼教制度让女性的社会地位变得格外低下,贵族女子不得随意抛头露面,不得为官从医,即便生病,也因男女大防,无法得到男性大夫的及时诊治,就连少数从事接生和基础医疗的平民女子,也被贬称为"三姑六婆";接着,故事的主要人物陆续登场,英宗朱祁镇年少继位,孙太后受命辅政,孙氏以英宗年少荒唐为由,迟迟不肯还政,英宗则听信东厂太监王振的挑拨,对太后多有怨言;孙太后密诏郕王进京,欲另立新君,王振担心危及自身,遂瞒着英宗,令东厂务必击杀郕王于中途,郕王因此身受重伤躲入徐府;恰逢徐府徐太夫人寿宴,宣武将军杭纲之女允贤前来贺寿,与中毒的郕王在花园内的假山石后相遇，因为允贤通晓医术，及时用野黄莲和人参片为郕王解毒，因此救了郕王一命，两人结下不解之缘。在这一开篇集中，不仅主要人物都已出场，而且主要人物的关系、故事发生的背景和环境氛围都一目了然。

另一种是以"中近景"甚至是"特写"开场，即一开始就通过一个具体事件或者一个细节将矛盾冲突展开，利用悬念抓住观众，如美剧《迷失》（*Lost*）第一季第一集：杰克苏醒时发现自己满身伤痕地躺在丛林里，他一时记不起自己为什么会在这儿，究竟发生了什么，直到他挣扎着来到一片原本美丽宁静的海滩——现在变成了充满尖叫和浓烟的空难现场——原来杰克乘坐的一架从澳大利亚出发飞往美国的航班在一个不知名的小岛上坠毁了，机上仅有杰克、凯特等48人侥幸逃生，他们需要学会怎样活下去，并想办法获救。情节由此徐徐展开。这种开篇方式从悬念引入情节，从一开始就给观众制造出新鲜感和期待感。

从叙事时序上看，开场方式又可主要分为顺叙式和倒叙式两种，如国产剧《无证之罪》和美剧《大小谎言》第一季，虽然都是以一个杀人案件作为全剧的开篇，但前者是顺叙，后者是典型的倒叙。在《无证之罪》开场，物流货运站老板孙红运的尸体被发现，他是半夜里被一根跳绳勒死的，此时凶手早已不见踪影，现场只留下一个诡异的雪人，在雪人的身上冰封着一张留给警察的纸条，纸条上写着"请来抓我"四个大字。正是由于孙红运的死，他死前最后要去见的情人朱慧如、被特聘来做专案组顾问的前刑警严良、"雪人杀手"即严良过去的搭档骆闻、朱慧如的初恋情人实习律师郭羽等人物才得以会集起来，形成新的情节线，将故事推向未知的方向。顺叙式开场是电视剧最常采用的方式，由于和正常的时间先后顺序一致，易于将事件、人物交代清楚。

而在《大小谎言》的开篇中，观众只知道在水獭湾小学举办的一次慈善晚会上，有一个人意外死亡，警察正在对参加慈善晚会的小镇居民展开调查，而死者到底是谁、死亡原因又是什么，观众只有到剧集的结尾才能知道。围绕着这起神秘的案件，一个个与之相关的人物在过去时空中陆续登场：简是一位刚刚搬到水獭湾小镇的单亲妈妈，有一个六岁的儿子扎格，她在送儿子去新学校报到的路上，顺路载了路边崴伤了脚的梅德林，以及梅德林的女儿克洛伊；简主动帮忙的行为获得了梅德林的好感，因此，梅德林顺理成章地和简成为朋友，在梅德林的引荐下，简在校门口认识了其他水獭湾居民蕾娜塔、瑟莱斯特、梅德林的前夫内森以及内森的现任妻子邦妮，这些人也同样是以家长的身份送各自的孩子来报到的，并与这起案件或多或少有着联系。在这类剧集中，现在时空和过去时空彼此交错，一般以过去作为叙事的主时空，而将现在时空作为叙事的辅助时空。这种结构比较具有现代性，并且继承了至少从经典电影《日落大道》(*Sunset Blvd.*, 1950)开始的从死亡事件展开倒叙的黑色电影(film noir)属性。当然，比《大小谎言》这种倒叙结构更复杂或在叙事方面更有挑战性的是通篇采用两个或两个以上时空的交叉叙事，比较有代表性的如2016年的美剧《我们这一天》(*This Is Us*)和韩剧《信号》(*Signal*)；2015年的美剧《超感猎杀》(*Sense8*)则采取了另一种创新方式——通过8个有神秘联系的主人公将8个时空进行交叉叙事。

电视连续剧的结尾通常采用封闭式结局，即给全篇故事画上一个明确的句点——主人公有明确归宿，情节有清晰"结论"，主题也通过人物和情节的最终落点而获得完全揭示。如电视剧《人民的名义》(2017)的结尾，全部涉案人员都得到了应有的惩处：王文革涉嫌绑架罪，被依法判处有期徒刑12年；欧阳菁犯受贿罪，被依法判处有期徒刑10年；高小琴犯行贿罪和非法经营罪，数罪并罚，被依法判处有期徒刑15年，并处没收个人财产7亿元，罚金12亿元……赵立春数罪并罚，被依法判处无期徒刑，没收个人全部财产。这样的结尾对故事的情节和人物的命运都做了完整的交代，观众对故事的期待获得满足。需要特别说明的是，出于对故事资源利用率最大化的考虑，越来越多的电视剧在全剧终结后会故意留下一个新的悬念，为制作续集留下"钩子"，这在国外（真正）的季播剧中尤其明显。但一般来说，即使是季播剧，也应该在该季剧集结束时给出一个相对完整的故事结局，而不是故事讲到一半忽然结束，再用预告告诉观众下一季剧集会再接着讲完这个故事（这样的情况并非完全没有，但因大概率会激起观众不满而较少被采用）。从剧作角度来说，这一点非常类似续集电影——一部系列电影的一集应该明确完成本片内的叙事任务，再在结尾之后加进一个新故事的开场画面，就像系列恐怖电影的结局一定是魔鬼被"杀"死，一切恢复平静，但最后一个镜头是——魔鬼又复活了。从剧作上看，魔鬼之死是不可省略的封闭式结局，而它的复活只不过是新一集续集电影的预告，这跟接下来我们要分析的电视连续剧第二种模式——开放式结局是不同的。

开放式结局，顾名思义是指主人公的最后归宿并不明确，给观众留下多种可能的想象空间。与电影类似，开放式结局的电视剧也远远少于封闭式结局的电视剧。造成这种状况的原因非常简单，尽管开放式结局似乎留下了更大的悬念，并有利于该系列下一部（或下一季）剧集的制作，但是对于花了那么长时间追剧的观众来说，如果最后都看不到"结果"的话，难免会产生一种被耍了的不满足感，甚至是羞辱和愤怒之情，所以开放式结局应谨慎使用。另一方面，我们如果仔细研究就可以发现，所谓开放式结局并不是真正的毫无"结果"，而是以一种更含蓄和暧昧的方式隐喻着结局，而对于这个没有被明确揭示出来的结局，聪明的观众是可以心领神会的。不过正如开放式结局的电影一样，开放式结局的电视连续剧通常也是更具"艺术感"（或不便直说）的作品。所以我们大致可以理解，开放式结局的故事并非没有讲完的故事，而是以一种特殊方式讲完的故事。虽然没有看到主人公最后的"结局／结论式动作"，但我们已经可以预期他的未来走向；或者这个所谓"结局式动作"已经没有什么实际意义了，无论他如何选择，都逃不出更大的已经看得到结局的"命运"掌控。开放式结局可以以电视剧《伪装者》（2015）为例：火车就要开了，明台在大哥和垂死的大姐的命令下，不得不跳上火车离去，站台上剩下死去的明镜、哭泣的明楼和阿诚，这个事件登在了第二天的报纸上，标题是政府官员家属不幸罹难；明楼和阿诚没有暴露，作为伪装者，继续潜伏在上海为国效力，明台也顺利将一车军火运往了根据地，并到北平跟组织接上了头。这样的结尾并没有明确写出主人公的归宿，但主要叙事任务已经完成并留下了意味深长的留白。这种模式在更早的《潜伏》中也使用过。

在大致了解了一般电视连续剧开篇和结局的设定模式后，接下来我们主要研究剧集的发展部（类似于电影第二幕）的设定。电视连续剧的篇幅决定了其发展部是一个比电影更漫长和变化更丰富的部分，打一个直观的比方：常规电影是一座跨度十米的小桥，它主要依靠第一幕尾部和第二幕尾部的两个大情节点作为"桥墩"支撑；而长篇电视连续剧是一座数十米甚至数百米的大跨度桥梁，它必须依靠更多的桥墩或拉索才可能实现这种跨度和承重要求。因此借鉴电影剧作中最常见的三幕或四幕结构（其实也可以把所谓四幕看作将第二幕进一步拆分成两部分），长篇电视连续剧也通常以大叙事段落来分解第二幕。以20集电视连续剧为例，如果1—3集和18—20集为三幕剧结构中的第一幕和第三幕，那么中间的4—17集则需要再分割成若干个大叙事段落，每个叙事段落里有相对独立的叙事任务（从情节角度看即所谓的"大事件"，从主人公角度看就是"大任务"），而大叙事段落之间在临近尾部需要设置强有力的"钩子"（悬念或其他具有强戏剧性和逻辑递进关系的情节拐点）作为"桥墩"互相牢牢联系起来。那么作为一部长篇电视连续剧，我们需要划分多少个大叙事段落（即"主桥墩"）才算合适呢？这恐怕正是电视连续剧比电影在结构方面更复杂的地方，因为对于电视剧来说，不但单集片长从20到60分钟不等，全剧的剧集数也少则3集多至过百，跨度非常大。从叙事结构来说，我们比较建议采取自下而上的"梯形结构"，即先将全剧故事划分成数目有限的最大的几个叙事板块，通常来说5到7个板块可能是比较合理的结构（如果大叙事板块数量太多，比如超过了10个，那么整篇剧集的结构有成为"流水账"形式的风险）；然后以此类推再在每一个大叙事板块中划分更小的叙事段落，直至最小的叙事单元——集。大叙事板块之间靠更有力的主桥墩（主情节点）支撑，更细化的中小叙事板块则由相对支撑力有限的辅助桥墩或拉索连接。

很难对叙事板块的设计与划分提出通用公式，这样容易以偏概全，一般来说可以根据剧集的类型、叙事风格、情节密度，乃至故事发展的时间跨度和空间环境的变换频度而灵活变化。但另一方面，电视连续剧发展部的叙事结构规律又不是完全无迹可寻，很多剧作研究者从不同角度提出了结构分类方法并做出要点总结，譬如我们可以将其划分为多事件板块结构、单事件发展结构、阶段式成长结构和全景式史诗结构四种模式[1]。其中，多事件板块结构和单事件发展结构均以"事件"作为电视剧结构的主导因素，强调事件的紧张性和故事的主题关联性，这里所说的事件，即以正在进行时发生的可以造成人物间矛盾冲突、改变人物关系与人物命运或引发人物间相互行动并可能由此引发事件重要变化的完整动作。阶段式成长结构以"人物"的历程作为电视剧结构的主干，强调人物性格的发展，凸显人生突围。全景式史诗结构是最复杂的，必须兼顾多空间内的多组主人公以及他们（在"组"内和"组"之间）的多重戏剧关系和矛盾冲突。这有点像在一个多屏监控室里观察画面，在某一时间点我们必须选择集中注视某一个屏幕时空（以及在这一时空出现的人），然后按照某种策略在不同屏幕之间切换。因此从叙事结构的角度来说，千变万化的叙事排列组合模式就产生了。

多事件板块结构依照各事件板块之间的逻辑紧密关系进行区分，越松散的越接近单元剧，越紧密的越接近传统连续剧。多事件之间的先后次序在单元剧中更具有灵活性，而在连续剧中各事件板块构成了上述发展部结构中的各大叙事段落，它们是有比较明确的次序不可替换性的。

单事件发展结构因为只有一条清晰粗壮的主情节事件，因此发展部的大叙事段落就顺理成章是按照这一事件的各个发展阶段（起承转合）来划分的。作为电视连续剧，如果只有一个单一事件，那么这个事件必须足够复杂并且有较大时间跨度；另一方面，单一事件结构的电视剧通常总集数较少，或者会配合主线设计出多条故事副线。

阶段式成长结构一般以某一个人或者几个人的成长或传奇经历作为叙事对象，通过分阶段讲述主人公的人生故事，表现人物成长成熟过程中外在和内在发生的变化，并揭示某个有人生况味的主题，因此主人公成长变化的各个阶段即构成了发展部的各大叙事段落，而每个大叙事段落里应完成一个相对完整的叙事任务（通过事件来塑造这一阶段的人物或人物这一阶段的状态）。以美剧《绝命毒师》第一季（*Breaking Bad*，2008）为例，全剧分五个大叙事段落，分别对应主人公的五段历程：第一阶段，主人公

---

[1] 黄蒙水：《电视连续剧的四种典型结构模式》，《现代传播》2014年第5期，第157页。

沃尔特身患癌症，为补贴家用和维持生命，开始走上制毒道路，并由之前的学生杰西负责销售；第二阶段，沃尔特成立自己的房车制毒实验室，与形形色色的毒贩和瘾君子接触，并结识了真正的大毒枭古斯；第三阶段，由于自己秘密从事的毒品勾当被妻子发现，沃尔特和家人的矛盾不断激化，妻子离他而去，连襟也被毒枭古斯设计，身受重伤；第四阶段，沃尔特和杰西精心设计，突破重重阻碍，终于除掉了控制他们为其制毒的大毒枭古斯；最后一个阶段，沃尔特与搭档们关系逐渐破裂，并成为警方怀疑和抓捕的对象，最后与卷入的另一股犯罪势力同归于尽。

全景式史诗结构电视剧通常都是鸿篇巨制，比如美剧《权力的游戏》（Game of Thrones，2011—2019），国产剧《三国》（2010）和《水浒传》（2011）等。这种结构的电视剧里人物众多，人物冲突关系和形态复杂多样，因此通常采用多线叙事。从剧作结构来看，理清线索的关键是将整个史诗故事拆分成若干个特定时间内发生的大事件，每个大事件里虽然涉及不同空间和不同组人物，但应确立一个主视点，以代表这个主视点的主人公们的命运作为这一叙事板块的主线；其他空间和人物成为副线。但在每个不同的大叙事板块中，主视点常常并不统一，而是变化的。

单元剧和情景喜剧的剧作结构相对更简单一些，在创造出贯穿主人公（有时也包括固定主场景环境）之后，每一集（单元故事）可以看作一个有相对独立故事和主题的"电影（短片）"。在此不做详细讨论。

## 类　型

"类型"（genre）是从电影研究借鉴过来的一整套（主要适用于工业体系下大众商业片的）电影制作和批评体系，当然更早的源头来自文学。在电影领域，与"类型说"相对应的往往是"作者说"。不难看出，类型电影的要义是符合某一"约定俗成"的规范体系，这既包含整个制作的可预期的标准化流程（从剧本到视听方案），也包含对该类型电影目标观众"固定／惯性"期待的契约性满足。所以显而易见，类型并不以彰显"作者"性为重点，如创作者特立独行的叙事风格和内容、挑战世俗观念的主题等，或者说作者性必须首先服从于类型规则，因此类型电影可以说主要是为满足观众需求而创作的，它先天具有大众性和商业性。电视剧与电影的区别之一恰恰在于大众性和商业性几乎是电视剧必不可少的属性，而电影中"阳春白雪"的艺术片与实验电影是可以脱离大众商业性的；尤其对国产剧来说，真正的"作者电视剧"凤毛麟角。因此从某种意义上来看，几乎所有国产电视剧都可归入"类型剧"。

电视剧编剧并不需要像评论家那样掌握太多类型剧作理论的高深内容，只要理解和真正能在创作中运用核心要点即可。类型是一套完整的叙事机制，在剧作层面它不仅包含该类型的典型人物（及人物关系）、程式化的情节框架（包括某些具体的标志性桥段），更重要的是包含该类型故事和人物最终要传递的主题——这才是类型真正的核心所在。举个简单的例子，什么是爱情类型片？是不是所有主要讲述男女之爱的影视剧都是爱情片？相信很多人都会给出肯定答案，但其实是错误的。所有不以表达"爱情高于一切"主题的讲述爱情故事的影视剧都不属于作为类型片的爱情片，它们只能叫爱情题材的其他类型片，比如黑色电影或情节剧（melodrama）。关于类型片还有一个需要注意的要素，即所有类型影视剧都是有"假定性"的，我们最多能要求它具有某种现实质感，而不可以用真实生活来比照甚至批评它，最突出的比如古典犯罪片——这种类型犯罪片中的罪犯绝不是一个真正的罪犯，而是一个高度戏剧化的古典悲剧英雄。什么是类型片？它的本质就是童话／神话或寓言故事。

但话说回来，在中国特定的文化与政治土壤中，我们对于类型的认知和评价与西方有很大差别，比如国产片中由来已久地习惯把类型与题材不加区分——从早期的农村片、工业片到今天依然概念含混不清的儿童片、青春片等；再比如我们所有影视剧都很难摆脱比照现实或身处当下道德政治批判的语境等，这也是我们今天创作国产剧的编剧们需要理解和平衡的地方。所以，我们可以用比较轻松的方式把类型理解为超市商品货架上标示特定商品区域的标签——想买速冻食品的顾客去相应区域寻找，我们应让他们如愿以偿，而不是在冰柜里发现一只特立独行的鞋子（不管它有多

"作者性")。

以下我们以国产剧为主,简单介绍一下常见的电视剧类型(其中一些"类型"为我国影视环境下"独有"的提法,已为国内观众和市场认可并喜闻乐见,但不一定适用于海外剧分类以及"genre"的严格定义)。

## 言情剧

这是一个很有国产特色的类型名称。从字面上理解,所有主要描述感情内容的剧集都可归为此类,但在电视剧领域,言情剧主要指男女爱情主题,以及可能包括亲情和友情副线。正如爱情片类型并不叫"love film"而是"romance",言情电视剧非常注重营造浪漫气氛,以为观众创造现实生活中得不到的美好情感为要旨。言情剧可以涉及社会现实,比如某些不美好的阴暗面,但它主要是作为戏剧阻力的功能性元素,一般来说言情剧不承担揭露或批判社会现实的责任,或至少不是重点。

言情剧的叙事空间通常发生在现代化都市里,时间多为当下,因此言情剧有时也被称为"都市言情剧"。言情剧的主人公多为俊男美女(也许他们出场的时候还是丑小鸭、灰姑娘,但一定会变成"王子"或"公主"),多半以男女主人公(可能是男一、男二、女一、女二的四人关系,传统言情剧中通常男一女一自始至终不会与除对方之外的另一个人发生真正的感情关系,而现代言情剧则有些不在乎多角关系)之间爱情的萌芽、发展、波折直至有情人终成眷属或有情人最终怅然分离为情节主线。与爱情片一样,言情剧的主要目标观众为女性,因此在人物和剧情设计上会充分考虑女性观众的立场,比如言情剧中的女主角一定要有代入感(能让更多女性观众在她身上找到共鸣和自己的"影子"),主要的男性角色要具有女性心目中理想伴侣的特质(从外形到品性、身份等),并通常设置成多男追一女而不是相反的人物情感关系模式。在言情剧中,情节副线的设计一般着眼于主人公的事业线和家庭线,突破爱情阻力是言情剧的主要叙事动力,阻力可能来自家庭、价值观念、社会地位、世俗偏见等,如《男才女貌》(2003)中独立自强的职业女性苏拉虽然和事业有成的男主角邱石相恋,但邱石要求苏拉在婚后当家庭主妇，两人在婚姻观上的分歧导致了苏拉的逃婚，最后双方都做出让步才重修旧好；在韩剧《太阳的后裔》（2016）中，女医生姜暮烟虽然与军人柳时镇结缘，却因两人对生命立场的不同而历经情感的波折，而历经种种磨难后两人的价值观逐渐发生转变并最终走到了一起。

**青春偶像剧**

　　这一概念主要源自日剧黄金时期的20世纪90年代，它在一定程度上与言情剧有重叠，但也有一些区别。以日剧《东京爱情故事》（1991）为代表的日本青春偶像剧大致有以下几个特点：（1）主演由青春靓丽或俊美的青少年偶像明星演员担任；（2）讲述既贴近现实生活又极具浪漫色彩的青少年主人公（从中学生到初入职场的大学毕业生）的爱情和友情故事，宣扬纯爱主题，歌颂青少年特有的真挚感情；（3）配合大量青少年喜爱的流行音乐作为主题歌和插曲。日本青春偶像剧主人公的背景和职业十分多元化，因此涉及的题材、情节和反映的社会层面也相当广泛，如《神，再多给点时间》（1998）中的艾滋病患者，《美丽人生》（2000）中的美发师和残疾人，《交响情人梦》（2006）里的音乐家，《朝5晚9：帅气和尚爱上我》（2015）的英语讲师与和尚等。此外，漫画也是日本青春偶像剧的重要素材来源。在青春偶像剧中，爱情是重要但非唯一的主题，所以青春偶像剧在某些地方与言情剧不尽相同，而可能会与（校园）青春片和小妞电影产生部分交集。青春偶像剧的核心是"青春"和"偶像"，因此能否在剧集中塑造一对或一组能被大量青少年观众迷恋的偶像人物就至关重要，同时故事还要满足目标观众对爱情、梦想、自由、奋斗等青春元素的期待。国产剧中的经典青春偶像剧包括《流星花园》（2001）、《斗鱼》（2004）、《吐司男之吻》（2001）等。

　　韩国青春偶像剧在借鉴与学习日剧之后，很快加入了"韩式"虐恋、悲情元素和唯美风光与人物画面，逐渐形成了自己的独特风格，如《蓝色生死恋》（2000）、《天国的阶梯》（2003）、《对不起，我爱你》（2004）；《来自星星的你》（2013）和《太阳的后裔》则尝试更丰富的类型融合并取得了巨大成功。

今天很多国产"青春剧"其实和传统意义的青春偶像剧相比也有所变化，耀眼的偶像可能不再是不可或缺的重点，而如何让故事和人物贴近青少年的现实生活和纯真美好梦想，逐渐上升为这一类型剧作成败的关键。受到观众好评的国产剧有《匆匆那年》（2014）、《最好的我们》（2016）、《你好，旧时光》（2017）等。

## 伦理剧

伦理剧主要探讨人伦情感，比较多集中在婚姻家庭关系中，所以有时也被称为家庭伦理剧，接近于电影类型中的家庭情节剧。伦理剧既关注和反映具有时代性（当代或过往某一时期）的家庭伦理关系矛盾（可能与大历史背景，譬如社会道德观有关联），也常常歌颂亲情的温暖与伟大，表达"对于残酷现实中孤独的个体来说，家庭是获得终极关怀和救赎的唯一可能"之类的主题思想。

正如古典好莱坞家庭情节剧一样，伦理剧虽然涉及严肃的人伦困境，但并不以之为要旨，其实更倾向于利用现实家庭伦理关系或婚姻议题展开一个相当感性的悲情或温情故事，以赚取目标观众悲喜交加的眼泪。显而易见，伦理剧的主要观众是女性，并且很可能是比言情剧目标观众年龄更大一些的女性，她们正迎接或正处于婚后家庭生活，因此对相关议题极其敏感和关注。伦理剧也常常承袭了家庭情节剧追求"夸张"戏剧性效果的倾向，通俗地来说就是很"狗血"。

伦理剧主人公通常为女性，在亚洲的传统家庭伦理剧中热衷描写贤惠又吃苦耐劳的具有"东方传统妇道美德"的主角，比如国产剧《渴望》（1990）和日剧《阿信》（1983），这类剧很容易被归为"苦情戏"，并且如果以现代女性主义眼光看待，很难给予其正面评价。近些年来，国产伦理剧也有从正剧向轻喜剧转变的趋势，主人公的年纪也变得更小，男性也已成为供女性观众观赏的伦理剧主人公，比如从稍早的《一年又一年》

（1999）、《浪漫的事》（2003）、《中国式离婚》（2004）到更近的《咱们结婚吧》（2013）、《大丈夫》（2014）、《一仆二主》（2014）等，但传统伦理故事加怀旧气氛依然有一定市场，如深受好评的《父母爱情》（2014）。还有一些伦理剧并不主要探讨爱情和婚姻，而是通过更宽泛的邻里街坊关系追溯美好旧时光，也受到不同年龄观众的欢迎，比较有代表性的，如韩剧《请回答1988》（2015）。伦理剧因为非常贴近现实生活，并常常能为身处相似困境（如婆媳关系矛盾）的观众提供解决问题的参考技能，所以总会有市场需求。

## 职场剧／行业剧

国产剧中的"职场剧"与国外的"行业剧"有相似处，又有取向上的差别。一般来说"行业剧"主要讲述某一特定行业内的主人公的故事，主线为该行业处理的种种"案子"（工作），同时展现主人公们在事业合作或竞争中的情感关系以及事业之外的私人情感（包含爱、性与友情），当然也可能在副线中包含亲情与家庭关系。行业剧中最常见的是警察剧和医疗剧，警察剧在国内一般更通俗地被称为"破案剧"，也叫"公安剧"。这两大行业剧类型我们将在下面单独讨论。除此之外，国外行业剧中比较突出的还有"律政剧"，即以讲述律师（有时也包括检察官、法官）行业和他们处理的一个个案件为主要内容的剧集，如美剧《律师本色》（*The Practice*，1997—2004）、日剧《胜者即是正义》（*Legal High*，2012— ）；中国香港地区也有不少律政剧，如《壹号皇庭》（1992）和《律政强人》（2016）。

国内外受欢迎行业剧中常见的行业还有金融与政界，如美剧《亿万》（*Billions*，2016— ）和《纸牌屋》（*House of Cards*，2013—2018）；新闻媒体行业，如美剧《新闻编辑室》（*The Newsroom*，2012—2014），日剧《美女或野兽》（2003），中国台湾地区的《我们与恶的距离》（2019）；校园教师行业，如日剧《麻辣教师GTO》（1998）和美剧《废柴教师》（*Those Who Can't*，2016）；厨师与餐厅业，如日剧《深夜食堂》和中国台湾地区改编日本漫画的《美味关系》（2007）；其他的还有航空业，如中国香港地区的《冲上云霄》(2003)和日剧《空中情缘》(*Good Luck!!*，2003)等。行业剧中有时也会有非常冷门的行业，如殡葬业，代表作有《六尺之下》(*Six Feet Under*，2001—2005)等。

行业剧一方面为观众提供该行业的特殊行业内容，具有某种猎奇性，一方面非常重要的是通过该行业的单元案例，展现社会生活百态（这也是警察剧和医疗剧等热门行业剧的优势所在），并且描述职场人作为普通人的爱恨情仇。除了与金融商业或政治有关的行当，大多数行业剧通常不会将为升迁而做的尔虞我诈斗争作为主要情节来展现，但某些职业剧确实也会将"美化包装"的个人奋斗和复杂人事斗争设为主线，以满足特定目标观众需求。从影视作品的"学习价值"来看，正如伦理剧可为观众提供家庭矛盾解决之道的参考，职场剧则向很多苦苦在职场挣扎的观众（尤其是年轻职场人）展示正面或反面的职场生存与晋升之道。在这类职场剧中，计谋是重要看点，有时为达目的（惯常会被包装成正义，或至少是值得同情、认可的目的）可以"不择手段"，一些宫斗剧、权谋剧、谍战剧与此有相似处。

## 破案剧／警察剧／侦探剧

国内的现代破案剧基本等同于国外的警察剧，这类电视剧一般讲述警察主人公们与搭档或小组面对凶狠又足智多谋的犯罪分子斗智斗勇、最终将其绳之以法的传奇故事。破案剧／警察剧通常既有悬疑推理成分，又兼具火爆动作场面，如追车和枪战等，在欧美乃至中国香港地区都十分流行，有代表性的如美剧《犯罪现场调查》(*CSI*，2000—2015)、《真探》(*True Detective*，2014—2019)，中国香港地区的《警花出更》(1983)和《使徒行者》(2014)，国产剧《重案六组》(2001—2011)和《中国刑侦一号案》(2002)等。破案剧的案件多改编自真实事件，具有复杂的案情和令人胆战心惊的作案手段；传统破案剧中的警察多为脸谱化形象，或稍微添加一些个性化装饰，一部分现代国外警察剧倾向于塑造有某些阴暗面或性格缺陷的主人公。

国外的现代破案剧中还有一类侦探剧，比如英剧中有很多推理小说改编的剧集，如《神探夏洛克》和《大侦探波洛》(Agatha Christie's Poirot，1989—2013)等。国内则多将侦探角色放到古代或民国背景下，如《少年包青天》(2000)、《神探狄仁杰》(2004)和《河神》。破案剧也可从法医或其他科学角度切入，如国产剧《法医秦明》(2016)、日剧《非自然死亡》(2018)和讲述物理学家侦探故事的《神探伽利略》(2007)。

破案剧多为单元剧，或结合连续剧的复合单元剧。

## 医疗剧

医疗剧在剧作结构方面与警察剧非常相似，只不过把警察追凶探案换成了医生治病救人。美剧有相当多数量的医疗剧，比如《急诊室的故事》(ER，1994—2009)、《实习医生格蕾》(Grey's Anatomy，2005—)、《豪斯医生》(House M.D.，2004—2012)等。日剧有《救命病栋24小时》(1999—)、《医龙》(2006—)；韩剧有 Life (2018)、《机智医生生活》(2020)；国产剧有《心术》(2012)、《长大》(2015)、《急诊室故事》(2015)等。

医疗剧除了展现专业医务人员以精湛技术解决各种病理杂症的激动人心的故事之外，也表现这些主人公之间的情感关系（有一些也涉及彼此的业务竞争关系）；同时因为医疗案例常常关乎生死，这也是探讨人性的好机会。医疗剧中较少一部分会将戏剧重点放在揭露医疗机构的黑幕上，如被多次翻拍的经典日剧《白色巨塔》，这种主题在另一部当代日剧《X医生：外科医生大门未知子》(2012—)中也有部分展现。

## 军旅剧／战争剧／抗日剧／剿匪剧

军旅剧也可以是某种行业剧，即描述主人公们在军队这个特殊职业环境下发生的故事。从戏剧性上来说，战争无疑是军旅生活中最激动人心的部分，在当代和平环境下表现职业军人训练（模拟战争）或参加国际反恐／维和特殊任务以及军营生活（年轻军人成长）是国产军旅剧的主要内容，这样的例子有《士兵突击》（2006）、《我是特种兵》（2011—2012）等。军旅剧中也有为数不多专注军人家庭生活的情感戏，如《激情燃烧的岁月》（2001）。

军旅剧中真正能被称为战争剧的，其剧集所讲述的故事多发生在1949年前，或者集中表现建国初期的剿匪行动，其中剿匪剧的例子有《乌龙山剿匪记》（1986）、《华东剿匪记》（1996）、《战士》（2008）。而除了数量不多的表现国内解放战争的剧集之外，另一个战争剧热点内容集中在抗日战争上。抗日剧繁荣到甚至几乎成为国产战争剧的代名词并不是没有道理的，事实上抗日剧属于在西方已经强大到成为重要电影类型的"二战片"。抗日剧代表作有《亮剑》（2005）、《我的团长我的团》（2009）、《我的兄弟叫顺溜》（2009）、《雪豹》（2010）、《永不磨灭的番号》（2011）等。总的来说，抗日剧既可表现残酷战争场面和机智战略战术，又能够树立起独特的军人硬汉形象，同时适宜宣扬爱国和民族主义情绪，这些都是此类剧经久不衰的重要原因。

国外的军事战争剧也同样很受欢迎，如美剧《兄弟连》、《太平洋战争》（*The Pacific*，2010），德剧《我们的父辈》（*Generation War*，2013），俄剧《向喀秋莎问好》（*Privet ot Katyushi*，2013）等。

## 谍战剧

谍战是一场"没有硝烟的战争"，谍战剧往往讲述战争背景下的卧底／间谍故事，并明显带有惊险片和推理片的类型元素。谍战剧比一般战争剧更适合电视剧这种多以室内场景和日常生活为切入点折射惊涛骇浪大命运的叙事形式。谍战剧中人物的戏剧性困境／险境构成了对观众的强大吸引力，而主人公如履薄冰、机智生存和胜利完成任务后的全身而退更能让在现实生活压力下紧张焦虑的观众获得某种替代性心理满足。具有代表性的国产谍战剧有《敌营十八年》（1981）、《暗算》（2006）、《潜伏》、《黎明之前》（2010）、《悬崖》（2012）、《伪装者》等。谍战剧的故事背景一般集中在抗日战争到解放战争之间，中华人民共和国成立后的反特题材因为种种原因更不容易把握，所以数量不多，代表作有《无悔追踪》（1995）、《一双绣花鞋》（2003）和《誓言无声》（2002）。

在欧美剧集中，除了"二战"背景下的谍战剧，冷战／反恐时期关于国家机密情报部门和国际间谍战的神秘惊险故事也大受欢迎，这样的片子有时也被称为（惊险）特工片，如英剧《军情五处》（*Spooks*，2002—2011）、《秘密间谍》（*The Secret Agent*，2016），美剧《24小时》（*24*，2001—2010）、《冷战疑云》（*The Company*，2007）、《美国谍梦》（*The Americans*，2013—2018）、《柏林情报站》（*Berlin Station*，2016— ）、《国土安全》（*Homeland*，2011—2020）、《德黑兰》（*Tehran*，2020— ）等。

## 历史剧／古装剧

历史剧是有明确历史背景并在历史人物原型的基础上加工创作的。历史剧既有历史真实性与历史逻辑，也兼具虚构创造性，最重要的还是塑造独特有魅力的人物及复杂的人物关系，事件往往需要围绕人物来设计和取舍。国产历史剧中比较突出的是帝王戏，如《雍正王朝》（1997）、《汉武大帝》（2005）、《大明王朝1566》、《大秦帝国之裂变》（2009）等；也有《大明宫词》（2000）这样的宫廷戏以及《大军师司马懿之军师联盟》（2017）这样的军事谋略／战争戏。日本NHK的"大河剧场"里也有不少优质历史剧，如《武田信玄》（1988）、《秀吉》（1996）、《龙马传》（2010）等。

古装剧则仅仅以古装造型作为标志，可以架空历史、戏说历史，甚至是穿越历史，如《金枝欲孽》（2004）、《步步惊心》（2011）、《琅琊榜》（2015）、《延禧攻略》（2018）等，也可以融合历史背景和具有现代意识的人物传奇故事，如《梦华录》（2022）等。非历史剧的古装剧更易满足现代观众对轻松活泼口味的需求，同时也充分利用了表象化的"古风"悦目造型。历史剧与古装剧的界定有模糊地带。

## 武侠剧

武侠剧中很大一部分属于特殊的古装剧，近代武侠则可归入民国戏。

传统武侠剧基本是武侠小说的衍生品，最突出的就是金庸和古龙小说的大量改编翻拍，它们吸引了几代年轻观众，如各个版本的《射雕英雄传》《天龙八部》《鹿鼎记》等。当代武侠剧也有不少改编自漫画、游戏和网络小说的，也有原创故事，并开始与玄幻剧结合，如《仙剑奇侠传》（2005）、《怪侠一枝梅》（2010）、《古剑奇谭》（2014）等。

### 玄幻剧

国产玄幻剧的繁荣很大程度来自同类型网络小说的改编热，这同时也是对国产剧中缺乏真正科幻剧和史诗魔幻剧的适时补充。玄幻剧更容易受到青少年观众欢迎，满足他们不受拘束的想象和对奇幻画面的需求，同时剧情也主要围绕女性向的爱情和男性向的天才少年（打怪或修仙）升级成长的主线展开，但看起来爱情玄幻剧的改编获得了更大成功，如《花千骨》（2015）、《三生三世十里桃花》（2017）和《香蜜沉沉烬如霜》（2018），后者如《莽荒纪》（2018）、《武动乾坤》（2018）就口碑不佳，较为难得的史诗格局的《九州·海上牧云记》（2017）则毁誉参半。

### 科幻剧

科幻剧在电视剧工业发达的国家已经兴盛很久，比较有代表性的有《星际迷航》（*Star Trek*，1966—）、《大西洋底来的人》（*The Man from Atlantis*，1977）、《X档案》（*The X-Files*，1993—）、《太空堡垒卡拉狄加》（*Battlestar Galactica*，2004—2009）、《英雄》（*Heroes*，2006—2010）等，近年又呈现出更丰富的变化，如《黑镜》（*Black Mirror*，2011—）、《真实的人类》（*Humans*，2015—2018）、《西部世界》（*Westworld*，2016—）和《电子梦：菲利普·狄克的世界》（*Philip K. Dick's Electric Dreams*，2017），融合了职场剧的《人生切割术》（*Severance*，2022—），以及介于科幻和奇幻之间的《怪奇物语》（*Stranger Things*，2016—）和《暗黑》（*Dark*，2017—）等。

国产科幻剧尚在起步阶段，与科幻电影一样有一段必经的发展之路，但前景可期。

以上简单介绍了以国产剧为主的十二种常见的电视剧类型（或题材），有些如喜剧并没有单独列举出来，但喜剧中相当重要的情景喜剧已在前文做过简要探讨。另外需要补充说明的是，当代电视剧也与电影一样进入了多类型融合时代，在具体创作时常常需要将不同类型合理组合利用。在对电视剧的基本结构和类型有了一个总体了解之后，下一节我们将进一步探讨一个更具体而重要的剧作问题——如何创作电视剧中的人物与台词。

（参与撰稿：顾馨）

▶ 思考题

（1）为一部长篇电视连续剧设计结构的基本方法是什么？

（2）找出几部开放式结局的电视剧，试着分析编剧是否暗示出主人公的结局？这样的开放式处理对于整部剧的主题表现有什么特殊意义？

（3）电视剧有哪些常见类型？各自的特点又是什么？

# 剧作核心Ⅱ：人物与台词

## ✎ 人 物

在影视剧创作中，人物和故事的精彩程度通常就是这个作品能否受欢迎的关键。不同的编剧，或许有的更善于编织情节曲折、令观众出乎意料又不断感慨的故事，有的则更强于刻画既真实可信又个性独特、情感饱满的人物。虽然故事都是通过人物来展现的，而人物又离不开故事，但不同的作品确实会对人物与故事有不同的偏重。譬如一般来说，在比较偏文艺向的电影中，人物比故事更重要，即如何准确生动地塑造出一个或几个有血有肉、既有强烈时代感又独具个性的人物会是创作者的首要任务，相对而言，情节的复杂程度或强烈戏剧性则退居次位，因为人物的真实性很多时候必须通过娓娓道来的看似并没有那么"引人入胜"的表象细节来展现。相反地，在商业属性较强的电影中往往有更复杂多变和快节奏的情节桥段，人物更趋向类型脸谱化，因为在大多数这样的电影中，可供"静态"中细致刻画人物的篇幅非常有限，只能利用观众既有的观影经验，快速地用标志性元素让观众在最短时间内把握住该人物，然后全身心享受过山车似的故事带来的愉悦感。还有一个有趣并比较普遍的现象，就是年轻编剧更容易迷恋故事（包括故事结构和技法），而对于人物（真实性与情感）方面反而不那么重视。事实上，写好人物比写好故事更难。

比较电影和电视剧（尤其是长篇电视连续剧），不难发现电视剧比电影更注重人物，可以说一部电视剧如果不能塑造出让观众亲近、认同、喜爱、怜爱，甚至恋慕、崇拜的人物，那么很难保证它不会被观众中途放弃，因为电视剧的时长和通常不能连续完整观看的方式（比如每天两集）是比电影更需要用"钩子"不断抓住观众的，除了特殊类型，如悬疑剧，更普遍和行之有效的方式就是塑造人物的吸引力。从另一个角度来看，通常电视剧需要更多人物（包括主要人物和配角）和更复杂多变的人物关系，利用命运起伏的人物和错综复杂变化很大的人物关系来构建一个长篇小说式的故事。电影中的群像戏和史诗片与其部分相似。

电影剧作理论中的人物写作规律基本适用于电视剧，但主要由于篇幅大不相同，播放媒介、环境及目标观众也有差别，因此电视剧更适于表现：（1）大历史跨度下的人（主人公兴衰哀乐的一生或大半生，如《大长今》[编剧：金英贤，2003，韩国]、《阿信》[编剧：桥田寿贺子]）；（2）慢放／放大的人生（从鸡毛蒜皮的家庭伦理剧到分秒必争、惊心动魄的悬疑惊险剧，前者如《渴望》[编剧：李晓明]、《洗澡堂老板家的男人们》[编剧：金秀贤，1995，韩国]，后者如《24小时》[创剧人：罗伯特·科克伦、乔尔·苏诺]、《长安十二时辰》[编剧：爪子工作室、马伯庸，2019]）；（3）一个或几个家族或"团队"的复杂人物群像戏（如《白鹿原》[编剧：申捷、陈忠实，2017]、《权力的游戏》[创剧人：戴维·贝尼奥夫、D.B.威斯]、《大明王朝1566》）；（4）一组受欢迎、深入人心的人物之间发生的"可以永远持续下去的"单元故事集锦（如《老友记》）。

## 主人公的塑造

电视剧剧本中的人物是如何被创作出来的呢？从工作流程上来说，首先需要确立的是主人公以及紧紧围绕在他身边数量有限的其余主要人物。主人公是一部剧的灵魂，是定海神针。主人公贯穿全剧的主动行为任务

（也包含被动遭遇）会构成主情节线，人物变化乃至结局揭示全剧主题；不仅如此，几乎其他所有人物，包括主要人物和配角都是围绕主人公一层一层建立起来的，他们将成为主人公的对手（敌人或竞争者）、同盟者、爱恋者（施爱或被爱）、辅助者（导师或伙伴）、阻挠者（强度弱于对手的麻烦制造者或进入故事"新地图"前遭遇的"边界卫士"）等。电影剧作理论家罗伯特·麦基（Robert McKee）形象地把主人公比喻成太阳系的中心——太阳，而围绕太阳旋转的行星或围绕行星旋转的更小的卫星就分别对应其他主要人物和配角，他们共同构成了整个太阳系——电影故事系统。"其他所有人物之所以能在故事中出现，首先是因为他们与主人公的关系以及他们在帮助刻画主角复杂性格方面所起的作用。"[1]相比电影的故事系统，长篇电视连续剧是一个更庞大和复杂的系统，它可能不再是一个太阳系，而是整个银河系。因此对于这么一个庞大系统来说，主人公能否成为真正的"定海神针"就变得极为重要。虽然有些剧集采用了多主人公模式，在一定程度上分担了单一主人公的叙事重任和对观众保持持续吸引力的"风险"，但一般情况下，即使是多主人公模式，也会有相对主次之分，这是叙事焦点的问题，也是讲故事这门古老技艺的要义之一。

　　主人公应是整部剧中最有魅力的人物，即最吸引观众并能够令之移情的那个人。他不仅应该贯穿整个剧集参与叙事，并且要发挥出"骨干"能力主导叙事，即主情节的重大拐点应该都是主人公动作直接或间接的结果，并直接在他身上产生重要影响。一般来说，主人公应该是整部剧中最复杂的人物，即电影剧作理论中所谓最多"维度"的人，同时也往往是所有人物中变化最大或最多的那个，即最大"弧度"的人。理想的主人公通常是在特定情境下身处最大冲突、经历最长情感波折以及可获得最大多数目标观众支持与认同的人。所谓特定情境，往往涉及生存、爱、尊严、公正等基本人类命题，主人公为之奋斗的过程可以划分成终极任务和一个个局部任务。主人公努力完成任务的行动线就构成了全剧的情节主线，其他所有副线都是

---

[1] ［美］罗伯特·麦基：《故事：材质、结构、风格和银幕剧作的原理》，周铁东译，中国电影出版社2001年版，第445页。

为之服务的，当主人公的主题任务（终极任务）完成后，全剧便走向尾声。

### 主人公周围人物的塑造

围绕主人公，接下来要建立的是其他主要人物，即全剧中与主人公联系最紧密并且与主人公之间的人物关系会形成主情节线强大叙事驱动力的那几个人。一般来说，主要人物和主人公一样贯穿全剧，人数需要限制，大概以三五人为宜，一些特殊题材的剧集通常最多也不会超过十人。他们的主要任务按功能可以划分成几类。

首先，主人公的正向情感对象，最常见的是爱恋之人，也可能是构成其他亲密关系的人物。这类主要人物往往不是构成与主人公之间一种既定或稳定的情感关系，而更可能是一种推动主人公去争取的关系。这种关系是不确定的，可能成功，也可能失败，这样它就构成了叙事动力，并源源不断地激发出情节来。如果这是一部以正向情感关系为主题的剧集，那么一旦这个关系确定（确定后可能还会节外生枝发生变化）并且最终"令人放心地"稳定下来，故事就结束了。如果是其他主题，那么这对主要情感关系很可能会成为干扰或阻碍主人公完成主线任务的重要戏剧砝码，主人公在关键时刻必须在两者之间做出取舍。

其次，主人公的负向情感对象，即敌人或对手。这组人物关系将是整部剧戏剧冲突的重点。很多戏看起来很平或者温吞，很可能就是由于这一类主要人物塑造得太过简单或软弱了。只有将这类对立人物描写得强大，甚至最初看起来是主人公无论如何都无法战胜的，才可能达到效果——主人公必须在很长一段时间里拼尽全力，才能变得比敌手更强大，进而战胜敌手——落差越大，情节发展或主人公成长的空间就越大，同时观众为之担心的代入感也会越强烈，这无论对于塑造观众最喜欢的"逆袭"主人公形象，还是对编织在巨大阻力和困难中不懈成长或抗争的长篇情节来说，都是大有益处的。如果是以负向情感关系为主题的剧集，比如复仇戏，那么就要注意控制好它与主人公正向情感关系之间的比例平衡，一个以复仇作为主题的主人公往往只能将个人情感线放在副线来处理，除非这两种情感关系之间有更紧密的联系，比如敌手就是情敌，那么这两个主题的情节线就有重合的可能了。

对于电视剧剧本来说，上述两类主要人物构成了与主人公关系最为密切的部分，这两组人物关系也构成了撑起整部剧集情节结构的内在"大梁"。我们可以再换个角度来看这两种主要人物，第一种主要人物——主人公正向情感投射的对象，从心理学上可以被看作主人公理想人格的"另一半拼图"，就像我们常说理想伴侣是"另一半"，主人公在追求正向情感投射对象的同时即追求完美自我的过程。而第二种主要人物——主人公负向情感的对象，即对立人物，在心理学上可以被看作主人公隐藏的"邪恶的另一面"，因此主人公竭力战胜对立人物的同时即是克服自身"黑暗人格"的努力。所以我们几乎可以把主人公的故事归结为在本质上都是追求完美和战胜自我缺陷的故事。如果成功了就是喜剧，失败了即是悲剧。

除了这两大类主要人物之外，还有一类即主人公的同盟者。从情感上来说，这类人物与主人公之间基本上也属于正向情感关系，不过与前面谈到的作为爱恋对象的正向情感对象不同，同盟者不是主人公行为的终极目的，而是实现这一终极目的过程中形成伙伴关系的人。他们可能与主人公是同性，也可能是异性，可能是同龄人，也可能是年长者或更年幼者，甚至是一只动物。同盟者大多需要贯穿全剧，但也可能把功能拆分给几个主要人物，他们分别在主人公的不同阶段出现并担当此功能。同盟者在一个故事中的启示意义是生活在社会中的人必须与他人建立友谊同盟关系，才能逃避险恶，获得成功（完成任务）。

主要人物的另一个重要设定是，除了完成配合主人公的戏剧功能之外，每一个主要人物都是自己故事世界里的主人公，这些故事世界就是一条条情节副线，整部剧集（乃至每一集的戏）就是由主人公所统领的故事主线与每一个主要人物所主导的故事副线交织在一起构成的。因此，每个主要人物一般来说都应有自己的主题戏剧任务，而不能只是一个道具。举例来说，某个主要人物是主人公爱恋的对象，但是她在故事中有自己的任务，比如找到一份好工作或实现自己的理想抱负，因此这个人物是动态的，而不仅仅是一个等待主人公追求的对象，她应该有自己的生活，有自己的行动。

## 人物设置的规则和方法

人物的设定基本上就是依照这样的流程一层一层建立起来的,有围绕主人公的主要人物,有围绕主要人物的次要人物,以及一些虽然同样围绕主人公但居于背景边缘的次要人物。以此类推。最常使用的人物关系是亲情或爱情伦理关系,其次是工作关系,"母亲和女儿、父亲和儿子、兄弟和姐妹、丈夫和妻子比单纯的陌生人更适合作为片中的主要角色"[1]基本是共识。通过人物关系设置人物,可以保证整部剧集人物之间的相关性,这是电视剧比电影更加讲究的部分,甚至我们可以说,在某种程度上,电视剧的情节主要就是通过人物关系的张力和变化来驱动的。

人物的设计还有以下一些原则,比如除非特殊剧情需要,否则应尽量避免出现雷同人物,这里既包括人物的物理特征,如外貌、性别、年龄等,也包含角色个性和戏剧功能。其次是不要为了单一的戏剧功能随意增加人物。电视剧虽然通常比一般电影有更多人物,但是无论从故事的聚焦性(太纷乱的人物容易让观众抓不住重点而无所适从)还是制片成本(多一个演员就多一份费用)来考虑,都应尽量将功能相近的人物进行合并处理。只出现一两场戏的人物可考虑删除。

与此同时,又有一些看似不那么重要、戏量也没有那么多的人物却是一部电视剧必不可少的配角,比如所谓的"辅助人物",他们可能是主人公身边或敌手身边的小角色,还达不到同盟者的程度,更多的是与他所围绕的中心人物形成一种"主仆关系",这样的辅助人物不仅能完成一些中心人物和同盟者不能完成的"小任务"(也包括一些不那么正大光明的任务),并且还能提供另一个比较"低"的人物视角,增加故事叙述的趣味性。这样的辅助人物有时候也兼具喜剧色彩,用以调和可能比较严肃的中心人物或主情节线的情绪基调。喜剧性的辅助人物也可能在某一个关键时刻挺身而出,以一种牺牲的行动迅速成就一种庄严的高光时刻——甚至带有某种英雄感。

---

[1] [美]布莱克·斯奈德:《救猫咪:电影编剧宝典》,王旭锋译,浙江大学出版社2011年版,第54页。

另外一些所谓"幕后大人物"的配角，他们可能在整部剧中出现的次数很少，却往往是掌握权力的关键所在（叙事动力与阻力命令的发出者），与对立人物的区别在于他们不正面与主人公发生冲突，因此也无须太多露面。有的电视剧里还会有"预言者"这样的配角，这种人物往往带有某种神秘色彩，并且在正邪两派之间保持中立位置，他可能是一位智者，也可能看起来像傻子或疯子，他们往往带有某种"说书人"的功能，提醒主人公或观众即将发生的重大事情，不管最后有没有应验，一般都能产生较大的悬念作用——引起观众的好奇，并为主人公的命运担忧。还有些时候，我们需要适当增加或者改造一些配角，让他们成为所谓的"色彩人物"，主要功能是为整部剧穿插点缀喜剧色彩，尤其在一些比较严肃的剧中可以起到调和作用，暂时轻松一下，也可令观众更觉亲近。

设立一个人物，首先要起名字。有些初学写作的年轻编剧对于给人物起名字不太放在心上，可能会随便起一个，甚至用字母符号先称谓着，打算写完以后再慢慢改，这尤其在某些电影剧本习作中更常见。其实对于很多专业编剧来说，所谓"名不正则言不顺"，他们往往会为给主要人物起一个恰当的名字而绞尽脑汁。事实上，为人物起名字是一件非常重要的工作，就像几乎没有一对父母会给自己孩子胡乱起名字一样，创作者必须慎重做好这件事，它不但寄托着编剧对这个人物的某种期待（或隐喻），而且会辅助编剧在创作过程中越来越清晰地看到这个人物，最后他就像你身边的一个真实人物一样。人物的名字当然首先要遵守一些客观约束，比如他所处的时代、家庭出身和教育程度等。某些人名是带有鲜明时代特征的，比如建国、卫东、大军、大民、盛男、招娣；不同教育背景和家庭背景的孩子也很可能不会叫相似的名字。此外，人物自身的性格与名字也可以形成相似或反差的有趣关系。另外重要的一点是，主人公的名字应当朗朗上口，尽量避免太过生僻的字（特殊需要除外，如某些传奇剧需要人物有很不同寻常的名字），应能让观众尽快记住并且印象深刻。主要人物之间的名字不要太相似，以免观众搞不清楚而困惑。

人物的外形设计要既形象生动，又要留有余地。编剧应大致描述主要人物的体型样貌，但是不宜过细，因为这会涉及日后选角的问题。如果编剧将人物体貌特征限制得过于细致，一方面会大大缩小演员的可选择范围，另一方面（这个原因也许更常见）也可能因为最后选用的演员与该描述不符时被要求按照该演员特征再返工修改剧本。无论是哪一种情况，无疑都是给自己和别人添麻烦。相对而言，编剧在人物个性塑造方面的自主度更高，毕竟作为专业演员来说，能饰演不同个性的角色是其基本功。人物外貌与个性相匹配的模式是比较常见的，这符合基本的生活规律；但也有一些特殊人物或特殊类型，如喜剧中会故意将人物外形和内心进行反差设计，比如铁汉柔情或斯文败类。

初学编剧的人往往在写人物的时候会走两个极端，其一是刻意塑造与众不同的怪异之人，其二是非常类型化的脸谱人物。这两种人物有一个共通的毛病，就是缺乏可信度，观众会觉得不真实、不可信，因此无法共情。所谓真实可信感，至少有两个检验条件，第一是这个人物在他所处的故事世界里是一个合情合理的存在；其次，这个人物说的话、做的事具有真实普遍的人类情感和行为逻辑。举个极端的例子，对于一个真实的普通人物（不是职业杀手）来说，杀人是一件非常严重的大事，一个人在何种情况下才能做出这个举动，这需要编剧设身处地细细考量，如果矛盾冲突没有把情绪推到那个高点，杀人这件事就会显得非常刻意和做作（特殊类型如喜剧片除外）。

塑造人物的传统方法之一是编制人物前史。所谓前史，就是在电视剧剧本故事发生之前这个人物所经历的一系列事件，其中某些意义重大的事件造就了该人物的独特个性（缺陷或优势）。这些描写一般不会正面出现在剧本中，顶多采用回忆来展现，如闪回、对话叙旧或梦境等形式。在下一章的人物小传部分我们会更详细讨论，这里我们先看一个例子，节选自《无证之罪》中朱慧如的人物小传。

**朱慧如**

25岁，福如面馆的"老板娘"，故事主人公。

对大多数女孩来说，美丽是上天的馈赠，但对朱慧如来说，却是搅乱她生活的原罪。生活在蛮荒的小城里，朱慧如从上小学开始，就成了各路混混追求的目标，在那些粗暴的只懂得用拳头解决一切的男孩眼中，她只是个值得争个头破血流的物件。

整个学生时代，朱慧如始终活在骚扰和斗殴里，唯一解脱的希望，就是哥哥朱福来——因为他的拳头比谁都大，任何胆敢冒犯妹妹的人，最后都在朱福来的铁拳下满地找牙。慢慢地，女生的嫉妒、男生的觊觎让她连正常的交朋友都成了奢望，原本生性活泼烂漫的朱慧如变得越来越孤独，同时也对自己的生活厌烦透顶。

可以看出这一段人物前史并不复杂，寥寥几笔，却生动地勾勒出人物的成长轨迹和性格成因，同时也清晰描述出兄妹关系模式，这都为其后故事的发生发展提供了合情合理的基础。

在具体的剧本写作中如何塑造人物呢？简单来说有两个手段，一是台词，二是动作。可以说所有人物都是通过听觉的台词和可视化的动作令观众感受到的。传统的电视剧中，台词往往比动作更重要，这是有原因的：首先是电视剧在媒介属性上更接近于广播剧而不是电影，尤其是早期的电视剧，在某种程度上甚至可以看作可视化的广播剧；其次，电视剧的观看环境与影院也大不相同，家庭的嘈杂氛围使得观看者不太能全神贯注，甚至可能一边做着家务或别的事情一边看或听电视，所以相比于视觉信息，听觉信息的接收在很多时候更有效；此外，过去电视剧的制片成本也比电影要小很多，一般采用内景拍摄，没有办法表现丰富的动作，只能主要依靠台词来演绎故事、推进剧情。当然今天的电视剧包括方兴未艾的网剧或流媒体剧在很大程度上已经越来越接近于电影，不过在很大程度上台词还是比动作被更多地应用于刻画人物。在重点讨论电视剧台词之前，我们先简单探讨一下通过动作表现人物的若干要点。

首先，动作应符合人物的个性。不同的人面对相同的矛盾或处境会有不同的反应，不少新手编剧一旦进入剧本写作阶段就常常会一心专注情节描写，却把很多人物的设定都抛到脑后了（剧本中的人物与人物小传中的描写可能大相径庭），这样人物就会沦为情节的"道具"，根本不可能真正做到鲜活生动。所以编剧在写剧本的时候，大概常常要保持一种"人格分裂"的状态：一方面保持"上帝视点"，冷静客观地操纵所创造的众多人物，排兵布阵、呼风唤雨；另一方面，在描写每个人物的时候又必须像演员进入角色一样，时刻切换自己的情感与视点，设身处地地想象如果自己是那个人物，会怎么说、怎么做。只有这样才能做到既把握住全局，又能将每个人物刻画得千人千面、毫不雷同。

其次，为人物设计较独特的怪癖、疾病或恶习也能令观众印象深刻，甚至成为该人物的一个显著标记。比如《白夜追凶》中罹患黑暗恐惧症的关宏峰，《老友记》中洁癖又有强迫症的莫妮卡，《风骚律师》里因电磁辐射过敏而与一切家电绝缘的查克，《护士当家》中深受毒瘾困扰的女护士杰基等，这些与众不同的怪癖／疾病／恶习不仅是表面化的标签，而且可以有机地进入情节中，甚至很可能成为主人公在某些危险或压力下解脱或牵制的关键要素。

再者，可以通过设置特殊情境激发人物动作，进而表现人物。人在平静状态下通常都能比较好地掩饰自己，保持一个"主观上想要示人"的面目，但是如果换了一个情境，可能就会情不自禁地暴露本性，比如生活中常见的一群人一起打牌或者长途旅行，就很容易显露各人真性情。在戏剧情境中也一样，如两难选择的关头就是刻画主人公的好时机，而最极端的是生死之时。当然对不同的人来说，生死不一定是最重要的抉择，譬如在某些故事中，主人公更难选择的是要不要为了什么而放弃尊严或信仰。就像把一个人物塑造成英雄的最直接有效的方法就是给人物一个情境，让其最终做出牺牲这一动作一样，置人物于矛盾和绝境之中，人物才能被"压迫"出最真实同时也是最符合人物个性的动作。

为人物设计动作的时候，如果能巧妙利用道具，也是一个不错的办法。它能令人物的意图更视觉化和意象化，并且让观众自己观察到它，从而获得某种具有潜在优越感的期待或满足。比如饭桌上一对争吵的人物扔筷子、拍桌子、摔碗，这是一种"粗暴直白"的写法，另一种选择是其中一个人比较沉默，但是从他用刀叉取用食物的动作可以看出他内心"火山爆发"前的忍耐，甚至可以用剁下鱼头的动作表现他内心的愤怒。再如在《大小谎言》中，简每晚睡觉前都要从上了锁的抽屉里取出左轮手枪，把它放到枕头底下才能入睡，这一动作令人物内心的恐惧和不安感跃然纸上。

除了上述谈到的这些，人物动作设计中还有一个值得重视的问题，即人物的外在"行为"和实际目的可能是一致的，也可能具有别有意味的反差。这有点像"说一套做一套"，又有些类似不同于表面台词的复杂微妙的"潜台词"。这是人物动作设计中比较"高阶"的部分。

所以在人物动作的最后，我们来简单分析一下人物行为和动作的要点与异同。"行为是动作的表面呈现，是角色对动作的外化表达"[①]，行为首先具有个性化的特点，受时代、地域、成长环境、教育背景、职业和生活状态等影响，能给观众留下深刻的印象。比如《无证之罪》中，严良是个专业性很强的前刑警，但他出场时竟然坐在马桶上玩手机"斗地主"游戏，接着他接到了前妻电话，两人在电话里吵了起来。坐在马桶上玩"斗地主"这一行为立刻使人物鲜活起来，一个无所事事的颓废中年宅男形象栩栩如生。而行为的"不可预知"感正是它吸引人的关键，它形成了某种悬念。同样是在《无证之罪》中，"雪人杀手"骆闻在惩凶杀人后，在死者身旁堆了一个叼着没有过滤嘴香烟的雪人，还在其胸前贴上字条"请来抓我"，这种出人意料的行为立刻成功吊起了观众的好奇心。行为还有一个重要特性，即描述越详细，人物就越有真实可信感。编剧需要为人物设计丰富的生活和工作细节，观众才会对他熟悉和认同。

而与行为不同的是，动作是揭示人物本质的，是人物在欲望驱使下真正在做的事，在极端情况下甚至人物都不自知。正像我们前面所说的，人物在巨大的压力、危险或诱惑情境（如生死）下最能表现出真实动作。从剧作理论上讲，一个完整的动作应包括人物的戏剧性需求（欲望—诱惑）、人物选择采取的行动（表层的行为与内在的线索）及由此引发的冲突、人物相继做出的反应动作乃至结局。一般来说，如果人物的戏剧性需求得到了满足，有关行动即将终止；如果没有满足，那么人物将采取进一步行动，冲突不断升级，直到满足或被彻底消灭。这里值得注意的是，动作不一定都有外在的行为，也可以是某种"不作为"，只要"不作为"能继续为满足

---

① ［美］罗伯特·麦基：《对白：文字、舞台、银幕的言语行为艺术》，焦雄屏译，天津人民出版社 2017 年版，第 57 页。

戏剧性需求而引发冲突。由此可见，动作是真正揭示人物真相与全剧主题的关键。

## 台词

如果一个电影编剧不善于写台词，那么如果他十分努力并且在题材和人物比较特殊的情况下，仍是有希望写出一部合格的电影剧本来的；然而换作电视剧领域，几乎就是一件不可能的事了。写台词的能力应该是电视剧编剧首先要掌握的，好像俗语说的"一白遮百丑"，假如一个编剧写的台词鲜活，既自然又幽默生动，而且能做到写一个人像一个人，那么坦率地说，他即使在剧作其他方面有所缺憾，比如不太善于总体结构布局或者某一类戏写不好，也可能会因为台词的精彩而令观众很多时候不那么在意其缺陷。换言之，除了台词，剧作其他层面的问题都可能有编审、剧本顾问、剧本策划、剧本医生或者导演来帮你纠正，但我们很少在电视剧中看到专门请台词编剧来帮忙润色剧本（这种情况在电影创作中相对要常见得多）。如果连台词都写不好，基本上就无法担当剧集编剧了。

同电影类似，电视剧的台词也包括最常见的对白，以及在比较特殊情境下采用的独白和旁白。所谓独白，即人物在画面内自己说话。这大致又可分成两种情况，一种是人物开口说话，另一种是人物内心独白。人物独白，即没有对话者，它可能发生在人物远离人群独处的时候，也可能恰恰相反是在众人面前演讲（或类似演讲式的告白）。譬如在演讲中，独白台词通常都是大篇幅的，这非常考验编剧的文字和语言能力，它不仅应具备一般优秀演讲稿的水平，并且必须和剧情紧密相连，因为通常这样的戏都是高潮戏，能令故事中的听众乃至故事外的观众一起受到剧烈的情绪感染，并为之抛开之前种种偏见，完全被宣讲者说服。人物大段宣讲式独白的场景会比较多地出现在某种群众性仪式或会议现场中，比如毕业典礼、就职／辞职现场、婚礼／葬礼、法庭总结陈词／凶杀案最终推理现场、行刑或当众自杀前等；这些情境不仅具有仪式性，并且往往标志着人物的重大行为转折。在这样的台词中，人物往往直抒胸臆，逻辑力量和情感力量都是击中人心的关键。人物独处时候的独白多为内心独白，基本上就是人物的内心活动，这样的台词可长可短，视情节而定。内心独白其实是以一种特殊的方式将人物的内心活动讲给观众听。如果运用不得当，有些时候可能会沦为编剧偷懒的办法。在大多数情况下，我们还是建议通过动作和台词（包括潜台词）将人物的内心活动"艺术化"地表现出来，而不要那么直白。还有些时候，为了掩饰内心独白的"尴尬"，编剧常常也会设计让人物在写日记或者写信时发出"内心声音"。一般来说，内心独白要慎用；并且如果为某个人物设计内心独白，那么必须注意剧本中是否在相似情境下他都会以这种方式表达所思所想。还有一种比较特殊的独白是人物对画面外的观众说话，这其实是一种布莱希特式的"间离戏剧"效果。它一般会具有某种黑色喜剧或反讽效果，比如《纸牌屋》里时不时对观众说话的安德伍德。与独白不同的是旁白，即说话者并不在画内出现。旁白者可以是故事中的某个人物，也可能是一个上帝视角的"说书人"，前者如《大明宫词》中时常兼任画外说明的太平公主，后者如《女医·明妃传》开场全知视点的画外音解说。旁白一般起到解说的作用（交代背景、连接剧情、填补信息等），让我们看一下《最好的我们》第一集开场主人公配合画面的一段自我介绍的旁白。

《最好的我们》第一集

1. 耿耿卧室　日　内

耿耿在床上睡觉，睡相并不好。突然，床头的闹铃响了，耿耿惊醒，急急忙忙伸手按闹钟，抓了两下没抓着。画面定格。

耿耿（O.S.）：我叫耿耿，虽然很多人不喜欢我这名字。

（穿插）亲戚嘴脸：你这名字怎么劲儿劲儿的。

耿耿啪的一声，按下闹钟。

耿耿：但是我喜欢。

刚按下一瞬间，"哎呦"一声，连人带被子一起摔下床。耿耿拿着闹钟看了一眼，发现很晚了，急忙想站起来，又在桌子边沿上把头磕了，"啊"地叫了一声，捂住头。

2. 客厅　日　内

耿耿捂着头，穿着衣服，手忙脚乱冲出房间，冲进卫生间。爸爸正把早饭端上餐桌。

耿耿在卫生间匆忙刷牙洗脸。

爸爸：别着急，还来得及。

耿耿（O.S.）：这是我爸。我的名字，就取自爸妈各一个字。我觉得，他们当时一定是怀着强强联合、爱情结晶的美好愿望。

几张耿耿一家人的幸福照片切换。最后一张，突然从中间撕开，妈妈单独被撕到一边。照片上三个人的表情也变了。（或者最后一张是墙上的爸妈结婚照。）

耿耿（O.S.）：但是，他们还是离婚了。

耿耿手拿吃的，盯着餐桌的一个空座位出神，爸爸摇晃耿耿。

爸爸：耿耿，耿耿？

耿耿回过神来，抓紧吃饭。

爸爸：第一天报到，多认识些新同学，给大家留个好印象。

耿耿嘴里含着面包，开始翻找房间。

耿耿：嗯，嗯。哎，爸我相机呢？

爸爸：昨晚给你装到书包里了。

耿耿拉开书包看了一眼，就拎着书包要出门。

突然，耿耿盯着墙看了一眼，停下脚步。

耿耿：爸，你怎么又挂上了。

耿耿把墙上挂着的一张入学通知书取下来，往桌子上一放，就出门了。

3. 上学路上　日　外

　　耿耿背着书包，快步走着。

　　耿耿（O.S.）：我中考那年，赶上"非典"，全市各行各业兵荒马乱。

　　耿耿就像走在舞台上一样，背景一幕幕变换。

　　耿耿依然背着书包，但是戴上了口罩。身后的人也都戴着口罩，神情紧张。一队穿着白大褂的医务工作人员，喷着消毒药，从耿耿身边走过。

　　耿耿（O.S.）：所以中考也做了改革，只考三门，而且难度降低。

　　耿耿走进一间教室，只有几张桌子，耿耿刚坐下就开始答卷，耿耿匆匆写几笔，就站起来，走到讲台交卷，监考老师点点头接过，耿耿继续走。

　　耿耿（O.S.）：我考上振华，成了我们那个初中的轰动性新闻，不少同学拉着我到李宁店门口合照，因为……

　　耿耿走到一个李宁店门口，对面涌过来一帮初中同学，耿耿自觉走到第一排中间，接过一个同学递给她的仿振华通知书，一个人在前面给她们照相。

　　所有人异口同声：一切皆有可能！

　　其他人闹哄哄地嬉笑离去，留下耿耿一个人孤零零站在店门口，拿着通知书。

　　耿耿（O.S.）：踩了这么大的狗屎运，我觉得，我一定会遭到报应的。

人物台词和人物动作一样，首先也必须符合人物个性，符合其时代背景、地域特征、性别年龄、成长环境、受教育状况、职业与生活习惯以及人物状态等。比如同样称呼"傻子"，北京人说"傻冒儿"，湖北人就说"勺子"。又如《还珠格格》里颇有教养的紫薇出口成章，而大字不识的小燕子则粗话连篇。所以即使是相似的人物，也要努力在台词上找出其各自特点，让观众只听台词不看荧幕也能分辨出不同。有一些小技巧可以增加人物台词的辨识度，比如方言、口音。大多数影视剧中的人物都是说相似的普通话，但有些特殊人物的方言口音可能起到特殊效果，不仅令当地观众备感亲切，而且能丰富人物背景，使其更加真实可信。另一方面，口音也隐喻着某种地域性格，比如粤语、上海话、苏杭话、东北话、湖南话、山东话等，在约定俗成的文化想象中分别指向不同的特定性格。除了口音，为主要人物设计口头禅或者特定的语言习惯也是一种办法。对于很久之前播过的影视剧，观众可能连它们的情节都记不清了，但是剧中人物的某些习惯用语成为当时的流行语，反而深深印在了他们的回忆中。

接下来我们分析一下台词的功能。台词在剧作意义上至少具有三个重要功能：第一是作为人物的行为（相对于动作行为而言的语言行为）推进剧情，第二是通过人物的对话间接地向观众解释剧情，第三是持续不断地塑造和描绘人物。对于编剧来说，他们最容易重视的是台词作为行动的功能。尤其在电视剧中，正如我们前面说到的，人物更多的是通过台词而不是肢体动作来行动。"当一个人说话时，他其实就是在行动"[①]，行动式的台词直接体现了人物的戏剧性需求，亦折射出人物的真实性格。相对于肢体动作的冲突，语言冲突其实更具备丰富层次，并且强度丝毫不逊色于前者。精巧的台词设计会让人印象深刻，余味无穷。譬如《太阳的后裔》第一集中，暗生情愫的男女主角用对话相互试探，柳时镇看似漫不经心地问姜暮烟说："医生的话没男朋友吧？因为太忙。"姜暮烟则回答："军人的话没有女朋友吧？因为太苦。"这就是台词的语言艺术，既符合当事人的身份与当时的情景，又令观众心领神会。又如《欲望都市》里萨曼莎与大先生针锋相对的台词："为什么漂亮女人都是贱货？""因为有钱男人都是混蛋。"《潜伏》中余则成对翠平说："翠平，能跟你商量个事吗，咱能生个嘴小点的女儿吗？"翠平回答："那咱们能生个眼睛大点的小子吗？"再让我们看看《大小谎言》第一季第一集中的两场戏，话题同样从梅德林创作的话剧《Q大道》开始，一场是阿比盖尔用犀利语言把母亲梅德林气出了门，一场则是用温柔对话来挽回母亲。

---

[①]［美］罗伯特·麦基：《对白：文字、舞台、银幕的言语行为艺术》，焦雄屏译，天津人民出版社2017年版，第55页。

## 示例 1

**梅德林家餐厅　日　内**

梅德林的丈夫、梅德林、大女儿阿比盖尔和小女儿克洛伊一同坐在餐桌旁吃饭。

梅德林：说到邦妮，你知道她今天干了什么吗？（停顿）她在禁演我的话剧《Q 大道》的请愿书上签了字。

阿比盖尔：是那部木偶飙脏话的戏吗？

克洛伊：酷！

梅德林：不仅不是，而且是一部你该看的戏。有关年轻一辈如何在生活中挣扎，理想渐渐破灭。面对未来的虚假承诺，他们感到被打击、被欺骗。

阿比盖尔：我在这儿听你说就够了。

梅德林一阵沉默，放下餐具，打开门走了出去。

## 示例 2

**梅德林家客厅　夜　内**

梅德林坐在钢琴前为她的话剧《Q 大道》编曲。

阿比盖尔：这是你木偶剧里的曲子吗？

梅德林：对，但这真的不只是木偶剧。

阿比盖尔一边剥着橙子，一边走到梅德林身边。

阿比盖尔：这戏对你来说很重要是吗？

梅德林点头，情绪有些低落。

阿比盖尔：我叫邦妮重新写个请愿书，支持你。妈，你还好吗？你不会是活不长了吧？

梅德林：瞎说，当然没有。为什么这么问？

阿比盖尔：你看起来情绪不太稳定。是你大姨妈来了吗？

梅德林：不，不是。没人会告诉你，失去孩子的感受，当年的她

（指阿比盖尔小时候）和现在一样美丽动人。那个小女孩一头卷发，我总是梳不开。她常常做噩梦，要跑来和我睡。现在，她走了。（停顿）这就是我为什么有点……况且现在你妹妹也上一年级了，我的宝贝们都在离开我。这应该跟医学上的生理期抑郁差不多吧，我估计。

阿比盖尔：我永远是你的宝贝。邦妮像我朋友，有时候可能是最好的朋友。但，我是你女儿，你是我妈妈。

梅德林感动地流下了眼泪。

阿比盖尔：妈，你别哭呀！别难过，好吗？

阿比盖尔轻抚母亲的肩膀。

梅德林：抱歉。（停顿）抱歉。只是……

梅德林伸手去撩阿比盖尔的头发。

阿比盖尔：妈……

梅德林：你的头发，都挡到你漂亮的脸蛋了。

台词中解释剧情的功能通常发生在几个人物传达信息的时候，而这些信息可能是即将发生的事情，也可能是回溯已经经历的过去。这表面上是人物之间的对话，实际上是借人物对话向观众传达信息。这种台词式的剧情解说比之前我们谈到的旁白式解说更隐蔽，一般都是在剧情将变得很复杂（比如多线索推进或动作式突袭）之前出现，也可能回溯若干集之前一个大多数观众已经忘记或需要反复强调的关键信息，它通常会与接下来的情节发生关联。对于长篇电视剧来说，后者往往更常见。但是解释剧情的台词一定要适可而止，否则不但会有"兑水"之嫌，而且会令观众觉得好像自己智力低下一样，没有人喜欢听早已看明白的剧情的反复唠叨。

台词对人物的塑造是贯穿整部剧本的，语言可以表现人物的表层特性，也可以掩盖某些真相，甚至有时候人物会用它来欺骗自己，比如《这个破世界的末日》（*The End of the F×××ing World*，2017）中以为自己有胆杀人的詹姆斯，他在剧集开场独白道："我叫詹姆斯，今年17岁，我很确定我是个冷血变态。在我八岁时我意识到自己没有幽默感。在我九岁时，我爸爸在美国购物频道上买了一个油炸锅，有一天我把我的手放了进去，我想让自己感觉到些什么。在我十五岁时，我把邻居的猫放到盒子里，带它去了森林，从那以后我杀了更多动物……我有一个计划，我要杀一个大点的东西，大很多的。"在写剧本时，永远不要忘记台词对于人物塑造和描写的功能，切忌只专注于推进情节而忽略符合人物个性的独特台词。事实上，没有个性的台词正说明了作为创作者的编剧对于笔下的人物不够熟悉，更谈不上有如朋友般的深厚感情了。还有一点需要注意，既然人物不是剧情的道具，那么任何一个有血有肉的人物（包括配角）在整个剧集的情节发展中自身也是成长和变化的，好的剧本也应该在台词中体现出这种剧烈或微妙的变化。

　　写台词当然是要靠天分的，不过通过后天努力，也可以部分提高台词技巧。练习台词写作主要应注意两个方面，其一是细致观察生活、模拟生活。最鲜活的台词首先来自真实生活，来自真实生活中形形色色的人。对于年轻编剧来说，可能会存在两个困难：第一是生活面比较狭窄，对于身边熟悉的人如同龄人，就能比较生动地模拟出他们的语言，可是一旦要写其他类型的人，就不知道该怎么写台词了；第二是不注重观察生活，即使有些人物是出现在生活中的，可是由于对他们根本不感兴趣，就不会主动关注他们如何说话、做事，到了写剧本的时候自然就脑海里一片空白了。当然，即使成为职业编剧，仍然需要不断向生活学习，对于特殊职业或身份的人物，职业编剧也需要通过采访甚至比较长时间深入其工作生活中，才能真正掌握这类人物的行为特征、语言习惯与思维习惯。其二是多读剧本和小说，这也是琢磨台词的有效途径。需要强调的是，有些人认为看电影或电视剧可以替代读剧本，这种想法其实是错误的，不能说它完全无效，但是效果会大打折扣。

　　通过研究优秀剧本的台词，我们可以发现，好的台词是有一定规律的。首先是修辞性。经过修辞润色的台词不仅会出现在古装剧中，即使在现代剧中，也常常会凸显人物幽默诙谐又充满智慧的个性，并且给观众留下深刻印象。比如《奋斗》中的台词"我们俩在一起完全就是一本书，书名叫《钢铁是怎样被腐蚀的》"，《爱情公寓》中的"即使明天是世界末日，我们一样穿着得体，这是一种人生态度"，《士兵突击》中的"光荣在于平淡，艰巨在于漫长"，《琅琊榜》中的"策马迎风，看人生起伏。啸歌书景，笑地老天荒"，《最好的我们》中的"不是所有坚持都有结果，但是总有一些坚持，能从一寸冰封的土地里，培育出十万朵怒放的蔷薇"，《恋爱先生》中的"在这个世界上，让人不能自拔的，除了牙齿就是爱情"，《我的团长我的团》中的"你有逆流而上的勇气，也有漏船载酒的运气"，《甄嬛传》中的"容不容得下嫔妾，是娘娘的气度。能不能让娘娘容下，是嫔妾的本事"等。

其次，台词的节奏也很重要，譬如在台词中可以先做铺垫，最后再抖包袱般地抛出这句话的语意重点，如《春风十里，不如你》中的台词"弗洛伊德已经分析不了你了，只能用中国最著名的一个词眼形容你：贱"，《男人帮》中的"当我们喜欢上一个人的时候，她是展现在公众面前的样子，自信、优雅、时髦、幽默、体贴、善解人意，我们爱上了那个人，才发现她身体里那么多的喜怒哀乐。她的悲伤、她的软弱、她的无理取闹、她的种种，让你觉得你怎么会爱上这样一个人，你无法忍受的地方，一一暴露在你的面前。这个时候，我们总会忘了一件最重要的事，你能看到这些，是因为她也爱着你"，《爱情公寓》中的"从不温柔、从不体贴、从不讲理，说不得、打不得、骂不得、惹不得……新三从四德"等，这样将语意重点后置的结构与节奏往往会产生一种出乎意料的幽默效果。当然并不是说只有语意重点后置才是好台词，常规台词中很多都是核心词前置的，这样更能吸引观众注意力，比如《蜗居》中的台词"婚姻是什么？婚姻就是元、角、分。婚姻就是柴米油盐酱醋茶。婚姻就是将美丽的爱情扒开，秀秀里面的疤痕和妊娠纹"，《猎场》中的"猎头，核心是看人，人各有其面相、气场。曾国藩说过，邪正看眼鼻，真假看嘴唇，功名看气概，富贵看精神，中学治身心，西学应世事，猎头就是这个道理"等。

最后我们来简要探讨一下精彩对话的要诀。所谓对话，就是几个人之间的语言交流。现实生活中其实充斥着大量无效信息的传达，但是在剧本中我们要力求提炼出最有效的部分。简单来说，好的剧本对话必须具备两个核心要素。第一是说话者的目的,我们要力求在人物对话中能听出他的意图,这种意图可能是非常直接地表达出来,也可能是遮遮掩掩,甚至是通过相反的话语显现,但是一个优秀的编剧一定要能让观众从这些话语中辨析出说话者的目的。譬如"潜台词"就是一种常用的比较高级的语言技巧。有时候台词还要配合一些动作来更明确地提示观众这个人物的意图。举个简单的例子,比如一个人物在台词里说"天阴下来,要下雨了",这绝不应该是一句毫无目的、无关紧要的话,它可能是两个陌生人初次见面打破冷场的开场白,可能是说话者用天气不好作为不想出门的理由,还可能是一个刚买了漂亮雨靴、盼着下雨想穿出门的小男孩故意编出的借口,甚至可能是一个杀手蓄谋已久地要趁着雨夜行凶的预示。所以对话中的每一句台词都应是有目的性的,符合说话者的人物动机,这样的台词才具有价值,值得观众侧耳倾听。既然对话中每一个说话人的台词都具有目的性,那么有效对话的第二个要素就是尽量使不同对话者的目的性之间产生某种对立,即令对话具有某种冲突性。譬如在对话中,甲说"我认为是什么什么",乙说"我认为也是这样",丙说"没错就是这样",一直这样"顺"下去的对话是没有什么意义的;但是冲突并不一定是直白地反驳,譬如这场对话中如果观众能看到乙在附和的时候明显言不由衷,或者丙沉默了很久才赞同,这样依然表现出了某种潜台词式的冲突,形成了有效对话。相反的例子是,两个热恋中的青年男女,男的深情表白"我爱你",女的却故意说"我讨厌你",这就是语意表面的冲突,但在此情此景下,观众都能清楚感受到男女相互深爱的情愫,女方这样的台词就会比顺从地说"我也爱你"更有台词价值。小说家贝尔(James Scott Bell)总结说:"伟大的脚本能够让精彩贯穿始终,因为他笔下所有的人物,每一个人,都在追逐着某样东西。同时,他们被置于各自恰当的位置,从而得以随时在每两个人物之间发生冲突。这正是对话炫人耳目的重大秘诀。"[①]事实上,无论是人物动作还是对白,乃至整个情节设计,人物根据不尽相同的戏剧需求而自主产生的

---

[①] [美]詹姆斯·斯科特·贝尔:《如何创作炫人耳目的对话》,修佳明译,中国人民大学出版社2016年版,第3—4页。

冲突就是戏剧性的根源。这是写作台词的秘诀，也是设计动作的秘诀，更是编写所有故事的秘诀。

至此，我们在真正开始构思和写作一部剧集剧本前的理论准备工作已经大致完成了，大家应该对电视剧剧作基本有了一个比较全面而专业的了解。一些更具体的写作技巧我们会在后续的篇章中一一展开。接下来本书将进入第二部分——实战篇，带领大家从每一个操作流程细节入手，经历一次完整的创作过程。

（参与撰稿：顾馨）

▶ 思考题

（1）为什么在电视剧剧作中人物往往比故事更重要？
（2）什么样的人物才能成为主人公？
（3）如何围绕主人公来构建其他人物和人物关系？
（4）如何塑造有个性的台词？
（5）为什么说人物意图和它们之间的冲突是对白的两个核心要素？

[ 第二部分 ]

# 创作全流程指南

## 故事创意从哪来

在整个影视剧作品创作中，故事创意是第一个环节。它好像一粒种子，有了它故事才能落土、生根、发芽，再经过创作者坚持不懈地辛勤呵护培育，最后长成参天大树。从个人创作角度来说，故事创意是引发编剧尤其是初学者写作电视剧剧本的最初兴奋点，你开始对某个故事（大多数时候往往只有一个模糊的轮廓或只有一小段开头）、某个人物（或者几个人物及其组成的"特殊"人物关系）、某类题材（已有一定素材积累了）、某个主题（伦理性主题一般会比哲理性主题更合适）甚至某种结构形式（可能是关于整部剧叙事与空间或时间关系的特殊设定）大感兴趣，你有点摩拳擦掌、跃跃欲试，有决心、有计划用上几个月甚至超过一年的时间来丰富与完成这部剧本。在这里，所谓个人创作角度代表着一种主要由个人兴趣引发的创作冲动，它可能与市场需求不谋而合，也可能南辕北辙。这种个人创作角度的好处是不受拘束，更加自由，进而有可能创作出富有创新性的作品，同时基于创作者对这个故事创意最初的热情和兴趣，也会令整个创作过程更愉快且富有激情，毕竟电视剧剧本的创作周期比一般电影要长得多，其中所经历的挫折、困顿和沮丧也可能多出许多倍，这时候保持持续而强烈的创作欲和积极主动的写作心态就变得格外重要。但是单纯从个人兴趣出发的故事创意，如果一意孤行、闭门造车地写下去，尤其对缺乏写作经验和市场敏感性的初学者来说也会存在巨大隐患。因此，你必须具有一些最基本的专业判断：（1）客观而言，这个故事创意有没有可能发展成一部长篇剧集（对故事容量或影视剧叙事时间进行预估和把握）；（2）自己有没有能力完成这样一部剧本（"喜欢"和"有能力完成"是两个截然不同的概念，不少人都把它们混淆了，一个残酷的现实就是：有些"喜欢"的东西就算你再废寝忘食地努力，一辈子也不可能做到，残酷点说，你应当是观赏者，而不是创造者）；（3）这样一个故事创意发展成的剧集有没有一定的市场可能性（至少包括符合政治审查标准、对投资人来说有吸引力、对目标观众的定位和认识清晰以及具备可操作性等）。基于个人兴趣而产生的故事创意不确定性比较强，在整个电视剧创作过程中可能面临着方向性的偏移或摇摆，缺乏经验的编剧甚至时常会产生走进死胡同不得不半途而废的绝望想法。这些都是"挺正常"的现象。

产生故事创意的另一个出发点主要基于对电视剧这种"工业艺术品"研发的兴趣。从这个角度产生故事创意需要具备一定的专业眼光和专业积累，譬如：（1）对于将着手创作的这一类型/题材电视剧（甚至包括该类型的电影、小说、戏剧、非虚构类作品、动漫、电子游戏等）过去与当下的代表性作品十分熟知；（2）对整个电视剧市场目前以及新兴的热点的观察和前瞻；（3）从社会学意义上对当下民众（或你作品的目标观众）的普遍焦虑、情感诉求或争议话题进行广泛研究和提炼主题；（4）清楚国家主导意识形态方向；（5）对稳定的人类基本情感（至少对于传统电视剧来说，更主要的是关于爱和美，基本的底色不是恨与恶）与人性（能够认识其复杂性，具有非常重要的包容和悲悯之心）能够把握；（6）了解不稳定的流行动态（包括从观念到各类畅销文化产品与节目，以及新的可供大众消费与崇拜的偶像符号等）；（7）关注影视新技术。从这个角度产生故事创意比单纯从个人兴趣出发具有更高的稳定性和实现的可能性，一般来说，它应该是未来发展出的整部电视剧的基石和灵魂，而不仅仅是一个想法。欧美电视剧主创列表里有一个职位是"creators"，我们通常翻译成"创剧人"，这个角色不仅应该是整个剧集品牌的制片人和总编剧（即主笔编剧，通常至少亲自操刀编写最重要的第一集和最后一集），而且是这部剧的"创意人"和总设计师。从这里可以看到，创意以及结构设计在整个剧集创作中占据着举足轻重的地位，对于原创剧而不是改编剧来说更是如此。

我们已经把电视剧剧本创意的产生方式笼统地分成两类，一类主要基于创作者个人兴趣（灵感或感性成分居多），另一类更多基于观众与市场需求（相对更为理性并具有专业策划性）。实际情况是，这两者并不是泾渭分明的。对于初学者来说，基于个人兴趣的情况居多，但不表示初为编剧的人就不会研究市场，事实上，模仿热门影视产品是新人创作的常见方式，而同样，对于所谓职业电视剧编剧或策划而言，他们也会相当自觉地在电视剧是"大众工业产品"（至少是文化产品）的认知前提下构思剧集创意，但这也不能抹杀他们在创意中包含的个人兴趣以及个人长处。

## ✎ 电视剧剧本的故事创意来源

### 自己熟悉的身边的人和事

写作电视剧剧本有点像创作长篇小说，如果没有足够的知识积累和比较有经验的写作技巧，一般来说从自己熟悉的人或事入手会相对容易一些。譬如凭空创造一个人物，这其实是挺困难的一件事。对于编剧、戏剧家或小说家来说，即使是创造虚构的人物，往往也有一个或几个人物原型做参考。所以编剧新手在思考故事创意的时候，如果主要人物大多来自周围熟悉的人，那么这样写作起来会得心应手很多。这些人物会做什么样的事、说什么样的话、面对什么样的处境如何反应，在你脑海里就不会是一片空白了，这可以在很大程度上缓解初学剧本写作时常见的不知道如何下笔的焦虑。不仅如此，因为你很熟悉这些人物，所以他们在你笔下的举止做派也自然而然更像一个活生生的人，而不是臆想出来的死板"道具"。同时，你也很容易将生活中积累起来的对他们的真实情感转移到你的故事中，这种带着情感的写作通常更容易引起观众／读者共鸣，甚至有些时候它还可以部分掩饰技巧上的不足。换言之，有些技巧性很高的专业编剧，在某些时候是可以做到自己不动感情而单纯利用技巧和经验调动起普通观众情绪的；但更多情况下，我们还是相信，一个好的人物、好的情节乃至一个好的剧本，首先需要打动创作者自己，然后才可能真正打动观众。因此情感的共情力量相当重要。选择熟悉的人和事作为故事创意可以带来另一个好处，那就是它先天已经具有了一定的情节基础。你可以在真实事件基础上加以组合、修改来完成你的故事，可以增加一些虚构情节，删除或替换一些情节，再改造或嫁接一些新的情节，诸如此类。

　　曾经有人说过，每个人都有可能拍出一部好电影，那就是讲述自己故事的电影。意大利大编剧柴伐蒂尼（Cesare Zavattini，代表作《偷自行车的人》《风烛泪》）也说过：只要深入挖掘，每个普通人的故事都能写出一部好电影。的确，一般来说，人们了解最深的那个人无疑就是自己。只要你愿意审视自己、挖掘自己，大胆地把自己一些不太愿意示人的事情讲出来，很可能就具备了一定的故事基础。事实上，越是一些深藏在你心底可能引发伤痛、尴尬、不堪、懊丧、悔恨之类情感的事件，越可能吸引观众并引发强烈共鸣。我们在电影和小说领域，可以看到很多类似自传或半自传式的故事。而对年轻的电影创作者来说，从自己和身边人取材是十分常见并行之有效的方式。不过电视剧的情况要更复杂一些，它对人物和故事的戏剧性和观赏性要求更高，再加上时长容量，需要更多人物和更错综复杂的人物关系支撑，因此完全自传或半自传式的故事以及主要人物全都是编剧身边熟人的电视剧基本上很难实现。不过从编剧熟悉的人和事包括自己身上寻找故事创意灵感（很可能是一个故事的局部或引子）还是可行并且常常有效的。

　　比如从自己的家庭或大家族中的人物和事件入手。正如我们上面说到的，每个人的故事都可能拍出一部好电影；同样，每一个家庭（家族）的故事也都可能拍出一部相当不错的长篇电视连续剧，尤其是中国人的家庭故事，可以毫不夸张地说每一个都足够跌宕起伏、悲喜交加，正所谓"家家有本难念的经"，令听者（观众）唏嘘感叹、又爱又恨，这其中甚至有些真实故事是一般人都无法想象、职业编剧都编不出来的精彩（"狗血"），极富戏剧性。当然，对家族故事不加"掩饰处理"地搬上荧幕也是有很大风险的，毕竟在全国人民面前展现某些家族"隐私"，很难不会触怒某些当事人。所以这时候就特别需要编剧的艺术加工技巧了，须将真实的质感和虚构的"伪装"结合妥当。电视剧往往会在人物关系中涉及大量家庭关系，有的时候我们生活经验中那些就可以部分借鉴过来，派上用场。其次，我们自己家庭关系中最熟悉的亲人的工作也可能是潜在的故事源泉。譬如某个亲人是警察或医生，不管是你亲眼所见还是听他讲述，许多案例都可能是不错的故事素材。换言之，我们在创作电视剧人物的时候，如果有可能，就尽量给他们设置成你所熟悉的职业——你自己从事过或周围有熟人从事此行，这样很多素材就用得上，写作就能够轻松很多。因此对年轻编剧来说，从校园青春题材（关乎学业、个人爱好和理想奋斗，同龄人友情与纯真恋情，师生关系与个人成长等）、青少年与父母关系的家庭伦理题材（关乎亲情、代际矛盾与和解）、初涉社会的职场奋斗题材（关乎从校园到社会的转型阵痛，职场生存、晋升技能或创业艰辛，在异乡的独居/合租/同居生活等）、婚恋题材（关乎新旧观念，当下年轻人的潇洒与焦虑，结婚与婚后"技能"——新家庭或家族关系矛盾与解决之道，育儿经，工作与家庭生活如何平衡，女性作为妻子、妈妈、儿媳妇与职业人等多重身份的纠结与冲突等）、父母从事的职业等中挖掘电视剧故事的思路是值得推荐的。

不过，从自己熟悉的身边人和事中寻找故事创意切不可被真实的人物或故事原型束缚，这是初学编剧的创作者常常会犯的错误。需要记住，真实原型是我们创作时很好的参考，但也仅此而已。编剧不能只是记录者，而应该是创造者——创造故事的人。

## 自己熟知的人和事

很多好编剧都是善于结交朋友的人，五湖四海、三教九流，和谁都能聊成朋友。这其实是在不断扩大和丰富自己熟悉的人与事的"圈子"，在有意无意地积累包括故事创意在内的种种创作素材，所以这样的编剧下笔写人物的时候，他脑海里就能很快"唤醒"记忆储备中亲身接触过的某个或某几个原型。这种"体验型"的编剧一般在创作熟悉的人物时都非常有感染力，可以说栩栩如生，不仅是形象生动、台词鲜活，就连人物内心的细腻情感也能刻画得令人叹服。不过也确实存在个别矫枉过正的情况，尤其是编剧新手，当他写熟人的时候神采飞扬，可一旦在剧本中遇到自己没接触过、不熟悉的人物，立刻就不知道该如何下笔了。所以对编剧来说，除了自己亲历的熟悉的人和事，还有一个重要的故事创意源泉——通过各种渠道间接熟知的人和事。比如第一部国产电视连续剧《敌营十八年》（1980），这部谍战剧的编剧唐佩琳的姐夫就曾是地下工作者，虽然这些惊心动魄的卧底故事并非编剧亲眼所见，但是从亲属口中常常听到的情节令其熟知，故事创意灵感自然迸发而出。

所谓熟知并不一定亲历，甚至这个人或这件事是存在于几百年前的。上面说到善于结交各种朋友是好编剧具有的一项特别"幸运"的技能，但同时不得不承认，还有不少编剧可能性格不是特别善于跟人尤其是陌生人打交道，可是这些个性内向的编剧同样可以写出非常生动传神的人物，并且能把自己从未亲眼见过的事情描绘得比亲历者还精细动人。能达到这种程度，除了写作技巧之外很重要的一点，就是编剧要对所讲述的人与事花过很多时间和精力去研究、琢磨。举个例子，粉丝可能对他的偶像的熟知程度远远高于身边一个天天接触但漠视的熟人，因为粉丝对偶像方方面面的信息是抱着巨大的热情日积月累起来的，甚至任何一点花边新闻都不会放过。同样地，一个历史迷也能够对他感兴趣的历史人物或事件如数家珍，说起来滔滔不绝，并且种种细节都很了解。优秀的编剧也是如此，一个人亲历的经验毕竟有限，所以必须对某些题材内容进行日积月累的深耕，这对于创作来说是无尽的宝藏。比如美国编剧迈克尔·克莱顿（Michael Crichton），他是大名鼎鼎的"医疗剧"《急诊室的故事》的创剧人，还是科幻片《西部世界》（*Westworld*，1973，2016年的同名美剧就源自这部电影）、灾难片《龙卷风》（*Twister*，1996）的编剧，创作过惊悚小说《侏罗纪公园》（*Jurassic Park*，于1993年被改编为同名电影）、《刚果惊魂》（*Congo*，于1995年被改编成同名电影）。而他之所以在医疗、科幻、惊悚题材与类型方面有过人之处，源自他本身就是这些领域的专家！克莱顿在哈佛大学先后攻读过文学、考古人类学和医学，并且差点成为一名医学家。

虽然说现在计算机的海量数据为我们提供了快速便捷地了解很多知识和信息的可能，但浮光掠影的表面知晓与日积月累的数年热情钻研还是有很大差距的，从这两类编剧创作的剧本中几乎可以一目了然。

这些事例都告诉我们，编剧应该努力成为一个博学的兼备"杂家"和"专家"特性的人，同时又是一个通晓人情世故、善于转换角色且具有包容心的人。事实上，这两方面又常常是相辅相成的，你熟知和关注的人越多，越能理解人与人之间性格与立场的差异；而越有包容心，越不会排斥接触某些不熟悉的人和事，并逐渐令其成为你熟知的领域。这恐怕就是编剧应该做的日常功课。它不一定立刻变得"有用"，但从长远来看你将受益无穷，因为这其中"埋藏"着许许多多的故事创意与写作材料。

## 自己感兴趣的人和事

正如前面谈到的，我们每个人所处的生活和成长环境不同，因此所形成的作为写作资源的亲历经验会千差万别并且总有局限（对于大多数"普通人"来说，这部分"资源"可能都不算丰富或独特），这有点像老天赏饭，很大程度上我们是身不由己的。那么通过个人的学习积累，努力扩大和深入对世界（包含历史与未来）和形形色色人物的认知，我们确实可以大大扩充故事资源储备。不过这种积累绝非短期就能完成，如果功夫不练在平时，有了念头从零开始，等到"万事俱备"再开始动笔，往往就不能适应现实的创作周期了。那么怎么办？实际情况是，很多时候我们不得不一边充电学习，一边创作，这时候我们的故事创意就大多来自既非我们熟悉，又非我们熟知，而是特别引起我们兴趣的人和事了。

我们不是生活在"真空"中，每天都会直接或间接接触到许许多多的人和事。因为了解不深，所以我们往往只能看到人们非常有限的一面；但换个角度来看，这"一面之缘"如果能给你留下深刻印象，那么这个人一定有某种非常独特的"表现力"。套用路易·德吕克（Louis Delluc）的"上镜头性"（Photogenie）术语，这样的人物就具有"上故事性"了。一个具有想象力和创作力的作家，往往可以对这个自己"一知半解"但饶有"故事趣味"的人物展开虚构联想，有可能创造出一个真正有血有肉的戏剧性人物了。同样地，当我们打开电视或网络看到一篇夺人眼球或引人深思的新闻，甚至可能是道听途说后，可以试着想象和虚构出新闻故事的前后发展，以及"隐藏"在新闻事件背后更错综复杂甚至剧情反转的人际关系和枝干情节，或者干脆"改编"新闻事实。再比如，一个综艺真人秀或者访谈节目上的人物也是非常值得我们研究的，他本身就既自带了非常强的表演性，又比影视剧中的角色更加"真实"或"本色"，这些活灵活现的人物不但会引起我们的兴趣，并且能带动收视流量，那么不得不说，除了节目内容，这些人物本身也是极具故事性和大众吸引力的，他们完全具备成为我们电视剧里重要人物形象原型的可能。

　　让我们产生兴趣的人和事可以来自方方面面：可能来自阅读的小说或非虚构类作品、影视剧、新闻事件、综艺节目、相声小品、电子游戏、社科或科技类书籍；可能来自一次画展、一场话剧、一场音乐会、一次同学聚会、一次郊游或旅行、一堂讲座、一次出差；可能来自生活的小区，去的餐厅、车站机场、百货商店、健身房、咖啡馆茶室、酒店旅馆、美发店、地铁、银行……其实只要留心观察生活，善于琢磨看到的人和事，并且常常抱着巨大的好奇心，那么故事创意并不难寻，而其实是无所不在。但是不同的人哪怕面对同一素材，也常常会产生不尽相同的故事创意，这里面有角度的区别，也是认识深度的差异，一般来说，好的编剧都不会满足于"复述"人人都能看到的"真相"，而是会带着强烈的个人偏好来讲述属于自己的故事。譬如我们现在不少影视剧会从引发热议的新闻事件中取材，但是优秀的创作者和见多识广的观众都不再满足于只是将此事件有声有色地搬上荧幕，而是要创造或观看更具有个人观点的对事件的深度思考。这方面的例子，如美剧《炸弹追凶》(Manhunt: Unabomber，2017— )，故事素材取自造成 3 死 23 伤的轰动一时的"校航炸弹客"真实事件。凶手曾为加州大学伯克利分校最年轻的数学助理教授，这宗连环爆炸案件被美国联邦调查局追踪了 17 年却一无所获，2010 年被《纽约时报》评为仅次于本·拉登的"史上十大搜捕行动"第二位。编剧没有过度渲染案件本身的离奇性和爆炸性，而是冷静描述和刻画凶手主人公灭绝人性的杀手身份之外的其他身份，一个智力天才、深刻思想者、企图救世者，甚至也是一个受害者的"立体"的人；同时也在人类心理学与计算机数据分析、工业与科技是否在造福人类的同时带来更长远而致命的威胁等问题方面引发观众严肃而深刻的思考。另一个更接近我们的例子是"HBO 亚洲"参与联合制作的台剧《我们与恶的距离》。编剧在一起无差别杀人案的事件中另辟蹊径，从案件受害者家属与凶犯家属以及辩护律师等多角度出发，一方面讲述极富戏剧性（不乏"巧合"）的复杂人物纠结关系与情感冲突，另一方面严肃探讨媒体与道德，私情与公道，舆论自由与集体暴力之间的善恶是非及其中间模糊地带，令观众反思当下社会黑白分明的表象之下真相的复杂性、每个人基于自我立场的"道德情感化"或"情感道德化"、我们在某些时候只看到自己相信的"真相"以及做出自以为正义的恶行。再比如香港的单元剧《向西闻记》（2019），它是对于新闻事件的另一种实验，把时事新闻用黑色幽默（有时荒诞）的手法串联成一部各自独立成章又巧妙联系的"今日香港之怪现状"，也是有一定企图心的有益尝试，虽然最终的实现效果仍有提高空间。

## ✎ 如何形成故事创意

前面我们分析了故事创意的主要来源方向，总的来说就是编剧的生活和视野，当然也不排除直接来自某些影视作品的启发；不过无论是处于创意阶段还是真正进入写作，编剧自己丰富的生活经历与既有广度又具深度的视野，才永远是支撑好作品的"硬实力"。所以这里要提醒一下某些完全依赖大量观片来学习编剧创意与技巧的创作者，这可能看似是一条捷径，但其实是"海市蜃楼"式的创作之路，因为创作素材如果全部来自"现成品"，那么这种创作方法最多是一种比较投机取巧的"组合"或模仿工作，创作出的作品难以超越"山寨品"的水准；另一方面，即使"偷学"现成影视作品的故事创意看起来更简单快捷，并且似乎更有市场保证，但进入剧本创作阶段时，你既不能抄袭原作，又缺乏自身充分的生活和研究积累，那么写出来的人物和情节几乎注定是苍白空洞的，所以即使借鉴的创意令人拍案叫绝，但在实施过程中也会渐渐变成镜花水月。事实上，这种过度依赖"大数据"思维的影视剧创作方法是值得反思的，至少从目前阶段来看，它可能只适用于压缩创意成本的影视快消品创作，从未来长远看也是培养人工智能编剧取代和淘汰大量"低创意"编剧劳工的趋势。另外，如果将一天中的主要时间用于大量观片，很容易造成一种一直在学习充电的假象，事实上如果只是看而不做细致研究和思考，比如做笔记和做相关的命题写作练习，那么这种观片学习是非常低效的，你可能以为自己在学习，而实际情况是大多数时间你只是一个普通观众而已。编剧必须积极投入生活，广泛涉猎不同领域的知识信息，并且不断写作；千万不要让看片成为挤压正常生活和创作时间的"偷懒"借口，因为真正好的故事创意还是来自生活本身。

诚然，从生活中和你感兴趣的领域得到的创作灵感一开始往往都是零散的、局部的，它可能只是一个引起你强烈兴趣的人物、比较有戏剧性的一组人物关系、一个故事的开头、一个（组）特殊的叙事空间、一个可能引起广泛关注的话题、一种另辟蹊径的剧作结构或一种特别的题材类型……但是要形成一个完整的故事创意，还需要综合感性与理性思维，将灵感线索逐渐扩充丰满并做出适当修正。这有点像搭积木，你的创意灵感给予了你一些积木，但它们还不足以搭起一个完整模型，你必须依照已有的积木，自己再设计制造出一些与之相匹配的新积木，然后在一次次摸索试错的过程中最终搭成一个完整模型。所谓完整的故事创意，一般来说需要令读者能够看到整个作品的大致轮廓，即包含故事发生的时间空间信息、主人公、反派（对手），他们在整个故事里的经历（即主情节线）以及这个故事想表达的主题，如果故事具有特殊结构也需要说明清楚。这样故事创意的繁简程度大致介于"一句话梗概"（logline）和故事梗概（synopsis）之间。

好的故事创意除了能够令读者清晰地看到完整的故事轮廓之外，还应该凸显至少两方面信息——其一是这个故事引起观众普遍共鸣的点在哪里，其二是这个故事与众不同之处在哪里。前面章节已经谈到过，电视剧与电影有不少共通点，但是相对来说电视剧（包括绝大多数网剧）比电影更普遍要求具有大众通俗性。也就是说，电视剧必须努力做到引起大多数观众的共鸣，令他们喜欢，而不是首先追求小众个性。虽然说所谓的好故事并没有统一标准，但是能引起多数人喜欢的电视剧，除了演员表演因素和服装美术等视觉方面的制作精良程度，很大程度上还是看它能否引起大众情感共鸣。能打动观众的戏一定就是受欢迎的戏。但事实上，不少编剧尤其是年轻编剧在考虑故事创意的时候还是情不自禁地以个人喜好代替市场考量，误以为创作者喜欢的就一定是观众喜欢的，甚至轻视不能共情的观众"水平太差"，这一点在电视剧剧本创作中要格外小心避免。我们提倡编剧在写剧本的时候要充满创作激情和自我肯定的兴奋感，因为能让编剧自己悲痛到伤心欲绝或者笑到前仰后合的情节，必定也能打动一部分观众，不过也要警惕过于沉湎于个人情感，这样亦会有孤芳自赏而脱离大众的危险性，所以从故事创意开始就要有非常明确的意识和设计——这个故事凭什么打动观众，如何引起大部分人共鸣？对受欢迎的影视作品稍作观察就不难发现，能打动观众的常常都涉及某些全人类共同的情感命题：爱恨、恐惧、生死、欲望……或者在特定国族或相似文化圈里能引起广泛关注的社会与情感议题。需要注意的是，对于这些议题，观众并不一定是非黑即白的情感价值观，这中间可能存在非常复杂甚至有时候矛盾的状况。譬如对于"传统"的迎合与反叛，可能同时存在并在特定情况下引起观众强烈情感共鸣。

在故事创意具备了能引起大众情感共鸣与一定市场前景的前提之下，就要考虑完善和突显这个故事的独特性。请注意，这里的独特性与刚刚讨论过的作品能够引起大众情感共鸣之间是不矛盾的。简单来说，独特性就是通过比较有个性或作品辨识度的形式来表达普世情感价值。在消费主义的商品社会中，电视剧作为文化产品，和时装、美食、流行音乐在很多方面有着极其相似的特点，这样的商品若想引起热销，一般来说都需要具备某种"看似新颖"的形式与某种"保守性"（迎合普通消费者的口味惯性／惰性）的内核。不可否认，在信息与产品大爆炸的今天，如何在众多相似的电视剧中脱颖而出，就需要编剧最好在故事创意之时就打下"与众不同"

的人物或情节／结构设定基础，这很可能是日后播映时重要的宣传与引导观众讨论的热点话题。比如《白夜追凶》中双胞胎兄弟一个是警察一个是疑犯，却在白天黑夜交替扮演同一个人的设定，《长安十二时辰》中类似美剧《24小时》的特殊叙事时间限定，《无主之城》（2019）中引入人工智能大反派、包装经典《蝇王》式的荒岛故事以及用科技"解释"的丧尸元素，这些都是非常出彩的与众不同的故事创意个性化设置，为整个故事乃至成片增色不少，甚至"卖相"整整提高了一个档次。

## 故事创意实例

### 案例一：《女医·明妃传》

这部剧的创意线索至少来自两个源头。其一是编剧对于女性主人公，尤其是对社会／职业女性奋斗故事的一贯关注，这从编剧之前的个人创作履历上清晰可见——《杜拉拉升职记》（2012）、讲述女相的《陆贞传奇》（2013）、讲述女傅的《班淑传奇》（2015），再到这部讲述女医的古装传奇剧。其实从小说改编《杜拉拉升职记》之后，编剧便开始思考要做一部原创女性职业剧，于是选择了自己感兴趣的魏晋南北朝，虚构出了陆贞这样一个角色，把宫廷当作职场，让陆贞在女官事业之路上高歌奋进。《陆贞传奇》之后，编剧又开始继续构思创作自己的古装女子传奇系列，而新剧主人公班淑的女傅形象灵感，就来自编剧本身的教师身份，剧中不少有趣的桥段也都来自真实教学生活的变形处理和艺术加工，所以到了创作《女医·明妃传》的时候，继续讲述带有职业身份的古装大女主的创意思路就顺理成章了。

促成《女医·明妃传》的另一个重要创意点在于编剧对于医疗类型行业剧的浓厚兴趣。为了写好这一职业，编剧做了大量采访和案头资料查阅工作，并且除了这部剧，还在更早时间创作完成了另一部根据小说改编的时装医疗剧《长大》。基于对古装女性传奇故事的喜爱与熟悉，以及对市场上医疗剧的考察，编剧确定将新剧主人公设定为一位在古代行医的女性。这样的设定不仅相当独特，并且本身也极具戏剧性——因为在古代女子不能行医，在这样的背景之下，女主角不畏偏见、自强不息的主题精神呼之欲出，这也是编剧一直以来热爱与擅长表达的内容。另外，编剧也希望能在写一个好看的电视剧的同时，能够在作品中重新探讨中医的意义与价值。

接下来落实故事创意的一个重要任务就是确定故事发生的时间。究竟把女医放在哪个朝代确实费了一番周折。这也是一段必不可少的探索之路。编剧一直到读明史，无意看到了朱祁镇、朱祁钰这一对兄弟的故事时，终于找到了方向。朱祁镇、朱祁钰是异母兄弟，却接连成为两任皇帝，最特别的是，明英宗朱祁镇在"土木堡之变"后，成了退位的太上皇，在这之后竟然还能发动夺门之变，重新登上帝位。这段故事吸引了编剧，她决定把女医的故事放在这个时代，让女主角见证这两位皇帝的传奇经历，同时也成就自己作为一代女医的传奇。在写这位女医成长经历的过程中，编剧又结合自己在创作《长大》时积累的素材设计情节，比如在开篇不久，女主角医治的病人就过世了，她的感受其实和当今的从业医生是一样的。作为一名新任医生，女主角负责的第一个病人就没能救活，这种打击和痛苦让女主角飞速成长了起来。许多从业多年的一线外科大夫，都亲身经历过无法挽救病人的锥心之痛。这种痛苦是古今共同的，就是这些情感联结，让这部古装传奇充满了现实主义色彩。与现代生活对照，女主角的人物形象更为立体多面。

《女医·明妃传》创意的思考路径总结如下：将朱祁镇、朱祁钰两位兄弟的传奇经历与女主成长故事结合→设计三角感情线→结合史实，以"大事不虚，小事不拘"的原则进行故事改编。经过这样的思维过程，《女医·明妃传》的故事创意最终落实了下来。

## 案例二：《独孤天下》

《独孤天下》的创意灵感，并非来自独孤皇后"一夫一妻"这个爆点本身，而是源于编剧深感兴趣的三姐妹的人物关系。最初编剧在写作《南国有佳人》时，就已经对塑造"乱世中凭自己努力生存奋斗的女性角色"产生了浓厚兴趣，想再次创造"乱世佳人"的女性故事。而1997年上映的电影《宋家皇朝》中，宋家三姐妹在大时代动荡中各自不同的境遇让编剧十分共情，这就有了最初的设想：创作一个讲述三姐妹在乱世中成长的故事。

另一方面，编剧从小在西安长大，家人在陕西省博物馆工作，所以她小时候就经常在陕博中玩耍，陕博的一件展品给她留下了深刻的印象，那是一方独孤信的 26 面体印。独孤信不仅仅是一个睿智的权臣，更被谑称为"天下第一岳父"，因为他养育的三个女儿都成了皇后。皇后在古代可从来不只是皇帝的女人，而是一种政治符号，具有象征意义，必须具备很高的政治素养，才能成为一代皇后。这一门三皇后的故事，从此在编剧心里扎了根。

联想到小时候印象深刻的这段历史，编剧就开始对独孤家的三枝姐妹花开始了更深入的史料研究，故事背景也就落在了南北朝时期。一部讲述独孤家三姐妹成长故事的女性主义作品《独孤天下》的故事创意渐渐成形。故事发展中的人物命运大事件都与史实勾连，故事从史实中寻找养分，而史书未着墨的部分就给了编剧很大的创作空间。包括一贯以写作历史正剧著称的刘和平编剧，也在创作《大明王朝1566》时虚构了"改稻为桑"这一大事件，推动了整个故事的发展。如果一味还原历史，则成了记录式的堆砌，而尊重历史前提下的再创作，才是艺术的真实。在封建王朝历史文献中，本就习惯对女性历史不加赘述，这也给了古装大女主这类故事很大的空间。确定以独孤家三姐妹作为主角后，编剧又根据史实安排了故事发展的时间线，在每个历史转折节点上重新设计，让三位女性角色在南北朝乱世中一步一步成长起来。这就是《独孤天下》故事创意的来源。

## 案例三：《最好的我们》

最后举一个比较特殊的例子，这也是我们在实际创作中常常遇到的一种，即在有小说原著的情况下改编电视剧，进行二度故事创意。事实上，这种类似半命题式的电视剧创作任务对于专业编剧来说，可能比完全自由创作原创剧本更经常遇到。除了小说改编，编剧也常常会被制作公司或者投资人"布置"一些故事限定，比如某个特定题材／主题或简单的人物设定（如"男主角是冷漠、腹黑人设"，又或是"制作美食题材"），也有的甲方会提出更具体甚至细碎的要求，这就需要编剧必须在给定的范围内发挥创造力，最终完成一个完整的故事创意。这里面就需要专业眼光和很多编剧技巧了，因为即使是一部成熟的小说，要把它搬上荧幕，也必须做出适合电视剧故事特殊要求的裁剪和修改（比如对人物和情节进行增减）。接下来我们就看看知名 IP 小说《最好的我们》是如何进行二度故事创意的。

显而易见，《最好的我们》原小说体量并不足以构成一部 24 集的电视连续剧，因此要将小说改编成电视剧剧本，需要在不伤筋动骨的前提下重新结构故事与主要人物关系。在这种情况下，编剧首先需要做的是深入研究小说，将小说中适合影视化的情节内容摘取出来。原书中，主角耿耿和余淮的校园生活相对写实，没有太多戏剧起伏，两人高中三年的学业生活和日常细节占了绝大部分篇幅，这是影视化改编需要优化之处。另一方面，编剧也必须考虑原著小说形成了高讨论度与庞大粉丝群的点在哪里，这是电视剧改编中应尽量保留甚至是"发扬光大"的部分。经研究发现，原著小说广受欢迎的最可贵之处在于其作为青春文学，描摹了一段落地、真实、温暖的共同青春记忆。只要不偏离众人看重的这一点，改编剧本就不会跑偏方向。

在确定原著基调之后，编剧开始重新寻找故事体量扩容的可能性。在与制作方讨论后确定加入新人物——男二号路星河，他在原著中不曾存在，是编剧团队重新设计的人物。设计男二号时很自然运用了逆向思维——男一号余淮形象已经很具体了，如果再来一个重复的人设，观众会不会觉得乏味？很自然，新的男二号应与男一号余淮做出差别，这时候，就要先分析余淮的人设。也就是说，设计对手人物时，需要运用逆向思维来解析、重置角色。经过编剧团队讨论设计出来的路星河，人设和余淮完全不同。

男一号余淮和男二号路星河的人物小传如下：

**余淮**：17 岁，会吹布鲁斯口琴。皮肤黝黑，牙齿雪白，眼睛弯弯的总是带着笑。五官端正，略带点粗糙，是充满正能量的"小太阳"型邻家大男孩。振华中学五班的学生。成绩优异，但是中考没有发挥出最佳水平，没能入重点班。他的成绩一直保持在全班前三名，全年级前五十名，是振华中学可以冲击清华北大的苗子，五班的学霸，但仍然希望靠物理竞赛拿奖保送。喜欢打篮球，练习册不离手。看上去大大咧咧，但是某些事情上又很小心眼儿，喜欢划分自己的领地，但是别人的事儿上看不惯的也憋不住，是个知道守规矩的人，还算懂事儿，但又有着侠肝义胆、英雄气概，还大男子主义。

**路星河**：17岁，会吉他。长相高瘦，样貌高冷，轮廓鲜明。没有同龄人的青涩稚嫩，取而代之的是偏执与桀骜不驯。穿着打扮上不太讲究，甚至有点邋遢，脱下校服，里面的衣服不是常常磨破，就是沾着斑驳的颜料。振华二班学生，有着极高的美术天分。他是美术生，但是成绩优异，学习上虽然没有余淮和韩叙那么出色，却也比耿耿好。他是绝对以自我为中心、外表寡淡而内心叛逆、提早跨入成年阶段的文艺"骚年"。从不想出风头，但在一群"小朋友"的衬托下，他没办法"深藏不露"。

创作出路星河这个原著中不存在的新人物后，就要重新设计主人公三个人的感情线，这时候运用了顺向思维：两个男生围绕女主角展开情感角逐，核心是女主角耿耿，那么耿耿需要什么？基于两个人不同的性格，他们会做出什么举动来动摇耿耿的感情，从而引发什么样的情节走向？

耿耿是一个十分普通的高中女生，但在人才辈出的振华中学，她的成绩拖了后腿，她的"不优秀"反而成了她的"不普通"，而成为耿耿同桌的余淮则在耿耿吃力学习的过程中帮助了她，成了她生活中的温暖色，这是原小说中已经完整呈现的人物关系。路星河加入后，编剧拓展思维，见缝插针，利用耿耿喜欢摄影的爱好，让她与路星河相识。而她拘束、讲礼貌、守规则的一面，就由不羁、不受约束的路星河来打破，给她循规蹈矩的青春人生增添新的亮色。

接下来我们看看编剧根据原著小说以及新增加的男二号之后改编的女

一号耿耿的人物小传：

>  **耿耿**：17岁，爱好摄影。不漂亮也不难看，皮肤不白，有一点儿黑，圆脸儿，一说话脸上就带着笑，待人和善，有礼貌，守规矩。个子中等偏上。总之是属于扔人堆里绝对一眼看不到的那种普通女孩。振华高一五班的同学，成绩排在全班的后三分之一，因为"非典"降低了难度，撞了狗屎运超常发挥考进振华。爱好摄影，后来加入记者团，结识路星河。成年以后发挥摄影的特长，做过记者，开了婚纱摄影工作室。耿耿是一个无杀伤力、无公害、无明显特征的普通女孩儿，是无论在哪里人缘都会很好的那种人，既不招人妒忌，也不嫉妒谁，活泼大方，热情有度。脾气大多数时候挺好的，但是偶尔也有点儿小个性。有责任心，做事认真，有点好强，又不太强势。

由于增加了新的主要人物，原先男女主角的简单二人关系发展成了更复杂的一女两男的三角关系，从而带动整个剧情内容大幅度扩展，并且还能保持原小说主情节、主题及气质不变，这就是一个相当出色的改编故事创意的思路范例。

最后我们可以看一看第6章（见6.3）中编剧对《最好的我们》的电视剧改编版故事梗概，它相当于一个更完整的升级版故事创意，我们将在下一章对它进行详细讨论。

在故事创意这部分的最后，还有一个小技巧，那就是无论面对"命题／半命题作文"还是自由创作，都可以尽量通过某些创意技巧把故事拉进编剧自己熟悉的领域。事实上，有不少好编剧都是"一招鲜，吃遍天"。这并非缺点，因为术业有专攻，一个号称什么戏都能写的编剧往往其实什么戏都写不好。职业编剧通常就应该深耕一两个题材或领域，成为其中的专家，然后通过不同的形式包装，把它们变成一个又一个看似新鲜的新故事创意。这本质上是一种类型创作方法。曾有一位在胡同里长大的北京编剧，极擅长写胡同里的市井百态，描摹入微，极具现实感，他的本事就是无论甲方给出什么样的需求，即使提出要求写作一部软科幻作品，他也能够在对方给自己戴上镣铐后跳舞，将这个软科幻故事置入他所熟悉的北京胡同中，设计出一群在胡同大院中成长起来的角色去发展这个软科幻故事，并且情节精彩、人物丰满，让甲方听罢也会觉得颇有兴味，这就是他在这行立足的本事。因此，在将创意点架构成具体的故事创意时，编剧应该学会调动自己的生活与阅读经验，尽可能尝试将故事嵌入自己能够把握的框架中，用自己擅长的方式将故事创意组织成形。

在下一章，我们将学习从故事创意发展出电视剧的故事梗概。

（参与撰稿：纪桑柔）

▶ 思考题

（1）电视剧的故事创意从哪里来？
（2）如何判断一个故事创意能否发展出一部电视连续剧？
（3）如何从市场的角度出发发掘故事创意？
（4）好的故事创意必须具备哪些特点？
（5）从你的家庭或家人中寻找创意点，试着编写一个500字以内的电视剧故事创意。

# 如何写故事梗概和故事大纲

故事梗概，顾名思义，就是将一部影视剧的完整情节提炼成较短篇幅的一种文本，是对故事创意的进一步完善。从创作流程上来说，电视剧的故事梗概指在电视剧剧本创作前概要描述电视剧戏剧故事的一篇完整文字，是今后一系列剧本创作环节的基础。跟"故事梗概"很容易混淆的另一个术语是"故事大纲"，事实上在国内影视剧行业这两个词经常"不讲究"地混用。严格来讲，故事梗概大概对应英文"synopsis"，是指一个大约几百字（一般不超过1000，或最多不超过1500字）篇幅的极简略版的故事；而故事大纲则要详尽得多，对电影来说最多可能有5000字，电视剧多至20000字也是正常的情况，一般这个词在英文中用"treatment"表示。此外，在电影（尤其是商业电影）策划书中还常常有"一句话梗概"这个词，即英文中的"logline"，它指的是用一句话（实际情况往往是中文两三句话以内）概括提炼整个故事清晰的逻辑主线，令人一目了然。在商业类型片中，"logline"非常重要，因为业内一般相信，一个不能用一句话讲明白的电影故事，很大程度上不可能发展成一个通俗好看的故事。这种一句话梗概在某些商业电视剧中也会使用。

电视剧故事梗概和内容更详尽的故事大纲，在编剧的创作阶段通常会和人物小传一同进行（将在下一章节详细讨论），并且常常需要将两者对照着进行反复修改和润色。在不同场合针对不同读者，电视剧故事梗概和故事大纲具有不太一样的功能和要求。至少可以分成以下几类。

（1）供编剧自己创作使用的"蓝图"。

这种故事梗概和大纲不存在编剧以外的读者，只要编剧自己能看懂并且对剧本创作直接有效，那么无论是篇幅还是措辞都可以十分自由。譬如有的编剧习惯直接罗列情节点，那么这样的故事梗概和大纲就不需要是文字连贯通顺的"小小说式"（或一般记叙文式）的文本，而可以是只有一系列编号"1、2、3、4……"的操作手册式的说明文字（这在写电视剧分集梗概的时候更便于实现）。另外，编剧也可能在创作故事梗概与大纲（以及人物小传）时，对于某些场面细节已经有了灵感和具体设定要求（最常见的是开场戏、终场戏以及某些高潮戏），那么这些比较细节或者细碎、感性的文字描述，就可以出现在给自己看、只供创作用的故事梗概与大纲中。

（2）供制片公司讨论、审核的阶段性剧本创作成果。

简单来说，就是交送制片人、导演、编审或剧本编辑审阅的文本。这种文字显然在篇幅和措辞方面就需要比第一种情况严谨，要求也高出许多。这里又分成约稿和投稿两种情况。

约稿：一般来说编剧的创作合同会对第一阶段的创作成果——故事大纲和人物小传有明确字数要求，通常会规定不少于多少字，比如5000字或10000字。当然如果专业编剧面对的是一个不太专业的制片公司，满足字数要求实在是太简单的一件事，因为有很多方法都可以投机取巧凑字数。但专业人士对一个好的故事大纲是有非常清晰的判断标准的，如：第一，情节量够不够？情节量与字数完全是两码事，一个5000字的大纲也许只够写3集戏，而一个500字的梗概却可能发展出30集的戏量；第二，情节点/戏剧冲突够不够密集？大多数优质国产电视剧还是追求较紧张快速的叙事节奏，或者说在相同时间内能刺激观众兴奋的情节点越多越好。此外，故事大纲的文笔也是一个博取阅读者好感的技术参数，如果连几百字的故事梗概或上千字的故事大纲都不能引人入胜，很难让人相信这位编剧能创作出几十万字的优秀电视剧剧本。

投稿：由于电视剧剧本体量比电影大得多，创作周期也更长，因此一般来说写完几十集完整剧本再去投稿的情况并不多见，当然据说也有少数知名职业编剧会这么做，但他们写完之后不是投稿，而是找几家制片公司或投资公司来竞价出售。国外比较常见的是所谓"投售剧本"（script pitch），是类似于试播剧的一集剧本。对于尚无名气的新手编剧来说，一个完整的故事大纲（最好包含一个简略版的故事梗概）、人物小传、每一集的分集大纲（或梗概）以及最好 1 至 3 集剧本——这样一组文本就构成了比较恰当的投稿内容。在这一组文本中，故事梗概是对方首先阅读的内容，基本上如果故事梗概不能吸引住甲方，那剩下的大纲、分集大纲和剧本最可能的命运就是被直接丢进垃圾桶里。应该明白，对于投稿剧本来说，甲方首先关注的不是你的写作能力，而是故事创意能力。如果你的故事梗概非常精彩独特，那么哪怕剧本写得很普通（甚至不好），靠谱的制片公司也很可能会买下你的故事，然后重新组织编剧来创作，或许你也会成为其中一员继续试写。

（3）在电视剧立项时由制片公司送审备案的故事梗概。

按照国家广电部门的有关规定，这个将被审批和公示的电视剧梗概应该是"如实准确表达剧目主题思想、主要人物、时代背景、故事情节等内容的不少于 1500 字的简介"。这一梗概往往是在编剧提交制片公司的那个故事梗概或大纲的基础上修改完成的，执笔者可能是编剧本人，也可能是制片公司内部负责这个剧本项目的责任编辑。对于这样一个提交上级主管部门备案的电视剧梗概，文字上需要更加严肃谨慎，以及具备一定的政治觉悟，创作者需要认真对照国家关于电视剧内容的管理规定进行自查\*。

（4）在文学剧本创作完成后供其他摄制人员，如演员或广告商等相关人员快速了解剧情所用的故事梗概。

在剧本的创作和修改过程中，其情节与最初的故事梗概与大纲会产生或多或少的偏离变化，因此当全部剧本创作完成后，有必要按照最终定稿剧本对原来的故事梗概做出相应修改。这时的新故事梗概已经与剧本创作本身没有什么关系了，而是成为这部电视剧的一个简单的文字说明书，供制作和宣发使用。

　　在以上所列举的这四种不同用途的常见故事梗概与大纲中，对于编剧来说最重要的是第二种，即供制片公司讨论批准的阶段性剧本成果；而对绝大部分编剧而言，这种故事梗概也就是第一种——供编剧自己创作使用的故事梗概与大纲。我们接下来就仅对此展开讨论。显然，故事梗概以及由此发展出来的故事大纲是电视剧剧本创作初期最为重要的环节。在一些美剧编剧教程中也将此称为"剧情"，表明故事的戏剧结构以及故事从"前提"到"解决"如何一一展开；它包含在电视剧的投售文案中，目的是向"意向买家"讲述故事以及推销展示，大多被用于向电视网陈述、推销和解释。[①]

　　一般来说，在电视剧的前期剧本创作中最好能同时包括故事梗概和故事大纲。编剧首先需要用500字以内（一般最多不超过1000字）非常精简的文字归纳整个剧情，让读者在很短时间内能立刻抓住要领，对全剧故事主线与类型风格了然于心。这是一个看似简单但非常需要技巧性的工作。将一个关于讲述复杂故事的长篇电视连续剧提炼成短短几百字，远远比用几千字表达更困难。这就考验编剧如何非常清晰准确地抓住情节主线和最关键的重大情节拐点，并且将主干情节发展与主人公命运或遭遇严丝合缝地归拢在一起，同时还要利用叙述文风将整部戏的类型风格明白无误地展现出来。在实际创作流程中，尤其是对初学编剧的创作者而言，这样的故事梗概一般来说是在编剧写完了更详细的几千字故事大纲之后再回过头来压缩提炼而成的；当然也有些编剧是先完成几百字故事梗概的。相对来说，先写故事梗概、再把它扩充成故事大纲对编剧的要求更高，因为你必须在一开始就有非常清晰的宏观结构设计，而不是先摸索着推进故事情节，再逐步调整结构。故事梗概主要是供制片方相关人员阅读的，是在进一步审

---

[①] ［美］帕梅拉·道格拉斯：《美剧编剧策略》，徐晶晶译，人民邮电出版社2016年第1版，第257—258页。

阅故事大纲之前的"预热",因此一个文字干练、故事清晰、叙述流畅、重点突出的故事梗概能给对方留下良好而深刻的印象,进而让读者能够在提前掌握清晰故事结构的思路导引下,更轻松愉快地阅读文字量较大的故事大纲。反过来,如果故事梗概粗糙乏味,或者干脆没有故事梗概,那么读者直接阅读故事大纲产生负面意见的风险就会更大,因为除了文本本身的问题,作为阅读者,在高度繁忙状态下是否有足够耐心逐字逐句认真仔细读完几千字的故事,有时候也是值得怀疑的。另一方面,这样的故事梗概虽然主要服务于制片方,但对于编剧自己来说也是理清思路的一种方式。对于很多编剧,尤其是长期创作电视剧的编剧,"码字"或者编织"绵延不断"的情节是相当轻车熟路的工作,相反地,如何去繁化简从情节中跳脱出来,换以一个高度抽象/宏观的角度重新审视全剧,反而是更需要不断修炼的。所以有些时候,用最精简的文字提炼每一集戏或整部戏的情节故事,就是一件非常有价值并对创作非常有帮助的工作了。

　　故事大纲的篇幅字数也没有一定之规,通常来说与整部电视剧集的规模成正比,比如常见的 3000 字到 5000 字的故事大纲比较适用于 12 到 24 集左右的剧集,30 集以上的长篇连续剧,由于主要人物众多、情感跌宕、人物命运曲折、情节复杂,恐怕就需要更长篇幅的故事大纲才能讲清楚。另外,从制片方与编剧的创作合同来看,一般甲方都会提出更多的字数要求,尤其是针对未成名的年轻编剧,字数往往都会超过 5000 字,一般会在 10000 到 20000 字左右。故事大纲是编剧从故事创意到分集大纲之间的重要阶段性创作成果,也是整部剧本创作的重要基石。故事大纲必须至少完成以下任务:

　　(1) 清楚交代整个故事发生的环境,明确描述时间跨度和地域范围以及其他必要背景信息。

　　(2) 成功建置主人公(带戏出场),并展示主人公在全剧中的最高及重要阶段性戏剧任务(人物的行为动机需足够强烈并合情合理),描述围绕这个人物起承转合的主情节线,同时展现人物曲折并富悬念的情感走向和命运成长轨迹。

　　(3) 交代其他主要人物及他们之间复杂或变化的人物关系(注意:除非特殊情况,否则非主要人物通常无须或"禁止"在故事大纲中出现,以免造成不必要的主次混乱的干扰），并铺陈由这些人物与主人公发生戏剧关系所引发的支线情节。

（4）表达能与观众产生共情的戏剧主题。

一般来说，故事大纲的文体是较平实的记叙文，有时候也可以采用类似小说的写法，以显得更有文采并增加阅读的愉悦感。不过分寸一定要控制好，不宜过度花哨、喧宾夺主。除有极特殊情况，否则故事大纲应采取第三人称客观视点，尽量压缩环境描写（切忌写成抒情散文），以及尽量杜绝心理描写（所有心理活动通常都需要转换成动作与画面来表现，这是影视剧剧本创作的重要原则）、议论性和抒情性的文字。一般情况下，在故事大纲里不需要出现台词和其他情节方面的细节描写。借用景别的概念，故事大纲应效仿"全景"画面，不要出现类似"近景"和"特写"式的描述性或引用性文字。不过在个别情节高潮戏部分，可以偶尔以"中近景"式的文字方式阐述，以加强对阅读者的吸引力。另外，在故事大纲中不易过多使用情绪化的形容词和感叹词，有的初学者会在故事大纲中充斥感叹号，这种"声嘶力竭"的写法反而会令阅读者产生反感。接下来我们举一些实际的例子，来看看写作故事大纲的时候需要注意哪些方面，什么样的故事大纲才算是一个合格的或好的故事大纲。

## 故事大纲写作实例讲解

### 案例一：《何钟探案》

> 永乐初年间，锦衣卫纪纲帮助皇帝朱棣铲除建文帝所信任的臣子，波及到江西名门况氏，况家灭门，只剩下一个孤女况青青。因为况家曾在何家落难时伸以援手，小何钟和父亲何仲谦设法搭救了况青青，何钟设计，和父亲放了一把火，将何家烧掉，用烧过的陶灰做出儿童尸体模型蒙混过关，让纪纲以为何家已经尽灭。

这是一篇故事大纲习作的第一段。看起来好像也没有什么不对，确实按照惯例交代了环境、背景、人物。可是仔细来看，剧名叫《何钟探案》——显然何钟是整部戏最重要的"绝对主人公"，然而大纲中虽然设计了何钟带戏出场，但在现在的描述下，主人公何钟就像凭空出现，何钟的性格、何家的情况等重要信息都不明确，就更不用说能用这个人物立刻吸引观众了。这里必须要注意，要成功地引导读者／观众将注意力放到主人公或主要人物身上，就必须要将"人设"放在第一位，并且在大纲中尽量用有限的文字体现出来。这是写作好的故事大纲的第一条原则——编剧必须明确：在这部剧里我要讲谁的故事？为什么我要讲他的故事？他的故事好在哪里？

编剧必须在故事大纲里告诉读者／观众这个主人公到底有什么过人之处，这个过人之处一方面有其独特醒目的特征，另一方面也需要有一定的亲和度，可以令观众共情，而不是相反。当然也有一种类似"欲扬先抑"的方式，即先令这个人物有很多不近人情甚至令人讨厌的地方，然后再反转，让观众忽然发现原来先前的反感其实是误解，那么这个人物终究还是要博得观众的亲近，这样才能抓住观众，令这个人物在众多人物和纷繁情节中脱颖而出。

回到《何钟探案》这个故事大纲，我们可以为主人公何钟设计一些过人之处，比如10岁就表现出天赋异禀，还有他杀起人来稳、准、狠的特点，他可以有一些非常奇特的能力，而这些能力贯穿他的一生，即我们整部剧集故事。这些与众不同的特点需要在故事大纲中人物出场的时候就表现出来，因为"先入为主"是编剧创作中常常需要牢记的另一个原则，譬如对于一部电视剧来说，前三集最重要（对于某些长篇连续剧也许是前五集），而在前三集中第一集又是重中之重，再具体到第一集戏中的前30分钟，乃至前10分钟至关重要，因为这是给观众留下最初好印象的关键时间。对于故事梗概或者故事大纲也是如此，所以必须在这些部分动用一切技巧抓住读者／观众对人物和故事的注意力，力争做到"先声夺人"。因此一部剧及其故事好不好，也体现在故事大纲中，与故事大纲能否抓住读者／观众的注意力关系重大，这也是一种叙事技巧。

我们再来看《何钟探案》故事大纲的开头前三段——

> 永乐初年间，锦衣卫纪纲帮助皇帝朱棣铲除建文帝所信任的臣子，波及到江西名门况氏，况家灭门，只剩下一个孤女况青青。因为况家曾在何家落难时伸以援手，小何钟和父亲何仲谦设法搭救了况青青，何钟设计，和父亲放了一把火，将何家烧掉，用烧过的陶灰做出儿童尸体模型蒙混过关，让纪纲以为何家已经尽灭。
> 
> 县令俞益当时与纪纲作对，想保住本地乡绅的最后一条血脉，帮助况青青逃出生天。少年何钟利用守城将士换班制度的一个漏洞，将况青青成功送出城外，陪她远走千里，去找她的义父解缙。
> 
> 回到江西后，何钟所表现出的令人惊艳的才华智策吸引了俞益的注意，他认为何钟是得用之人，虽知道何家与当朝权贵吕震的仇怨，仍冒险将何钟留在身边做自己的书吏。

在开篇短短三段仅300余字的故事大纲中，竟然已经出现了近十个人物，这是一个很大的问题。显然，对于读者来说，他们根本记不住这么多人。这也是在剧本创作时需要注意的问题。所以，故事大纲（尤其是开篇）需要遵循的原则是：集中表现主人公，而一些细枝末节的支线人物根本不需要出现在文字陈述中。因此，就这个故事的开场而言，应该让两个最关键的人物——何钟和俞益出现在"聚光灯下"，其他支线人物和背景信息统统可以择干净。我们可以在故事大纲的开头就迅速切入案件，以展现主人公何钟卓越的推理和分析探案能力，以及他因此而与俞益产生的人物关系和情节。另一方面，在这段大纲中提到的况家灭门和何钟身世，它们对剧情来说都不是那么迫切需要交代的静态背景，因此不必放在故事大纲的开头。事实上，从整部电视剧的宏观结构来看，这类背景信息安排在第三集或第四集里适当的位置出现都不为晚。

接下来我们来探讨大纲开头是从少年何钟写起,还是直接从成年何钟破案写起更好。固然,从主人公童年时代写起,在时间顺序上更顺理成章,不过这时候必须要对素材进行合理裁剪利用,以达到一方面先声夺人,另一方面也能尽快实现贴合主题的效果。而换个角度来看,这部分少年时代的情节也可以作为正片故事开始的"前史",在后面某个合适位置通过闪回或台词来补叙。考虑到剧名是《何钟探案》,所以一开始就紧贴主题以疑案开场会是个不错的选择,这样就可以从况青青、何钟和俞益进京开始写起。

主人公行为动机的强烈性与合理性是另一个需要仔细推敲设计的重点。就这个故事大纲而言,要设计好主人公何钟一定要破案的原因,这个原因必须能激起观众共情,比如可能是何钟之父遭奸人陷害,这个案子就像发生在他自己家人身上,所以他一心要破案,洗清满门冤屈,这样的动机就如同《琅琊榜》里的梅长苏一定要复仇一样;或者还可以设计成何钟全家除了父子二人全都死了,何父带着他,二人相依为命、颠沛流离,这一路的成长遭遇直接造就了主人公的独特个性,好像《绝代双骄》中小鱼儿在恶人谷的那一段经历,这样的遭遇很容易令观众产生代入感,并生发出对主人公人物性格的共情。针对《何钟探案》这个故事大纲,可以设计主人公何钟之所以能成为一个善于探案的人,是因为遭遇过很多困难挫折,也因此练就了许多技能和本领。编剧可以在大纲里把之前的一切理由都梳理清楚并做好铺垫,使观众顺理成章接受何钟成为俞益书吏的事实,比如何钟牢牢记住要为何姓满门复仇的任务,这是他甚至不惜一生奋斗的目标,这就构成了一个大的情节主线驱动力,是整部剧本中至为重要的核心设置。作为推动力,如果处理得当,至少可以维持10到15集的戏剧张力。

这里顺便简单探讨一下"戏剧任务"或"戏剧目的",从人物角度来看就是主人公一定要克服一切困难去完成的那件事。可以说,主人公在故事里所有的努力都是为了完成这个任务。一般来说,我们在影视剧(无论是剧本还是大纲)中都要让读者/观众清晰地看到主人公的戏剧目的,有时可以是掩人耳目的"假"的戏剧目的,但是不能"无目的",这其实也是在向观众指明观戏的方向和线索,关乎主情节的必然走向。可以设想,如果不交代或交代不清楚一段戏或整部戏的戏剧目的，就很容易会造成情节松散、观众也无所适从的局面。或者有时候我们也会说这样无明确戏剧目的的戏是"水戏"。所谓"水戏"，就是指这段戏看不出明确的戏剧功能，好像可有可无，甚至有点"扯闲篇"。这样的戏观众当然就会觉得没意思、看不下去。反过来举个例子，比如我们在《何钟探案》这个故事中将"吃烤玉米"这样一个看似"水戏"的情节，与主人公何钟为何家平反冤情的复仇任务建立起某种联系，那么哪怕吃玉米这样看似枯燥的情节，观众也会悬着一颗心专注地看他完成这段动作。因为这段戏已经不再是吃玉米本身这么一件枯燥的事件了，而是与主人公的戏剧目的产生关联，变得重要起来。因此我们不难理解，在树立了戏剧目标从而建立起人物命运的强大悬念之后，观众也会耐心地看完一件本身可能很无聊的事件。

戏剧目的建立之后，为了进一步抓住观众，就必须要营造出紧张气氛，让观众感受到主人公完成这个任务所要遭遇的重重阻挠。简单来说，就是要形成对主人公的巨大压力。生死安危就是一种惯常使用的巨大压力，但是聪明的观众都会有一种预判——主角是不会真正死掉的。所有不利于主人公实现戏剧任务的人和事都可能构成压力，但我们尽量要将压力做到极致，置主人公于两难境地。比如在《何钟探案》这个例子中就可以将爱情线设计成复仇任务的反向压力。主人公何钟必须在家族大义（主戏剧任务）与心爱的姑娘（与主戏剧任务形成矛盾的副戏剧任务）之间做出两难选择。故事一开场，何钟就要陷入疑案带来的紧急状况之中——营救女主角就要承担受牵连的风险进而耽误复仇大计，而以当时状况而言，能不能成功营救也并无胜算，不仅如此，我们还可以再给主人公的压力加码——破案的关键证据也被人销毁了！这样的重重压力之下，第一集里主人公这个人物一下子就立起来了，观众很难不被吸引。

我们看看修改后的故事大纲的前几段。

6　如何写故事梗概和故事大纲　　89

> 永乐十三年，京城。
>
> 京城守备离奇淹死，此人正是为即将走马上任的小官俞益牵线搭桥之人。俞益及其书吏何钟被拦住去路，就在众人皆称守备往日就有醉酒习惯、猜测守备是失足掉入河中淹死之时，原本不受重视的何钟却言之凿凿守备死于他杀，分析得头头是道。一弱质女流被当作嫌犯羁押，何钟非救她不可，俞益却不想蹚这浑水。紧要关头，何钟不得已向俞益吐露实情，原来那女嫌犯竟是何钟青梅竹马的况青青。
>
> 永乐初年，况家惨遭灭门，只剩下一个孤女况青青。因为况家曾在何家落难时伸以援手，小何钟和父亲何仲谦设法搭救了况青青。何钟设计放了一把火，将何家烧掉，用烧过的陶灰做出儿童尸体模型蒙混过关，让追逃者以为何家已经尽灭，就在小何钟想继续帮助况青青之时，况青青却人间蒸发。
>
> 没想到何钟再遇况青青已是十年之后，如此生死攸关之时。

## 案例二：《雌父》

> 2000年。武汉。曾在自行车厂工作的高立文已下岗两年，重燃舞蹈梦的他以进入著名A舞团为目标，却被骗去积蓄，被迫带着正读初中的儿子高翔搬到吉庆街附近居住。他的邻居是一位神秘性感女郎，总在凌晨搬电视机回家。女郎的儿子郑海与高翔是同班同学。与高翔的沉默寡言不同，郑海十分擅长交际，班上男生总去他家聚会。
>
> 严厉的高立文会跳民族舞，在亲戚的资助下支起广场舞摊子，却因他重燃的舞蹈梦导致生意一直不好，只能在曾经的厂长老郑新开的餐馆里当收银。

> 高翔喜欢学校慢班的女孩韩菲菲，千方百计想引起关注却无果，想趁着初二分班考试，故意考差调到慢班去。却不料韩菲菲却考到了快班。学校要求高立文交2000元赞助费，才对高翔网开一面。
>
> 高立文在店里偶遇神秘女郎，但神秘女郎却用粗壮的男声与老郑大吵，原来神秘女郎是老郑的儿子郑明，曾在电视机厂工作，现在在吉庆街反串卖艺。老郑与郑明彻底断绝父子关系。
>
> 郑明无意间获得蓝天演艺厅女老板来双畅的赏识，却遭到另一名反串演员喜子的处处作对。在来双畅的偷偷帮助下，郑明学习到最新的钢管舞稳定地位，亦对来双畅充满好感。
>
> ……………

这同样是一个初学电视剧的编剧的故事大纲习作，我们来看看这个最初版本的大纲存在哪些问题，以及如何改进，以使其最终成为一个合格的大纲。首先要突出强调故事大纲写作的又一重要原则：在大纲中不断强化主人公，突出情节主线。上述大纲的第一个问题在于将中年下岗父亲高立文确立为主人公，第二个问题是从这个大纲来看，由高立文、高立文之子高翔、邻居郑明三人引导的每一条情节线都可以各自单独成章，并且主次不清。

首先看主人公的问题。从当今的电视剧市场来看，主流观众的逐渐年轻化致使制作方越来越不太看好中年下岗父亲这样的主人公，另一方面，作为创作者的年轻编剧，在写作中年男性主人公的时候可能会比较吃力，因此这样的主人公设置有较大风险，很可能是不合适的。故而基于对现在市场环境的考虑，我们也许可以把主人公换成儿子高翔，或至少是父子双男主并行、父亲的生活困境和舞蹈理想与儿子的成长并行的双主题奋斗故事。

接下来我们可以详细分析高翔这个人物，他出生、成长在三教九流混杂的吉庆街上，父亲、母亲混日子，邻居叔伯各怀绝技，也各怀鬼胎，而他自己也有各种难题困境——升学、恋爱、运动队。以这个人物为主人公串联，依然可以保留原来大纲里的不少剧情，只不过换了一个视点和角度；这样原来要表达的并没有受到多少损害，并且还能变成一个好看、年轻的戏。

顺带说一下，《雌父》故事大纲中提到的吉庆街是武汉一条很有特色的街。如果能描绘生动，是可以向韩剧《请回答1988》那样朝着街坊生活质感的方向发展的。另一方面，这个发生在吉庆街的剧集故事，在某种程度上与电影《功夫》里的空间与人物关系也有相似之处——同一社区形形色色的几个人联合起来共同对付一个敌人／一个目标，而其中最不靠谱的"废柴"突然就担当大任——在社区环境里，因为外部压力矛盾被顶到最高点，人物随之变化，主线、副线都很完整。这也是可以借鉴的。

我们来看故事大纲的第一段。这一段首先交代了高立文在吉庆街居住时的家庭状况、生活环境、邻里关系，看似把剧本中会出场的人物都交代了，情况也都说了个大概，但这恰恰就是问题所在——信息主次不清，太杂乱，结果就是读者／观众找不出重点，被分散了注意力。无论是故事大纲，还是故事梗概，字数都有限，所以必须拣最要紧的信息交代。尤其是第一段，通常需要紧紧围绕主人公，把主人公的情况说清楚、明白，而不能把一些无关紧要的路人甲乙丙丁全都写出来，干扰主人公和主要信息。主人公一旦被"淹没"，主角光环就会消失。换个角度来看，对于每天泡在各种剧集和剧本中的制片人或制片公司其他相关人员来说，这种抓不住重点、一开始就交代一大堆人物和杂乱信息的故事，立刻就会让他们产生差评印象，所以只要精简为如下句式的一句话即可：

吉庆街是一条［……］的街道，高立文和他的儿子高翔［以及……］就生活在这里，故事就从这里开始。

这才是一个主人公／群像戏故事大纲或梗概通常该有的简洁写法，并要让别人明白这里出场的每一个人都不是废笔，而故事将要为大家娓娓道出他们的人生。故事大纲与梗概的功能之一就是要说明这是一个"什么人的什么戏"，假如是群像戏，就要表明是群像戏，如果是单一主人公的戏，就要集中展现主人公的主线剧情。比如上面这个例子，如果开篇以高立文作为主人公介绍，可是写着写着却变成了群像戏，观众就会困惑，不知道注意力该放在哪个人身上。

再来看故事大纲接下来的几段。第二段依然是高立文作为主角，可是接下来一段却换成了高翔的视点，讲述他和女同学韩菲菲的故事，并且这段情节与高立文完全无关。再接下来又重新回到高立文的视点，可是这时候高立文成了"串场人物"，通过他的视点引出了"神秘女郎"郑明，接着两段又转而讲述郑明的曲折故事。同样地，在这条线索里高立文又再次"消失"了。不仅如此，在郑明这段情节线中又出现了老郑、来双畅、反串演员喜子等人物，并编织了他们之间复杂的多重人物关系。这样分析下来就不难发现问题所在：叙事视点飘忽不定，情节线索杂乱，想到哪里写到哪里，完全看不出主线和重点。

改进的办法是一以贯之地突出主人公，尽量以主人公在场的主线牵引支线情节，让主人公引导或至少参与到支线情节中去。这样线索就会清晰很多，主人公也不会"写丢"。所以上述这个例子中，郑明这条情节线可以从高立文的视点起头并发展下去，比如：

> 高立文发现曾经谋面并有好感的"神秘女人"竟然是个男人，进而了解到他不为人知的身世之谜，而且他还是一名易装去跳钢管舞的舞者。紧接着，由于发现了郑明的真实身份，高立文不得不和老郑、来双畅、喜子一起被卷进了某个事件中，开始了不得已的人生……

这种写法并不是在大纲中简单地把句子主语都换成"高立文"，反复强调主人公高立文在做什么，而是要加强主线剧情，让主人公的行为主线牵引起尽量多的旁支情节，这样就可以避免让配角人物分散主角的戏份，进而分散观众对主线剧情的关注度。所以，故事大纲与梗概的一种常见写法是牢牢抓住一条主情节事件往下写，由该事件的主人公牵连起所有其他角色和他们身上发生的事情。同时，在大纲中要尽量精简描写说明性的状况，以避免阻断主线叙事以及干扰对主人公的突出描述。而对与主人公有关的精彩细节，可以适当表现。

现在介绍故事大纲与梗概的另一种写法。我们也可以不用常规式地交代性叙述开篇，而是开门见山直接从整部剧中一个特别吸引人的情节场面开始。套用景别的概念，前一种传统写法好像"从前有座山，山上有座庙，庙里有个老和尚"式的，先从全景再到中景、近景的叙事模式，而后一种则上来就是中近景甚至是特写，用一个先声夺人的画面立刻抓住观众，然后再慢慢交代背景。这种即所谓的"热开场"，它更有利于加强紧张情绪，迅速带动观众入戏。

譬如上面这个例子的开头可以改为：

> 高立文闯入一个实验室，偷走毒药；热闹祥和的吉庆街画面，一帮人在吃饭，觥筹交错，吹牛聊天。就在这时，高立文出现在饭桌上，吉庆街上住着的所有人好像都吃了他偷出来的东西……

显然这样的故事开头就会非常紧张好看，因为有动作，有悬念，而且情节跌宕起伏。虽然看到后面就会发现其实依然是高立文在吉庆街上易装跳钢管舞等一系列生活剧剧情，但观众的心思已经被"热开场"成功抓住了。所以不仅是故事大纲与梗概，很多编剧在剧本中也无所不用其极地在第一集或前三集戏中"轰炸"式地展现精彩纷呈、令人眼花缭乱的情节，然后才在接下来的十几集中不急不忙地慢慢交代前因后果。另外，就人物来说，在开场的时候可以过度夸张一点，在抓住了观众以后，再慢慢回归"正常"。

我们看到上面这个故事大纲的例子之所以会出现这些问题，不仅仅是写作技巧，更主要的是编剧在下笔的时候并没有想清楚，换句话说在故事创意阶段没有构思完整。电视剧的体量决定了它比电影更复杂，如果不经过反复构思就贸然动笔，很容易跑偏。还是看这个例子，比如可以写高立文作为父亲要保住高翔的抚养权这么一件事，这就是人物的戏剧目的，而且这个戏剧目的要让观众清晰地看到。这样，无论高立文做了什么，观众都会往这个方向去理解他为什么要这么做，或者不这么做的苦衷。但如果编剧自己都模模糊糊，不知道主人公的戏剧目的究竟是什么，可能一会儿是抚养权，一会儿是跳舞心愿，一会儿又可能是喜欢上了什么异性，那么观众自然就会无所适从了。确定了人物的戏剧目的之后，编剧就要围绕这个戏剧目的编织各种阻力和冲突——只要是让高立文保不住抚养权的事情，都可以成为戏剧内容。所以说戏剧就像拳击，互相对打就构成了戏剧冲突或张力。不论人物做了什么，外界都要给他一个反作用力，这样情节才能有真正的驱动力，进而向前推进。这也就是故事大纲与梗概要达到的目的：让读者／观众看到你的人物目标和困境，以及他们不断做出的（主动或被动的）应对动作。

说到底，人物才是一个故事（尤其是长篇故事）的气脉，而情节是皮相（固然也非常重要）。或者拿武侠中的剑宗和气宗来比拟，故事情节好比练剑招，招式纷呈，乱花渐欲迷人眼，能让你的故事显得非常好看；而人物好比练气，能让你的故事与众不同，余味绵长。所以不论你怎么写剧本，写到后来一定会发现拼的还是人物。要让人物合理。一步步去推导这个人物，不论他在此刻做出什么行为，都必须让观众知道和相信，他在这个时间、这个地点，就是会别无选择这样做。打磨人物、推敲人物确实是编剧们永无止境的求索之路，好的编剧从来不会轻易放弃对人物的追求而只是迷恋花哨情节，编剧们会不断问自己，为什么故事中这个人物这个时候在这里做这件事？一定是有原因的，而且别无他选。你必须不断追问，跟人物斗争纠缠，让自己永不停步。

我们来看这个案例最后修改版的故事大纲开头。

> 2001年夏天，全国城市形象选美大赛决赛会场，六大城市选美佳丽争奇斗艳，来自武汉的年轻三人女子组合尤为扎眼。就在被认为是夺冠热门时，却意外发现这三个人全是由高中少年反串！
>
> 三人都来自武汉的吉庆街，这是一条热闹的大排档夜市街，各类民间艺人穿梭其中，三人的父母就在这条街上讨生活，三人从小关系就很好。郑海头脑灵活，通晓人情世故；高翔老实单纯，善良懦弱；吴银虎一直成绩优异，以给妈妈丰裕生活为目标奋斗学习。而这次反串参加比赛，则是在父母的支持下一齐反对吉庆街的拆迁。

> 时间倒回4个月前，郑海向同学们兜售女子学校写真照片赚钱，他要给已经在外面躲了五天的爸爸买饭。最近有一个神秘女子每天带着几车人四处寻找他们父子俩，郑海认为父亲肯定得罪了大人物，但神秘女子却自称是郑海妈妈。从小与父亲相依为命的郑海手足无措，想见又不敢见，没想到的是，又陆续出现三个女人，全都自称是郑海的妈妈！一下乱了套，郑海只得先躲到高翔家。
> 
> 一场淅沥小雨，随身听里放着任贤齐的《我是一只鱼》，高翔喜欢上笑着淋雨的韩菲菲。韩菲菲是女子学校的校花，高翔自觉不配，却魂牵梦绕。高翔无意中发现郑海竟然在贩卖韩菲菲的性感写真！解释之下才明白，郑海是利用PS技术做上去的，他每次假借给学校食堂阿姨帮忙的机会溜进女校。高翔如法炮制，却因意外引发火灾，导致食堂阿姨受到牵连被开除并被要求赔偿。而这位食堂阿姨不是别人，正是吴银虎的妈妈。韩菲菲对高翔的第一印象非常糟糕。
> 
> 吴银虎想通过出国留学改变自身命运，想参加英语培训班提高成绩，妈妈不想他离开自己那么远，但还是为了他去食堂打零工，筹措培训班的钱。吴银虎心疼妈妈，偷偷去帮忙，却被当成小混混关了禁闭。学校着火，师生们纷纷逃出，唯独忘了被关的吴银虎……

## 故事大纲与梗概中几个常见问题

对于新手编剧来说，故事大纲中常常会出现以下毛病，有的我们在前面也略提及，这里归纳在一起，供大家警戒。

### 语言与文风

不少新人编剧创作的故事大纲常会被制片方吐槽有太多"长难句"，这种文字不仅对读者很不友好，令人充满"阅读障碍"，而且会让整个故事读起来显得混乱又复杂。我们前面已经说过，故事大纲或梗概的惯常写法就是平实的记叙文，并且尽量用短句，表达意思简洁明了。当然文笔优美类似小说来增加阅读快感也不错，但一定要控制分寸，切忌矫揉造作的文艺腔。简单来说，要充分体谅读者的阅读习惯和时间效率，尽量让对方以最轻松和快捷的方式读完和读懂你的故事。自检的方法也很简单，就是写完以后你自己读一遍，最好读出声，这样文字上的毛病一下子就能暴露出来。

## 视点与多线索

在电视剧实际剧本中，由于人物和情节线索众多，我们可能需要在不同的情节线中穿梭，可是在故事梗概和大纲中，还是应尽量通过叙事技巧来保证视点统一，这样读者才能看得更清楚。不过在某些特殊题材的群像戏中，很难将所有情节归拢在一个主人公的视野下，这时候就需要分别说明清楚，而不能混乱地掺杂在一起。但即便如此，在故事的开头还是应该有一个清晰的人物主导。可以以日剧《四重奏》为例：

> 故事的起点，是老太太镜子的儿子已经失踪一年，老太太认定儿子早已死于儿媳卷真纪之手，却苦于无任何证据，于是她雇用了一位名叫世吹雀（后简称小雀）的街头大提琴艺人去调查真相。为了完成任务，世吹雀刻意制造了与卷真纪的"偶然"邂逅，同时结识了中提琴手家森谕高以及小提琴手别府司。四人组成四重奏乐队，开始共同生活。然而，小雀渐渐发现，每个成员都有着各自的秘密。在一个个秘密揭开的过程中，乐队成员们产生了深厚的感情和友谊。

这个开场介绍很清晰，写完小雀接下来就必须开始写其他人物，包括别府、家森。同时必须明确交代，在小雀调查卷真纪究竟有没有杀人的同时，这四个人各自有着很多不可告人的秘密。也就是说，在故事梗概中必须把每条线的主要事件交代清楚。可能在剧本中隔了 3 集才写人物 B，隔了 6 集才写人物 C，但是在故事大纲里首先就要写清楚前提——每个人都有秘密。这样读者／观众才会清楚故事的主线在哪里，才不会在进入一条条支线情节之后迷失方向。

### 省略和悬念

　　故事大纲要让读者全面了解整个故事的来龙去脉，所以在大纲中重要情节与结果不可以悬念之名加以省略。有些新手编剧根本没有想好情节拐点如何处理，就用省略号"冒充"悬念处理，这种自作聪明的偷懒方法是不可能糊弄过专业制作方的。但也并不是说大纲中一概不能出现悬念和留白，一般来说悬念可以放在最后，而在故事中间可能会造成情节"断裂"的悬念要慎用。不过对于大多数编剧来说，即使结尾的悬念也会写清楚。除非一种极为特殊的情况，比如在某些推理故事中作者也是写到最后才明确说明凶手是谁。

## ✎ 故事大纲范例与点评：《最好的我们》

（1500 字故事大纲）

　　2003 年，因为一场"非典"，17 岁的耿耿狗屎运般考上了全省最好的高中——振华中学，作为一个学渣，她不知道迎接她的将是什么。

　　新学期报到第一天，当她在分班大榜上找到自己的名字，却惊奇地发现旁边的名字和自己连起来是"耿耿余淮"，然后就跟这个叫余淮的男生撞了个满怀。

　　进入振华的生活就如耿耿预期的一样危机重重：高强度的魔鬼军训，摸底考试的沉重打击，回到家，突然出现的新妈和新弟弟都

> 让耿耿一时无法接受……
>
> 但一切都因为学霸余淮变得不同。军训时"特殊照顾"，主动成为耿耿的同桌，给她补课，送她回家……余淮的善解人意和一次次挺身而出，解救了落入虎狼之地的学渣耿耿，也让耿耿在余淮身上感受到了家庭情感中缺失的温暖。

开篇的第一段，简要介绍男女主角各自的基本设定，开始编织两人之间的情感线。

> 而路星河的闯入打破了耿耿与余淮之间的平衡。家境优越的路星河是振华唯一的异类，他不愿意接受教条的生活，想自由地走自己的路。
>
> 对于路星河的各种无聊恶作剧，耿耿的反应与众不同，逐渐激起了路星河对耿耿的兴趣。路星河开始有意无意地接近耿耿，主动用他的方式帮助耿耿。但他的方式往往和余淮相反，两个校草级的人物竟把耿耿变成了角力的舞台。
>
> 随着时间推移，耿耿心里越来越喜欢余淮，可余淮却从不明显表露心迹。就在余淮不温不火的同时，路星河却用自己奇葩的方式高调"表白"了。处在旋涡中的耿耿明知自己心属余淮，但对于路星河的好意，也手足无措。
>
> 但耿耿、余淮之间，不管中间发生多少磕磕绊绊的小插曲，他们最终都将它们纷纷化解，每次只会使两个人的感情越来越深。
>
> 内向的耿耿和有点晚熟的余淮，小心地守护着内心一份青涩的萌动，守护着那份不说出口的"喜欢"。

在男女主角的情感线开始发展之后，紧接着男二出场，构成了情感上的三角关系。相对于原著而言,男二路星河是编剧在改编时新加入的人物,他的人设恰好与男主人设形成鲜明反差,并在三角关系中激化了男主与男二之间的冲突,强化了戏剧性。不同观众基于对男主、男二人设的偏好,会对女主的选择有不同的期待,这让女主与男主、女主与男二、男主与男二之间的戏份都显得好看和有趣。

> 除了余淮和路星河,在振华,耿耿还交到了一群好朋友。
> β性格冲动,但对朋友却好得没话说。
> 班长徐延亮没有班长该有的威信,大家都把他当成妇女之友。
> 简单温柔善良,最大胆的事情就是让全班都知道了她死心塌地喜欢韩叙。
> 而韩叙学习虽好,却性格内向,像个万年冰山。
> 余淮初中的发小周末虽不是同班,却越来越跟五班的小伙伴们打成一片。
> 也许因为都是学渣,耿耿和β、简单成了闺蜜,下课组团去厕所,吃饭时一起讨论八卦和暗恋的秘密。有了朋友们的陪伴,耿耿的高中生活不再孤单。
> 转眼到了高三,大家各自的生活都发生了很多变化。β喜欢上了班主任张平,简单跟周末好了。β转学去了北京,简单转去了文科。

1500字的篇幅本身并不要求将每条情节线、每个人物都交代得非常详尽。青春校园类型剧最重要的一条情节线即为女主与男主之间的情感线,在此过程中男二或女二的戏也非常重要,但并不需要将剧中其他稍次要人物发生的事情都交代清楚,只需要写清楚每个人物各自故事的脉络,能让读者大致把握全剧整体的故事走向即可。

> 而路星河也离开了海滨到北京学画。聚散有时，离别的伤感让耿耿坚定了要和余淮一起考去北京的心愿。
>
> 前途迷茫的耿耿，在路星河寄来的一张北京电影学院招生简章的启示下，决定去北京尝试一下艺考，而余淮迎来了最重要的一次物理竞赛。
>
> 耿耿的艺考和余淮的竞赛对两人来说都是考验，为了能上大学后仍然在一起，二人都奋发努力。然而，从未受过系统艺术训练的耿耿还是落榜了，而余淮也发挥失常，竞赛失利。他们只能重新振作准备高考。
>
> 高考前，余淮送耿耿回家，告白看似水到渠成，却还是没说出口。
>
> 高考结束后，谁也无法想到，余淮离奇地消失了，从此从耿耿的生命里人间蒸发，谁也不知道到底发生了什么……
>
> 许多年后，辞职开办个人摄影工作室的成年耿耿已经到了人生中最好的年华，没想到，一次在去医院给弟弟送饭的途中，竟意外重逢了余淮！
>
> 余淮"失踪"的真相终于揭开。两人重逢，内心的情感虽然并未降温，但因为时过境迁，一切好像变了味道。现在的耿耿是最好的耿耿，而余淮已经不是当年最好的余淮。最好的他们之间，隔了一整个青春。
>
> 耿耿回到振华帮洛枳学姐拍婚纱照，看着洛枳年少时的暗恋有了结果，耿耿深受触动。此时的耿耿已经成长，她不想再错过和失去。晚秋高地上，当耿耿以为余淮不会再出现时，在那棵他们当年一起种下的树下，耿耿再次见到十年前的那个爽朗少年。

故事梗概的最后部分还是要落在男女主角的情感发展上。在最初的故事梗概与大纲中，编剧要尽量以最简洁的篇幅将男女主情感线上最重要的几个转折点以及相关的前因后果交代清楚，这样，才能让读者感受到整个故事最动人、最让人共情的精髓所在。换言之，就是将故事最大的亮点呈现出来，如果首先能打动制作方，也就有了打动观众的基础。

## ✏ 完整故事梗概＆故事大纲范例:《四重奏》

### 一句话梗概（Logline）
### （约60字版）

《四重奏》以一桩失踪案为契机，讲述了四个经历了失败人生但始终放不下音乐梦想的乐手在同一屋檐下共同生活、彼此扶持、获得治愈的故事。

### 故事梗概（Synopsis）
### （约300字版）

喧嚣浮躁的都市中，老太太镜子的儿子已经失踪一年，老太太认定儿子早已死于儿媳卷真纪之手，却苦于无任何证据，于是她雇用了一个叫世吹雀的街头大提琴艺人去调查真相。为了完成任务，世吹雀刻意制造了与卷真纪的"偶然"邂逅，同时结识了中提琴手家森谕高以及小提琴手别府司。四人年龄相仿，各自的乐手生涯都处于尴尬状态，即"拥有成为一流的理想和野心，却仅仅具备三流的实力，所以只能位列于四流之席"。四人组成四重奏乐队，开始共同生活。然而，小雀渐渐发现，每个成员都在说谎，都被自身的秘密牵扯纠缠。一个个秘密被依次揭开，原来每个成员背后都有着难言之隐。在此过程中，四人相互扶持与关照，产生了深厚的感情和友谊。最终，四人重振士气，继续追寻他们共同的音乐梦想。

### 故事大纲（Treatment）
### （约3000字版）

喧嚣浮躁的都市中，老太太镜子的儿子干生已失踪一年，老太太认定儿子早已死于儿媳卷真纪之手，却苦于无任何证据，于是她雇用了一个叫世吹雀（后简称小雀）的街头大提琴艺人去调查真相。为了完成任务，世吹雀刻意制造了与卷真纪在卡拉OK的"偶然"邂逅，同时结识了中提琴手家森谕高以及小提琴手别府司。实际上，四人的相识并非"偶然"，每个人都隐藏着各自的秘密。四人很快发现了他们身上的共同点：年龄相仿，各自的乐手生涯都处于尴尬状态，即"拥有成为一流的理想和野心，却仅仅具备三流的实力，所以只能位列于四流之席"。四人相约，组成甜甜圈四重奏乐队，在轻井泽的一座别墅中开始共同生活。

一开始，家森便发现了别府对真纪的暗恋之情，同时别府也发现了家森对小雀的暧昧情愫。

四重奏乐队经过初步磨合，达成了默契。他们希望在一间音乐餐厅演奏，当他们向餐厅老板提出请求时，却被告知店里已有一位常驻乐手——号称只剩九个月生命的钢琴师本杰明。此时，真纪突然说出，自己五年前就见过本杰明，他打着命不久矣的旗号在东京的酒吧演出。不久后，真纪向餐厅老板揭发了本杰明的谎言。本杰明被辞退，四重奏乐队因此争取到了演出机会，而别府和谕高却心情复杂。四人为此事争论，真纪道出，四人都没能成为可以靠做喜欢的事生活下去的那种人。同时，小雀不断逼问真纪的婚姻状况，尴尬之际真纪说出自己的丈夫已失踪一年，并表达了对婚姻和生活的失望。

小雀受镜子之托监视真纪，在别墅内偷放录音笔来记录真纪的日常点滴，并定期向镜子当面汇报。

一日，一位和别府私交较好的女同事告诉他，自己即将结婚，并拜托他在婚礼上进行四重奏演出。面对突如其来的婚讯，别府不知所措。回到别墅后，别府将女同事的婚讯告诉了另外三人。见别府的态度畏缩得反常，家森不断追问别府，致别府逃避外出，小雀紧追其后。在与别府的交谈中,小雀觉察到别府对真纪的暗恋,她随之掩饰了自己对别府的暗恋。

数日后,别府向真纪坦白,自他大学时代起,他曾数次偶遇真纪,他将此看作命运的安排,便安排了在卡拉OK的"偶遇"。真纪却非常气愤,认为别府小看了被丈夫抛弃的自己。事后,别府向真纪道歉,两人的关系才有所缓和。

小雀向镜子报告时,表明她认为真纪不像是杀了丈夫的人。镜子拿出一张照片反驳,说真纪是在丈夫失踪次日还若无其事去参加婚礼的人。小雀一时失去头绪。

真纪察觉到小雀身上有奇怪的味道,其实是镜子身上的线香味,小雀紧张掩饰。真纪还询问小雀是否喜欢别府,小雀否认。

正当四人继续着吵闹欢快的生活时,一个少年突然出现,声称小雀的父亲已病危。小雀表现得闷闷不乐,并始终抗拒与父亲见面。小雀的亲戚在情急之下联系到真纪,真纪看望小雀父亲,并见证了小雀父亲的离世。事后,真纪得知了小雀一直极力隐藏的秘密:小雀的母亲很早离世,父亲曾将小雀包装成超能力少女公开表演,犯下闻名全国的诈骗案,小雀还因诈骗演出的视频被同事排挤,不得不辞职。小雀对父亲的一切都深恶痛绝。真纪知情后,告诉小雀不必非要去医院,并带她回到了别墅。

小雀告诉镜子,自己不愿继续调查了。镜子威胁她,声称若不继续调查就把小雀的秘密告诉大家。此时音乐餐厅的服务员有朱突然出现,小雀充满怀疑。

家森连续受到黑衣男子团体的恐吓,甚至扬言要将他扔下山坡,家森极为恐惧,无从摆脱。

随着每个人的秘密被逐渐揭开,四人之间的恋爱关系也在慢慢发展。

追踪家森的黑衣男子来到别墅拜访,出示了一张照片,询问家森照片中女人的下落，家森坚称不知。对方竟把家森的小提琴作为抵押物带走了。众人问家森，他和照片中的女人到底是何关系，家森终于坦白了他的秘密：原来，家森曾有过一段婚姻，还有一个正在上小学的儿子。他和前妻因一张六千万彩票而走到一起，又因他一直没有稳定收入而离婚，而追踪他的黑衣男子是前妻下一任男友的家人委派的。家森和前妻展开了儿子的争夺战，最终因黑衣男子的突然闯入而告终，两人久违地坦诚交流，前妻对他的音乐梦想表示了支持。送走儿子和前妻后，家森再次看清，认为"婚姻即是地狱"的自己确实不适合婚姻生活。

关于真纪丈夫干生的失踪案，别府告诉小雀，他住院时曾与真纪的丈夫住在同一病房。干生曾告诉家森，令旁人羡慕的妻子并没有那么好，并且是真纪把干生推下楼才致使他受伤入院。这让失踪案变得更加扑朔迷离。

别府向真纪表达了自己和她相处时的复杂情感：快乐又悲伤，欢喜又寂寞，爱到深处，觉得徒劳。此景恰被真纪的婆婆镜子撞见，镜子内心更加确定真纪愧对儿子，是她一手造成了儿子的失踪。

突然，一份音乐节演奏的工作找到四重奏乐队，四人前往排练室，竟被告知演出时只需播放录音带，做假动作。四人为是否离开而犹豫，真纪突然坚定说出留下的理由：他们还不够格被称作专业演奏者，因此他们必须认清现实，完成这次工作，让对方看到专业的工作态度和四重奏乐队的梦想。演出完成后，四重奏乐队被旁人议论为"有志向的三流就是四流了"。

镜子这边，小雀被突然告知已不需要她了。很快，她发现音乐餐厅的服务员有朱已接替了她，继续监视真纪。一次，有朱拜访真纪，刻意挑起了尴尬对话，推搡间真纪发现了有朱的录音笔，并得知小雀之前一直在监视她。小雀羞愧流泪，跑出别墅。

另一方面，真纪与镜子在轻井泽再次见面。镜子质问真纪是否杀了干生，真纪这才道出了她和干生实际的婚姻状况：真纪希望婚后能将干生当作家人来相处，而干生却希望和真纪继续保持恋爱状态。夫妻间巨大的反差导致干生对婚姻生活越发失望，并将一切憋在心里，直到真纪意外听到干生对下属道出一句"我爱真纪却不喜欢她"，干生在尴尬中崩溃，逃离了这段婚姻，并失踪了一年。镜子听完向真纪道歉，表示一定带干生回去见真纪，真纪却表示已决定提交离婚申请了。

小雀意外遇见一流浪汉，谁知他竟是真纪的丈夫干生。出于对干生身份的怀疑，小雀把干生请到别墅。在得知干生曾抢劫了便利店后，小雀准备报警，干生反将小雀绑起来，却意外遇到了前往别墅偷提琴的有朱。撕扯间，干生失手把有朱推下楼，误认为自己杀死了有朱，正巧真纪回到别墅。真纪提议干生和自己一起亡命天涯。他们着手处理了有朱的"尸体"，正准备出逃时，两人与醒来的有朱重遇，双方意外达成默契，装作任何事都没发生过。

真纪准备和干生回家，小雀深深挽留真纪，而真纪表示自己还是想抓紧干生，小雀失落。

真纪和干生回家共度了愉快的晚餐时光。干生决定吃完晚餐就去警察局自首，并为自己的离家出走向真纪道歉。最后，真纪和干生先去区政府递交了离婚申请，接着真纪送干生去警察局自首。真纪回到了别墅，在小雀的见证下，真纪将干生曾送给她的诗集扔进了火堆，她与小雀、家森和别府继续展开同居生活。

家森明知小雀对别府有意，却故意告诉小雀，真纪离婚对她来说是个威胁。而小雀却压抑了她对别府的感情，千方百计撮合别府与真纪，还为他俩安排约会。小雀生怕合住打扰了别府和真纪，产生了独立的想法，并找到一份房产中介的工作，每日忙碌而充实。家森将小雀的一切看在眼里，也把对小雀的感情埋在心中。

此时，另一巨大的秘密被悄然揭开。警察前来拜访干生的母亲镜子，声称真纪身份可疑，她并非户籍上登记的早乙女真纪本人。镜子震惊不已。原来，真纪原名山本彰子，她的母亲生前是演歌歌手,因车祸离世,自此山本彰子的生活靠母亲的赔偿金维系,由车祸的肇事方承担。另外,山本彰子多年来都饱受继父的家暴。警察指出,山本彰子或为了摆脱家暴,或为了不再拖累肇事方,她买下了"早乙女真纪"的户籍。

另一方面,别府的家人想卖掉别墅,而他之前一直未向真纪、小雀、家森提起此事。他为此向三人道歉。三人对乐队的未来感到不安,别府表示自己会处理好这件事,只是需要时间。虽然别墅问题悬而未决,但四个人仍在谈论着关于乐队的梦想,亲如家人。

正在此时,警察找到真纪,真纪承认她并不是"早乙女真纪"本人。真纪因冒用身份及驾照罪名被捕,舆论哗然,四重奏乐队的每个人都成为媒体追逐的焦点。最终真纪被判缓刑。

一年后,别府、小雀和家森仍共同生活在别墅。小雀为了考房产经纪人的证书忙于学习,家森每周工作七天,别府辞去了工作。他们一直期盼着真纪的回归,而真纪迟迟没有回到别墅。

某天,一位记者找到他们,拿出登有真纪近照的周刊,称三人被真纪骗了。别府相信真纪已选择了不同的道路,一时泄气,决定解散乐团。而小雀则提出,只有将真纪交由她保存的小提琴物归原主后,乐队才能散伙。于是,三人根据照片的线索找到了真纪的住处。一曲演奏,让真纪与他们重逢,并决心回归四重奏乐队。

四人在别墅集结,决定利用现有的舆论力量举办一场公演。即便承受着各种攻击,甚至收到了同行的打击言论,他们依然坚持要完成公演。演出当天,全场满座,往日共处的欢乐时光历历在目,他们完成了精彩的演奏。公演后,四人继续生活在同一屋檐下,追寻着四重奏乐队的梦想。

—完—

故事梗概和故事大纲是剧本前期创作的重要环节，通常都会被反复修改。而在这个阶段，编剧还会同时编写人物小传。从某种角度来看，人物小传、故事梗概与大纲本身就是相辅相成的。我们在下一个章节就一起来研究人物小传和辅助人物小传的人物关系图如何创作。

（参与撰稿：丁滢鑫）

▶ 思考题

（1）电视剧的一句话梗概（logline）、故事梗概（synopsis）和故事大纲（treatment）分别指什么？大致有何要求？

（2）找一部你喜爱的电视剧，试着为它编写一句话梗概、故事梗概和故事大纲。

（3）写作故事大纲有哪些技术要点？又需要尽量避免哪些错误？

（4）尝试按照一个你自己比较成熟的故事创意来发展故事，编写一句话梗概、故事梗概和故事大纲。

---

\* 国家广播电视总局在2010年发布的《电视剧内容管理规定》第五条要求，电视剧不得载有下列内容：

（一）违反宪法确定的基本原则，煽动抗拒或者破坏宪法、法律、行政法规和规章实施的；

（二）危害国家统一、主权和领土完整的；

（三）泄露国家秘密，危害国家安全，损害国家荣誉和利益的；

（四）煽动民族仇恨、民族歧视、侵害民族风俗习惯，伤害民族感情，破坏民族团结的；

（五）违背国家宗教政策，宣扬宗教极端主义和邪教、迷信、歧视、侮辱宗教信仰的；

（六）扰乱社会秩序，破坏社会稳定的；

（七）宣扬淫秽、赌博、暴力、恐怖、吸毒，教唆犯罪或者传授犯罪方法的；

（八）侮辱、诽谤他人的；

（九）危害社会公德或民族优秀文化传统的；

（十）侵害未成年人合法权益或者有害未成年人身心健康的；

（十一）法律、行政法规和规章禁止的其他内容。

中广联合会电视制片委员会与中国电视剧制作产业协会于2015年颁布的《电视剧内容制作通则》第五条规定，电视剧中不得出现下列具体内容：

（一）不符合国情和社会制度，有损国家形象，危害国家统一和社会稳定：1. 贬损国家形象、国家制度和方针政策；2. 损害人民军队、武装警察、国安、公安、司法人员等特定职业、群体，以及社会组织、团体的公众形象；3.渲染、夸大社会问题，过分表现、展示社会阴暗面；4.贬低人民群众推动历史发展的作用；5.以反面角色为主要表现对象、或为反动的、落后的、邪恶的、非法的社会势力、社会组织和人物立传、歌功颂德，着重表现其积极的一面；6.宣扬中国历史上封建王朝对外的武力征服；7.宣扬带有殖民主义色彩的台词、称谓、画面等；8.脱离国情，缺乏基本的现实依据，宣扬奢华生活等。

（二）有损民族团结：1.伤害民族感情的情节、台词、称谓、人物形象、画面、音效等；2.对独特的民族习俗和宗教信仰猎奇渲染，甚至丑化侮辱；3.表现伤害民族感情的民族战争、历史事件；4.将历史上民族间的征伐表现成国与国之间的战争。

（三）违背国家宗教政策：1.宣扬宗教极端主义和邪教；2.不恰当地比较不同宗教、教派的优劣，可能引发宗教、教派之间矛盾和冲突；3.过多展示和宣扬宗教教义、规范、仪式等内容；4.对宗教内容戏说和调侃等内容。

（四）宣扬封建迷信，违背科学精神：1.宣扬灵魂附体、转世轮回、巫术作法等封建迷信思想；2.宣扬愚昧、邪恶、怪诞等封建文化糟粕。

（五）渲染恐怖暴力，展示丑恶行为，甚至可能诱发犯罪：1.渲染暴力、凶杀，表现黑恶势力的猖狂；2.细致展现凶暴、残酷的犯罪过程，及肉体、精神虐待；3.暴露侦查手段、侦破细节，可诱导罪犯掌握反侦查手段；4.表现离奇、怪诞的犯罪案件；5.对真假、善恶、美丑的价值判断模糊不清，混淆正义与非正义的基本界限；6.详细展示吸毒、酗酒、赌博等不良行为；7.过度的惊悚恐怖、生理痛苦、歇斯底里，造成强烈感官、精神刺激并可致人身心不适的画面、台词、音乐及音效等；8.宣扬以暴制暴，渲染极端的复仇心理和行为。

（六）渲染淫秽色情和庸俗低级趣味：1.具体表现卖淫、嫖娼、淫乱、强奸等丑恶行为；2.表现和展示非正常的性关系、性行为，如乱伦、同性恋、性变态、性侵犯、性虐待及性暴力等；3.展示和宣扬不健康的婚恋观和婚恋状态，如婚外恋、一夜情、性自由等；4.较多给人以感官刺激的镜头，及类似的与性行为有关的间接表现或暗示；5.有明显的性挑逗、性骚扰、性侮辱或类似效果的画面、台词、音乐及音效等；6.展示男女性器官等隐秘部位，及衣着过分暴露等；7.使用粗俗的语言等；8.未成年人不宜接受的涉性画面、台词、音乐、音效等。

（七）侮辱或者诽谤他人：1.损害重要历史人物、其他真实人物的形象、名誉，造成不良社会影响；2.贬损他人的职业身份、社会地位或身体特征。

（八）歪曲贬低民族优秀文化传统：1.渲染、夸大或集中展示民族愚昧或社会落后方面；2.违背基本史实，为已有定论的历史人物、历史事件"翻案"，或为尚有争议的历史人物、历史事件"正名"；3.篡改名著，歪曲原著的精神实质；4.违背基本的历史常识，缺乏基本的历史依据，任意曲解历史；5.对历史尤其是革命历史进行过度娱乐和游戏式表现。

（九）危害社会公德，对未成年人造成不良影响的：1.表现未成年人早恋、抽烟酗酒、打架斗殴等不良行为；2.违反国务院广播影视行政部门有关规定的吸烟镜头和吸烟场景；3.人物造型过分夸张怪异，对未成年人有不良影响；4.其他有违社会公德的不文明行为。

（十）法律、法规和国家规定禁止的其他内容：1.违反国家有关规定，公开展示某专项工作的内部制度、程序；2.可能引发国际纠纷或造成不良国际影响；3.违反国家有关规定，滥用、错用特定标识、呼号、称谓、用语；4.剧中的产品和服务信息植入违反国务院广播影视行政部门有关规定；5.破坏生态环境、虐待动物的内容；6.其他有违法律、法规精神，不利于国家建设发展的内容。

# 7 人物小传与人物关系图

　　在电视剧创作中，结构和编织故事是必不可少的技能，但如果过度迷恋情节而忽视人物，甚至把人物仅仅当作为了完成情节任务的"功能性道具"，那么大概率这将会是一部失败的电视剧。我们不止一次强调过人物在电视剧剧作中的核心位置，道理非常简单——一个我们不喜欢、不感兴趣的人，无论他打扮得多么花哨，乃至做出多么耸人听闻的行为，我们顶多也就看一下热闹，甚至热闹还没看完就散了，不可能对这样一个人产生持续的关注；可是当我们喜欢一个人、对一个人有浓厚兴趣的时候，即使他只是在做很日常的事情，我们仍然会津津有味地看下去。这样的情况无论是在现实生活中，还是在每天的电视机、电脑、手机屏幕上都无一例外地上演着。

　　那么我们怎样才能让观众喜欢我们塑造的人物呢？就要通过设计与编织情节来将人设直观地展现出来。一旦人物获得观众的认可和喜爱，那么接下来的情节和故事发展就可以水到渠成了。对于优秀的编剧来说，塑造人物的工作永远不会停止，它会自始至终贯穿于故事和所有情节中；并不是说人设一旦建立起来就可以依靠观众的欣赏惯性，编剧不再需要潜心刻画人物，而又重新转回"情节为王"的创作思维了，事实上，观众也是"喜新厌旧"和"善变"的，人物必须不断有更新鲜的变化或更深度的矛盾展现出来，他才能在几十集篇幅的电视剧中始终牢牢抓住观众。所以说，影视剧真正的核心竞争力是由编剧和演员分别在幕后与台前共同为观众塑造的角色。人物才是故事之魂，这一特征在电视剧中比在电影中体现得更为突出。如果90分钟的电影尚且可以用令人眼花缭乱的情节和场面掩盖人物塑造的不足，令坐在影院里的观众不至于中途退场而能坐着看完全片，那么动辄长达900分钟以上的电视连续剧是根本无法在人物苍白的"先天不足"下用任何手段留住握有遥控器和鼠标控制权的观众的。可以想一想观众看电视剧看的是什么，表面上是看那些主情节加上分支情节的复杂故事，其实看的是人物以及人物关系。甚至可以说故事情节本身就是由人物关系的矛盾推动的。

在上一个章节中我们详细探讨了如何写电视剧的故事梗概和故事大纲，这属于编织故事的工作，但它是绝不能脱离人物而单独进行的。事实上二者应同时推进，或者先编写人物小传，根据人物搭建他们之间的复杂（变化）关系。人物小传和故事大纲相辅相成，甚至可以说是一体两面，因此在编写和修改其中任何一方的时候都必须做到相互呼应。

## 人物小传

人物小传是为剧中的主要人物做类似"个人传记"式的文字描述。首先要注意的是，需要做人物小传的只是剧中的主人公们和最重要的若干配角。对于不同规模（包括总集数和每集时长）以及题材体量（如人物较少的家庭伦理剧或角色纷繁复杂的史诗剧）的电视剧，在整个故事中出现的可以称为角色的人物（譬如以角色有台词为标准）可能少则十几人，多则上百人。我们肯定不可能为那么多人做人物小传，所以一定要分清主次。对于一部电视剧，一般来说必须做小传的角色通常在6到10余人之间，除极特殊情况外不会超过20人。或者换个角度来理解，这些可以进入人物小传的角色都是制片方要花最多心思和酬金去聘请合适的演员饰演的角色。在形式比较特殊的"单元连续剧"中，即以连续剧式贯穿全剧的主人公与主线情节串联若干单元或系列的故事中，因为每一个单元故事（一集或几集）都会出现所谓的"单元主人公"（即只出现在本单元故事中），那么如果把他们和贯穿全剧的主人公们一起都列在人物小传中，很可能就会超过20人。所以通常情况下，我们在单元连续剧的人物小传中只列入贯穿全剧的主人公和贯穿全剧的重要配角。如遇特殊要求，可以在特别注明"单元人物"的标题下以更简洁的文字介绍单元故事主人公。

与故事大纲类似，人物小传从功能上也可分为给制片方审阅讨论的版本和只用于辅助编剧自己创作的版本。显然后者在写作上可以更为"随意自由"——只要编剧自己能看得懂即可，它可以只是若干不连贯的词汇或句子，既有宏观抽象的词语设置，也可能会有特别细节的描写甚至是重要台词，这样的人物小传不太用考虑到其他阅读者的阅读习惯和理解程度，它更像非常个人化的创作草稿、草图或私人日记。此外，这种人物小传往往篇幅上比交付制片公司的版本更长，尤其是几位主人公的部分，对于某些编剧来说，这已经不仅仅是简单或详细的人物设定了，它常常可以独立成篇，成为一部以主人公为视点的小说。有些对人物塑造非常讲究的编剧，可能仅仅写一位主人公的人物小传就能达到几千字甚至上万字。当然这可能是特例，不过他们对于人物的重视可见一斑。另外除了我们上面提到的供编剧自己创作和提交制片公司审阅的两种版本，有时候还会有一种专门供主演明星看的版本，它常常出现于筹备剧组前商谈演员的阶段，可能由制片公司的编辑在编剧提交的版本基础上润色加工而成，也可能由编剧亲自操刀。它的功能主要是为了吸引大明星或其经纪人对该剧产生兴趣，从而达成合作意向，因此会战略性地在人物小传中更加突出表现这个角色的魅力以及他在全剧中举足轻重的地位。事实上，明星经纪人拿到电视剧项目的文案时，很可能首先看的不是故事大纲，而是人物小传。有的制作公司为了吸引明星饰演男二或女二，甚至可能在人物小传中给他们的角色"添油加醋"，令对方觉得戏份重到不亚于主角。

对于大多数编剧来说，人物小传可能既是提交给制片公司的，也是自己创作剧本的人物设计蓝图。人物小传并没有固定字数限制，除非编剧合同上有明确规定，但它至少要设置清楚这个人物的名字、性别、年龄（出场年龄以及在整部剧中的年龄跨度)、外貌和职业身份等基本信息，还要介绍人物最主要的性格特征，以及简单介绍该人物与其他主要人物之间重要的人物关系。包含这些最基本要求的人物小传可能非常简洁，它也许只比剧本前的"人物介绍"稍微丰富一点而已，几十字即可完成。不过这种"简约版"人物小传在一般的电视剧创作中并不常见，它一般只存在于故事创意讨论初期，或者作为剧本前的简要说明书，供其他相关人员在阅读剧本前起提示作用。

对于不少初学编剧的创作者来说，不重视人物小传的倾向比较明显。新手编剧们可能会花很多心思编写故事大纲，可是用寥寥数语就把人物小传应付过去。有的人甚至根本不写人物小传，他们认为反正人物小传不会出现在剧本里，写多了还浪费时间精力，因此最多给人物贴一个简简单单的标签，根本不会对人物进行认真思考，更不用说去考虑人物的来龙去脉了。于是我们常常会看到这样的所谓人物小传：

A，女，22岁，金牛座，年轻漂亮，性格开朗。

有一些年轻的新手编剧对人物的不重视已经达到了给人物起个名字都觉得麻烦的程度，索性就暂时用一个符号先指代着，等有了灵感或干脆等到剧本写完再统一"替换"。与之形成强烈对比的是，有一些资深编剧在给主人公起名这件事上绞尽脑汁，花非常多时间和心思。其实给剧中人起名这件事包含许多学问，比如什么样的名字朗朗上口，很容易让观众和其他剧中人对主人公印象深刻；比如一般来说忌用生僻字，但特殊情况下也可能达到另一种别致效果，很快就能让人记住；名字和人物的形象和性格能不能形成有趣的关系，人如其名或反差巨大；人物的名字会不会跟历史上的名人同名，或者名字的谐音能产生什么特殊效果或特殊意义，像喜剧中的人名往往自带喜感；主人公们的名字之间能否产生有趣关联，比如《最好的我们》中"耿耿"与"余淮"的名字连起来是"耿耿于怀"的谐音；主人公的名字是否带有鲜明的时代特征，如"卫国""卫东""红军""建国""招娣""胜(盛)男""亚男""秀珍""淑兰""慧芳""馨月""子豪""宇轩""子涵""浩然""紫薇""安琪"等，以及是否符合其家庭出身；名字中是否具有某种宿命感等。所以重视人物、对人物有深厚感情的编剧是不可能随随便便拿个符号就给人物命名的，所谓"名不正则言不顺"，人物名字起得不对的话，敏感的编剧可能会感觉别别扭扭，写起来很不顺；而人物名字起得恰当，编剧越写越会觉得这个人物就该叫这个名字，而人物也会随之越来越有血有肉、生动起来。这真是一种非常微妙的感觉。

再回到这个一句话的"人物小传"上，"年轻漂亮，性格开朗"是一种太过笼统的描述。一个人的漂亮有很多种，是艳光四射的，还是清秀可人的？是大众审美"千篇一律"的漂亮，还是某种独特气质之美？是古典气质，还是现代前卫？是长发飘飘，还是短发干练？同样地，"性格开朗"的类型也可能千差万别，有的性格开朗的人情商很高，有的却低到令人避之唯恐不及；有的表里如一，有的说一套做一套；有的在任何时刻对所有人都开朗相待，有的却分时间地点对象不同而阴晴不定……这里的"性格开朗"指的是哪一种？是见人说人话、见鬼说鬼话的善于社交的性格开朗，还是从小没吃过苦、对所有人都不设防的"傻白甜"，抑或经历过很多困苦，却坚持不懈地乐于助人？再看"金牛座"，这个设定就更模糊了，因为金牛座人的性格特征有很多，编剧在这个人物身上想突出的具有戏剧功能的部分是什么？是贪吃还是爱财？是肉欲还是闷骚？是斤斤计较还是痴情念旧？诚然，在塑造人物的时候编剧利用某些具有统计规律特征意义的"属性"——如星座、生肖、血型，甚至籍贯——来辅助设计是可以的，但是必须具体化，这样才能既合情合理，又令人物独特鲜活。否则的话，全世界每种星座的人都以亿计，读者/观众怎么能分辨出你所设计的那一个有什么与众不同？

不认真对待人物小传的编剧们看起来偷了一下懒，好像比较轻松就能把这件事对付过去，可是在后面的创作中它的危害性会越来越凸显出来——由于创作者自己都对剧中人物不熟悉、印象模糊，所以人物就很容易走向"脸谱化"或者形象苍白，还总是被情节"牵着鼻子走"，更糟糕的是人物做出的行为、说出的话还会前后矛盾，令观众觉得十分不合情理。所以说到底，人物小传不是为了完成任务或应付差事而写的，而是一个好剧本故事最重要的根基。你只有对你剧中的主要人物非常熟悉，对其情况如数家珍，才可能在剧本情节中真正活灵活现地将他们展现出来。同时，人物一旦有了"生命"，遇到情境他们会做出何种反应、说出什么话，很多时候就能够自然而然如同条件反射一样表现出来，根本不需要编剧绞尽脑汁地去想。甚至我们可以认为，当编剧在写剧本的时候，如果对于某个人物该做何种反应头脑里一片空白，那只能说明一个问题，就是编剧根本就没有真正想清楚这个人物是个什么样的人。很多编剧都会遇到这样的情况，就是当剧中人物真正有血有肉丰满起来以后，他们就变得有了生命，有了思想，甚至好像有了主观能动性，真的有可能不完全按照编剧事先在故事大纲里设定的行为轨迹行事，而是有了自己的"主张"。这是一种很奇妙的体验。但无论如何，这样的人物必然是生动和鲜活的。

让我们来回顾一下《最好的我们》中耿耿、余淮、路星河的人物小传（见第 5 章"案例（三）：《最好的我们》"）。首先我们很容易发现描述每个人物的文字并不多，大约两三百字，但是描述清晰、重点突出，读者马上就能通过文字看到这一个个生动、有个性的人物。另外，对比这三个人物的小传可以看出，编剧在人设描述方面层次非常清楚——第一段是人名、年龄和人物的爱好专长，言简意赅；第二段描写人物的外貌特征和日常穿着打扮，很有画面感，令人物形象栩栩如生；第三段简要介绍人物在学校里（即该剧的主场景）的情况，主要是在班里的学习情况；最后是描述人物的性格特征。这样的逻辑顺序和文字描述令读者一目了然，并且印象深刻。还有一点，我们稍微仔细观察就能发现，人物小传中的文字语言也能传递出这部戏生动活泼的风格。这是高明的编剧在不经意之间潜移默化传递的信息。所以通过以上范例，我们大概可以总结出人物小传写作的一些要点。

（1）人物小传中必须要包含的信息有：人名（有时还包括绰号）、性别（有时不必单独列举出来，但读者通过后面的介绍文字可以清晰判断）、年龄、外貌、性格、特长、在剧中"作为主情节叙事功能"的职业或身份的简要情况（包括职业在内的身份有许多，比如一个人既是警察，又是父亲、丈夫和儿子，如果是警察戏，那么警察身份就是这个人物在小传中必须要介绍的部分；如果是家庭伦理剧，那么更重要的是作为家庭成员这部分的身份情况）。最后，一般还要说明这个人物同其他主要人物之间的人物关系，可以单独列出，也可以在介绍其他情况时顺便带出。

（2）人物小传的篇幅没有固定要求。一般来说人物小传越详细，对于人物的塑造就会越细致全面（或深入）。但内容丰富与文字啰唆不是一回事。无论篇幅多少，都尽量要用清晰明了的文字描述，切忌唠叨重复，逻辑混乱。凡出现在人物小传中的介绍文字，都应是这个人物最重要的信息，旁枝末节或可有可无的描述都应尽量剔除，以免造成干扰。人物小传可以不分节，全部在一整段文字中完成，也可以按照逻辑层次分成若干节。一般来说，后者对阅读者更友好。

（3）人物小传中各个人物应按从主到次的顺序安排，而不是按出场次序或人物关系亲疏等原则排序，即越写在前面的人物越是重要的主人公。越重要的人物，其人物小传的内容就应越翔实，字数越多，而不能出现类似男三号比男一号的人物小传篇幅更长的状况。

（4）人物小传的语言风格应与该剧的整体风格保持一致。

（5）人物小传中还可能包含：人物口头禅（语言风格）、特征习惯动作、穿衣饮食和生活习惯（可选项，视该特征是否具有戏剧功能而定）、家乡（可选项，出生或主要成长地）、家庭背景、受教育程度等。

以上这些要点主要适用于不含"情节内容"的人物小传。事实上，在另一种更详细的人物小传中，编剧常常会加入至少两类带有情节性、故事性的文字来介绍人物——其一是人物前史，其二是人物在该剧中的主要情节（个人命运）走向。所谓前史，即讲述主人公在剧集故事开始之前的个人"成长史"。有些人会认为这些事情都是在实际剧本中几乎不会出现的，也许通过闪回或台词回忆起来，也许根本不会有任何直接表现，因此写它们完全是多此一举。其实不然。因为构思和设计人物前史是塑造人物重要和有效的手段，它会涉及人物的性格成因（比如童年阴影）、人物在成年或故事开始之后由于某种原因而刻意或无意隐藏的某种特质（比如个性或技能）、人物之间的"前缘"、上一代人的恩怨（会作用到这一代主人公们的身上）等。换个角度来说，从前史中我们可能发现某个人物今天的爱好与行为方式与他过去的截然相反，外貌和个性也可能发生翻天覆地的变化，比如现在苗条性感的美女过去可能是一个生活在乡下、完全不会打扮的小胖妞，现在一米八七的大小伙可能在整个青少年阶段都是全班最矮的男孩，现在喜欢说脏话的女孩过去可能是一个温柔内向甚至连一句"讨厌"都不会说的乖乖女。是不是可以发现，前史有助于使人物更丰富、更具有多面性（矛盾和变化）？这就是一般剧作理论中所说的使人物具有更多的"维度"，这样我们在塑造人物、理解人物和为人物创造行动的时候就有了往深度和广度挖掘的可能。因此即使上述这些人物前史的绝大部分都不会直接出现在剧本中，但无论对于制片人、导演、演员或其他工作人员来说，都能通过它来更深入理解人物的性格和行为方式；同时，对于编剧自己来说，它也是写作人物和设计情节时必不可少的素材资源和指导守则。

人物小传中对角色在剧中主要情节（命运）走向的概要描写是为了供制片方和演员等相关人员快速了解人物与剧情关系而设置的，是让剧本审读者在阅读故事大纲之前按照主人公的视点对主情节有一个大致的了解，相当于"情节预告"（在一般的剧本文案中，人物小传应在故事大纲之前），这样剧本审读者在读文字量更多的故事大纲时就能更轻松地抓住要领。不过也正因为如此，人物小传中的这一部分文字应尽量不要与故事大纲重复，要做到言简意赅并紧贴这个人物视点进行阐述。

接下来我们来看一看包含前史和人物在剧中主行动线的"丰富版"人物小传范例。

### 《无证之罪》主人公人物小传

- 郭羽

  26岁，金辉律师事务所的实习律师，故事主人公。

  郭羽出生在临近哈尔滨的一个工业小城。3岁那年，郭羽的父亲受不了独断专行的妻子，离开家庭，从此之后，郭羽一直成长在母亲畸形的控制欲之下。从小到大，郭羽的生活极尽单调乏味，高压的家庭教育和繁重课业的双重挤压，渐渐造就了他内向深沉但内心深处却渴望解放的性格。

对郭羽来说，被丛林法则支配着的小城生活处处充满了野蛮和暴力，他在这个环境中显得格格不入。尤其在进入青春期后，郭羽在大多数同龄人眼中，就是个独来独往、郁郁寡欢的孤僻家伙。为了改变自己的命运，郭羽下定决心要考出小城，也就在此时，郭羽在周末补习班认识了朱慧如。

两个本来没有任何交集的少男少女，却意外地一见如故，究其原因，是他们都有着同样的梦想——二人约定，共同考到哈尔滨，离开小城，去过更好的生活。

然而郭羽青涩的初恋并没有结果。中考过后，朱慧如突然与他失去联系，从此不知所踪，郭羽只身来到哈尔滨继续求学。进入梦寐以求的大城市里，郭羽才猛然间发现，即使舞台变得更大，整个环境其实只是一片更大的混乱无序、野蛮生长的原始丛林，善良与软弱依然让他孤独无依，而他曾经引以为傲的好成绩，也在更残酷的竞争下荡然无存。

郭羽渐渐开始明白，更大的城市并不会让他的生活变得更好，而他也并不像自己预想的那样优秀。在绝望挣扎中，郭羽度过了整个学生时代。大学毕业后，他努力让自己重新振作起来，考取律师证书，希望能在逻辑和法律的世界里找到适合自己的位置——但当他真正进入事务所开始工作后，无情的现实摆在他面前，在这个社会里，他似乎永远格格不入，他永远都没有力量和勇气去获得真正的解脱。

被幻灭感折磨的郭羽，在正式进入社会的第三年再次遇到了朱慧如，这次邂逅的重逢，彻底改变了郭羽的人生。

阴差阳错之下，二人意外地杀死了流氓黄毛，就在两人慌张绝望的时候，一个神秘的"过路人"突然出现，答应给他们一次机会，帮助他们消灭所有的罪证，让二人可以继续自己正常的生活——两个走投无路的年轻人，做出了肯定的答复。

已经犯下的罪责，真的可以逃避吗？郭羽万万没有想到，自己一念之差的举动，不但成为警方的怀疑对象，还引来了穷追不舍的黑帮，短短几天之内，郭羽经历了此前未曾想象的困境和考验。

在度过了最初的恐慌之后，他慢慢认识到，谎言和罪恶才是支撑他生存下去的力量——他内心一直被压抑着的黑暗面开始解放，他相信自己有能力保护自己，保护朱慧如，逃避所有罪责，直至获得他想要的一切。

● 朱慧如

25岁，福如面馆的"老板娘"，故事主人公。

对大多数女孩来说，美丽是上天的馈赠，但对朱慧如来说，却是搅乱她生活的原罪。生活在蛮荒的小城里，朱慧如从上小学开始就成了各路混混追求的目标，在那些粗暴的只懂得用拳头解决一切的男孩眼中，她只是个值得争个头破血流的物件。

整个学生时代，朱慧如始终活在骚扰和斗殴里，唯一解脱的希望，就是哥哥朱福来——因为他的拳头比谁都大，任何胆敢冒犯妹妹的人，最后都在朱福来的铁拳下满地找牙。慢慢地，女生的嫉妒、男生的觊觎让她连正常的交朋友都成了奢望，原本生性活泼烂漫的朱慧如变得越来越孤独，同时也对自己的生活厌烦透顶。

在认识郭羽之后，朱慧如对这个文质彬彬甚至看起来有点儿软弱的男孩产生了好感，在她的世界里，只有郭羽和她一样不喜欢眼前的生活，渴望找到另一条道路。然而，就在二人相约离开的那一年，朱福来惹上了仇家，兄妹俩连夜离开小城，跑路到哈尔滨。

彼时，朱福来已经成了残废，过去的好勇斗狠不复存在，成了个人见人欺的软蛋，靠餐馆打工的微薄收入，供养朱慧如完成了卫校的学业。卫校毕业后，朱慧如进入一家医院，做了护士。

找到工作的朱慧如本想和哥哥一起开始新生活，但朱福来却在这个时候腿伤复发，如果不能及时截肢便会有性命之忧。为了筹措手术费，朱慧如四处求告，但每一个答应帮她的人，都只是为了得到她的身体——终于，彻底认清现实的朱慧如，在半强迫的情况下，选择了这些人中最强有力的孙红运，做了他的地下情人。

在孙红运的"帮助"下，朱福来手术成功，留下性命，并且开起了一间不大的面馆，成了小老板，生活终于有了着落——当然，这背后的代价，是朱慧如的受辱。对于自己的遭遇，朱慧如从来没有和哥哥提过半个字，她无时无刻不希望自己能结束这场噩梦。

为了离开孙红运，朱慧如帮助哥哥经营面馆，拼命攒钱，试图为自己"赎身"，然而，她的努力，换来的只是孙红运的拳打脚踢——就在她万念俱灰之际，孙红运死了。

朱慧如重获了自由，却也惹来了麻烦。孙红运的遗孀华姐对她早已怀恨在心，一定要将他们兄妹赶出哈尔滨方能后快，在此绝境之下，朱慧如意外地邂逅了郭羽。

再次面对郭羽，善良的朱慧如深深为自己的过去感到自卑，但郭羽却完全理解她的无奈选择，令她感动不已，更让她惊喜的是，郭羽愿意帮她渡过难关——当时的两人都不知道，他们这个选择，已经让他们踏入万劫不复的境地……

在经历了众多的欺骗和杀戮之后，朱慧如要如何从深渊里获得解脱，成为一道难解的谜题。

● 严良

36岁，前刑警，故事开始时已在派出所以基层民警的身份度过了八年。

严良生在绥芬河的一个刑警之家，少年时却是个惹是生非的混世魔王，隔三岔五便要到派出所里"报到"，每次都被刑警父亲从拘留所领出来——在他17岁那年，他最后一次被抓进派出所，领他出来的人却成了父亲的搭档赵铁民。

父亲牺牲后，严良痛改前非，而赵铁民则成了他亦师亦父的领路人，引导他走上刑警之路。警校生涯中，严良展现了他作为警察的超强素质，毕业后，他顺理成章地成为一名刑警，被赵铁民留在身边。

边境的绥芬河那混乱的社会环境成了严良的催化剂。成为刑警的最初几年里，严良屡建奇功，一时间声名大噪——然而，在一次情与法的矛盾中，严良的恻隐之心给他带来了麻烦，差点以渎职罪被开除，赵铁民费尽心思，才勉强保住他一身警服，让他远走哈尔滨，做了一名普通民警。

一开始，严良认为这只是一点小小的曲折，他早晚会以王牌的身份重返警队，作为曾经的警队之星，严良即使做了片警，依然打出了自己"阎王"的名号，让管片内的毛贼大佬统统闻风丧胆——然而，时间一年一年过去，他眼睁睁看着赵铁民步步升迁来到哈尔滨，却依然对他不闻不问——终于，严良明白，自己的一生，都将被荒废在琐碎的日常工作中。

八年后，曾经不可一世、对案件如同饿狼一般的严良，已经变成一个毫无斗志、整日无所事事的"闲人"——闪婚、闪离，再次闪婚，游戏人生。故事开始的时候，他的第二次婚姻也已经亮起了红灯——就在他以为生活就要这样虚度到死的时候，赵铁民重新找上了他——因为只有赵铁民知道，饿狼即使被关在笼子里，也不会变成废狗，而这八年的笼中生活，只会让严良将牙齿打磨得更加锋利。

● 骆闻

45岁，前法医，某医疗器械公司技术总监，"雪人杀手"。

骆闻曾经是一名毕业于全国顶尖医学院的法医高材生，服从上级安排，心甘情愿从北京调至绥芬河，成为当地警方最为信赖和仰仗的技术专家，也是向来心高气傲的严良唯一佩服的可靠搭档。

骆闻对工作极尽钻研的精神，使得他在无意之间忽略了家庭，虽然他深爱着自己的妻女，但生性沉稳内敛的他，却很难表达这份感情，也无法平衡自己的工作和生活，最终，在一次夫妻争吵升级后，骆闻外出开会，一去十数日——当他再次回家的时候，却发现妻女已经人间蒸发，不见踪影。

由于活不见人，死不见尸，在没有更多证据的支持下，警方也只能将他的妻女列入失踪人口，无法提供更大力度的支援。无奈之下，骆闻只能靠自己的力量，一寸寸搜索房间，但也只能找到一个陌生的指纹和一点点蛛丝马迹。

凭借着这一点点无法被警方取证的线索，骆闻独立找到了有关那个闯入过自己家中的陌生人的信息：此人生活在哈尔滨。除此之外，一无所获。

为了找出妻女的下落，骆闻辞去法医的工作，将自己的专利卖给医疗用品公司，一个人来到完全陌生的哈尔滨，定居下来，大海捞针一般寻找着那个人的踪迹。

直到四年前，骆闻发现自己罹患了尿毒症，已然时日无多，已经对寻亲陷入偏执的他无法承受至死不见妻女的结局，他决定利用自己的专业知识，逼迫警方去帮他寻找那个茫茫人海中的背影。

从那天起，曾经那个尽职尽责的法医彻底消失不见，成了令人胆寒的"雪人杀手"。

● 林奇

34岁，年轻的女刑警队长，新官上任即遇上了最令人头疼的雪人杀人案。

在严良被"雪藏"后的岁月里，林奇成为赵铁民最倚重的下属。做事爽利从不拖泥带水的她，在性格上有着巾帼不让须眉的劲头。身为刑警，林奇认真细致，一板一眼，那股柔中带刚的韧劲深受同事们的依仗，一直以来，都是"优秀警员"的模板一般的存在。

然而，在介入雪人杀人案后，优秀楷模却也一筹莫展，过往那些扎实的侦破技能全都变成了纸上谈兵。就在此时，赵铁民为她找来了一个从来不按套路出牌的搭档——严良。

一开始，好胜心极强的林奇对严良的到来并不服气，但随着二人合作的深入，林奇渐渐发现了严良的闪光点，这个激进甚至有些偏执的家伙，总是能天马行空地找出常人难以发现的线索，推动案件向前进展，慢慢地，摸透了严良脾气的林奇，终于成为他最合手的搭档。

● 朱福来

36岁，福如面馆的老板，朱慧如的哥哥。

年轻时的朱福来，是工厂里青年工人的带头大哥，脾气冲动火暴，将妹妹视为掌上明珠，但却总是用粗暴的手段去帮助妹妹。十年前，兄妹俩的父母先后由于职业病病故离世，但工厂的补偿款却被人贪墨，忍无可忍的朱福来与对方当面对峙，反而被人从楼上推下，摔断一条腿。

暴跳如雷的朱福来本打算和仇家同归于尽，多亏妹妹拼死拦住，兄妹俩逃往哈尔滨，这才留住一条命。来到哈尔滨后，朱福来被残疾的身体磨灭了血性，性情大变，成了个软弱怕事的人，他其实隐隐知道妹妹已经被人霸占，却没有面对的勇气，只能更加拼命地经营自己的面馆，希望有一天能帮助妹妹逃出困境。

在朱慧如错手杀人、背上命案之后，朱福来也对此有所察觉，但他始终不敢深究，在忐忑不安中默默守护着妹妹。

● 赵铁民

市公安局副局长，主抓刑侦案件。

赵铁民是带严良出道的师父，严良曾经为他立下汗马功劳，也曾经给他惹下一屁股麻烦，如今的师徒俩见面就掐架——但即使这样，赵铁民依然是整个警队中，最能理解、也善于驾驭严良的人。

到了临近退休的年纪，赵铁民回顾他作为警察的一生，只有一起连环谋杀案至今未破，令他如鲠在喉，现在，当新的受害人的尸体再次出现在他面前时，他知道，这是自己退休前最后一次机会，将凶犯捉拿归案。

● 张兵

黑老大老火手下头马，心狠手辣的黑帮收债人。

张兵是非常典型的"社会人"，表面光鲜，私底下却靠各种卑鄙龌龊的勾当讨生活。对于张兵来说，他最拿手的就是为老火发掘出更多的客户，赌徒、瘾君子、走投无路的人……这些人，都是他的深度客源，在他们的高额利息中赚取分成，如果这些人破产还不上钱，张兵就会采用各种或明或暗的威胁恐吓，来达到自己的目的。

在他眼中，这都是平淡无奇的工作，丝毫不以为耻，对他来说，面子和钱，就是人生的一切。

● 老火

明面上是一家廉价洗车行的老板，暗地里的身份是本地地下钱庄的放债人。

在道外区，老火可谓手眼通天，小弟遍地，没有人敢惹他。靠着自己在江湖上打拼出来的威望，老火成了放债人，左手进、右手出，方便快捷，稳赚不赔，只要脑瓜灵活，警察也很难掌握确凿的证据，因此，老火的生意越做越大，钱也越赚越多。

如今，老火再也不用像年轻时那样喊打喊杀，他只要坐在办公室里，吹吹空调，吃吃雪糕，手下的"业务员"们自然就会把大笔的不法收入送上门来。

● 金主任

金辉律师事务所的首席律师兼老板，郭羽的上司。

斯文、职业的外表下，金主任其实是个贪婪的吸血鬼，榨干当事人的每一分钱是他最大的快乐——而事实上，在这个所谓金牌律师的名号下，他办案时真正依赖的，其实并非法律，而是他复杂的社会关系和不择手段的风格。

虽然金主任收入颇丰,但作为重度赌徒,他的钱都花在了赌球这样一个无底洞上,也因为这个缘故,金主任和老火、张兵一伙人有着复杂的利益关系。

● 华姐

孙红运的遗孀,性格凶悍的社会大姐大。

在孙红运死后,华姐成了货运站生意的掌控者,手下几十名工人、司机,实际上都是听命于她的打手帮凶。借着这股势力,加上自己原本的性格,华姐是道上有名的不好惹的母老虎,而在孙红运死后,这头母老虎盯上了无依无靠的朱慧如。

● 邵海

郭羽在事务所的同事,两人也是同住一间单身宿舍的室友。

相比郭羽,邵海显然在这个鱼龙混杂又毫无底线的世界里更加如鱼得水,作为比郭羽的实习律师身份要更高一级的助理律师,邵海在郭羽身上找足了优越感,对他来说,郭羽既是小弟,又是出气筒,邵海就这么不断用郭羽的失败去证明自己的成功,并且乐此不疲。

● 东子

严良二婚老婆的儿子,高中生。

顽劣不堪的东子与17岁之前的严良如出一辙,叛逆得要死,四处惹是生非,眼前的生活对他来说一钱不值,满脑子都想着尽快和母亲一起出国,离开这无聊的地方,然而,在母亲正式在国外站稳脚跟之前,他还必须忍受和严良一起生活的日子。

然而,严良擅长的只有抓人,从来没有教人,"父子"俩的生活一团乱麻,互相看不顺眼,但在东子内心深处,他依然渴望成为一个像严良一样,活得"有姿势"的硬茬。

● 严妻

严良的二婚妻子，东子母亲，一个只存在于严良手机里的声音。

严良有多厌烦她，她就有多厌烦严良——三年前，两个游戏人生的家伙"一见钟情"，那时在她眼中，这个玩世不恭的警察似乎完全不在乎她迷乱的过去，还有一个惹是生非的拖油瓶，令她分外感动。但直到结婚后，她才发现，严良并不仅仅是不在乎这些，当不上刑警，严良早就什么都不在乎了。

闹剧一般的婚姻维持了两年半，严妻一声不响地远走高飞，去了美国，剩下的日子里，她留给严良的就是半夜里没完没了的电话抱怨和两人离婚的倒计时。

● 李丰田

殡仪馆收尸人，实际上是游走在黑道边缘的职业罪犯，也是骆闻苦苦追寻的目标。

即使在"江湖"，李丰田也是个异类，他会听命于像老火这样的人派给他的收账任务，却并非是谁的手下，简单来说，他的本职工作，就是专门替人解决麻烦。没人知道他有着怎样的过去，似乎生来就是个亡命暴徒，总是在瞬间爆发出难以想象的危险，偏偏又是个冷静阴沉、思维缜密的人，不爱说话，面无表情，没人知道他空洞的目光下到底在想些什么。

事实上，李丰田的人生中，也曾经有过"家人"，那是他和一个女人厮混后生下的孩子——虽然他连一天作为父亲的职责都没有尽过，甚至那个孩子也并不知道还有这个父亲的存在，但这个少年却成了李丰田存有一丝人性的唯一证明。

十年前的某一天，一个极其偶然的情况下，李丰田得知，自己的儿子，那个少年因为某些缘故，犯下杀人罪，被警方侦破后逮捕，于看守所中畏罪自杀身亡，而那个找出了致命线索的人，是个法医，名字叫骆闻。

## 人物关系图

由于电视剧中人物众多，人物关系复杂多变，所以编剧常常在人物小传之外画出"人物关系图"，用这种直观方式标注主要人物之间错综复杂的关系。人物关系图有利于编剧之外的其他人快速在自己脑海中建立起人物关系模型，再结合人物小传，更有效地从结构上把握人物关系、人物发展趋势以及人物之间的动态张力。

不仅如此，人物关系图还可以帮助编剧一目了然地检查人物关系设置甚至包括人物设计中存在的问题。比如人物关系过于简单，可能整个人物关系图中只有屈指可数的几个人，而且人物之间都是单向箭头，即简单的施与受的关系，人物关系没有形成交错复杂的网状结构，那么这样的设置通常来说也许可以做单元剧，但根本撑不起长篇连续剧结构；比如人物关系图中，所有主要女性角色的"情感箭头"都指向男一号，或者所有主要男性角色的"情感箭头"都指向女一号，那么这样的剧不出意外的话就很容易导致"杰克苏"或"玛丽苏"式的情节模式；比如人物关系图中男二、男三、男四的"感情箭头"全部指向女二号，只有男主角的"感情箭头"指向女一号，这就要小心女二号很可能会抢戏，强过女主角的风头；再比如有的人物关系图乱成了一锅粥，不但人物杂乱，而且根本看不出主角是谁。如果只看人物小传或故事大纲，这些情况也许不会那么明显就被觉察到，可是人物关系图是一目了然的，所有这些毛病全都会立刻暴露无遗。

人物关系图好像排兵布阵——哪些是明棋，哪些是暗棋；哪些人一开始亲如兄弟，在何时又因另一个人的介入而反目成仇；哪些人起初势不两立，又可能因为什么而冰释前嫌成为同盟；哪些人是主角，大家都围绕着他，或亲或仇，哪些人又是陪衬，只能在外围起点缀作用……凡此种种尽都体现在一幅人物关系图中。很多初入行的编剧在写电视剧剧本时都会犯同样一个毛病，就是让主人公不断地遇到一个又一个人，从而引出一个又一个事件，好像游戏闯关一样，故事一写不下去就引入一个新的人物，使他与主人公构成冲突来推动剧情。这样的编剧往往根本就没有画过人物关系图，因为这样的人物关系全都是最简单的指向主人公的，但主人公之外的其他人物之间几乎不构成戏剧关系，这样的人物关系图就是最糟糕的辐射状图。但好的人物关系图应该是网状的，即多组人物之间都有复杂联系。只有将多个人物关系真正联结起来，我们才根本不用担心会没有情节可写。事实上，增加一个新的人物可能只能增加有限的一段孤立情节，而将已有的人物之间建立起一种新关系，则很可能牵动起一系列相关人物，从而几何级地添加新的情节。

我们来看看《独孤天下》的人物关系图范例。

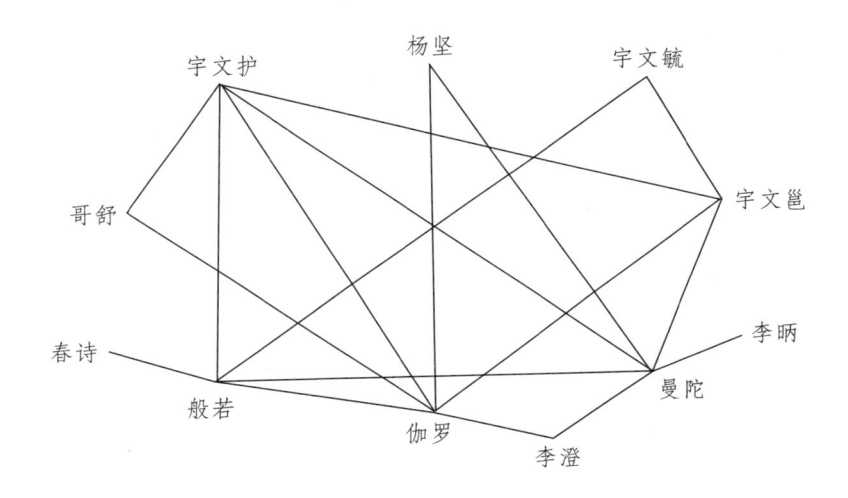

图 7-1　简约版《独孤天下》人物关系图

图 7-1 是一个比较"简约版"的人物关系图，只列出了人物名字和人物之间发生戏剧关系的连线，而并没有用箭头以及辅助文字做更多说明。不过即便如此，我们还是能够一目了然地发现这是一幅比较标准的人物关系"网状图"——人物关系错综复杂，出现多个"三角"和"多角"关系。图中 11 个主要人物中，9 个都与其他至少两人以上发生戏剧关系，主人公更拥有多达五到六条关系线索，这显然是一个能够支撑起长篇大体量结构的人物构架。

再看另一个描绘更细致的"丰富版"人物关系图（图 7-2）：

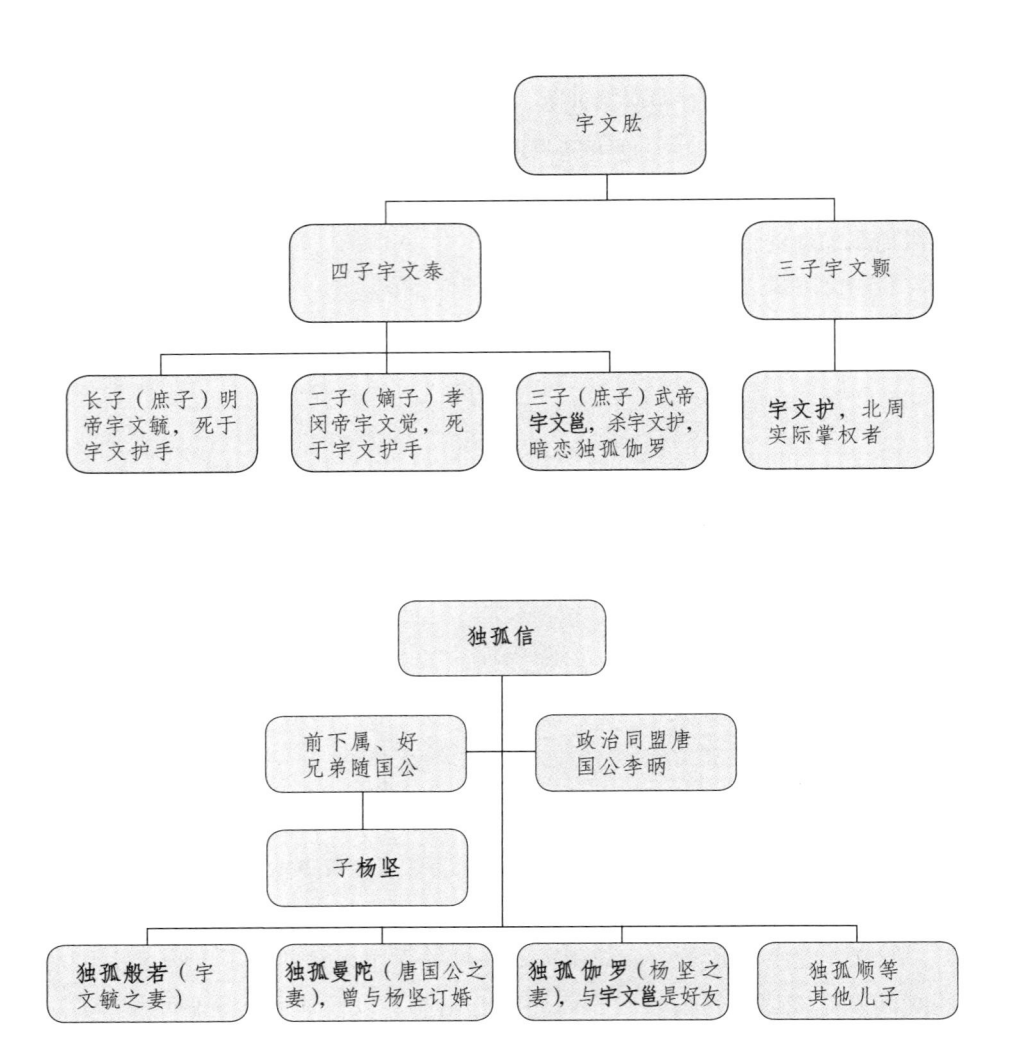

```
                          宇文肱
                    ┌───────┴───────┐
              四子宇文泰              三子宇文颢
    ┌───────────┼───────────┐            │
长子（庶子）明  二子（嫡子）孝  三子（庶子）武帝  宇文护，北周
帝宇文毓，死于  闵帝宇文觉，死  宇文邕，杀宇文护，实际掌权者
宇文护手        于宇文护手      暗恋独孤伽罗
```

```
                          独孤信
                ┌───────────┼───────────┐
          前下属、好              政治同盟唐
          兄弟随国公              国公李昞
                │
              子杨坚
    ┌───────────┼───────────┬───────────┐
独孤般若（宇  独孤曼陀（唐国公之  独孤伽罗（杨坚之  独孤顺等
文毓之妻）    妻），曾与杨坚订婚  妻），与宇文邕是好友  其他儿子
```

图 7-2　丰富版《独孤天下》人物关系图

通过以上案例和解说我们不难看出，人物关系图可以让编剧直观地看到人物关系搭建的问题，并能及时进行修改。譬如编剧有时会发现某两个人物的功能是一致的或高度相似，那么这两个人物就可以精简合并；编剧也可以通过调整人物关系图，给人物之间建立起新的联系，或使原有联系发生变化，这就自然能生发出大量新的情节，而不需要编剧绞尽脑汁凭空编造。

通常来说，对主线情节和主人公命运发展有推动作用的人物都要被画在人物关系图中，而如果只是阶段性人物，则可以省略。较为特殊的情况下，一部剧的人物关系图也可能需要不止一幅，比如有的史诗剧中两代人的人物关系图要分层画。

从创作的角度来看，人物关系图可以被视为电视剧人物—情节的结构蓝图，是编剧写作的好帮手。好的人物关系图可以让编剧在剧本创作中省去很多力气，所以在创作初期绘制人物关系图并进行分析、调整，不但不是多此一举，反而会对编剧此后的创作至关重要。人物关系图也是人物小传的最佳辅助和补充。

（参与撰稿：丁璐）

▶ 思考题

（1）人物小传最基本的内容包括哪些？在写作上有何要求？

（2）什么是人物前史？人物前史有什么功能？在内容上又主要需描述哪些方面？

（3）人物小传与故事大纲之间有何关系？

（4）如何画人物关系图？

（5）试着创造一个人物，并写出包括前史在内的一篇完整的人物小传。

（6）为一部你喜欢的电视剧画出人物关系图。

# 8 怎样发展成分集大纲

电视剧的分集大纲可以说是电视剧剧本结构设计的最后一个重要环节。因为影视剧产品的工业化属性，即使在剧本创作这个环节也是按照一道道"工序"向前推进的。可以说，每一道工序都是在前一道工序的基础上循序渐进的，除非出现特殊情况，否则不应对之前已确立的内容进行重大改动甚至是颠覆性调整。一般来说，从故事创意到分集大纲，是编剧们与制片公司反复研讨修改的阶段，通常耗时数月，对于制作成本高、集数体量大的电视剧，甚至超过半年到一年。一旦分集大纲确立下来，整部剧本的所有主要情节设定（包括主线和所有重要支线）、叙事节点、叙事节奏就大致全都设置完成了，甚至从制片角度考量，整体制作成本也已经可以做出大致评估了。这一部分工作完成之后，编剧就将进入实质性的剧本写作阶段。相对来说，接下来的创作，因为有了分集大纲的保证，编剧可以更加不受干扰，可以聚精会神地创作，只要编剧按照蓝本不跑偏，一段时间内制片公司的介入就会相对减少，可能会以3集或5集为一个单位集中进行意见反馈与交流。

分集大纲是在故事大纲的基础上发展而来的，即把全剧的详细故事大纲按照集数一一分解，并将每一集的情节再丰富补充完整，让编剧自己包括读者清晰地看到具体每一集里分别都发生了什么故事。显然，如果之前所做的故事大纲越丰富，这时候按集数拆解、再丰富情节的分集大纲工作就会越轻松。譬如编剧写完故事大纲就已经有 20000 字了，那么把它拆解成 20 集的分集大纲，假如按照情节量和结构分段，平均每集就有 1000 字了。而一个 3000 字的故事大纲，如果要发展成同样 20 集的分集大纲，所要做的工作就多得多了。

从故事大纲到分集大纲，首先要做的是"分集"工作。有编剧经验的人都应该很清楚，同样字数的故事里，因为叙事密度不同，情节量可能差别非常大。因此"分集"的工作不能以故事大纲里的字数作为切分标准，而是要凭借专业经验，以大致一集的情节容量作为划分依据。另一方面，我们又必须清醒认识到，故事大纲里的情节量一般来说肯定是远远不足以支撑分集大纲里所有情节量的，那么编剧就必须要做出判断，故事大纲里已写出来的两个相邻的情节点之间还有多少可以扩充发挥的容量，这个容量也要计入这一集的情节量中。这样说起来似乎并不复杂，但是对于初学者来说可能相当头疼。

做好剧情分集工作，编剧必须具备如下专业能力：

（1）从故事中提炼情节点和情节量的能力；

（2）在故事大纲中发现隐藏（或省略）情节和预估情节量的能力；

（3）对整部剧集以每一集为单位的整体结构设计与叙事节奏控制能力；

（4）对一集剧本所需总情节量的预判能力；

（5）对每一集剧本以情节点为单位的叙事结构的设计能力；

（6）把握一集剧本情节量与叙事节奏（密度）关系的能力。

举个直观的例子，比如在一个电视剧的故事大纲里我们统计出共有 80 个情节点，现在要将其切分、发展成 20 集的分集大纲。那么我们首先按照最"平庸"的情节量等分模式，可以把故事大纲里的前 1—5 的情节点划为第一集，6—9 的情节点划分为第二集，10—15 的情节点划为第三集……75—77 的情节点划为第十九集，78—80 的情节点划分为第二十集大结局。如果只从表面情节点的数量来看，每一集的情节点数量有多有少、参差不齐，譬如第一集有 5 个，第二集有 4 个，第三集有 6 个……第十九集有 3

个，第二十集有 3 个；但实际上我们之所以这样划分，是因为判断和预估出了这些情节点之间有"隐藏情节"。比如第一集中在情节点 2 到 3 之间可能"隐藏"了两个情节点，情节点 4 到 5 之间又"省略"了一个，那么把这些"隐藏"情节点都加上去的话，第一集就应该共有 8 个情节点了。实际上按此方法类推，我们可以发现原来第二集、第三集乃至最后一集其实每一集的显性加上隐性情节点都是 8 个。这种等分模式只是一种告诉大家如何按情节量分集的"概念化"思路，实际的分集操作往往比这种"死板"方法要灵活得多，比如分集时通常会考虑对整个电视剧的前三集（或前五集）和最后三集加大叙事密度以吸引观众，这样一来，这几集的情节量就会比其他集数更多，内容上的戏剧冲突也更强烈。

从电视剧故事大纲发展成分集大纲的另一个思路，是自上而下的分层结构设计。比如说先把整个剧集故事大纲按照叙事结构划分成三幕或四幕，然后分别将每一幕对应若干集进行内容切分。以三幕和 20 集戏为例，我们可以把 1—5 集归为第一幕，6—15 集为第二幕，16—20 集为第三幕，这样等于我们先把故事大纲分成了三个大的叙事板块。接下来就可以在每个叙事板块内再一步步细化，最后切分到以集为单位。相对于前一种以情节点（情节量）为分集依据的方法，这种分集的好处是可以更好地控制比例结构，但它们的相同之处在于都需要对隐藏或省略情节进行有所针对的补充和丰富，以充实每一集的内容，从而达到整体平衡。除此之外，可以把故事大纲情节主线里跨越若干集"大事件"的起承转合作为分集节点，有些时候也可借助某些具有叙事标志性的时间和空间变化来设置分集间隔等。对于很多优秀专业编剧来说，这些理论性的分集"手段"常常已经演化为一种"本能"，"跟着感觉走"，就能轻松完成分集工作。不过对于新人编剧来说，因为对情节和结构的把控力不足，所以在这一阶段还需要投入更多理性分析和推敲。只有多写、多思考以积累经验，才能达到最后的"从心所欲不逾矩"的段位。

在"分集"工作完成之后，分集大纲工作的流程就进入下一步，即在每一集的框架之内丰富故事和完善情节。现在我们在网上很容易就能搜到大多数电视剧和网剧的分集梗概，这些梗概篇幅比较短，大都在几百字以内。不过这些分集梗概并非我们在这里讨论的分集大纲，它们主要是观众收视前的剧情预览，一般由制片公司负责宣传的编辑或网站相关人员编纂而成。所以大家千万不要被这些分集梗概误导了，以为编剧在创作中写的分集大纲就是这样的文本。

比如从网上可以查到的电视剧《别了，温哥华》第一集故事梗概[①]：

> 任晓雪拎着一只行李箱走出别墅，上了停在门口的一辆出租车。出租车驶上机场高速路。车里，晓雪接了个电话，说自己正在逛街，司机通过后视镜洞悉地看了她一眼。晓雪来到机场候机大厅，加入了一个旅游团。通过安检后，她走进女盥洗室，把绑在腿上的美金装入随身的提包。最后，她取出手机中的 SIM 卡，扔进马桶冲掉。飞机载着晓雪冲上蓝天，离开北京。加拿大温哥华，做房产中介的司马波代替好友——旅游公司的导游陆大洪在机场接到了任晓雪所在的旅游团。他对晓雪格外殷勤，但后者反应冷漠。在饭店收取护照时，晓雪找借口没交，司马波鬼使神差地没有勉强她。大洪匆匆赶到酒店，带领大家上餐厅吃饭，晓雪借口不舒服，独自留在房间。司马波正要驾车离开，无意中看见晓雪独自一人从酒店走出，他尾随而去。见晓雪要购买电话卡，他忍不住上前搭讪，并叮嘱晓雪不要离队单独行动。第二天，大洪带着旅游团游玩，对晓雪的单独离群引起了注意。北京，余士雄的手下小袁汇报：把晓雪常去的地方全找遍了，哪都没发现。余士雄意识到：人又跑了。温哥华，旅游团自由活动结束后，大洪点名，发现晓雪人没了。做房产中介的司马波正在给人介绍房子，大洪打来电话，告诉他晓雪找不着了，让他立刻赶去帮忙。司马波赶到，替大洪带团回酒店，大洪自己留下寻找。回到酒店的司马波告知大洪，晓雪的行

---

① 参考网站 https://baike.baidu.com/item/别了，温哥华/10594713?fr=aladdin。

> 李都不见了。大洪赶紧往酒店赶。大洪驾车疾驰，为避让前方的几个滑滚轴的少年，将一个骑自行车的时髦女孩撞倒。大洪抱了受伤的杨夕上车，送往医院急救，得知杨夕是一个中国人。杨夕给朋友罗毅打电话让他赶去诊所，大洪因急着回酒店留下一张名片便离开了诊所。大洪遭到老板训斥，他请司马波替自己去给杨夕送饭。司马波在杨夕那里认识了罗毅，罗毅说自己正在找房子。北京，余士雄的手下查出晓雪跟随一个旅游团去了加拿大。余士雄立刻赶到温哥华。大洪送走旅游团，匆匆赶到杨夕住处，看见她正拄着拐和在银行打工的同事瑞简散步。杨夕虽然不高兴大洪一直没来看她，但还是为瑞简和大洪做了介绍。罗毅搬进新居，他支上一个望远镜看向窗外，无意间看到对面楼上一张漂亮的女孩面孔——她就是晓雪。

这篇分集梗概有 800 余字，比起一般四五百字的常见分集梗概已经比较丰富的了。作为剧情简介的这种分集梗概通常不会超过 1000 字。

我们再来看真正的编剧创作版本的分集大纲。

> 故事开始在北京。任晓雪拎着一只行李箱走出别墅，上了停在门口的一辆出租车。她是我们的女主人公。邻居家的保姆纳闷地看着这一幕，不明白她为什么不坐停在院子里的私家宝马车。
>
> 出租车载着晓雪来到中国银行。她在前台签名后直奔地下金库。片刻之后，我们看到她从银行的洗手间走出来。
>
> 出租车驶上机场高速路。在车里，晓雪接到了余士雄的电话，问她在干吗，并要她晚上陪他应酬。晓雪说自己正在逛街，晚上不想去。余士雄让她完了早点回家。晓雪关掉了手机，司机通过后视镜洞悉地看了她一眼。

晓雪来到候机大厅，加入了一个赴加旅游团，她领了自己的护照，在通过安检时被要求摘下墨镜，她躲闪的眼神引起了安检人员的疑虑。

她被带到一间小屋，检查是否携带了违禁品，一切正常。

通过安检，晓雪走进女盥洗室。在独立的隔断里，她脱下长裤，露出用大力胶捆在双腿上的美金，她把钱装入随身的提包。最后，她取出手机中的SIM卡，扔进马桶冲掉。

飞机载着晓雪冲上蓝天，离开北京。

加拿大多伦多，旅游公司的导游陆大洪接到移民公司的电话，告知他替国内女友王平平申请移民加拿大的文件还缺一份，让他尽快准备好送过去。

<u>大洪驾车驶入一条狭窄的街道。在他前方，有几个少年在滑滚轴，正好挡了他的道。大洪鸣笛，但少年们毫不理会，他只好放慢车速，耐着性子跟在他们后面，人行道上，一个年轻时髦的中国女孩边走边看，见大洪的车跟着几个孩子龟行，觉得好笑，她是另一位女主人公，留学生杨夕。这时，窄路快到尽头了，少年们准备拐弯，大洪一踩油门，刚想冲出去，没想到有一个男孩忽然从后面滑出来，正扑向他的车头，大洪急打方向，车子急转向路边正看热闹的杨夕，大洪猛踩刹车，但杨夕已经被撞倒在地。</u>

大洪下车看杨夕的伤势，杨夕说腿动不了了，吓得花容失色，大洪抱了受伤的杨夕上车，送往医院急救。

来到医院，大洪把杨夕交给医生，临进急救室之前，杨夕拉住大洪，说：你可不能走！大洪让她放心：我不是那种人，你放心，是我撞了你，我一定负责到底。

大洪给从事房产中介的好友司马波打电话，让他救急，快去机场代他接团。

司马波来到机场，接到了任晓雪所在的旅游团。他对晓雪格外殷勤，但后者反应冷漠。

杨夕的急救结束，医生告诉大洪：伤者只是轻微的腿骨骨折，休养十几天就会痊愈。

　　大洪来到杨夕的病房，向杨夕表示歉意。杨夕说：你撞也撞了，道歉有什么用，现在开始，你要负责照顾我。大洪答应：我一定尽我所能地照顾你，不过我还有工作，所以不能整天陪在这儿。杨夕眼珠一转说：要不你通知我父母来看我吧。大洪连忙点头说：那是应该。杨夕说：我父母都在北京，来回的机票是不是该由你出啊？大洪愣了一下，说：我明白你意思了，咱们商量商量，要不你也别让你父母来了，干脆我直接给他们寄点钱得了。杨夕听出大洪话里的嘲讽之意，被他逗乐了。最后两人约定，大洪每天要来看杨夕，给她送饭。杨夕打电话给自己打工的银行请假。

　　司马波把旅游团安顿在酒店住下，收取护照时，晓雪找了个借口没交，司马波鬼使神差，没有勉强她。

　　大洪从医院匆匆赶到酒店，带领大家上餐厅吃饭，晓雪借口不舒服，独自留在房间，大洪对她的特殊印象不佳。

　　司马波正要驾车离开，无意中看见晓雪独自一人从酒店走出，穿越街道，走进了一家超市。他对她的行踪产生好奇，尾随而去，偷看到晓雪购买了多伦多地图和房屋出租信息的小册子。在晓雪购买电话卡时，他忍不住上前搭讪，建议她该买何种电话卡，之后又献殷勤要送她回酒店，被晓雪冷淡拒绝。

　　大洪回到和司马波合租的住所，告诉他自己撞了人，以后得天天往医院跑，拜托他多帮自己带带团。司马波因为怀有接近晓雪的私心，满口应承。两人谈起大洪的女友王平平办移民的事，大洪说其实来不来都无所谓，我有时候觉得就这么待在这儿也没什么意思。

　　第二天，司马波则带着旅游团四处游玩，不时寻机搭讪晓雪，而她始终是一副拒人千里之外的姿态。

　　<u>大洪来到医院探望杨夕。一进病房，就看见病房里坐着一个和杨夕态度亲密的英俊男孩，杨夕向大洪介绍说他是罗毅，留学多大</u>

的法学硕士，他是我们的男主人公。大洪把罗毅当成杨夕的男朋友，马上态度诚恳地向他表示歉意。谁知两人异口同声地否认：他（她）不是我男（女）朋友！杨夕说：你是不是希望我有个男朋友，你就可以解脱了？罗毅摆出一副为朋友撑腰的架势，牛哄哄地说：你撞了我姐们儿，就要负责任，照顾她是你应该应分，别总想着找借口推脱。大洪看不惯罗毅这副颐指气使的嘴脸，但他忍着脾气点头，问杨夕想吃什么。杨夕刚说想吃牛排，罗毅马上告诉大洪一定要到哪家店去买最好的，不能随便对付。大洪应声出门，刚出去就忍不住低声咒骂罗毅。

晚上，司马波应旅游团员的要求，带大家去酒吧，晓雪又提出不去，独自回房，司马波无可奈何。

第三天，由大洪带团前往大瀑布，晓雪的单独离群让大洪多操了不少心，大洪忍不住问她：你怎么这么不合群？晓雪没有反应。

北京，余士雄派出的手下已经全部回来，报告说：这几天把晓雪常去的地方全找遍了，哪儿都没发现。余士雄意识到：人又跑了。

多伦多，游乐场的自由活动结束后，旅游团集合在大巴车上，大洪点名，发现晓雪人没了。

司马波正在给人介绍房子，大洪打来电话，告诉他晓雪找不着了，让他立刻赶到大瀑布。

司马波赶到，替大洪带团回酒店，大洪自己留在游乐场四处寻找，等待。

大洪打车回到酒店，司马波在大堂等他，两人都没有晓雪的任何消息。两人正商量是否要报警，和晓雪同屋的女人跑来告诉他们：晓雪的行李已经没了。

司马波：不会是跑了吧？两人意识到：任晓雪的失踪是蓄谋的，她要非法居留加拿大。

很显然，编剧自己写的一集故事大纲内容要丰富得多（2200余字），不仅情节丰富，并且某些场景和细节栩栩如生，我们从文字中就能感受到。此外，文字也不是干巴巴的叙述，而是能够让读者看到作者的文采和情感。因此，从上述这个例子我们可以看到，分集大纲和我们之前专门讨论过的全剧的故事大纲在很多方面有相似要求，比如应采用较平实的记叙文体，以第三人称的客观视点进行故事描述，尽量避免心理描写等。不过可以在分集大纲中在必要时描述更细节的部分，如重要台词，这在故事大纲中基本是不允许出现的。我们在上述例子中不止一次看到了主人公的台词和非常细致的动作描写，比如上述案例中加下划线的两段文字，描写的细节程度已经完全可以作为分场大纲了（我们会在下一章节专门探讨）。不难看出，分集大纲的主要工序就是"分集"和"扩写"，而在进行内容扩写的时候，一定要遵循故事大纲所确定下来的主要剧情和人物发展方向，不能写得高兴起来就忘乎所以，偏离甚至改变预设；还有，切忌因为兴奋而把支线情节写得收不住，喧宾夺主。除了故事大纲，我们在撰写分集大纲时也应常常参照人物小传和人物关系图，它们不仅能保证我们写人物的一致性、连贯性，并且也是我们寻找情节发展可能的重要线索。

一集故事大纲的字数没有明确限定，一般来说，以45分钟剧情为例，一集故事大纲以1500字为宜，少的也有1200字，甚至1000字出头；多的则有2000到3000字，甚至更多。每一集的分集大纲应包含一个相对完整的"主事件"故事，方法之一是给每一集设计一个标题，这在日剧中很常见，并且在结尾处设置出与下一集的勾连（多为悬念）。故事大纲一方面是编剧自己进行下一步剧本创作的重要基础，另一方面也是供制片方阅读审核的阶段性成果文本。从故事大纲到分集大纲可能会暴露出很多问题，最常见也最严重的问题就是戏量问题。比如有的故事大纲可能看起来非常丰富，无论是字数还是情节容量似乎都毫无问题，可是一分集就让人傻了眼，这时候才发现故事大纲的情节量根本撑不了预设的集数。这样的情况大多是因为编剧在故事大纲中描述了太多的细节，叙事密度很高，但能持续较长叙事时间的事件并不够多，如果是不够专业的读者就很容易被糊弄。再比如有的故事大纲看起来非常精彩，情节紧凑、悬念迭出，可是一旦扩充成分集大纲，立刻就变得拖沓无味，这是因为编剧并没有能将故事大纲中的叙事节奏保持到分集大纲中，而是简单地"兑水"以扩充情节，那吸引力的"浓度"必然就大大下降了。在分集时发现剧情容量不足，最严重的情况下，即无法仅仅通过分集大纲的二度创作来弥补不足时，可能就需要回到故事大纲阶段重新设计了，比如通过增加主要人物或新的人物关系来扩充故事体量。

另一方面，分集大纲可以检查剧情在叙事结构和人物出场频次方面是否存在问题。比如有的剧集分完集之后，主人公连续一两集都没什么戏，情节都跑到支线上去了，这种情况很可能在故事大纲里看不出来，这时候我们就必须要调整结构，为主人公加戏。另外，某些编剧的分集大纲中也可能会出现某一集里面的事件特别多，而且线索繁杂，但另外几集戏又空洞，没什么戏剧性事件，那么就有必要重新调配情节，以达到平衡。还有一种情况是，有些编剧写故事大纲时津津有味，但一到分集时就进行不下去了，这种情况的问题在于大纲里描述的故事常常只是状态戏，而缺乏之间的因果联系，好比主人公上一集吃苹果，这一集吃芒果，下一集吃拉面，虽然每集人物都出现，都有事做，但由于事件前后缺少戏剧关联性，因此这些动作就会变得没有什么意义，观众也会觉得人物没有目标，不知道他们想干什么，进而丧失追剧兴趣。所以如果出现这些状况，我们就必须在分集大纲阶段把错误纠正过来，这样才能保证进入剧本写作阶段不会出大问题。

最后我们来看一下范例——《无证之罪》的前三集分集大纲。仔细揣摩一下编剧是如何为每一集设计结构和情节的。

### 《无证之罪》第一集

一场大雪过后的清晨，物流货运站老板孙红运的尸体被发现，死在了路旁的绿化带上。孙红运是半夜里被一根跳绳勒死的，此时凶手早已不见踪影，现场只留下一具诡异的雪人，在雪人的身上，冰封着一张留给警察的纸条，纸条上写着"请来抓我"四个大字。

孙红运之死震动了警界，因为他已经是三年内的第四个受害者。在此之前的每一年冬天，都会出现在一个死在雪人身旁的死者，但整整三年过去，警方始终无法取得破案的线索。

新上任的刑警队长林奇被局长赵铁民临危受命，负责侦破此系列命案，抓到"雪人"，然而，甫一接手，林奇便处处碰壁，孙红运生前是个背景很复杂的社会人，三教九流接触甚广，很难缩小排查范围，更让林奇为难的是，在命案现场那无人涉足的绿化带雪地上，居然只有死者自己的脚印，没有凶手任何足迹留下。

难道凶手真的是雪人？林奇陷入深深的困惑。

孙红运死前，最后要去见的人，是他金屋藏娇多年的情人朱慧如。四年前，走投无路的朱慧如迫不得已，做了孙红运的情人，此后便过上了表面衣食无忧，但痛苦只有自己知道的日子。朱慧如一直想要脱离孙红运的霸占，事发当晚，朱慧如正好约出孙红运，想要和他摊牌分手，本来已经做好最坏准备的朱慧如，却意外得知了孙红运被杀的消息。对朱慧如来说，这也许算是个"好消息"。

然而，就在她打算就此脱离形同软禁的日子，和哥哥一同经营面馆，开始新生活的时候，孙红运的遗孀华姐却联合了无良律师金主任，准备和朱慧如秋后算账。

华姐原本就是不好惹的大姐大，此时再加上唯利是图的金主任帮腔，黑白两道同时向朱慧如施压，想逼她交出他们兄妹俩赖以为生的面馆，把他们赶出哈尔滨。朱慧如茫然无助之际，律师事务所的实习律师郭羽仗义出手，打算帮助朱慧如。

原来，郭羽和朱慧如在中学时曾是一对初恋恋人，二人相约一同离开野蛮落后的故乡小城，去哈尔滨寻求更好的生活，但其后朱慧如家中横遭变故，兄妹俩为了躲避仇家不告而别，来到哈尔滨辛苦求生，与郭羽断了联系。

十年里，郭羽同样努力在哈尔滨落脚，但生活的重压早已令他曾经对于生活的种种梦想全部幻灭，就在此时，朱慧如意外地出现在他面前。再次见到初恋情人，郭羽心中的豪情又被激发出来，他向朱慧如保证，自己认识一些有头有脸的"黑道人物"，足以解决来自华姐的威胁。

另一边，看到林奇的探案陷入困境，赵铁民在无奈之下，启用了曾经最引以为傲的弟子严良。性格偏执傲慢的严良因为种种原因，已经离开刑警行业多年，在和赵铁民产生龃龉后，更是窝在派出所虚度了许多光阴——这一次，赵铁民以让他重返警队为条件，再次召回了严良，加入林奇的专案组。

虽然警队众人对严良的空降颇有微词，但严良凭借他过人的逻辑推理和洞察力，轻松破解了凶手之所以没有留下脚印的秘密，令众警员为之一振——随后，严良却冷淡地告诉他们：即使解开这道题，也只能证明凶手智商非凡，对于侦破毫无帮助。抓住雪人，绝非一朝一夕。

与此同时，郭羽带着朱慧如，找到了他口中能摆事儿的流氓黄毛，在看到年轻漂亮的朱慧如后，原本不打算蹚这趟浑水的黄毛却一口答应下来，向朱慧如承诺，只要有他出手，绝对没问题——然而，郭羽却在此刻有了一丝不安的感觉……

<h3 style="text-align:center">《无证之罪》第二集</h3>

严良汇总了"雪人案"的全部线索：每一起命案现场，都能提取到同一枚来自凶手的指纹，但几经排查，始终找不到指纹的主人。同时，在死者的伤口痕迹上，可以推断出凶手是左撇子，但这些线索，对于破案来说帮助十分有限。

在严良细致入微的排查下，他终于找到了新的线索——通过孙红运案现场几个几乎不会被发现的细节，严良推断出，杀死孙红运的人，身体十分虚弱！严良的发现大大缩小了排查范围，警方开始寻找近期和孙红运相关联的患有重病或身体负伤的人。

另一边，控制着地下钱庄的黑老大老火，找来了手下干将张兵，要张兵负责将一笔高利贷放给沉溺赌球的金主任。同时，与孙红运生前有过债务纠纷的老火，在得知孙红运死讯后怕招来警方惹麻烦，将自己手上记录放债信息的重要账本交给了张兵暂时保管。

尽管老火反复叮嘱张兵，一定要看好账本，但显然张兵并没有把这句话当作一回事，当天晚上，醉酒的张兵随手将装有账本的手袋落在了跟班小弟黄毛的手上。

黄毛夸下摆平华姐的海口后，强行向朱慧如索要了一大笔"活动费"，让郭羽更加怀疑他的身份。为了确定黄毛到底有没有能力解决问题，郭羽想尽办法打探黄毛的底细，这才发现自己从一开始就被黄毛的花架子蒙骗了，他只是道上一个坑蒙拐骗的毛贼而已。

就在郭羽连忙联系朱慧如，打算叫停这个骗局的时候，却收到了朱慧如的信息：黄毛称约出了华姐，去江边铁路桥下谈判。不愿再给郭羽多添麻烦的朱慧如，向哥哥朱福来谎称去送外卖，独自赴约。郭羽听闻这个消息，大惊失色，知道朱慧如可能遇上危险，连忙赶往二人相约的地点。

警方这边，在严良、林奇等人的努力下，终于锁定了一个重要嫌疑人——在孙红运受害前，曾有一个流氓去向他收债，这个流氓就是黄毛。而从侧面得到的信息得知，黄毛当晚在离开孙红运的货运站后，曾经见过一个人在命案现场附近堆雪人！

有人目击过凶手——如此重要的信息点燃了警队，全队人马倾力而出，四处搜索黄毛的踪迹。

朱慧如被黄毛诓骗到铁路桥下的车上，黄毛方才露出了真面目，从一开始，他就没打算帮忙，在将钱骗到手后，黄毛甚至还要骗色——在黄毛心中，朱慧如既然能为孙红运当情人，他有何不可？然而，朱慧如的激烈反抗激怒了黄毛，二人从车上扭打到车下，黄毛将朱慧如按在雪地上，意图强奸。

惊恐之下，朱慧如掏出了一把水果刀，想要吓住黄毛，就在此时，郭羽从后面赶上，用砖头重击了黄毛的后脑，朱慧如不明所以，眼看黄毛向前压上来，慌乱之中连捅三刀，将其毙命。

在看到黄毛死后，郭羽和朱慧如彻底惊呆，想到未来的生活在这一瞬间就此毁灭，二人不禁陷入绝望——此时，一个神秘的身影出现在二人面前，骆闻来了。

骆闻正是真正的"雪人杀手"，原本，劣迹斑斑的黄毛是他今晚物色的"猎物"，但没想到被两个年轻人先动了手。早已冷酷无情的骆闻，偏偏对这两个人动了恻隐之心，他告诉二人：如果给你们一个机会，可以逃避你们的罪责，你们愿意接受吗？

早已灵魂出窍的二人愣怔片刻，点了点头。

第二天一早，一夜苦寻黄毛不得的警队终于接到电话：黄毛被发现了，只不过，已经成了一具冰冷的尸体。

## 《无证之罪》第三集

一夜辗转反侧的郭羽，在第二天清晨回到铁路桥，混迹在命案现场的围观人群中，不由得大吃一惊——整个现场已经和昨晚的样子面目全非，黄毛的尸体被骆闻彻底破坏后埋在雪中，而以尸体为中心的方圆十几米，都撒满了叠成红心状的百元大钞，正是那些为了捡钱蜂拥而至的路人，把昨晚郭羽等人留下的脚印踩得乱七八糟。

铁路桥下，严良面对着被破坏殆尽的现场，明白自己又碰上了一个棘手的对手。尽管赵铁民和林奇都认为黄毛必定死于雪人之手，但只有严良固执己见，在他的推理中，这绝非雪人的杀人手法，凶手一定另有其人。

就在警方一筹莫展准备撤离之前，严良在附近找到了一只啤酒罐。

时间回到八小时前。

在得到了郭羽和朱慧如肯定的答复后，骆闻尽量平复着两人慌乱的心绪，告诉他们，只要一切都按照他教的做，就绝不会被警察抓住——他会重新制造现场，彻底消灭与二人有关的罪证，让人证、物证和口供三要素全部失效。

郭羽和朱慧如此时已经完全乱了阵脚，只能把冷静的骆闻当成唯一的希望，在骆闻的指示下，二人简单地收拾了现场，但慌乱之中，朱慧如还是遗落了一只黄毛带来的啤酒易拉罐。而郭羽则想起了黄毛从朱慧如处骗来的"活动费"，为了挽回损失，郭羽偷偷捡起了黄毛的手袋，装进书包带走。

在警方的排查下，很快就锁定了最后一个见到黄毛的人——朱慧如，又从现场附近的监控录像中，看到了郭羽的身影。

很快，警方分别找到了二人，进行问询。而在骆闻前夜的教导下，两人虽然情绪紧张，但还是讲出了同一个故事：黄毛以定外卖为由，骗出朱慧如到桥下，随后欲行不轨，此时正好郭羽赶到，黄毛做贼心虚，放走了逃跑的朱慧如。

故事本身并无漏洞，现场并没有能够揭穿这份口供的证据；与此同时，郭羽和朱慧如清楚记得，黄毛死于昨夜的十点三十分左右，然而警方却从黄毛的老大张兵口中，得知黄毛在临近午夜还给他打过一个电话！这个通话记录，将黄毛的死亡时间足足推迟了一个多小时。

种种迹象都表明，郭羽、朱慧如与此案并无关联，但严良还是敏锐地捕捉到了二人不安的神色，下令提取二人的指纹——原来，在他捡到的那个易拉罐上，已经找到了一枚指纹，如果指纹与二人中任意一人相吻合，整个骗局将被瞬时揭穿。

无奈之下，郭羽和朱慧如只得硬着头皮留下指纹，等待结果，就在此时，严良收到了新的消息：易拉罐上的指纹，和之前雪人留下的指纹完全一致！

严良闻言，不由得愣了，难道自己的判断真的错了，黄毛确实死在雪人的手上？

郭羽和朱慧如莫名其妙地被从警队放走，两人都想不通，昨晚那个神秘的大叔到底有什么法术，让警方能在明显的怀疑下，还把他们放走——不同于单纯善良的朱慧如，心思更加缜密的郭羽此时已经对骆闻产生了极大的怀疑，本能告诉他，那个人一定是危险人物！

为了保护朱慧如，郭羽打算和骆闻面对面……

当天晚上，骆闻扮作食客来到面馆，告诉朱慧如，一切顺利，只要按照他之前教的说，警方很快就会放弃对她和郭羽的追查。在骆闻离开面馆后，早已潜伏在一旁的郭羽悄然跟上了骆闻。

然而，这场跟踪只转了一个弯，郭羽便被骆闻发现。鼓起勇气，郭羽质问骆闻，到底为什么要帮助他们，骆闻闻言，沉默以对，但一瞬间，那个和气大叔的眼神，变得冰冷如铁——这个眼神让郭羽不寒而栗，也失去了再质问的力量。

与此同时，得知黄毛之死的张兵，正集结所有的手下，发疯地寻找原本在黄毛手上的那只手袋，因为手袋里，还有那本事关重大的账本。在寻找无望之时，张兵也认定账本并没有落入警方手里，而是被人偷走了——从现在起，他必须抢在警方之前，找出那个杀了黄毛的人……

分集大纲可以说是在故事和结构层面对编剧撰写的这部电视剧故事的全面检验——情节容量够不够？剧作结构合不合理？人物是不是立得住并且有连贯性？人物关系的戏剧性是否已充分挖掘？前三集（或前五集）能不能做到先声夺人？每一集是不是都有足够吸引观众的亮点？剧集中存不存在逻辑问题或者悬念未解？有没有冗余情节？最后有没有烂尾？……经过反复的修改，力争使受质疑的问题越来越少。当编剧和制片方经过一轮又一轮的讨论和修正调整后，分集大纲终于确定下来，这时候这部剧的剧本内容就初具雏形了。在某种程度上说，这部剧最具"创造价值"的部分（人物小传＋分集大纲）已完成。如果是编剧团队创作的模式，从分集大纲之后，就可以分配若干编剧"承包"执行具体某一集或几集的剧本创作了。一般来说编剧团队中的总编剧负责指导或主笔完成分集大纲并撰写第一集（或前三集）剧本，其他就可以放手给合作执行编剧了，直到全部剧本完成，总编剧再负责统稿润色，或许还要亲自操刀撰写最后一集剧本。

从下一章节开始我们进入下一个创作环节，也是实际剧本写作的第一步——分场。

（参与撰稿：佟璐璐）

▶ 思考题

（1）分集大纲与故事大纲有何相同要求，又有哪些不同？
（2）从故事大纲到分集大纲有哪些"分集"技巧？
（3）检查分集大纲时应考察哪些方面？又有哪些应对修补方法？
（4）试着分析《无证之罪》前三集分集大纲的情节点和叙事结构。

# 9 分场与场景选择

从大纲到剧本，分场是一个中间步骤。但在不同情况下，这一中间步骤并非统一规定必须要存在的，比如不少专业、成熟的电视剧编剧可能会省略这个步骤，直接写剧本初稿。实际情况中，少量编剧也不做分集大纲，而是依照一个几万字甚至十万字不分集的详细故事大纲直接一集一集写剧本。相对来说，电影剧本创作会比电视剧剧本创作更普遍采用分场这一创作流程。

尽管如此，对于电视剧编剧新手来说，分场常常还是很有必要的一个中间步骤。它有助于编剧先行完成一集剧本的结构细化工作（偏理性思维），然后在此基础上再专心致志地写作剧本初稿——设计、撰写每一场的具体台词和动作（偏感性思维）；同时，如果分集大纲中存在问题，如戏量不够，在分场这一阶段也能够及时发现，并尽快想办法修正弥补，而不会等到剧本已经写了一半才发现问题，如果那时候再推倒重来的话，创作效率就会大大降低。

另一方面，在某些特殊情况下，分场大纲不仅有效，而且必要。比如在电视剧剧本没有全部创作完就开机的情况下（即边写边拍），分场大纲可以帮助制片部门控制预算，帮助外联制片提前按照分场要求选景，帮助美术道具部门提前置景，帮助演员等相关人员提前了解大致剧情走向等；这样各部门就可以在编剧创作剧本的同时提前进入状态，节约大量时间，提高整体工作效率。此外，分集分场大纲也适用于编剧团队"流水线"式的创作方式，即有些成熟编剧专门负责分集分场工作，而年轻编剧接到分场大纲后负责填写与丰富台词和动作。这样的好处是负责分场的编剧只要更多考虑结构和宏观设计，不必关注细节，而写初稿的编剧则不需要花太大力气考虑整体结构和节奏，只要专心致志写好规定的台词和动作就行。这样的配合模式，写作效率会成倍提高。

所谓分集分场大纲，就是把分集大纲细化为一集剧本里每一场的内容概要。这个步骤类似于从故事大纲细化到分集大纲，只不过细分的单位从"集"又细化到了"场"。我们在第 2 章"电视剧剧本格式"部分已经介绍过影视剧剧本每场戏的标准格式和写法，那么分场大纲就相当于把剧本中的具体台词和动作简化成概要描述。写出来的分场大纲大概是这样的：

场号　场景　日（或夜）　内（或外）
　　（这一场戏的大致内容描述，不需要写出具体的台词和动作细节。）

分场大纲和分集剧本之间的差别，我们可以看一个具体例子。首先是《独孤天下》剧本第一集的前 4 场分集剧本。

### 《独孤天下》第一集分集剧本
（节选 1—4 场）

1. 原野　夜　外

　　深夜，大雪纷飞。

　　寂静的原野上，一只兔子正在吃着野草，旁边有一条毒蛇，吐着信子悄悄接近。而兔子却懵然不觉。

　　就在毒蛇暴起、即将咬上兔子的那一瞬间，蛇与兔却同时被地上的震动惊吓，兔子跳开，蛇迅速游走。

　　一阵急促的马蹄声传来。

道路尽头出现一队人马的身影。

当先驰马疾奔的是一员年青英俊的武将（字幕：独孤信），但他和其他人一样，身上都已经血迹斑斑。

视野中出现了一座破庙。武将做了个停下来的手势，举目望了望后，他策马奔回队伍中间，对着一位穿着龙袍，却气喘吁吁的男子道：皇上，咱们现在应该已经甩开追兵，不如先去那边稍作休息。

皇帝狼狈不堪地点了点头。

2. 破庙　夜　内

篝火照亮了破庙内的神像和四周墙壁上密密麻麻的文字。

武将从火上取下一个破罐，皇帝贪婪接过，仰头狂饮。

武将用地上的雪抹着自己被血污沾染的脸，盔帽侧在一边。

皇帝：还记得那一年吗？你随朕打猎回城，因为跑得太急，也是这么歪着帽子。结果满城百姓，都争着学你这位独孤将军的侧帽风流，朕反而成了配角。

独孤信：陛下乃万乘之君，臣岂敢与您相较？

皇帝苦笑：万乘之君？要不是你护着朕逃出京城，朕只怕已经死在高欢剑下了。

独孤信：陛下不必担忧，骠骑大将军宇文泰素来忠勇，又是臣好友，臣已派杨忠前去洛阳通知，想必他很快就会前来迎接陛下，讨伐逆臣高欢。

皇帝苦笑：但愿如此。

他抬头看了看墙上的文字：这是什么？

独孤信：哦，这是关中风俗，若有人求签问吉凶，就可以按着竹签上的数字，对应着墙上几排几行的文字来解签。

果然墙上每排文字之头，分横竖写着数字。

皇帝大感兴趣，起身拿过签筒：那，应该摇几根出来？

一侍卫插口：两根签对应一个字，平头百姓，求两根，平常官吏，就求六根，至于陛下您嘛……

他为难地摇了摇头。

独孤信起身：臣去外头看看马。

皇帝：那朕就随意摇了，朕吉凶如何，还请昊天上帝明示。

他跪在地上，摇起签筒来。

一声炸雷突然响起。众人都是一惊，皇帝手中的签筒也猛然一抖，一大把签都掉了出来。

侍卫：这么多？

皇帝捡起两根签：无妨，朕来说，你们来记。四四，二三。

镜头落在了墙上的"帝"字上。

侍卫在地上用树枝写一个"帝"：帝。

皇帝又捡起两支：二九，六七。

镜头对准墙上的"星"字。

（跳接）

侍卫震惊地望了一眼庙外正在梳马的独孤信。

皇帝也是一脸不可置信：继续，一六，五二！

侍卫在地上写下一个"孤"字。

（跳接）

独孤信进庙，见众人正围成一团，他不解地：怎么了？

众人回首齐刷刷地看着他。

独孤信微觉不对，上前一看，地上竟写着"帝星未明，然独孤天下"几个字！

皇帝喃喃地：帝星未明，然独孤天下！

独孤信脸色大变跪倒：皇上，此乃怪力乱神之语……

皇帝却兴奋地：胡说，这明明是天意！帝星便是朕，前途虽然未卜，但只要得了独孤信你这位忠臣强将，就一定能脱危避难，将来还会统一天下！

他哈哈大笑：难怪高欢突然动了杀心，难怪朕可以平安逃出邺城，难怪会雪夜惊雷，原来上天示意，朕会另就洛阳，重临帝位！走，咱们继续赶路，去洛阳！

他迈步出庙。

独孤信深皱双眉，良久后起身尾随。众随从跟上。

独孤信：今日之事，不可对外人提起！

众人面面相觑：是！

篝火渐渐熄灭，庙内光线渐渐暗下。

突然，一阵闪电划过，照亮了一行字的最末尾。

字幕特效：雪地上的字立体浮现在空中，配以乱世征战，片名浮现"独孤天下"四个大字。

3.洛阳城外　日　外

洛阳城外，仪仗威严，皇帝从车上下来，众人山呼跪下。

皇帝热泪盈眶，示意平身。

领头武将（字幕：宇文泰）上前躬身道：臣大将军宇文泰恭迎陛下！

独孤信却远远地在队伍最后。

独孤信身边站着武将杨忠（字幕：杨忠）：不过是一个预言而已，大哥何必如此避嫌？

独孤信：谨慎忠义，乃我独孤氏家训。

4.马厩　日　外

独孤信正在刷洗马匹。有人从后面拍了拍他的肩。

回首一看，正是宇文泰。

独孤信一笑，两人各自以右手捶右胸，再紧紧拥抱。

宇文泰：居然躲在这里，还拿我当好兄弟不？

独孤信微笑不语。

宇文泰：皇上说了，以后就定都洛阳，和高欢死磕到底。他还立

> 我当丞相。
>
> 　　独孤信：恭喜。
>
> 　　宇文泰：你也晋封了，如今是浮阳郡公，以后啊，你可得好好来帮我……
>
> 　　这时，一随从匆匆而上，呈上一封密信。
>
> 　　宇文泰接过，匆匆一扫，面色不佳。
>
> 　　他沉声道：高欢在长安已另立新君。
>
> 　　独孤信一黯：意料之中。
>
> 　　宇文泰为难地：还有一事……高欢抓走了如罗弟妹。
>
> 　　独孤信震惊：她怎么样了？！
>
> 　　宇文泰任凭他抢过密信，同情地：节哀。
>
> 　　独孤信手中密信滑落。
>
> 　　独孤信背后，花树上的花瓣纷落，吹拂在他身上。
>
> 　　地上的花瓣慢慢褪色，时间飞速逝去，花树上花谢复花开。又一树花瓣吹落。

　　如果还原成分集分场大纲，它可能是这样的（这里是"技术还原"，实际上编剧在创作这个剧本的时候并没有分场这一步骤；另外，即使有分场习惯的编剧也极少会保留分场大纲，它更像编剧写剧本之前仅供自己用的"底稿草图"。这里我们是为了让大家更清楚理解和直观感受分场大纲而做的"技术还原"）：

> 　　　　　　《独孤天下》第一集分场大纲
>
> 　　　　　　　　（节选 1—4 场）
>
> 1. 原野　夜　外
>
> 　　独孤信率众逃脱追兵，于破庙禀报皇帝。

2. 破庙　夜　内

　　独孤信劝慰皇帝。

　　皇帝摇签，摇出"帝星未明，然独孤天下"，以为有独孤护驾将重得天下。

　　独孤信暗自惊心。

3. 洛阳城外　日　外

　　皇帝入洛阳。

　　宇文泰率众迎接。

　　独孤信低调避嫌。

4. 马厩　日　外

　　宇文泰访独孤信。

　　两人约定辅佐皇帝，对抗高欢。

　　宇文泰收到密信，得知高欢在长安另立新君，如罗弟妹遇害。

　　独孤信悲痛。

通过这个例子，大家应该比较清楚分场大纲大致的写法以及它和剧本有何异同了。在分场大纲中，第一行的场景说明跟剧本完全一样，而正文一般宜采用简洁短句，每一行的句式大多为一个主要人物发出的动作（以构成浓缩的情节）。这样的完整分场大纲中，每一场戏的大致情节量很容易就一目了然，同时可以很清楚地看到这场戏中出现的主要人物有哪些。

对于分场大纲来说，首先主要解决两个问题。第一是控制场数，第二是选择场景。至于场内的戏剧内容，暂时只要有概要框架就可以，不必考虑过细，因为那会是下一步写作初稿时的工作。下面我们就分别来具体讨论场数和场景。

## 分集分场大纲中的场数

在第 2 章中我们大致介绍过，电视剧每集的场数没有标准限定，即使是同样的时长（比如每集 45 分钟），但因为不同题材类型的电视剧往往有不同的叙事节奏，所以在不同戏里一集的总场数会有多有少。譬如台词很多的戏，每场的平均时长就比较长，总场数就少。不过一般来说，同一部电视剧里每一集的总场数应该保持大致相似，这样才能保证整体叙事节奏和叙事风格的统一。特殊情况是前三集和最后三集，为了吸引观众，可能需要在这几集中加快叙事节奏，因此这几集的每集总场数通常会比这部剧的每集平均场数更多一些。以一部 45 分钟的剧集为例，一般情况下平均每集 35 场左右是较合适的比例。

有些制作公司可能会要求编剧尽量在一集剧本中分出更多的场（类似地，也要求完成超出一集容量的字数），这一般是出于两种考虑。其一是实际拍摄时可能会压缩剧本，比如编剧在一集剧本中写了 18000 字，40 场戏，但到了导演的拍摄台本时，这集可能会被精简成 32 场戏（有的场被删除，有的被合并），13000 字左右。这种情况下拍出来的戏往往会更紧凑好看，一点儿"水戏"都没有。另一种情况可能是制作公司在"压榨"编剧，恨不得让编剧拿着一集剧本的稿酬写出一集半剧本来，这样最后编剧交付的 20 集文学剧本在后期就可以剪出 30 集成片来。这种情况带来的另一个恶果是，编剧明明在这一集结尾打了点（譬如精心设计了勾连下一集的悬念）或者交代完了这集主事件的结果，可是剪出来的成片中这个叙事节点就"跑"到下一集的中间部分了。所以有些电视剧观众看了很不满意，怎么这一集戏故事都没讲清楚就莫名其妙结束了，常见的桥段比如主人公没来由地突然被人拍了一下肩膀，然后回头，露出目瞪口呆的表情，定格结束，或者干脆任何一个画面渐隐，然后黑场结束。很多时候这真的不能责怪编剧，因为编剧在剧本中根本不是那么写的，这完全是在制作中被兑水拉长剧情后，看着时长差不多一集了就被粗暴地"腰斩"结束。

编剧在力所能及的情况下，可以通过分场来控制叙事节奏和情节密度。虽然在电视剧产业较为发达的西方国家和地区，电视剧与电影在影像叙事各方面已经越来越难以区分,但是对于一般国产电视剧来说还是要考量成本,所以在保持叙事节奏合理和观众兴奋点数量充足的前提下,电视剧每一集的场数和场景数都不宜过多,即尽量不要分场分得过细,并尽量提高相同场景利用率,可以合理合并的场尽量合并,可有可无的场尤其是某些很短的过渡戏可以考虑删除。针对不同观众,我们的分场原则稍有不同:比如主要针对中老年观众的传统题材电视剧,叙事节奏倾向于比较舒缓,每一集的总场数可以更少,每一场景下的戏可以更加不急不忙娓娓道来,同时,场与场之间应避免情节明显跳跃,叙事的连贯性和衔接度要求会更高;主要针对青少年观众的电视剧(更多是网剧)就要明显提高叙事节奏,常见的方法是为了避免一场戏内的叙事时间过长(强烈戏剧冲突的高潮戏除外),可以用交叉或平行蒙太奇的方法将几条线索的若干场戏进行分割和对切。譬如,传统分场方法的划分方式为 [注:n 为场号]:

n. 场景(1) 日 内
(情节线 A,叙事时间 5 分钟)

n+1. 场景(2) 日 外
(情节线 B,叙事时间 6 分钟)

我们就可以将其改造为:

n. 场景(1) 日 内
(情节线 A1,叙事时间 2 分钟)

n+1. 场景(2) 日 外
(情节线 B1,叙事时间 2 分钟)

n+2. 场景(1) 日 内
(情节线 A2,叙事时间 1.5 分钟)

n+3. 场景(2) 日 外
(情节线 B2,叙事时间 2 分钟)

n+4. 场景（1） 日　内
（情节线 A3，叙事时间 1.5 分钟）

n+5. 场景（2） 日　外
（情节线 B3，叙事时间 2 分钟）

其实不难发现，可能在实际拍摄时，第 n 场、n+2 场、n+4 场仍然是连在一起来拍，我们只不过在写剧本时加入了剪辑思维。所以在控制成本的考量下，我们是可以通过缩短每场戏的叙事时间与增加场数来加快叙事节奏的，但同时并没有增加场景数。这里必须注意，将情节线 A 和 B 分别切分为 A1、A2、A3 和 B1、B2、B3 并不仅仅是简单粗暴的"分段"工作，必须要使这三段不但能各自独立成章，完成一个更小但相对完整的叙事环节，并且在 A1 与 A2、A2 与 A3 之间要有悬念勾连设计；不但如此，在 A1 和 B1、B1 和 A2、A2 和 B2、B2 和 A3、A3 和 B3 之间也应有转场勾连设计（前一场的最后一个动作／台词／画面与下一场的第一个动作／台词／画面可能存在显性或隐性的戏剧关联）。实际剧本的分场设计可能会比这个例子更复杂，因为这里仅仅涉及两条情节线之间的切分。从上述分析我们也可看出一个大致的规律，就是传统电视剧比较常用较大的叙事板块来保持时空的相对一致性和完整性，因此节奏较慢，情节容易理解；现代电视剧或网剧则更倾向于多线索和碎片化的快节奏、跳跃性的多时空叙事，年轻观众尤其是达到一定教育程度的年轻观众会很喜欢，但年纪大一些的保守观众可能就不一定会喜欢。比较典型的例子有《我们这一天》（*This Is Us*）、《超感猎杀》（*Sense8*）、《致命女人》（*Why Women Kill*）等。这些特点也可作为我们分场的参考思路。

## 分集分场大纲中的场景

场景是影视剧中非常重要的元素，但是在很多时候却并没有获得足够重视。大概所有观众都会相信情节／故事在影视作品中的重要性，可能有百分之七十（也许更少）的观众能意识到人物举足轻重的地位，可是真正能关注和推敲场景设置的观众，尤其是在电视剧中，恐怕连百分之三十都不到。

　　精心设计的有吸引力的场景可以为剧情增色不少。比如一个中规中矩的校园青春故事，你把它的空间环境放在千篇一律的城市里，与放在一个特殊景观中如海边，效果会截然不同。可以想象一下，一个临海的学校，首先视觉上就让人赏心悦目，并且可以根据这个环境设计出很多有吸引力的场面：体育课或社团里，学生们在清晨或黄昏沿着海边跑步的清新画面；节日庆典在海边放烟花的浪漫场面；有人在海里遇险被主人公营救的惊险场面；夜市海鲜大排档上的烟火气和普通百姓的生活画面。甚至可以安排学生主人公的父母和亲戚是渔民、渔市老板、海边救生员、冲浪运动员、海洋馆里的驯养师等职业。这是从大的环境设置上增加观赏趣味和新鲜感。同样地，选择不同的具体场景也能令相同情节产生不同效果。比如有一场戏要写两个人吵架，可以写他们在办公室里吵架，那么可以想象到一个人气急了可能会拍桌子、踢椅子、把桌上的一沓文件抛得满天飞舞的画面，桌上笔筒里裁纸刀的特写也可以令观众产生不祥之感；也可以写他们在餐厅吵架，桌上的盘子和菜，尤其是滚烫的火锅、干锅、汤或者虾蟹的大螯，还有饮料、餐具，如西餐的刀叉，都可能会成为争吵升级动手时手到擒来的攻击道具；也可以把争吵的场景放到高楼大厦的屋顶天台，这里虽然没有什么武器，可是天台空无他人的环境和两人越吵越逼近天台边缘的动作，以及他们脚下车水马龙的街道，也可令观众紧张到把心提到嗓子眼；还可以把场景换到荒郊野外、夕阳西下的报废汽车垃圾场，两个人的激烈争吵会让人不由自主地担心，即使一个人被对方杀害，这样的环境下一时半会儿也不会有人能发现并报案；而如果在游泳池边争吵，那么大抵最后至少会有一人落水湿身，这并不是在说笑，有些制片方真的会要求编剧为他们花大价钱请来的性感明星设计湿身戏以吸引眼球……

　　具体到分场来说，我们对场景的选择大致需要遵循以下原则。

　　（1）场景数不宜过多，可能的情况下尽量集中场景。场景数与场数是不同的概念，某些场景可以反复使用，尤其是电视剧，通常都需要设定几个特别重要的主场景，比如现代都市剧中主人公的职场空间（办公室或其他特殊工作环境）、主人公家，以及供几个主要人物在职场和家之外常常会面的场所，如餐厅或咖啡馆等。这些场景不仅在某一集中经常使用，甚至会贯穿整部剧集。这些主场景不但能令观众培养感情，渐渐成为其熟悉的戏剧空间，更重要的是可以节约制片成本，提高拍摄效率。制作团队一般都会花大力气精心布置这些主场景，并且往往会根据功能和空间结构再将其分隔成若干有一定视觉变化的戏剧性拍摄空间，以避免观众觉得画面单调。在电视剧中尽量不要安排那些实现成本高（比如找景、置景以及清场难度高）而使用次数少的场景，这些场景中能替换的就用"简单"场景替换，如非必须，也可考虑与其他场合并或干脆删除。

（2）场景出现的合理性。选择的场景应符合剧情故事发生的时代、地域环境条件，并且是合乎剧中人物逻辑的他们可能出现的场所。不仅如此，还应仔细推敲该场戏的情节与场景之间的戏剧关系，如场景空间是否能得到充分利用，该场景空间内可能出现的合乎情理的道具是否能在情节或人物动作中发挥有效作用。

（3）场景的奇观性。虽然说对于场景奇观性的追求更多会出现在电影中，不过随着电视剧市场竞争加剧，制作方也绞尽脑汁地在有限的制作成本内尽量满足观众对新鲜刺激视觉体验的需求。除非编剧能构思设计出较低成本的奇观场景最佳，否则一般来说会把这种比较高制作成本的奇观场景设置在第一集，这样至少可以先声夺人，吸引住观众，比如《河神》第一集，就非常好地运用了场景优势（当然同时剧情也编得不错）。这种奇观场景如果留到剧集后半部分再出现的话，从商业角度而言会比较不划算，因为观众很可能没有看到那里就已经弃剧了。

（4）场景的变化。观众不喜欢看平铺直叙的流水账故事，也不愿看到剧中主人公从头到尾都穿着同一件衣服；同样地，我们在一集剧本中，也要尽量在有限场景中合理安排次序，以产生视觉变化。变化感不仅取决于景的不同，也与景的空间大小、冷清或热闹、豪华或简陋、令人舒适或紧张等因素有关。我们还要特别地利用内外景的交替来控制观众的视觉和心理感受。一般来说连续长时间的内景戏会让人多少产生压抑感或疲惫感，这时可以插入一些外景戏来释放情绪，因为通常来说，外景戏不仅视觉上更开阔，而且可能会包含更多动作，会比一直说话的内景戏更好看。除此之外，利用时间和天气也可令相同场景产生不同效果，比如同一个场景在日景、夜景、清晨、黄昏、晴时、雨时、阴时、雪时都可能有所变化，令观众看到和感到新鲜，而且可以有意设计这种多样场景来配合主人公的不同状态，令情节更有趣。这些都是我们编剧在分场的时候应该综合考虑的因素。

除了上文着重探讨的场数和场景这两方面，我们还可以通过分场检查人物尤其是主人公的戏份在整集中的分配比例是否得当。我们可以依照分场大纲列出每一场戏中出现的主要人物，这样就能够对人物出现的频次和连续性一目了然。编剧必须保证主人公在全集中出场次数的绝对占比，同时避免主人公在连续多场戏中缺席，可以通过压缩支线或切分支线的办法来解决。另外，还有一个容易被忽略的细节，就是日景戏和夜景戏的比例。一般来说，电视剧中应以日景戏为主，并且应注意除特殊情况外，不要写连续长时间的夜景戏，这会比长时间的内景戏更令普通观众感到潜在的心理压抑。

我们把《独孤天下》第一集剧本的分场大纲诸要素列成了一个表格，供大家参考。

表 9.2-1《独孤天下》第一集分场大纲要素表

| 场号 | 场景 | 景 | 时 | 主要人物 |
| --- | --- | --- | --- | --- |
| 1 | 原野 | 外 | 夜 | 独孤信、北魏孝武帝元修 |
| 2 | 破庙 | 内 | 夜 | 独孤信、元修 |
| 3 | 洛阳城外 | 外 | 日 | 元修、宇文泰、独孤信 |
| 4 | 马厩 | 外 | 日 | 独孤信、宇文泰 |
| 5 | 城门 | 外 | 日 | 独孤信、独孤般若 |
| 6 | 帐篷前 | 外 | 日 | 独孤信、宇文护、皇帝宇文觉、独孤般若、宇文毓、宇文邕、独孤曼陀 |
| 7 | 箭场 | 外 | 日 | 曼陀、皇后元氏、般若 |
| 8 | 箭场 | 外 | 日 | 独孤信、宇文觉、宇文护、宇文毓、独孤伽罗 |

（接下页）

（接上页）

| | | | | |
|---|---|---|---|---|
| 9 | 女眷宴席 | 外 | 日 | 般若、皇后元氏、曼陀、姚夫人 |
| 10 | 出发线 | 外 | 日 | 伽罗、宇文邕、独孤顺 |
| 11 | 坡上 | 外 | 日 | 伽罗、般若 |
| 12 | 终点线 | 外 | 日 | 宇文觉 |
| 13 | 马场 | 外 | 日 | 独孤顺 |
| 14 | 坡上 | 外 | 日 | 伽罗、般若、曼陀、宇文邕 |
| 15 | 马场 | 外 | 日 | 宇文邕、绿衣公子、独孤顺 |
| 16 | 终点线 | 外 | 日 | 宇文邕、宇文觉、独孤信、宇文护 |
| 17 | 马场 | 外 | 日 | 伽罗、独孤顺、曼陀、般若、绿衣公子/王公子 |
| 18 | 一帐篷 | 内 | 日 | 般若、宇文护 |
| 19 | 猎场 | 外 | 日 | 独孤信、宇文觉 |
| 20 | 缓坡 | 外 | 日 | 般若、独孤信、宇文觉 |
| 21 | 一帐篷外 | 外 | 日 | 伽罗、宇文邕 |
| 22 | 秋千架 | 外 | 日 | 曼陀、皇后元氏 |
| 23 | 独孤府花园 | 外 | 夜 | 独孤信、伽罗、般若 |
| 24 | 独孤府正堂 | 内 | 夜 | 般若、独孤信 |
| 25 | 曼陀房间 | 内 | 夜 | 乳母、曼陀、侍女秋词 |
| 26 | 书房 | 内 | 日 | 伽罗、般若 |
| 27 | 一宫殿 | 内 | 日 | 独孤信、宇文觉 |
| 28 | 宫殿外 | 外 | 日 | 独孤信、宇文护、哥舒、宇文觉 |
| 29 | 一酒楼 | 外 | 日 | 般若 |
| 30 | 酒楼房间 | 内 | 日 | 般若、宇文护 |
| 31 | 酒楼房间外 | 内 | 日 | 哥舒 |
| 32 | 酒楼房间 | 内 | 日 | 般若、宇文护、哥舒 |
| 33 | 济慈院中 | 外 | 日 | 侍女夏歌 |
| 34 | 济慈院一房间 | 内 | 日 | 伽罗、宇文邕 |
| 35 | 车内/山道 | 内/外 | 日 | 伽罗、夏歌、哥舒 |

可以看到，这集戏的场景集中在箭场／马场／猎场（可再细分为赛场不同局部和观众席等）、府宅（花园、正堂、书房、卧房）、宫殿（内、外）、酒楼和济慈院这几处，以及城门、破庙和野外等零星场景。纵观全集，场景数不多，但视觉变化丰富，并且大量使用包含动作戏的外景，兼具奇观性，可看性很强；同时，主要人物出场频繁，主人公始终保持在情节线上，并且编剧巧妙将众多人物拆分成两三人一组，分别集中在某几场中交替呈现，易于观众辨认并留下较深刻印象。除此之外，日夜景交替也设置合理，夜景仅有5场两段戏，所以整集看下来会让人更感觉开朗。这算一个分场范例。

最后我们来简单分析一下从分集大纲到分集分场大纲的主要写作思路。从理论上来说，应遵循自上而下的结构设计原则，即先将分集大纲内容按三幕或四幕体例划分成三段或四段，简单来说就是三到四个叙事板块。然后设计每部分在全集剧情中的比例，比如总共四幕35场戏，那可以分为如：第一幕1到8场，第二幕9到18场，第三幕19到28场，第四幕29到35场，再将这四个叙事板块的大纲内容分别细分成8场、10场、10场、7场。这种分场方法的优点是结构比例得当，但缺点是创作效率可能会比较低。

所以成熟编剧常常采用第二种实用性更强的方法，就是不进行宏观比例划分（其实是心中有谱），而是按照分集大纲直接分场。一般来说，有经验的编剧分到结尾都会八九不离十，即使出现比原计划多几场或少几场的情况，他们也能很快想出修补方法，在恰当位置完成删减合并或扩充。打个比方，这有点像"和面"，没经验的人不得不用量器一丝不苟地称量水和面粉，然后按比例混合，可是专业面点师完全可以凭经验和感觉勾兑，效率也能提高很多。所以分场这项工作和剧本创作的大部分流程一样，需要从理论上理解，但更重要的还是要多多实操练习，只有写得越多、练得越多，才越能找到更好的"手感"，按"直觉"分出恰当又精彩的分场大纲，乃至最后达到不需要分场而直接按照分集大纲就能写作剧本初稿的娴熟程度。

下一章节，我们将进入电视剧的分集剧本初稿创作阶段，带领大家一起探讨具体的写作技巧和写作中应注意的方方面面。

（参与撰稿：姜尚延）

▶ 思考题

（1）选一部你喜欢的电视剧，挑出其中一集进行拉片，试着为其撰写分场大纲。

（2）将上一题编好的分场大纲，模仿本章中《独孤天下》第一集那样做出表格，分析你的分场大纲中的各要素（场景、内外景、日夜景、主要出场人物）的构成和比例是否得当。

（3）在电视剧剧本的场景选择上我们应注意哪些方面？

（4）从网上任意找一部电视剧的分集大纲（或详细的分集梗概），试着为其编写分场大纲，然后再观看这一集的原片，比较你的分场大纲和实际播出版有何异同。

# 10 初稿剧本写作与修改

## ✎ 初稿剧本写作

　　电视剧剧本初稿写作是整个剧本创作阶段的倒数第二个重要环节。取决于初稿质量以及制片公司的更新要求，最终定稿之前通常还需要经过几轮修改。以45分钟一集的电视连续剧为例，在分集大纲已经确定的前提下，初稿的创作时间一般以4天一集为宜，也就是平均每天写8到10场戏左右，大致3500字。编剧对这个创作量不会感到压力很大，也不至于从早到晚除了吃饭、睡觉一直都在写剧本。编剧应尽量不要让自己陷入"全职创作机器"的状态，还是应该给个人正常生活的其他方面留下必要空间。这一点非常重要。进入电视剧初稿剧本写作阶段，就好像开始了一场孤独的马拉松长跑，这个阶段会长达数月甚至半年，所以能不能控制好创作节奏相当要紧，就好比在长跑中控制步伐节奏。如果一段时间里废寝忘食、没日没夜，每天写8000到10000字，写到眼冒金星、厌恶人生，又或者接连数日或一个礼拜里"装病"（放飞自我），一个字都不写，充满深深负罪感地快活到再也回不到创作状态，那这个剧本多半会"难产"，或者生下来也是先天不足的"畸形儿"。努力保持较匀速的创作节奏，能大大缓解编剧的创作焦虑，也能让编剧在每天较宽松的时间和充沛的精力下精雕细琢出好戏来，不至于为了"赶工"而不假思索，仓促地粗制滥造。

上一章节我们谈到，对于一些成熟编剧来说，从电视剧的分集大纲到初稿剧本写作，中间环节的分集分场大纲确实是可以省略的。不过现在看起来，如果创作者开始第一天的初稿剧本写作时，打开电脑文档，看到（A）是1200字的剧情说明性大纲，（B）是已经分好场并且每场大致内容都已经标明的4000字分场大纲，相信那时候的心情会大有不同吧。可以肯定的是，有了分集分场大纲，剧本初稿的写作时间至少可以每集缩短一天。同时，就像上一章节分析的，在分场阶段，创作更多的是依靠逻辑理性思维；而在写台词和设计动作的时候，更多的是依靠感性思维。因此有理由相信，事先做好分集分场大纲会令接下来的剧本初稿写作更专注于刻画细节；同时因为编剧心中已经有了一集完整、细分到以场为单位的结构概念，写剧本的时候就更容易把握戏量和节奏，也更易于设计出前后呼应的情节段落。我们这一章节就主要针对已经有了分场大纲的情况下，深入探讨电视剧初稿剧本的写作问题。

本书第2章中介绍了电视剧剧本通常采用的"标准"格式，即主要由场景说明、人物动作和人物台词这三部分组成。例如：

> 2.仁华太平间门口　日　内
> 　　常宁父母正在和医护保安拉扯。
> 　　常父：你们凭什么不让我看儿子！
> 　　常母捧着一箱儿子生前的爱物，声音凄厉：宁宁，妈妈来看你了，你的篮球、吉他，妈都给你带来了……
> 　　保安：太平间怎么能随便闯，大家都这样不乱套了！
> 　　医护：现在到底是等火葬场来拉人，还是尸体解剖？你们跟医务处定好了再说，我们没接到通知。
> 　　常母：你们害死了宁宁，你们说要道歉，总也该让宁宁知道一

声，他才十八岁，他死得冤啊……
　　常父激动：是医务处请我们来正式道歉的，明明你们医院错了你们怎么还这种态度！
　　常母泣不成声，跪在地上对着儿子的遗物号啕大哭：宁宁……
　　常父更加激动：今天见不到儿子我就不走了！
　　保安：你再这样我就报警了！
　　常父更火：我就知道，你们压根没打算认错，你们就怕我们去告，想趁着我们现在脑子乱，把我们糊弄过去！
　　常父一把推开保安，往太平间闯：起开！
　　保安、医护拼命拉住他：你不能进！
　　情急之下，常父抄起儿子的吉他一阵猛挥：我看谁敢拦！
　　众人只得闪开：你不要乱来啊！
　　周明和医务处众人匆匆赶到。
　　医务处干部害怕，忙掏出电话：周主任，报警吧！
　　周明拦住他：让我先跟他说几句。
　　周明定神走向常父：我是大外科主任周明，这里不是说话的地方，我们去医务处吧。
　　常父仍然激动：我哪儿也不去！
　　周明：死者为大，这么闹他也不得安生。
　　常父一把揪住周明领带：你他妈少找借口，你们让他送了命，连再看他一眼也不敢吗？我就这么一个孩子，他现在没了，在你们手里没了，我快五十的人了，已经半截儿入土了，这是什么滋味儿你知道吗！
　　看常父揪着周明不放，周围人紧张：周主任！
　　周明摆手示意自己没事，对常父：我知道，三年前，也是在这里，我亲手送走的我女儿。
　　常父一怔，松了手。常母也停止了哭泣，惊讶地看着周明。
　　周明眼圈发红，现场一时沉默。

以上这一场戏选自《长大》剧本第二十四集第2场。第一行的场标"2. 仁华太平间门口　日　内"在分场大纲中已经设定完成，这里不再赘述；接下来，一般要在剧本最开始的部分用简要文字介绍这场戏的环境或开场人物状态，可称之为"场景说明"；最后是剧本主体，也是剧本初稿写作阶段的任务所在。这场戏是比较"典型"的文学剧本样式——剧本的主要部分是由人物台词构成的，其间夹杂少量动作描写。接下来我们就分别分析三个部分。

## 场景说明

　　场景说明主要是编剧对于这场戏场所环境的"理想化"想象和设定，它的功能是提示导演，指导美术置景部门对这一"理想化"想象画面进行还原；也可能涉及编剧对角色们在这场戏出场时的穿戴、精神面貌等情况的设想，它同样为导演和演员提供拍摄和表演的重要参考，可能还会涉及服化道和制片部门。这里首先要提醒大家注意的是，场景说明这段文字本身是观众看不到也听不着的，因此它无须像台词那样精雕细凿，充分考虑文学性和趣味性。场景说明言简意赅，使用说明文样式即可，千万要避免像有些小说或散文那样洋洋洒洒和充满作者主观式的感性描绘。此外，人物心理描写也应在场景说明中尽量避免，实在避免不了，要做到越简洁越好。这里补充说明一种非常特殊的情况，即一部分"场景说明"可能会以字幕或画外音的形式展现在观众面前（耳边），这种情况多发生于小说改编的文学性很强的艺术电影中，这时候的"场景说明"其实是摘取原著中的一段文字，应另当别论。

　　场景说明宜简不宜繁的另一个重要原因，上面也一再提到，在于这是编剧对于场景和人物状态的"理想化"想象，是给导演及其他相关摄制人员的"参考"提示，但在实际拍摄时并不一定完全按照编剧的设想来实现。这其中的原因很多，比如导演对于环境和角色状态可能有自己不同的设计，尤其在国内影视创作环境中，编剧还是很弱势（相反，在电视剧工业发达和完善的国家和地区，身兼总编剧的创剧人的权力远大于导演和演员），所以写下那么多编剧自己心目中的"理想化"场景设想，不但恐怕很多都是无用功，甚至可能引起导演和大牌演员的反感——他们的内心独白很可能是：要你来教我怎么拍、怎么演？就像我们前面强调过，影视剧文学剧本中忌用场面调度文字，譬如"推拉摇移"或"特写"等导演职权范围内的拍摄设定。编剧的"越俎代庖"，会让某些人感到权力或权威受到"侵犯"，从而心生厌恶。除非是编导一体，否则成熟的专业电视剧编剧通常都会注意"恪尽职守"，而非"越过红线"。另一方面，由于编剧在编写剧本的时候所有场景画面都是在脑海里，而不会考虑成本和实际拍摄环境难度，从剧本到现场拍摄，场景产生变化也是相当正常的现象。因此场景说明就没有必要太过烦琐和苛求细节，而是大致描述即可；导演带领相关剧组成员通过理解剧本、二度创作，结合实际情况再做出更加细致并且更加具有操作性的场景准备。但需要补充强调的是，尽管场景说明的总体写作原则是言简意赅，描述大致状态即可，但如果是具有戏剧功能的细节设定，如接下来演员的台词和动作必不可少会有关联，则需将其写入场景说明。

并不一定每一场戏都需要场景说明。一般来说在某个场景或某个人物第一次出现的时候，对其进行简要描述的必要性和可能性更大。场景说明有时候也可能出现在剧本正文的中间而不是开头，譬如某角色是从一场戏中间入场，或者场景发生了某种变化。我们接下来以一些具体例子来看看编剧们是如何写作场景说明的。

以《长大》第二十四集第2场（即上例）为例：

  常宁父母正在和医护保安拉扯。

  （省略以下剧本部分）

这场戏的场景说明就这么一句话。没有任何环境描写，只是简洁交代了这场戏开场时人物的状态，甚至可以把它看作对这场戏的概括。

再以《归去来》第一集第1场为例：

  镜头从枝繁叶茂、满眼青翠的窗外，摇进饭盆和足球齐飞、毛巾和袜子一色的大学男生宿舍，停在一张干净得与整个环境格格不入的下铺床上，一套叠得方正整齐的学士袍，躺在白床单上。

（省略以下剧本部分）

  这是整部剧集的第一场戏，也是男主角宁鸣的第一次出场。这个场景说明非常有画面感，并且出现了摄影机运动的场面调度提示。尽管我们刚刚说过影视剧文学剧本中忌用场面调度，不过在某些特殊情况下，规则并不是铁板一块、不可变通的。正因为一部剧第一集第一场戏太过重要，所以编剧不仅需要在人物出场的动作性和情节性方面精心设计，有的时候在场景和画面展现方面也会比其他时候更用心。

  这一场戏的场标是"清华大学男生宿舍、内"，因此"枝繁叶茂满眼青翠"不可能是外景，而是透过宿舍的窗户拍摄的；为了强调窗外的景色并不是"后景"，而是和宿舍内环境以时间次序先后出现在观众眼前，同时编剧希望并不是通过剪辑切换内外景画面，所以在剧本中使用了"摇"这个摄影机调度用语。不仅如此，在呈现宿舍内画面时，编剧也有自己的设想，就是通过饭盆、足球、毛巾、袜子这几样典型道具，刻画出男生集体宿舍的整体印象，最后将画面的落点放在男主人公整洁的床上，与前几样道具乱七八糟、东丢西扔的状态形成强烈对比。编剧用的"摇"字，描绘出类似从环视到定睛注视的观看轨迹和状态，同时强调一种更具写实意义的空间连续性的画面调度。我们可以想象，如果不用摇拍，而是用剪辑手法将凌乱的饭盆、足球、毛巾、袜子的特写镜头与平整干净的床单及其上叠得整整齐齐的学士袍依次展现的话，整个画面叙事节奏会更轻快，甚至更有喜感。但这显然不是编剧希望产生的气质和效果。同时我们也可以看出，尽管编剧"破例"在文学剧本中使用了导演职权范围的摄影机调度，但还是比较节制的，仅用了"镜头从……摇进……停在"这几个必要的提示。仔细分析这一段画面描述可以发现，实际摄影机调度应是"拉……摇……推……停"。另外，对比最后成片可以看出，导演在实际拍摄和后期剪辑时果然仅将编剧的文学剧本（包括摄影机调度）作为参考，而使用了不太一样的方案：这一段戏将叙事重点放在了新增加的校园广播画外音上，画面反而成为比较陪衬的部分，导演保留了从窗外拉镜头并摇拍宿舍室内的调度，不过并没有用画面表现编剧刻意强调的饭盆、足球、毛巾和袜子，其他人物品的凌乱和主人公床铺的整洁的对比也不明显；主人公床上铺的也不是白床单，并且仅仅在枕头上摆着学士帽，主人公这时候已经穿着学士服而只差戴上帽子了；此外，导演在拍摄时使用了比编剧在剧本中更复杂的场面调度，用一个长镜头从宿舍内跟拍到走廊、楼梯，再从楼梯窗口拉到户外，用升降机俯拍从宿舍楼里走出来的主人公，再降低摄影机镜头，不间断地跟拍主人公和同学们一直走到礼堂门口。这个长镜头将编剧在文学剧本中的前四场戏串成了一场。虽然成片与剧本有所差异，不过可以看出，无论是编剧，还是导演，同样都在为一部剧的开场精心设计一种视觉上与众不同的感觉，并且在视听调度的复杂性和精致性上更接近电影。

回到《归去来》的剧本中，从场景说明来看，这场戏依然堪称典范——文字简洁且画面生动。譬如编剧用了"饭盆和足球齐飞、毛巾和袜子一色"14个字，就让男生集体宿舍的典型环境跃然纸上。此外，"一张干净得与整个环境格格不入的下铺床上，一套叠得方正整齐的学士袍，躺在白床单上"这样一句话，在主人公出场前，就以他所使用的物件道具巧妙地介绍了人物——在一个惯常杂乱的学校男生环境里，主人公却是与众不同，很干净整洁，并且他马上就要大学本科毕业了。

再以《十月围城》第一集第 1 场为例：

1. 紫禁城　黄昏　外

　　落日熔金。

　　望不见边际的琉璃瓦顶。

　　字幕：1910 年。宣统二年。九月。

　　一个年轻的声音回荡在紫禁城的天空："这回可不能再放跑了他……"

这是完整的第一场剧本。场景说明只是两句话（第一二段），文字非常洗练，并且富于文学性，但这种文学性毫不矫饰，而是节制、朴素，极有画面感。剧本中虽然没有出现场面调度用语，但是我们俨然可以从文字中看到景别和摄影机平移的运动。这就是专业编剧的高明之处。不过遗憾的是导演最后在成片中依然没有采用编剧的设计，甚至整场戏都被择掉了。这也从另一个角度再次说明，编剧在场景说明中煞费苦心的设置很可能不被采用，不如简洁明了做出提示，供导演参考即可。

## 台 词

在电视剧初稿剧本创作中，台词（对白）是主体。一集剧本写下来，一大半的文字是台词。在一般电视剧中，人物刻画主要通过台词来展现，而情节推进和戏剧冲突往往也利用台词多过动作。台词功能如此重要，所以本书第一部分中以"人物与台词"作为电视剧剧作核心进行了理论阐述。在这里，我们结合具体实例来更深入研究如何在剧本初稿中创作台词。

初学编剧的人常常在台词上犯一些相似的错误，所以我们首先有针对性地提出几个需要注意的方面。

（1）台词应该是口语化的，切忌写成书面文

在经历了故事创意到故事梗概和故事大纲，一直到分集大纲和分集分场大纲之后，我们终于第一次遇到台词和口语化的问题。因为在初稿写作之前的所有写作流程中，一般都是用记叙文样式概括剧情和人物对话的主要内容，基本用的都是书面文。可是台词是角色在生活环境中的语言，务必要做到生动鲜活，否则人物会立刻变得虚假，观众彻底无法认同这个人物，乃至不相信整个故事。观众当然也能从人物不合情理的动作中觉察出人物的虚假性，不过他们一般对角色的语言会更敏感，当人物所说的话不符合观众的日常经验或预设想象时，观众立刻就会产生"违和感"，他们不一定能说出具体问题在哪儿，但用通俗的话说，他们就是能辨察出这个人物说的不是"人话"——因为正常人是不会这么说话的。

要想写出口语化的台词，非常重要的一点就是学会"切换频道"，站在角色的角度想象他会如何用语言表达。这里的"切换频道"至少有两层意

义，第一层意义是从"客观描述"切换到"主观表达"。在剧本中，场景说明和人物动作描写绝大多数都属于"客观描述"，这时候力求文字逻辑严谨，表意清晰流畅。但是人物在主观表达时，语言会更自由和灵活，可能根本不完整，也不符合语法，甚至有时候颠三倒四、含糊不清，但我们在日常生活中就是这么说话的，对方也都听得懂。台词就要力争还原这种生动的质感。如果写作者平时写的多为"客观描述"型逻辑严谨的文字，那么突然写台词很可能就会不适应，写出来的话就有可能僵硬得"惨不忍睹"。一个极端的例子是，同一个作者在学术论文和影视剧剧本台词写作之间进行切换时，语感的落差会特别大。简单来说，台词表述的"频道"是感性的，是角色在日常生活中主观表达使用的语言，我们只是用文字将其记录和还原，创作的时候我们应该用"语言"思维，而不是"文字"思维。自我检查台词是不是口语化其实非常简单，只要你把台词读出来（最好读出声而不是默读），它有没有毛病，是不是"人话"，你一听就明白了。"切换频道"的第二层意义是指在不同人物之间切换，这一点我们将在下面详述。

（2）台词应该符合角色设定，富有个性，而不能千人一面

稍加留意现实生活，我们就能发现每个人说话都是有特点的，不仅符合年龄性别、职业身份、受教育程度、家庭背景、籍贯、主要成长环境等，也反映出不同人的个性。优秀编剧和小说家的能耐就是可以把作品中几十甚至上百人每个人说出来的话都写得恰如其分、各不相同，甚至看剧本时，即使把角色的名字遮起来，我们也能仅仅通过台词辨认出这话是哪一位主人公说出来的。如果说编剧写台词与写人物动作及场景说明的区别是要在"主观表达"和"客观描述"两个频道之间切换，那么在写不同人物的台词时，就得在更细致的不同角色"频段"间切换。所以编剧或小说家在创作时，确实得有点"疯癫"（精神分裂），一会儿进入上帝角色的全知客观视点，一会儿又得进入每一个角色的主观视点，并且在这许多视点之间频繁切换。其实，写好每一个角色的台词的窍门之一就是"角色扮演"，这时候的编剧应该像演员一样，写到哪个人物，就应主动扮演成那

个角色，或者仿佛被那个角色"附体"一般，这样写出来的台词自然就准确生动了。

虽然道理说起来很简单，但是要真正做到台词精彩并且每个角色都个性鲜明，并不容易。一方面，写台词确实是要靠天分的，就像有的人天生就善于说故事，讲述一件相同的事，就能比别人讲得更栩栩如生、神采飞扬并且有趣得多，这样的写作者对语言的操控能力天生就强于常人，他们本人也许能说会道，善于观察生活，模仿能力也极强。另一方面，对人际关系的洞察也是帮助写作者体察他人语言中微妙细节的有力支撑。相对来说，本来就沉默寡言而且对人际关系缺乏细心观察和兴趣的写作者，在台词方面可能存在较大劣势，甚至夸大一点来说，不仅是台词，在电视剧写作的方方面面可能都不如前一类人，因为电视剧剧作的核心就是人物和人物关系，而表现人物和人物关系的主要手段就是台词。虽然天分有差异，但是通过后天的努力，多观察生活中形形色色的人物，做好笔记，多多揣摩（包括研读他人的优秀剧本），并且在写作实践中多写多练，编剧的台词写作能力还是可以不断提高的。这就跟苦练武功的道理一样，即使不是骨骼清奇、天赋异禀，但通过坚持不懈的苦练和实战，还是可以成为一个二三流的拳师的。更有意思的是，写剧本甚至可能改变编剧，使一个沉默木讷的人变得口才越来越好，变得善于察言观色、洞悉人际关系。

我们来看两个例子。

第一个例子是上面举过的《长大》第二十四集第2场戏。这是一场在医院里的争吵戏。争执双方是常父、常母与院方的保安、医护、医务处干部、主任医生周明。如果从争吵的角度来说，同一阵营角色之间的台词在语意（而不是措辞）上重合的可能性很大，但仔细分析他们的性别、年龄、身份、受教育程度以及个性，却可能发现它们有不小的差异，因此对于一个好编剧来说，如何分配人物的台词信息，如何对人物出场对话交锋的先后次序进行排列组合，以及如何量身设计每个人的台词，都需要认真考量。在这段剧本中我们看到常父的台词分别是：

"你们凭什么不让我看儿子！"

"是医务处请我们来正式道歉的，明明你们医院错了你们怎么还这种态度！"

"今天见不到儿子我就不走了！"

"我就知道，你们压根没打算认错，你们就怕我们去告，想趁着我们现在脑子乱，把我们糊弄过去！"

"起开！"

"我看谁敢拦！"

"我哪儿也不去！"

"你他妈少找借口，你们让他送了命，连再看他一眼也不敢吗，我就这么一个孩子，他现在没了，在你们手里没了，我快五十的人了，已经半截儿入土了，这是什么滋味儿你知道吗！"

这个人物的个性就非常清晰鲜明，一个说话冲的老爷子形象跃然纸上，而且在那个情境下，他的情绪升级逻辑也很合情合理。对比一下常母的台词：

"宁宁，妈妈来看你了，你的篮球、吉他，妈都给你带来了……"

"你们害死了宁宁，你们说要道歉，总也该让宁宁知道一声，他才十八岁，他死得冤啊……"

"宁宁……"

常母的台词频率比脾气火暴的常父要少得多，而且语意上与他也毫不重复。常母这里的个性也表现得很生动，一个失去儿子的母亲，相比老伴的"愤"，更多的是"悲"。所以通过台词，我们就能发现这一组两个人物的台词搭配十分出色，不仅每个人性格突出，并且相互反衬和补充——常母的"悲"更能让观众理解常父的"愤"，从而使这场冲突不仅具有激烈的肢体对抗场面的动作效果，并且具有巨大的情感戏剧张力。

再看与常父常母形成对抗的另一阵营，保安：

"太平间怎么能随便闯，大家都这样不乱套了！"

"你再这样我就报警了!"

"你不能进!"

医护:

"现在到底是等火葬场来拉人,还是尸体解剖?你们跟医务处定好了再说,我们没接到通知。"

"你不要乱来啊!"

医务处干部:

"周主任,报警吧!"

"周主任!"

虽然这三位在这一场戏里只是有一两句台词的配角,可是编剧的处理也非常细心,每个角色说出来的话都很符合各自的身份,并且个性鲜明——保安忠于职守,不惧对抗;医护有点打官腔,欺软怕硬;医务处干部害怕出事,逃避对抗。不仅如此,这三个人物既有反差,又都与常父常母进行对抗。如此处理还可以实现一个非常重要的叙事效果,就是为这场戏最后出场的主人公周明主任做铺垫和对比。我们来看周明的台词:

"让我先跟他说几句。"

"我是大外科主任周明,这里不是说话的地方,我们去医务处吧。"

"死者为大,这么闹他也不得安生。"

"我知道,三年前,也是在这里,我亲手送走的我女儿。"

只有四句台词,但这个人物遇事沉着冷静,以及晓之以理、动之以情来解决冲突的个性、处事能力和风格跃然纸上。这就是编剧通过台词塑造人物的方式。

我们再来看第二个例子《无证之罪》。

## 《无证之罪》第七集第 8 场戏

日　洗车行　内

人物：老火 李丰田 众小弟

李丰田一步步走进洗车行。

阴暗的角落里，坐着不少人，都在盯着他看。

突然，一个声音叫住他。

流氓：哎！哎哎！

李丰田毫不理会，继续往里走。

流氓：说你呢，站住！

李丰田慢悠悠转过头。

流氓看着李丰田空洞的目光，有些胆怯地后退了半步。

流氓：李丰田，你来干啥？

李丰田：我找老火。

流氓：你还敢来是吧……

流氓挥了挥手，众人聚拢过来，有人在后面将大门关上。

人人手中都拿着家伙，面色不善地将李丰田围起来。

李丰田左右看看，不为所动。

李丰田：什么意思？

流氓：别他妈装糊涂！兵哥咋没的？！

李丰田想了想，摇头。

流氓：还他妈嘴硬！

流氓随手一棍子抡过去，李丰田当即头破血流。

然而，他却像毫无知觉一般，仍然站着不动，任凭血顺着脸流下来。

流氓：说话！兵哥是不是你杀的？！

李丰田：……不是。

流氓：去你妈——弄死他！

一群混混跃跃欲试，正打算一拥而上的时候，突然被一声断喝制止。

老火：干啥呢？！

众人回头，看见老火从自己的房间里走出来。

老火：都他妈放下！

流氓：火哥，兵哥就是他——

老火：我说把家伙放下。

众流氓，无奈，散开。

老火：张兵的事儿轮不着你们瞎掺和！都给我滚！

在老火的叫骂声中，众流氓不甘心地散去。

洗车行内，只剩下李丰田和老火。

李丰田：老火。

老火看了李丰田一眼，多少也有些哆嗦。

　　这场戏很有意思的设计在于，主要人物李丰田的台词（包括动作）都很简单，反而配角——众流氓"咋呼"得很热闹。李丰田在这一场戏中的台词统共只有四句，每句都很简洁：

"我找老火。"

"什么意思？"

"……不是。"

"老火。"

　　这样的台词非常符合李丰田这个人物沉默凶狠的个性。尤其是在这一场冲突戏中，对方人数众多、气势汹汹，场面剑拔弩张，甚至有人动手用棍子把李丰田砸得头破血流，但他仍然不动声色，这种强烈对比反衬出这个人极其强悍和隐忍的个性。不但如此，编剧还巧妙利用人物关系的对抗和变化来凸显李丰田的重要性，前面众流氓的强势（包括台词和动作）被老火的出场打断，来看这一段剧本：

> 一群混混跃跃欲试，正打算一拥而上的时候，突然被一声断喝制止。
> 老火：干啥呢？！
> 众人回头，看见老火从自己的房间里走出来。
> 老火：都他妈放下！
> 流氓：火哥，兵哥就是他——
> 老火：我说把家伙放下。
> 众流氓，无奈，散开。
> 老火：张兵的事儿轮不着你们瞎掺和！都给我滚！
> 在老火的叫骂声中，众流氓不甘心地散去。

很显然，老火作为"老大"，其权威和气势完全"碾压"众流氓。可是紧接着我们看到：

> 洗车行内，只剩下李丰田和老火。
> 李丰田：老火。
> 老火看了李丰田一眼，多少也有些哆嗦。

老火的态度立刻将一直不动声色的李丰田抬到了这整场戏所有人物中"至高无上"的地位。这种具有戏剧性的反转处理是相当出色的，会给观众留下李丰田是个"狠角色"的深刻印象。所以说要想台词精彩，并不一定词越多越好，有时候惜墨如金也能达到与众不同的特殊效果。

除了台词必须口语化以及每个角色的台词应该个性鲜明这两个要点之外，电视剧的台词写作还有如下技巧和注意事项，我们列出来一一分析。

（3）人物台词必须有目的性

台词既要讲究生活质感，又不能完全"照抄"生活。事实上，在实际生活中，我们普通人的对话里充斥着大量"废话"。这些无效或低效信息，一旦进入剧本台词中，就会大大降低台词的吸引力（也是一种给剧情"注水"的方法），更加有害的是还会冲淡或掩盖有用信息，令观众看不清角色到底想干什么。因此一些可有可无的台词，比如见面和道别的问候客套话、没有剧作功能的扯闲篇儿等，都应精简删除。

人物台词必须有目的性，包括看似无关紧要但别有用心的台词。人物在台词中体现的目的既有助于塑造这个人物，又能创造一种动能去推进剧情。编剧在写一场戏的时候首先要确定这个人物在这场戏里的戏剧任务是什么。人物想干什么？达到什么目的？接下来人物所有的台词和动作都是围绕着达成这个目的而设计的。当然实际情况还要复杂得多，因为人物不是生活在真空中演独角戏的，还必须与其他人物形成互动，那其他人物的目的就有可能是这个人物未曾预料到的了。面对出乎预料的"突发情况"，我们的人物将如何调整台词和动作，一边抵御阻力调整策略，一边继续努力达成目的？当然也可能发生另一种情况，就是人物被迫改变了目的。但无论如何，人物不应该漫无目的，或者目的不清。电视剧观众期待通过对白看到这个人的目的以及目的可能发生的变化。我们来看一下《最好的我们》这个例子。

### 《最好的我们》第九集第8场

五班教室　日　内（放学）

　　放学了，大家都稀稀拉拉地离开，人走得差不多了。耿耿正在收拾书包，β突然跑来塞给耿耿一个笤帚。

　　β：好姐妹，救人如救火！张平要是来找我就说我去医院挂吊水了！

　　耿耿：还躲着呐？

　　β：我要是不躲他就得离家出走躲我爸！到时候真进医院了你记得来给我送虾条……总之不是我死就是我亡，你看着办吧。

　　耿耿无语，接过笤帚：你放心去吧，虾条我会送的。

　　β：爱你！恩公！

　　说完β飞快地跑了，张平正好在门口左看看右看看，β已经不见了，张平叹了口气离开。

　　耿耿摇摇头，教室里的人已经走得七七八八了，最后只剩下耿耿和余淮。

　　余淮正在收拾书包，耿耿扫地的身影却不时跑进他视野内。教室里安静得只能听见扫地时唰唰的声音，余淮叹了一口气。

　　余淮走近耿耿：要不要我帮你啊？

　　耿耿头都没抬：不用，你不是手残了吗。

　　余淮伸手去接扫把，被耿耿躲开。

　　耿耿：都说了不用，赶紧走，别捣乱。

　　余淮摸了个空，有些生气。

　　余淮：你今天到底怎么回事儿，莫名其妙跟我较劲，有话咱俩敞开说行不行，你们女生怎么都这么不可理喻呢！

　　耿耿顿了一下，没说话，手里用力捏紧扫帚。

　　耿耿：我跟谁一样和你没关系，你不痛快就别理我。

　　余淮一腔怒意无处发泄，正巧周末吊儿郎当地经过五班，看到二人直接推门进来。

　　周末：余淮你妈太牛了，要不是我刚送卷子听张峰说了两嘴，我还不知道呢。这要搁陈雪君身上，还不跟你妈打起来？

　　余淮立即打断：喂！

　　耿耿已经脸色铁青了。

　　周末察觉气氛不对，故意觍着笑脸：所以还是说耿耿脾气好么，余淮你要珍惜啊。

　　余淮还没说话，耿耿就拿着笤帚在两人脚底下扫，赶他们走。

　　耿耿：你俩有完没完，我还扫地呢，出去出去出去。

　　余淮：耿耿……

　　耿耿：出去！

　　周末吓了一跳，余淮脸色也不好，他顿了一下，拉着周末离开，出教室时重重地把门关上。

　　耿耿听到声响，一激灵，委屈地蹲在地上，握紧拳头。

　　耿耿：笨蛋！

这一段剧本中两个主人公耿耿和余淮的目的性很清晰，男生想找机会和解（又不懂说好话），女生（心里疙瘩没解开）冷冰冰拒绝。编剧巧用心思地把这一场设计成了三段，第一段是通过耿耿和 β 的对话表现耿耿的人物状态，她没有拒绝 β（和接下来拒绝余淮做对比），但态度也没那么热情友好，说明她心里不太痛快（β 的出现还可以联系上一场戏——在教室上实验课，正是因为 β 逃课，耿耿才和余淮拆伙，跑去跟 β 同桌搭档，余淮也没有阻拦，两人心里结下疙瘩）。第二段是冷清清的教室里只剩下两个主人公，余淮的台词：

"要不要我帮你啊？"
"你今天到底怎么回事儿，莫名其妙跟我较劲，有话咱俩敞开说行不行，你们女生怎么都这么不可理喻呢！"

而耿耿的回应是：

"不用，你不是手残了吗。"
"都说了不用，赶紧走，别捣乱。"
"我跟谁一样和你没关系，你不痛快就别理我。"

　　这一组对话，没有一句是目的不清的"废话"。第三段又闯入周末这个角色，周末的台词和余淮的反应，表面上是写这两个人的冲突，实际上还是在表现余淮与耿耿的别扭，他把不能发在耿耿身上的火迁怒到周末身上。同样地，耿耿赶余淮和周末两个人出去的台词和动作，也表达了她对余淮的不满。这就是一场典型的用表面三人关系其实写两人关系的出色戏剧设计。注意最后耿耿一个人委屈地蹲在地上、握紧拳头的台词"笨蛋"，这两个字是对不在场的余淮说的，一下子就能让观众看明白耿耿的心思，她的冷冰冰拒绝不是真正的拒绝，而是期待安慰和解，又是埋怨余淮不懂她心思的复杂情绪表现。

　　（4）台词必须突出重点

　　我们在写台词的时候通常有一条规律，就是重点信息一般放在台词的开头或者结尾，应尽量避免把重点放在句子中间，因为编剧不希望关键信息被淹没，被观众忽视。这个道理在现实生活中也是显而易见的，一个人跟另一个人一口气讲几件事，大概很难保证每件事都能让对方集中注意力地记清楚，因而往往都会把最重要的事放在第一或最后一个，必要的话还会反复强调。对于信息量很大的大篇幅台词，我们常常会把它拆分成好几段，通过设计对方角色的呼应和对话策略，让人物用一段段较简短的台词来表述（同时也可以降低演员背诵大段台词的难度和压力），观众在听的过程中既能把意思听完整，又可以不太费力地抓住重点。

在人物对话中也有类似的规律。我们常常在人物对话段落中，将整个对话的重点（比如结论、悬念、喜剧包袱、真相）放在最后一句话上。这种有力的结束语会令整场戏变得醒目和有意思，比如上面那个例子中耿耿最后的那句"笨蛋"。

可以再看一个《独孤天下》的例子。

### 《独孤天下》第十八集第3场

独孤府伽罗房间　日　内

　　冬曲进屋，见伽罗正立在窗前，窗外不远处就是刚才那议论的两个丫环。

　　冬曲：是人就没有不多嘴的，你别放在心上。

　　伽罗回过头：我现在哪有闲心管他们，只要能让阿爹高兴点，别说嫁人了，就算叫我马上去死，我也不会皱一下眉头。

　　冬曲叹口气：别说得这么吓人，成亲好歹是喜事，而且我也打听过了，杨世子长得挺不错的，是个好人。

　　伽罗：他是好是坏，又和我什么关系？只怕他现在也不好受吧，原本心里只有二姐一个，却被逼得非要娶我。

　　冬曲：怎么会是逼呢，说不定他也心甘情愿。

　　伽罗苦笑：我跟他吵过那么多回架，他的性子，我还不清楚？他是绝对不会喜欢我这样的野丫头的。肯定是杨叔叔顾着和阿爹几十年的兄弟情义，才硬逼着他许了婚。不过，越是这样，我就越要体谅阿爹这一番苦心的安排……来，把吉服帮我换上。

她换着衣服：这件吉服，还是上次为了嫁给李家表哥准备的呢，居然现在用上了。没想到才一年不到，二姐成了表哥的继母，我反倒要嫁给以前的准二姐夫。唉……我现在突然有些明白，上次阿姐说她再努力也挣不过命，是什么意思了。

冬曲忙活着：你就别想这些有的没的了，命握在你自己手里头，哪有什么挣不挣得过的？想开点，明儿拜堂，要准备的事还多着呢。

伽罗：能有什么事？你以为会有挺多人来瞧我成亲，看笑话吗？

冬曲：我说你呀，能不能就别说这些晦气话！

伽罗看着铜镜中模糊的自己：行了，你就别管啦。我知道我得坚强，我得平静，我得欢欢喜喜镇镇定定地嫁去杨府，叫那些等着瞧我们独孤家笑话的人都瞠目结舌，可现在，我离刀枪不入还差了那么一点……冬曲，你就让我再软弱一会儿，再自嘲自讽一会儿吧，我保证，明儿出嫁的时候，我一定不会叫你失望，更不会让阿爹担心的。

冬曲看着她带笑含泪说着这席话，眼圈不知怎么的突然一酸，她狠狠地把凤冠往伽罗头上一戴：我才懒得操心你呢。

伽罗扶正凤冠，在镜中端详着自己。

冬曲犹豫了好一会儿：你要不要我给辅城王带句话……

伽罗怔了一下，好半天才道：不用了，他多半现在已经知道了。

这一场戏是冬曲和伽罗两个人的对话。两人的话题从别人说闲话，到伽罗表示为了父亲甘愿嫁人，根本不在乎流言蜚语；然后再交代这对即将成婚的新人原来都是先前各有别的婚约的，伽罗相信造化弄人，两人都会是心不甘情不愿；最后伽罗做好"牺牲幸福"的准备，可是话题突然就转到了辅城王，看两人的台词——

冬曲："你要不要我给辅城王带句话……"
伽罗："不用了，他多半现在已经知道了。"

你会发现这一来一去两句话才是整场戏的重点。同样地，两人在前面的台词中，每段话的重点也多出现在结尾。

（5）利用潜台词

潜台词是一种语言的艺术，即台词除了表面意思，还有藏在表层意思下面的另一重含义。一般来说，能讲出潜台词的人物更具智慧，潜台词可以表现出角色的复杂性和深度，也可能呈现为一种幽默。人物之所以用潜台词来说话，也可能与当时说话的环境有关，比如在某种压力或特殊场合下，角色不能直抒胸臆，必须换一种更委婉曲折的方式来表达目的。不仅如此，潜台词还可以造成一种戏剧性的"误读"效果，譬如参与对话的若干人中，有些人是能够听出某一角色的潜台词，甚至进而可以用相似的潜台词方式与之形成对话，但是另外一部分人也许根本听不出来，只能理解角色台词的表层意思，因此只能以"误读"的方式与之对话。这种情况下，对白就形成了多重意义空间，观众会觉得非常有意思。当然，潜台词的深度也需要编剧把控好，太深的话也许会弄巧成拙，令大部分观众听得一头雾水、不得其解。

通过潜台词，编剧可以设计出质量很高的精彩对白，让观众和其他角色去体会话里话外的意思。不过要提醒大家注意的是，为不同身份、个性的人物设计潜台词的时候，需要为他们量身定制，做到合情合理，不要让观众觉得这样的话根本不可能出自此人之口。

接下来我们看两个例子。第一个例子是《归去来》。

## 《归去来》第一集第 37 场

场景：清华大学男生宿舍　内

时间：夏　日

人物：宁鸣　缪盈

　　男生宿舍一片人去屋空的狼藉，宁鸣正打包自己的行李，他是最后一个离开的。

　　宁鸣感觉门口来了一个人，挺身抬眼望去——

　　缪盈站在他宿舍门口。

　　这是一场宁鸣意料之外的见面，或者是告别。

　　宁鸣："嗨。"

　　缪盈："嗨。"

　　两人一时都不知从何说起。

　　缪盈走进屋里："都走了？"

　　宁鸣："都走了，我是最后一个，一会儿也走。"

　　缪盈："你去哪儿？"

　　宁鸣："蹭住在一个哥们儿那几天，在找房子，合适我的房子不好找。"

　　缪盈："工作落实了吗？"

　　宁鸣："也在找。"

　　宁鸣的处境，让两人的谈话落入一种尴尬。

　　宁鸣转话题："你什么时候走？去美国？"

　　缪盈："8月6号，中午十二点二十起飞，国航CA985。"

　　缪盈不明白：她为什么要把日期、时间、航班号向宁鸣说得这么清楚？

　　宁鸣知道：这真是和她的最后一面了……

　　因为意识到眼前的离别，他们之间，又出现一个无语的凝滞。

　　宁鸣故作欢快："真好！你盼了四年的一天终于来了，牛逼闪闪的S大，还有牛逼闪闪的他。"

缪盈："你未来有什么规划？"

宁鸣："我？没规划，等着被规划，一眼可见当码农，一眼可见的平凡，不是谁都像你那样生而不凡。"

一条几乎可见的鸿沟，横亘在两人之间。

缪盈："我相信你会很好！"

宁鸣："你一定更好！"

宁鸣伸手，想最后握一下她的手。

缪盈走近他，突然拥抱了他，然后，马上松开。

缪盈迅速向门外后退："我走了。"

走到门口，她又停下脚步，似乎想起什么。

缪盈："差点忘了为什么要来找你，你有没有在音乐教室捡到过我的陶笛？"

这是缪盈为自己主动来找宁鸣寻找的一个理由。

宁鸣："没有。"

宁鸣撒了谎，因为他自私地想留住一件铭记她的信物。

缪盈欲走，却又放任自己再一次驻足："还有，一直想问你个问题：四年就没遇到过一个让你喜欢的女孩子？"

宁鸣望着她，无法回答。

宁鸣的画外音进入："遇到了，又怎样？两条平行线能相交吗？"

缪盈的画外音回答他："我的答案是：不能。"

宁鸣的画外音："我的答案也是：不能。"

宁鸣说了一句缪盈一辈子也忘不了的话："如果不能让喜欢的人幸福，这种爱就没有意义。——所以，就这样吧。"

他扬起脸，让她看见他一脸灿烂的笑容。

缪盈："那就这样，再见。"

说完，她头也不回，转身离去。

宁鸣望着空荡荡的门口。

这是男女主人公大学毕业分别的一场戏，这时两人分明都怀着深深的不舍、遗憾又害怕表白的复杂心情，可能都有千言万语想与对方说，可是这些心情和话又都没法直接说出来，只能若隐若现隐藏在表面话语/台词之下。我们可以细细品味两个人"有一搭没一搭"，看似冷淡的对话。首先是这一段——

>宁鸣："嗨。"
>缪盈："嗨。"
>两人一时都不知从何说起。
>缪盈走进屋里："都走了？"
>宁鸣："都走了，我是最后一个，一会儿也走。"
>缪盈："你去哪儿？"
>宁鸣："蹭住在一个哥们儿那几天，在找房子，合适我的房子不好找。"
>缪盈："工作落实了吗？"
>宁鸣："也在找。"

按照我们前面对台词的要求，这一大段对白基本上都是"无效信息"，可是在这种特殊情况下，主人公之间越东拉西扯，没话找话，观众越能读出其中的尴尬和微妙试探的情绪。接下来的对话才是重点——

>宁鸣转话题："你什么时候走？去美国？"
>缪盈："8月6号，中午十二点二十起飞，国航CA985。"

女主人公表面上不带任何感情色彩，客观陈述了她将搭乘班机的时间，可是这句话里面大有文章。编剧也在剧本中做出了提示：

>缪盈不明白：她为什么要把日期、时间、航班号向宁鸣说得这么清楚？
>宁鸣知道：这真是和她的最后一面了……

这里的潜台词观众应该都看得明白，女主角是希望在机场还能见到男主角最后一面，而男主角前面磨叽了半天有的没的，其实也只是想打听这一信息，因为这确实可能是最后一面，从此两人就更没有机会"走近了"。

在女主人公转身要离去的时候，她忽然又停了下来。看这一段对白——

> 缪盈："差点忘了为什么要来找你，你有没有在音乐教室捡到过我的陶笛？"
>
> 这是缪盈为自己主动来找宁鸣寻找的一个理由。
>
> 宁鸣："没有。"
>
> 宁鸣撒了谎，因为他自私地想留住一件铭记她的信物。

编剧已经在剧本中点明了人物的心理活动，因此主人公"言不由衷"或"口是心非"说出来的话，自然令洞若观火的观众们听出了"言外之意"。

直到这场戏的结尾——

> 宁鸣说了一句缪盈一辈子也忘不了的话："如果不能让喜欢的人幸福，这种爱就没有意义。——所以，就这样吧。"
>
> 他扬起脸，让她看见他一脸灿烂的笑容。
>
> 缪盈："那就这样，再见。"
>
> 说完，她头也不回，转身离去。
>
> 宁鸣望着空荡荡的门口。

人物内心的目的与说出来的台词（以及表现出来的动作）形成反差，而这种反差比目的与台词一致的"顺撇"反而更能令观众理解和感慨。这就是台词与戏剧设计的魅力。

第二个例子是《十月围城》。

---

**《十月围城》第一集第 26 场**

中国日报社　陈少白办公室　日　内

　　区舒云："可你不能不承认，你对我说过的那些话……上回在珠江，在花洞艇上，你说……你说……"

陈少白："我说什么了？"

区舒云说不上来，强调："你嘴上没说，可你用眼睛说了……我读到了，你知道我读到了！"

陈少白："你看的那些法国大革命的小说，已经浪漫化了，戏剧化了，理想化了，那不是真的，革命是会流血的，不是才子佳人的折子戏。还要我跟你说多少次？革命就是玩命！"

"那就不用再说了！"区舒云打断他，指着窗外，"看见了吗？对面杜朗酒店，我包了房间，正对着你办公室，不管你怎么样，反正我不走了。"

陈少白："你以为你想不走就可以不走了？！你爹这回没派人跟着你？再把你绑回去？！"

区舒云："这回肯定没有。我向你保证。"

陈少白："上回你也保证过，差点连累到我们的同志。"

区舒云理亏，低着头嘟囔："反正我不走了。我跟着你……跟着你革命。"

陈少白："你不想革命，你只想跟着我。"

区舒云无法反驳，默认。

陈少白："上次在广州，我们谈得很清楚。你不要再为我枉费心思了。请你走吧。我还有很多事要做。"

眼泪在眼眶里打转，决不能落下来——区舒云告诉自己，忍着，忍着！

区舒云："你爱我吗？"

陈少白："区小姐，我很负责地说过，现在再说一遍，我对你，就是一个老师对一个学生的喜爱，没有男女之意。"

区舒云："那你总跟我说什么'匈奴未灭，何以家为'？我什么时候要逼你成家了？"

陈少白愣住了。

> 区舒云："那天在江上，我握住了你的手，你不也握紧了我的手吗？！就在那一刻，你是爱我的，是吗？！跟匈奴没关系，跟家不家的也没关系，就是你和我，一个男人和一个女人，是不是？！"
> 陈少白无话可说，一切都否认，陈少白没那么厚的脸皮。
> 区舒云："匈奴也好，革命也好，反正你就是不成家呗。我没说要和你成家，我不要名分，可你不能不承认你爱我。"
> 陈少白想说什么，话还没出口，又被区舒云抢过话去："更不能阻拦我参加同盟会。你是省港同盟会会长，拒绝我入会，就是假公济私，不，是公报私仇！也不是，是滥用公权！"
> 陈少白不会接受区舒云，可他真的被她感动了。他望着她，带着不曾表白的深情。这种神情，是最让区舒云欲仙欲死的。
> 区舒云："少白！我就要这样叫你！少白！少白！少白！"
> 陈少白："如果就是明天，明天我就死了，你会怎么样？"
> 区舒云愣住，她不知道，更没想过。
> 陈少白："就是明天。爱也好，不爱也好，在明天的死亡面前，毫无意义。我这么说，你明白了吗？"

我们只看这一大段台词中区舒云提到陈少白不止一次跟她说的"匈奴未灭，何以家为"这一句。这句话说者无心，但听者有意，这也是一种"被误读"的"潜台词"。看看陈舒云的台词：

"那你总跟我说什么'匈奴未灭，何以家为'？我什么时候要逼你成家了？"

"那天在江上，我握住了你的手，你不也握紧了我的手吗？！就在那一刻，你是爱我的，是吗？！跟匈奴没关系，跟家不家的也没关系，就是你和我，一个男人和一个女人，是不是？！"

"匈奴也好，革命也好，反正你就是不成家呗。我没说要和你成家，我不要名分，可你不能不承认你爱我。"

"更不能阻拦我参加同盟会。你是省港同盟会会长，拒绝我入会，就是假公济私，不，是公报私仇！也不是，是滥用公权！"

编剧非常巧妙地利用这一次被"误读"的"潜台词"，将区舒云这位对爱情和革命都充满激情的勇敢女性表现得淋漓尽致，同时也让对话变得生动有趣，而不是空喊口号。

（6）对白精彩的秘诀是设置冲突

人物对话不能和人物目的"顺撇"，否则张三说件事，李四表示赞同，顺着他的话往下说，王五再附议，然后张三再接过去"顺茬"说，这一番对话就基本上索然无味，没法看了。人物之间的对话之所以会有意思，就得有碰撞、冲突，冲突可以说是一切戏剧性的本源，在台词里也不例外。当然，冲突有很多种，有的是火药味十足的正面对抗，有的是绵里藏针的话语机锋，有的是正话反说、明贬暗褒，有的是表面吹捧、内里讥讽，有的是越亲密的人越口无遮拦，有的是故弄玄虚、欲扬先抑……总之，冲突的模式千变万化，甚至一个人物自己的话语中也可以出现前后不一致的矛盾或冲突。凡是冲突之处，都能吸引观众注意。所以如果我们留心成熟编剧的剧本，会发现几乎每一场戏的对话里都会设计冲突，而且很可能还不止一处。我们随手就可以找到几个例子。

---

**《女医·明妃传》第十五集第4场**

乾清宫　日　内

　　英宗震怒地：你是个傻子吗？这种事情居然都能答应！

　　允贤：<u>不答应又能如何？</u>吴太妃其实根本就没有病，可我不想让阿豫为难，毕竟，他们是亲生母子。

　　英宗：你既然知道她是装的，<u>为什么不早点告诉朕！</u>还要改姓，你现在答应了这件事，以后还有一百件事等着折腾你！

　　允贤：<u>不会的</u>，阿豫说过，以后不会再让我受委屈了，我相信他。

> 英宗气不打一处来：你都想好了，<u>那你来找我做什么？</u>
>
> 允贤：我之所以答应阿豫，其实是有原因的。
>
> 她跪了下来：皇上，我其实并不姓杭，当年，我们全家是奉了太皇太后的旨意，才改名换姓，远走北疆……
>
> 说到这儿，她语带哽咽：我爷爷谈纲，原来是太医院院判，十年之前，因受奸人诬陷，不得不自杀身亡……我想请您彻查此事，洗清我爷爷的冤屈，恢复我们谈家的旧姓！
>
> 英宗忙走过来：起来！在我面前，<u>你永远用不着跪来跪去的。</u>
>
> 他一把拉起允贤：原来你打的是这个主意，唉，我也是见着你光顾着高兴了，竟然把这事儿给忘了。
>
> 允贤愕然道：你，你知道我们家的事？
>
> 英宗点点头：你家出事之后，东厂彻查此事，那会儿我就知道了。其实王振当年，也是经手之人。而且救了你们全家的钱大人，就是皇后的父亲，只不过，他在八年前，就已经去了。
>
> 允贤震惊不已：那，我一定得好好叩谢皇后娘娘。
>
> 英宗：这事以后再说吧，我只知道你爷爷自杀之事，却不知道他是受奸人诬陷，这里头到底是怎么回事？
>
> 允贤眼圈一红：这事说来话长，都怨我当年不懂事……

这场戏里是英宗和允贤两个人的对话。从头到尾，两人之间并不存在情感和个人目的方面真正"对抗式"的冲突，但是编剧在台词中巧妙设计出语气上的冲突感，就令这场很可能"顺撇"的对话变得更有意思。

观察台词中加下划线的文字，不难发现编剧在语气上有意设计出一种类似"否定"意味但程度更轻的"质疑"或"责怪"之意，这样一来对话自然变得更富有"交锋性"和"戏剧性"，肯定比平铺直叙、"你好我好大家好"的温吞语言更能吸引观众。

## 《虎妈猫爸》第一集第 1 场

**毕胜男公司　日　内**

**人物：毕胜男、罗素、两名手下**

　　罗素快步走来，脸上满是焦急不满。罗素推开公司大门，怔住。

　　一名男手下正光着膀子扒盒饭吃，背心卷到胸前，可怜巴巴的样子。

　　男手下忙起身慌乱的："毕总……在在里面！"

　　罗素诧异瞪着他。

　　男手下抹额头的汗："哥你别误会，周末没空调。毕总又让我们加班……"

　　罗素无奈："你们懂不懂劳动法啊？你们去劳动局告她去啊！"

　　男手下快哭出来："我们去接机，毕总让我们直接跟她过来加班。您自己跟她说吧！"

　　罗素大步走入办公室，毕胜男正收着传真，一页页快速翻开。屋中大小两个行李箱。

　　毕胜男头也不抬的："等会儿，帮我倒杯水。"

　　罗素哭笑不得，倒好水端到近前："伺候着！老婆大人，您能正眼看我一下吗？你这趟出国二十多天，下了飞机不回家跑这来了？"

　　毕胜男大口喝完水，快速地在罗素脸上亲了一下，又坐回桌前看电脑："我也想回家啊！走这些天，公司压好多活等处理呢。"

　　罗素异样眼神看着老婆，靠近走到她背后，轻轻闻着她头香，手也不老实起来。

　　罗素轻声："你先处理处理我……以后咱出差不带那么多天的啊！超出我忍耐极限了都。"

　　毕胜男笑着推开："去！老老实实待着，我马上完。"

　　罗素看看表："妈都等急了！约好了就等你回来去看她那老同学，咱往那赶都得一个小时！你是不是忘了？"

> 女助理敲门，提着一大盒类似善存片的保健品进："毕总，您吩咐的礼品买来了。这是专门送老人的。"
> 毕胜男得意："你看我忘了吗？"
> 罗素苦笑瞧着老婆。

显然，从人物目的之间的矛盾来看，这场戏绝不是一出吵架、打架的激烈冲突戏。不过为了让这场戏起伏跌宕，更富有吸引力，编剧巧妙设计了台词（包括部分配合台词的动作）的冲突。

冲突 1：

> 罗素无奈："你们懂不懂劳动法啊？你们去劳动局告她去啊！"

这里借与男员工的对话，透露出罗素对太太毕胜男的一种埋怨。

冲突 2：

> 毕胜男头也不抬的："等会儿，帮我倒杯水。"
> 罗素哭笑不得，倒好水端到近前："伺候着！老婆大人您能正眼看我一下吗？你这趟出国二十多天，下了飞机不回家跑这来了？"

这里有两重冲突，第一重冲突是罗素自己前后台词语气的冲突——前面没见到太太面还心有不甘地埋怨，这里见了面首先是"伺候着！老婆大人……"式的讨好，接下来语气虽然还是很谦恭，可是话里有话，又带着埋怨之意了。第二重冲突是针对毕胜男误把他当作秘书的那句台词，罗素的回答和表面上的动作都是依顺姿态，可是暗里有一种讥讽式的对抗，注意这段台词的最后一句"你这趟出国二十多天，下了飞机不回家跑这来了"（同时也验证了我们上面提到的台词重点往往放在最后一句的原则）。

冲突 3：

　　毕胜男笑着推开："去！老老实实待着，我马上完。"
　　罗素看看表："妈都等急了！约好了就等你回来去看她那老同学，咱往那赶都得一个小时！你是不是忘了？"
　　女助理敲门，提着一大盒类似善存片的保健品进："毕总，您吩咐的礼品买来了。这是专门送老人的。"
　　毕胜男得意："你看我忘了吗？"

这一段三个人四句台词里就包含着不止一次冲突。先是毕胜男用台词和动作"否定"了罗素的亲热之举；接下来是罗素埋怨她忘了跟妈妈的约定，含冲突之意；再然后进来一个配角女助理，用台词和行为又实际"否定"了罗素的埋怨之词，最后毕胜男的一句"你看我忘了吗？"追加了一句对罗素之前台词的"否定"。罗素苦笑，被彻底"打败"。

---

**《无证之罪》第三集第 1 场**

日　铁路桥下　外
严良　林奇等

　　黄毛的尸体，赤身裸体地躺在冰冻江面的雪地里，身上薄薄盖着一层积雪。
　　林奇俯下身，轻轻扫开积雪，露出全貌。
　　一看之下，身旁的老宋忍不住作呕，远远跑开，林奇也忍不住别过头去。
　　黄毛的上半身被捅了无数刀，血肉模糊，头上更是被砸得难以辨认。
　　小李：卧槽！这得多大仇啊！
　　林奇默默看着尸身，不语。
　　远处，传来严良骂娘的声音。
　　严良：这他妈的怎么回事？！

> 众人望去，严良逮着几名警员正厉声斥责。
> 严良：谁接的报案？！什么时候来的？！
> 林奇上前：严良，怎么了？
> 严良指着地上方圆几十米内凌乱的脚印。
> 严良：这是来过一个团跳集体舞还是咋的？！连现场保护脚印都不知道？！你们干啥吃的？！
> 林奇看看几名警员委屈的样子，放软了语气。
> 林奇：到底是怎么回事？
> 警员：林队，我们来的时候就是这样了……你看这个……
> 警员递给林奇一样东西，林奇和严良定睛细看，是一张百元大钞，被精心折叠成心形。
> 警员：发现尸体的路人，最先发现的就是这个……

这一场戏的戏剧任务是：（1）发现黄毛尸体；（2）发现现场被破坏；（3）附近发现一个用百元大钞叠成的心形物。如果是不动脑筋的写作者，很可能顺理成章、平铺直叙地写了，可是这部戏的编剧通过严良的台词写出了一种冲突感，使原本可能只是信息交代的整场戏立刻就生动起来。

"这他妈的怎么回事？！"

"谁接的报案？！什么时候来的？！"

"这是来过一个团跳集体舞还是咋的？！连现场保护脚印都不知道？！你们干啥吃的？！"

严良的这些台词其实并非必要信息，但是无论从写活严良这个人物来看，还是增加整场戏的戏剧效果来看，却都是必不可少的。

（7）用对白推进剧情

电视剧的剧情主要是通过对白推进的，所以人物之间的对话必须有情节性，而且能够把故事向前推进。其实如果能做到我们前面谈到的人物台词必须有目的性以及创造精彩台词要设置冲突这两点，基本上就能实现用对白推进剧情的功能。需要再次提醒的是，设计台词推进剧情的同时，不要把塑造人物的功能丢掉。台词永远需要符合人物个性，并且适应人物的变化和发展。

## 动 作

尽管大多数电视剧中，台词在塑造人物和推动剧情方面发挥了主要作用，不过人物的动作设计和描写仍然必不可少，而且不容忽视。在人物动作描写方面首先需要遵循的大原则就是：只有摄影机能够表现的画面动作才可以出现在剧本中，其他例如心理活动以及作者自己的分析这些观众"看不到"的部分，都应尽量剔除。

写作电视剧剧本中人物的动作在很多方面跟写作台词有相通之处，比如：（1）人物发出的动作必须符合角色设定，如有特殊技能，需做好铺垫；（2）人物发出的动作必须与环境或情境相匹配，做到充分利用环境空间并合情合理；（3）人物动作兼具推动剧情和塑造人物的功能，在塑造人物方面，人物独特的步态、习惯性小动作、极端情况下的特殊反应、个人行为风格、特别技能等都是常用手段，而在推动剧情方面，人物动作往往是配合台词进行的，这和大部分电影主要通过画面来叙事恰恰相反。

特别需要提出的是，有一种特殊的动作和台词的关系模式，就是用动作来表现"口是心非"。一般来说，人物的台词比动作更具有某种"欺骗性"，人物台词本身可以反转真相，但更直接和令人信服的方式是通过人物的动作来让观众洞悉其真正的目的。

以《无证之罪》为例。

## 《无证之罪》第二集第10场

日　律师事务所　内
郭羽　张兵

　　张兵从办公室出来，向外走去。
　　郭羽悄悄跟出去。
　　事务所门口，郭羽叫住了张兵。
　　郭羽：兵、兵哥——
　　张兵回头，扫了郭羽一眼。
　　张兵：叫我？
　　郭羽站在张兵面前，有些发怵：兵哥，那个……黄毛哥——
　　张兵：谁？！
　　郭羽：黄毛哥……
　　张兵看看郭羽，看戏一样笑了。
　　张兵：还有管黄毛叫哥的呢？黄毛咋了？
　　郭羽：那个事……黄毛跟你说了吧？
　　张兵脸上露出疑惑的神色，刚要说话，手机响起。
　　张兵接起电话：喂火哥，对，对，我刚出来……
　　张兵不再搭理郭羽，接着电话离去。
　　郭羽茫然地看着张兵的背影，想要接着问却不敢打断，看着张兵越走越远。此时，郭羽的手机进入信息。
　　朱慧如：（微信）黄毛说约出了华姐，今晚谈判。
　　郭羽：几点，在哪儿？
　　朱慧如：他没说，让我晚上等他消息。
　　郭羽：有消息告诉我，我陪你去！
　　朱慧如：谢谢！
　　信息后面，朱慧如发了个灿烂的笑脸。
　　郭羽打字：不要太相信黄毛——想了想，删掉，回复了一个OK的手势。
　　郭羽：保持联系！

看这场戏最后一段的"手机信息对话":

> 朱慧如:黄毛说约出了华姐,今晚谈判。
>
> 郭羽:几点,在哪儿?
>
> 朱慧如:他没说,让我晚上等他消息。
>
> 郭羽:有消息告诉我,我陪你去!
>
> 朱慧如:谢谢!(笑脸)
>
> 郭羽:(OK手势)保持联系!

然而编剧在郭宇最后一句台词前加了一个动作:

> 郭羽打字:不要太相信黄毛——想了想,删掉。

这里才透露出这个人物与表面台词不同的真正的心理活动:担心、害怕黄毛。

再看看《我的青春谁做主》。

---

**《我的青春谁做主》第四集第17场**

方宇住处内/外　日　小样、方宇

屋里,方宇一边接电话,一边把日用品、衣物塞进背包:"行,行,我马上出发,到了再说,只要是车,没有我解决不了的毛病。"

拎包往外走,推几下门,推不开。

方宇握紧门把,一使劲,听门外"哎哟"一声,门开了。

方宇出来一看,见小样翻倒在门口地上,之前,她背靠门睡觉。

方宇:"你怎么还不走?"

小样:"我去哪儿呀?你忍心这么对待一个无家可归的女孩子吗?"见他身上的背包,"你要出去?"

方宇:"最近活儿多,事业正搏杀呢,你也赶紧出去找工作去!"锁门走人。

> 小样爬起来，拉他："我找工作也得有个稳定居所呀，你走了我住哪儿？"
> 方宇甩她："爱住哪儿住哪儿！"
> 小样不放他："那我真去你奶奶家了！"
> 方宇："去去去！抱个大公鸡，嫁给她当孙媳妇，别回来了！"
> 甩脱小样，跑。
> 小样没追上，气馁，回到门前，拉门，门锁上了。
> 绕房子转圈，看见后窗大开，乐了："怜香惜玉就直说，又不跌面儿。"
> 手往窗台上一撑，窜上窗台，跳进屋。
> 翻冰箱找东西，爬上床睡觉。

看最后一段对话：

> 小样：那我真去你奶奶家了！
> 方宇：去去去！抱个大公鸡，嫁给她当孙媳妇，别回来了！

然而小样这个人物并没有做到言行一致，而是转身就绕到后院，翻窗户进了方宇家住了下来。这才是人物的真实目的。这样的设计比小样一直坚持说不走要更有意思，也更能造成一种峰回路转的效果，从而达到吸引观众的目的。

## 初稿写作范例：《女医·明妃传》与《无证之罪》

在剧本初稿写作这一部分的最后，我们附上两集完整剧本范例，供大家仔细研读。

## 《女医·明妃传》第一集

1. 京城大街　日　内

　　字幕：明宣宗九年　京城

　　话外音：大明宣德年间，帝国正处于兴盛的顶点，除了北方蒙古族的瓦剌（读 LA 音，四声）偶有威胁，可谓国泰民安、盛世长乐。只是那时也是程朱理学兴盛的时代，严格的礼教制度让女性的社会地位变得极其低下，她们不可以入朝为官，不可以成为医生、教师或工匠。即便是那些不得不自我谋生的底层女性，也只能从事接生、卖药、做媒、人口贩卖等低等职业，被贬称为"三姑六婆"。

　　在当时，贵族女子不能随便让外人触摸到自己的身体，平民女子虽然禁忌稍松，但却非常贫穷。她们一旦生病，往往无法得到大夫的及时诊治，只能求助于走街串巷、医术低下的"医婆"，因此死亡率奇高。

　　朝堂上，群臣济济，一太监正在宣旨：蒙上天恩泽，贵妃孙氏，已怀龙嗣，朕欲推恩百姓，故大赦天下，与民同庆，钦此！

　　群臣：遵旨，皇上万岁，万万岁！

2. 太医院　日　内

　　一座院舍，门匾上高悬"太医院"三个大字。院舍里御医们进进出出，一片忙碌。

　　正堂上，一位年约四五十岁的中年男子正在吩咐，他正是太医院院判谈复：皇上已经下了严旨：孙贵妃娘娘这一胎，必须得保住。若是出了一点岔子，咱们太医院上上下下都得遭殃！所以，往后进给长春宫的药物，必须得有三名以上御医验看，没有吏目以上职位者签字画押，不得放行，听清楚了吗？

　　众人道：谨遵院判大人吩咐！

　　（跳接）

几位太医正在廊下熬药。

一青年太医倒出汤药：小心点！哎，咱们这些医士，好歹也算个九品官，现在倒跟打杂似的，熬起药来了。

一中年太医走过，忙喝道：刘平安！

他看看周围没外人，才道：胡说些什么，让你熬药，那是天大的恩典！孙娘娘这回怀的可是个男胎，只要平安生下来，咱们可就算是为未来的太子立下一大功了。

刘平安奇道：太子？可是皇上跟前不是已经有两个……

中年太医一瞪他，又悄声道：那两个皇子都是宫女跟前养的，成不了气候。皇后娘娘不得皇上欢心，孙贵妃她盯着那顶凤冠也不是一天两天的事了，现在就等着靠着这小皇子把皇后给……

他做了一个一把抓然后往下拉的手势：可偏偏她之前又已经滑过两次胎了……唉，这就叫世事难料！所以呀，你们都打点着精神些！

刘平安心领神会地点了点头。而在他下手，正帮着他滤药的另一位青年蓝衣太医，却有些出神。镜头照到他的手上，虎口处，有一块明显的胎记。

3. 谈府后花园　日　外

花园里姹紫嫣红。一个年约十五岁的少年正小心地为一只兔子包扎着伤口，一个六岁的女孩原本在旁边好奇地看着，见少年包得专心，她略感无聊，便用树枝挑起碗里剩下的药泥，淘气地玩了起来。

男孩无奈地：允贤。

允贤忙收了手，乖乖地把药碗推过去：啊？哥哥你还有用啊。

男孩：这药有毒，你这样乱玩，万一溅到眼睛里怎么办？

允贤吐了吐舌头：我才不信呢，要真的有毒，你怎么还给小兔子用啊？

男孩无奈地笑了：这叫草乌头，治跌打损伤最灵，可是内服就有剧毒……爷爷说过那么多次，你怎么又不记得啦？

允贤不好意思地：哎呀，哥哥你记得就好了嘛。

话外男音（O.S.）：你们在干吗呢？

男孩和允贤忙回头起身：爷爷。

谈复有点不满地对男孩：允良，你不去做胭脂，跑到这儿来做什么？

允良低下了头。

谈复：别以为给宫里娘娘做胭脂是小事。你看看满京城里，谁家能揽下这个差事？自打永乐爷起，内用的上等胭脂，都是咱们谈家手制的。要不是看着你马上就要进太医院，你还没资格跟我学这个呢。我说过那边一刻也不能离开人，你怎么全当耳边风？

允良：孙儿知错了。

允贤忙道：爷爷别怪哥哥，是小兔子跌伤了腿，我拉着哥哥，要他帮我治的！

谈复脸色稍霁，看了看碗里的药，端起闻了一闻：草乌，续断，黄荆子？这药倒还配得不错。可小兔子好好地在笼子里，怎么会突然跌伤了腿的？

允贤支支吾吾地不说话。

谈复点着她的头：不会是你又悄悄带着它上假山上玩了吧？

允贤一下扎到他怀里撒娇：爷爷，别告诉爹好不好，别告诉爹好不好？

允良：爷爷，允贤她真的不是故意的。

谈复宠溺地抱起允贤：好，好，不告诉，不告诉。允贤，你可真是个小捣鬼精啊，不过，爷爷就喜欢你这样！

允贤咯咯地乐了起来。

这时，一中年女子走近，咳了一声：允良，该回去了。

允贤跑到谈夫人身边：奶奶，你就让哥哥再陪我玩一会儿嘛，就一会儿。

谈老夫人：允贤听话，你哥哥要去给娘娘们配胭脂，这事大着呢。

允贤：不要，不要，我不要哥哥当大夫，我不要他配胭脂，我要他陪我玩。

谈夫人被她缠不过，对允良：陪你妹妹把兔子放好了再去。

允贤：谢谢奶奶！

她喜滋滋地拉着哥哥一溜烟地跑了。

谈复摇着头：哎，这两个孩子还真不一样。允良沉稳，允贤顽皮。当哥哥的三岁就会背医书，可做妹妹的都六岁了，连药都还不认识几味。

谈老夫人：允贤从小命苦，又不讨他爹喜欢。活泼点是好事。再说，她毕竟是个女孩子，以后要嫁人的，学不学医，又有什么关系呀？

谈复疲惫地点点头：也是。我教了她快一年，她什么也没记住，唉，看来她医道上的天分，全随她爹了。

谈夫人：老爷，看你神色不好，可是在宫里累着了？

谈复在石头凳子上坐下：还好，孙贵妃这胎总算是平平安安地过了六个月，现在隔三天才请一次平安脉，大家也总算能喘口气了。

谈夫人帮他捶腰：等允良进了太医院，过两年，就能帮上你了。

谈复脸上带笑：那是，难得这允良这么有天分，十五岁就能进太医院当医丁，过两年再做了医士，往后咱们谈家就是祖孙两太医，也算得上一笔佳话了！

这时候仆人来报：老爷，外头有位程十三程大人求见。

谈复一皱眉：不见！告诉他，我谈复向来都看不起爱走门子的谄媚之徒，要想升御医，就拿出真本事，自己考上去！

谈夫人：又是来找门路的医士？

谈复：可不是吗？这小子今天找了我两三次，就想靠他那味祖传的神药走门子。呵，也不想想，哪个医士转御医，不得老老实实等个四五年的？

谈夫人：那也不能就这么赶人啊，好歹也留个脸面不是？你这样子赶人，万一被别人知道了，肯定又少不了议论……

谈复不以为意：怕什么，我谈家七世为医，三代入太医院，凭的是医术说话，才不怕那些搬弄是非的小人。

4. 谈府客堂　日　内

程十三正是那位年轻的蓝衣太医，他着急地：麻烦您再通传一下，就跟谈大人说，我是来给他送药的。贵妃娘娘吃了我这药，一定能保产无忧……

仆人：程大人，你还是请回吧。

程十三：我这还备了一份重礼，你看，有人参，有红花精……

仆人：这些我都听不懂，程大人，请回吧。

程十三急了：不懂就别拦着我，告诉你，我也是为了你们大人好！

仆人也不耐烦：哟呵，给你留脸面，你还不要是不是？你听好了，我们老爷根本就不想见你，他说了，他平生最瞧不起的，就是你这种不走正道的下三流！

程十三一下怔住了。接着，他愤怒地拿起礼盒，转身就走。

仆人拦住他：别乱跑！老爷说了，只许你从后门出去！要不然让人家看到你手上的东西，还不定怎么议论我们谈家呢！

程十三眼中闪出怒火，他紧紧地握住了拳头。

5. 谈府后门外　日　外

程十三站在谈府后门外的梅树边，喃喃自语：凭什么？太医世家的孩子十五岁就能进太医院，而我们这些乡下人，想当个御医，就得熬到头发都白了？

想到愤处，他恨恨地捶在梅树上：我程十三不雪今日之辱，誓不为人！

愤怒的他不断捶打着梅树，这时，一个小女孩的声音响起：大叔，你为什么要打树啊？

程十三惊讶地抬头，发现梅树边的墙头上，骑着一个可爱的小女孩，她脸颊红扑扑地画着两坨胭脂，正好奇地看着他。她正是允贤。

程十三：没，没什么，我在练功。

允贤大感兴趣：是吗？大叔你会武功啊！你教我好不好？

程十三笑了：你是哪家的小女孩，跑到这儿来干什么？

允贤嘟着嘴：哥哥在洗药，爷爷在看书，都没人陪我玩。

程十三看得有趣：那你脸上画的是什么啊？

允贤得意地晃着拿在手中的小瓷盒，指着自己的脸：胭脂，给娘娘的胭脂，大叔，你说我好不好看呀？

程十三：好看！……咦……

他若有所悟，轻声道：给娘娘们配的胭脂，你，姓谈？

允贤：是啊是啊，大叔你怎么知道？我叫允贤！

程十三苦笑了一下：我当然知道，你还有个哥哥叫允良，快进太医院了，是不是？

允贤震惊地：大叔，你怎么知道得这么多，不会是神仙吧？

程十三摇了摇头，转身离开，自言自语道：我要是神仙，就好了……

允贤着急地在墙上：大叔你等等！

程十三没走多远，允贤已经沿着树溜了下来，拉着他的衣襟：神仙大叔你别走，你帮帮我好不好？

程十三无奈地：怎么了？

允贤：爷爷叫我哥哥淘胭脂，可胭脂老是都泡不红，神仙叔叔，你知不知道怎么办，才能让胭脂红得快点，我想叫哥哥早点做完，好陪我玩！

程十三心念一动轻声道：胭脂，给娘娘配的胭脂……

他想了想，突然蹲下：你想让胭脂红得快点？

允贤：嗯！

程十三：我可以帮你，不过，你得对天发誓，不告诉别人。

允贤大感兴趣：好，好，我对天发誓，不告诉别人！

程十三打开身边的礼盒，拿出一小只瓷瓶：把这个悄悄地倒进胭脂水里面去，别叫人看见，然后再走到墙根底下，对着太阳说三声：胭脂娘娘保佑！胭脂就很快能泡红了。

他的虎口上有一块明显的胎记。

允贤天真地：真的？

程十三恶毒地笑了：当然是真的。

### 6. 谈府药堂前　日　外

水盆里泡着不少红色的花瓣，允良正在用力地用木棒捣着它们。

允贤：哥哥，我来帮你弄。

允良摸摸她的头发：别淘气，你这么小，哪弄得动？

允贤：弄得动，哥哥，让我玩玩嘛，让我玩玩嘛。

允良无奈地：那你小心点，轻些，向一个方向，别洒出来！

允贤点头：嗯嗯，哎呀哥哥，你这儿沾上红点点啦。

她指着允良的额头，允良忙用袖子去抹：是吗？

允贤：还没掉！

允良向外走去：我找镜子看看去。

允贤趁机把怀里的瓷瓶拿出来，将其中的红色液体倒进水里，又用力搅着，液体很快沉在了水里。允贤露出了欣喜的笑容。

### 7. 墙根　日　外

允贤闭着眼睛：胭脂娘娘保佑！胭脂娘娘保佑！胭脂娘娘保佑！保佑胭脂早点做好，哥哥就可以陪我玩了！

这时，允良在远处叫：允贤，走，我们看小兔子去！

允贤惊喜地跑过去：好呀，哥哥你真的做完了啊！

字幕：一个月后

### 8. 谈府正堂  夜  内

烛光之下，谈家人正欢聚一堂，允良、允贤兄妹俩的父亲谈纲正在举杯向父母敬酒，他一身精干打扮，一看就是身有武艺之人：父亲、母亲，儿子常年在外征战，这两个孩子，实在是有劳两位高堂了。

允贤无聊地玩着酒杯，一错手差点掉在地上，好在允良眼疾手快接住，他放好酒杯，示意妹妹要安静些。允贤吐了吐舌头。

谈夫人：好啦，大过年的，难得你进京述职，一家人好容易有碰面的机会，还说这些做什么？这俩孩子命苦，母亲走得早，我们做爷爷奶奶的，自然得多用点心。

谈纲听到"母亲走得早"一语时，看着允贤，眼中闪过一丝怒意。

谈复满意地：亏得允良像我不像你，没生得一身兵痞子气，还能读得进医书。

谈纲满意地：允良，进了太医院以后，给我出息点，别丢你爷爷和我的脸！

允贤插话：才不会呢，哥哥最聪明了……

谈纲暴喝一声：闭嘴！我们说话，你一个女孩儿家插什么嘴？

允贤吓得扁嘴，眼睛一下红了。

谈复不满地：好了，允贤才六岁，你在她面前发什么将军脾气！

谈老夫人搂过允贤，安慰道：别怕，啊。

又对儿子道：你呀，就不能对允贤好点儿，她娘当年难产去了，又不怨这孩子，只怨她娘体质太弱……

谈纲正想不服地回话，正在这时，谈家大门突然被拍得山响，正堂里的人都有些诧异。

谈复：怎么了？

谈夫人示意仆人去开门。

不一会儿，仆人带进来刘平安，他焦急地：大人，是我！你赶紧进宫，贵妃娘娘出事了！

谈复猛然站起身来。

### 9. 太医院　夜　内

谈复带着几个太医，垂头丧气地走回太医院。

刘平安忙迎上：大人，怎么样了？

谈复摇摇头：血都流成那样子了，哪还保得住？这些天的医案都给我拿来，娘娘前儿不是好好的吗，怎么会突然滑胎？站在那干吗？都说说你请的，什么平安脉？

刘平安：院判大人，娘娘前天的胎像确实都还算平稳……

这时，太医院的门被猛然推开，宣旨太监范弘带着人站在门口：范弘奉皇上圣旨，查问贵妃娘娘滑胎一案！

说完，也不等谈复回答，范弘便喝问道：给娘娘诊过脉的，都是谁？娘娘喝的药，又过了谁的手？都给我站出来！

一组镜头

太监们正在抄捡着太医院，仔细察看着药物。

御医们跪在地上惶恐地回答着太监们的审问。

一张张脉案被粗暴地撕走，太医院里，一片阴云密布。所有的太医都惶惶不可终日，只有站在人群之后的程十三平静的表情中带着隐隐的笑得意着。

### 10. 太医院　夜　内

太监范弘听着下属的回报，皱着眉：没问题？不可能！肯定有人做手脚！

谈复：范公公，娘娘滑胎，也未必就是有人加害，毕竟她之前已经落过两胎……

范弘皱着眉：少在这推卸责任！咱家告诉你，皇上龙颜大怒，肯定要治你们的罪！走，咱们明儿再来查！

他一挥手，带着人快步离开了。

就在此时，一个阴阴的声音忽然从人后响起：吃的没问题，药也没问题，那公公有没有想过，也许是用的东西出了问题呢？

范弘一惊，回首一看，程十三正站在墙角阴影处，恭敬地看着他。

11. 谈府院内门前　日　外

谈府门外，仆人刚把门打开一条缝，几个锦衣卫打扮的人就如狼似虎地冲了进来，把仆人推到一边。

在仆人惊叫声中，带头的锦衣卫满脸狠色：把逆贼谈复给我抓起来！

黑衣人们应声向堂上冲去。

不一会儿，堂上传来允贤的惊叫声（O.S.）：不许打我哥哥！啊！你们放开奶奶！

12. 狱中拷问室　夜　内

昏暗的油灯之下，谈复被绑在墙上，锦衣卫头领正抓着他花白的头发往墙上猛撞：说！你是受了哪个奸人指使，才胆大包天，胆敢谋害皇嗣？

谈复虚弱地：冤枉，谈某绝不会如此……

锦衣卫头领一鞭劈来：还敢狡辩，难道那红花是自己跑进胭脂里去的不成？

谈复一声惨叫。

但他仍努力道：大人，那胭脂是我谈家百年古方，里面所用配方中正平和，绝不会有什么红花，一定是有人诬陷！

这时门被打开，脸上有伤的谈纲被五花大绑地推了进来，随后，谈夫人、允贤兄妹也被扔了进来，他们都是一脸狼狈。

看到谈复的惨状，允贤一声惊呼：爷爷！

谈纲也惨呼：爹！

谈夫人扑上去：老爷，你怎么样了？

锦衣卫踢开她：让开！谈复，你现在全家都在天牢里，别心存侥幸！要再嘴硬不招，小心老子诛你九族！说，是谁让你在胭脂里加红花的？

允良：大人，那胭脂是我做……

谈复厉声道：闭嘴！大人，谈某冤枉！你就算打死我，这事也一定是有人故意栽赃！

锦衣卫怒火冲天，又是一鞭打过来：哟呵，还嘴硬！

谈复一声惨叫，允贤惊恐地看着这一切，尖叫道：别打我爷爷！

谈夫人忙抱紧两个孩子，遮住他们的眼睛。

谈纲着急地大叫：狗贼，有种就冲我来！

允贤挣开奶奶，抱住锦衣卫的腿：你们放开爷爷，放开！

锦衣卫：滚！

允贤被他一脚踢到门边，惨叫一声。锦衣卫：你不招，老子就抽死这两个小崽子！

锦衣卫们应声而上，就要去绑允贤和允良。

这时一个声音传来：住手！不得放肆！

众人回首，只见一个锦衣中年人正不怒自威地站在门口，那锦衣卫立即变得无比恭敬和惊讶：钱大人！

13. 狱中另一房间　夜　内

谈家人已经被挪到另一个房间，允良正在给允贤看着伤。谈夫人在给儿子看着伤。允贤睁大眼睛，定定地看着远处的爷爷和钱大人。

昏暗的灯光之下，两人在商量着什么，谈纲一时愤慨，一时无奈。

钱大人的声音突然大了起来。

钱大人：如果没被掉包，老谈，那你就得想想，做这批胭脂的时候，是不是不小心被人加了什么料？

谈复：不可能！那东西是我盯着让允良亲手做的，别人碰都不会碰……

允贤突然怯生生地插嘴：爷爷，那天晚上，有个神仙大叔来过……

众人转头，齐齐看向允贤。

### 14. 宫中　夜　外

程十三送上一张银票：卑职在太医院，不过只是一个小小医士，这次告发上司，实属无奈……

范弘看了一眼银票，满意地一笑：不就是不想别人知道吗？放心。咱家心里有数。

程十三松了口气。又摸出一个小匣子：还有，卑职听说娘娘不幸受难后，一直气血两虚，今儿特地把祖传的补血圣品带了过来，还望公公代为敬献。

范弘不屑地：这天下叫圣品的药可不少啊……

程十三打开匣子，里面隐隐有红光：可卑职这一味唐宫血燕，是当年则天皇后用过的，不仅能解各种奇毒，还能助流产亏损的女子尽快恢复，当年则天皇后，可是生了四男两女啊……

范弘眼睛一亮，劈手接过。

### 15. 狱中—监牢　夜　内

谈纲拉着允贤的衣襟，用力摇晃：到底是谁给了你那瓶红水？

允贤口齿不清地哭道：就是神仙大叔呀……

谈纲还想拎她起来盘问，谈夫人已经将孙女抢过：放下她，慢慢问，她还是个孩子！

谈纲：娘，都怪这个冤孽……

谈复厉声道：好了！她是冤孽，你又是什么东西？那红水分明就是红花精，有人要故意陷害咱们家，允贤她年纪小，哪里明白这中间的道理？

他抱着允贤：允贤别怕，这不关你的事，你是爷爷的乖孙女，啊！

允贤睁大眼：真的？！爷爷，神仙大叔明明说红水能快些帮哥哥的……

谈复无奈地：大叔没骗你，允贤不用怕，允良，把你妹妹带过去。

允良过来接过允贤。

允贤看到深皱双眉的钱大人再度将谈复拉到一边：老谈，允贤既然没看到他长什么样子，咱们还是……

两人又开始商议。

允贤害怕地对哥哥：哥哥，这里好黑啊，我们什么时候才能回去啊。

允良抚着她的头，叹了口气：快了，马上就快了……

允贤抽噎着点了点头。这时候她看到谈复面色沉重地从怀里拿出一只锦盒，打开后，从里面拿出一根乌金针，对钱大人说着什么。

允良惊呼：啊，那是太后娘娘赐给爷爷的乌金针！

（跳接）

钱大人拿过金针：不管那么多了，我先去进宫去。老谈，你们保重。

他疾步走了。

谈夫人担心地上来：怎么样了？

谈复：希望皇上能念着旧情，放我们家一条生路……你去哄允贤他们睡觉吧，天亮之前，会有消息的。

谈夫人有些担心：那个钱大人，靠得住吗？要是皇上不听他的……

谈复一凛，随即笑道：哪能呢，钱大人虽然和我来往不多，可毕竟记得我的救命之恩，他现在又是皇上最信得过的武官，既然肯在这时候来牢里雪中送炭，起码也有九成把握的。

　　谈夫人这才放下心：倒也是，有他说情，皇上肯定会替咱们昭雪的。

　　谈复眉间却闪过一丝忧色。

16. 狱外　夜　内

　　钱大人匆匆而去，拷打谈纲的锦衣卫闪身而出：范公公那儿，消息送过去了吗？

　　狱卒点头，上前附耳说了些什么，锦衣卫满意地点了点头。

17. 狱中一监牢　夜　内

　　深夜，允贤还在谈夫人怀中抽噎，但是已经睡去。允良紧紧地拉着妹妹的手，喃喃说着梦话：允贤，别怕！

　　谈纲挣扎着过来：爹，你跟钱大人说了些什么？

　　谈复淡淡地：我请钱大人拿着太后娘娘赐下的金针求见皇上，求他看在当年我也曾救过太后娘娘的分上，饶过我们全家。

　　谈纲松了一口气：这……能成吗？！

　　谈复：放心，有钱大人呢，你先睡吧。

　　谈纲松了口气，闭上了眼睛。

　　谈复却一直盯着窗外的月光，没有说话。

18. 宫门外　夜　外

　　钱大人正在宫门外焦急地踱着步，一宫女出来：大人，不成。皇上今天着急安慰孙贵妃，一直待在长春宫里没出来。

　　钱大人一咬牙：你就说是我求见，对，就说有紧急国事，人命关天，皇上一定会见我的！

　　宫女摇头：奴婢见不到皇上，孙贵妃的人看得很紧，根本不许我进长春宫。

　　钱大人急道：这，这该怎么是好？再晚，可就来不及了！

19. 狱中—监牢　夜　内

　　夜深了，谈家人靠在狱中墙边都睡着了，只有谈复一个人还睁着双眼。

　　仆人匆匆进来，谈复眼睛一亮，忙挣扎着爬到栏边。那仆人跟他说了些什么，谈复一脸失望。

　　看着窗外已到中天的月光，谈复呆立了半晌，突然捏紧了拳头，又松开。

　　他仿佛决定了什么，对着仆人又说了些什么。仆人张大了嘴。谈复示意让他快走。

　　仆人离开之后，谈复走到允贤和允良的身边，爱怜地抚了抚他们的小脸。

（跳接）

　　允贤在做恶梦，突然间她惊醒了：爷爷！

　　她睁开眼，从熟睡的谈夫人怀里挣出来：爷爷，你在哪儿？

　　突然间，她惊恐地尖叫起来，因为谈复正悬在房梁之上，尸身恐怖至极。

　　谈家人被允贤的尖叫惊醒，一看到谈复自杀，都是大惊不已。

　　谈纲：爹！

　　谈夫人扑上去：老爷！

　　谈纲忙和谈夫人合力放下谈复，谈夫人上前摸脉，探鼻息，忽然放声大哭：老爷，你怎么就这么想不开？！

　　允良抱着允贤：妹妹别看！

　　受到极大刺激的允贤还在尖叫。谈纲怒极攻心，一巴掌将还在尖叫的允贤打翻在地。

　　允良护住妹妹：爹！

　　谈夫人在丈夫脚边发现了一张纸，连忙展开。

　　谈复话外音：红花胭脂之事虽系他人暗害，但余亦难逃失察之过。

虽已请托钱大人尽力营救，但料余罪孽深重，难逃重罪。唯今之计，只愿以余一人性命换全家性命！盼皇上知我自裁后，能大发慈悲，放尔等生路。允贤年幼无辜，不可多责。望允良承我遗志，光大谈门，谈复绝笔。

谈夫人号啕大哭：老爷……

20. 宫内　日　内

清晨，宫女对着孙贵妃说着什么，孙贵妃柳眉一竖：叫范弘马上把旨颁下去，带皇上从另外一条道上朝！

她转过头，看着跪在地上的程十三：你就是程十三？

程十三恭敬地：微臣正是。

孙贵妃：你那个"唐宫血燕"，本宫用了，觉着还不错。

程十三面上一喜。

孙贵妃：范弘也说你好。那以后本宫的脉，就由你来诊。

程十三：谢娘娘隆恩！

孙贵妃：只怨本宫瞎了眼，之前居然那么相信谈复那个老贼……哼，本宫一定要把他全家千刀万剐，才能为我苦命的皇儿报仇！

21. 狱中—监牢　日　内

谈复身上蒙着白布，谈家人正跪在地上，范弘正在宣旨：……罪大恶极，满门抄斩，钦此！

谈夫人和谈纲不可置信地一仰头。允贤不解地问允良：哥哥，什么叫满门抄斩呀，是要打我们吗？

范弘看着谈复的尸体：自作聪明，以为提前自杀了，就能保住他们的性命，哼，做梦！你们一家人，待会儿就到阴曹地府去团聚吧！

他一挥手，锦衣卫粗暴地拉起他们。

谈夫人的泪水滚滚而下：老爷……你的一番苦心，白费了啊。

允良跟跄地跟在父亲谈纲身边，谈纲：好孩子，别怕，就是一刀而已，眼睛一闭，就过去了！

允良浑身发着抖：我，我不怕！

22. 大道　日　外

钱大人正在骑马飞驰。

他心急如焚地挥着鞭，来到一座寺庙前滚鞍下马。

23. 大路　日　外

锦衣卫押送着双手被绑的谈家人走向郊外，只有允贤和允良因年纪还小，并未被绑。

锦衣卫甲（O.S.）：不就杀个头嘛，干吗不在午门外就办了，巴巴地还得押到城外？

押解着谈家人的锦衣卫：小皇子葬在西陵，贵妃娘娘特意吩咐，要把这帮人拖去祭坟！

围观的民众指着他们议论纷纷。

一百姓：活该！这些庸医，收那么高的诊金，良心却那么黑！

有人用鸡蛋、烂菜砸了过来。

谈纲大吼：滚！

允贤跟跟跄跄地走着，她躲过鸡蛋，抽泣着：哥哥，他们为什么要扔我们脏东西呀？是不是允贤不该拿那个神仙大叔的红水……？

允贤看着她天真的面容，不忍地：没有的事，爷爷昨天不是都说过吗，不关你的事。

允贤带着哭腔：可是爷爷昨天就……爹还骂我是冤孽呢，哥哥，爷爷是不是被我害死的？

谈老夫人含着眼泪：那是你爹气坏了在胡说，爷爷是被坏人害了，才走的。

太阳晒得允贤口干舌燥，她似懂非懂地点了点头，一会儿，她难过地：奶奶，我渴了。

锦衣卫喝道：走快点，磨叽什么呢！

允良无奈地：允贤乖，再过一会儿，我们就到了，待会儿哥哥就找水给你喝。

允贤：可我现在就想喝。

允良只得对锦衣卫小声道：大人，我妹妹她口渴，能给一碗水喝吗？

锦衣卫：喝什么喝，待会就要砍头了，渴个屁！

允良还想央求，谈夫人无奈地：允良。

允良只得住嘴。

允贤转过去拉着奶奶：奶奶，我好热啊，我想喝水……

允良听得心急，双眼到处打量，竟在远处发现了一处水洼。他一咬牙，趁押解他的人不注意，竟然一个闪身，跑了过去！

谈夫人急道：允良，你干什么！

队伍一阵大乱，锦衣卫：捉住那个小兔崽子！

允良拼命奔跑，竟然避开了那些捉他的人，冲到水洼边，捧起了一捧水，又冲了回来。

允良着急地把手送到允贤嘴边：水在这儿！

清凉的水滴下，允贤正贪婪地大口喝着，可一把剑突然狠狠地打向允良的后背，允良一声惨叫，跌倒在地。

锦衣卫拔出剑来：敢乱跑，老子一剑劈了你！

谈夫人发出一声撕心裂肺的惨叫：允良！

谈纲看着锦衣卫拿剑向儿子刺去，心头一热，不顾一切地挣脱了押解之人，猛然向锦衣卫冲去。

锦衣卫一时不防，被他撞倒在地，他挣扎起身：他妈的，敢打老子？老五老七！

两名侍卫应声冲上，抽出佩刀向谈纲砍来，不过谈纲一个侧身，竟然挣断了绳子，抢过武器跟他们厮打起来。

允良搂住妹妹，惊恐地看着这一切。

谈夫人扑过来，一头顶翻一个拿剑过来的锦衣卫：允良，带着你妹妹，快跑！

允良回过神，忙拉着允贤，拼命朝前跑去。

锦衣卫首领看到了，忙大叫：小兔崽子们跑了，快追！

24. 断崖前　日　外

允良拉着允贤拼命地奔跑，身后，锦衣卫已经追了上来。

两人跑到一处断崖面前，眼见无处可去。身后传来锦衣卫的叫声：前面没路，他们跑不了！

允良一横心，抱着妹妹就从断崖上跳了下去。

25. 断崖下　日　外

四周一片安静，允贤慢慢地睁开眼睛，发现自己躺在一片树林中，哥哥正躺在一边，毫无知觉。

允贤挣扎着跑过去，推着允良：哥哥，哥哥！

允良呻吟一声，睁开了眼。他虚弱地：允贤，你还好吧……

允贤低声：不好，我屁股痛！

允良笑了一下：只是屁股痛，就没事。

他挪动了一下自己，发现大腿上不断有血流出来。

允贤惊道：哥哥！

她用力帮哥哥按着腿。允良挣扎着起身，痛苦地为自己查看了一下，撕破衣襟开始包扎，他虚弱地：腿断了，没什么大事。允贤，你去那边帮哥哥找一找，看看哪有三七，或者紫珠草，哥哥要用。

允贤点点头：好！

她刚冲出去，又跑了回来：哥，我不认识三七和紫珠草。

允良：爷爷不是教过你吗？三七每株分三根茎，每根茎上有三片叶子，开小红花，长得像人参……紫，紫珠草长得像马鞭草，开紫红的花……

说到这里，他已经气力不支，虚弱不已。

允贤急了：我知道了，哥哥你等着，我马上就回来！

她摸出怀里的一颗糖，塞在允良嘴里：我的糖给你，吃了就不痛了！

她跌跌撞撞地跑走了。

## 26. 山坡　日　外

允贤不断地寻找着草药：三七，三七，你在哪儿啊？

所有的草都长得差不多，她越看越是眼花缭乱。急得要哭的她半天终于看到一株草药，惊喜地跑过去：找到了？

可她看了看：啊，只有五片叶子，是不是呢？

她犹豫了半天，还是拼命挖了起来。

## 27. 断崖下　日　外

允贤着急地跑了回来：哥哥，我找到了！

可允良已经晕倒在血泊中，没有回答她。

允贤心急如焚，拿起草药，胡乱揉碎、咬开了给允良敷上，但血还是不断地涌了出来。

允贤着急地：哥哥，你别流血了，你醒醒，你醒醒！

她泪流满面地推着哥哥，允良终于醒了过来，他挣扎着为自己重新包扎，但看到地上的药后，他失望地：这不是三七。

允贤：啊，那，那这个呢？

允良虚弱地：没事，也能用。

允贤急了，哇的一声也哭了：对不起，哥，允贤没用，我真的不认识那些药……

允良抱着允贤：没事，没事，不用那些药，哥哥也会好的。

允贤：真的？

允良：真的，哥哥什么时候骗过你？

允贤抱着允良：哥哥，你一直在发抖！

允良：没事，哥哥就是有点冷，来，允贤，抱着哥哥……好冷呀……

允贤听话地紧紧抱着允良：哥哥，我刚才记起来了，那个胭脂大叔，手上有块印子……

　　允良迷蒙地：好啊，记得回去跟爹说……允贤，再抱紧一点……嗯，真乖……你要是能懂点医术，就好了。以后回家了，哥哥教你读医书，教你认草药……

　　允贤：嗯，我这回一定不偷懒了！我一定把所有的医书都背会！哥哥，允贤给你唱草药歌听好不好，听了你就会好些的！

　　她胡乱唱起来：大地生草木，性用各不同。前人相传授，意在概括中……哥哥，好不好听啊？

　　允良虚弱地：好听，真好听。

　　允贤看着允良的伤口又继续渗出血来，忙脱下自己的外衣，帮哥哥包上，她慌乱地紧紧抱着哥哥：哥哥你看没血了，没血了，你马上就能好了……哥哥你暖和不？

　　允良发着抖：暖和，暖和，允贤真乖，以后长大了，允贤也要跟哥哥一起进太医院，当个漂漂亮亮的女大夫，哥哥那时候，一定会好高兴、好高兴的……

　　他的声音一点点弱下去，最后悄无声息。

　　允贤半天才反应过来：哥哥？

　　允良没有动作。

　　允贤推开允良，允良竟一下子软倒在地上。

　　允贤惊得手足发冷，冲上去扑在允良身上：哥哥你醒醒，允贤再也不偷懒了！我听你的话，我好好学医……哥哥你醒醒啊，别丢下我一个人！

28. 大路　日　外

　　锦衣卫正踢着已经被绑起来的谈纲：他妈的，居然敢逃狱！说，你那两个兔崽子跑哪去了！

　　谈纲紧闭双唇，扭头不答。

　　锦衣卫抽出佩刀：信不信老子现在就送你上路？

谈纲一闭眼睛：娘，孩儿不孝，先去一步！

谈夫人哭叫：纲儿！

锦衣卫气急败坏，举刀作势要砍：好，反正逃狱也是死罪，想找死，老子成全你！

这时，远处一匹疾马奔来：住手！太后懿旨到！

众人惊诧地看着远处。

29. 断崖下　日　外

天色已经阴暗，谈纲正在断崖下寻找，谈纲：允良，允贤，你们在哪儿？

他突然看到了什么，忙分开树丛，疾步而去。走到近处，他却惊呆了，允良正躺在血泊之中，而允贤紧紧地抱着他。

谈纲：允良！允贤！

他冲过去一探鼻息，却发现允良早已没有了呼吸。

谈纲惊叫：允良，你醒醒，醒醒！

谈纲无力地坐在地上，半晌才慢慢抱起允贤，掐着她的人中：允贤，允贤？

允贤震了一下，慢慢醒来喃喃地：哥哥要我找草药，哥哥冷，我再也不偷懒了……

30. 马车　日　外

允贤躺在马车上，脸烧得通红，不断地说着胡话：哥哥，爷爷……

谈老夫人含着眼泪，正在为她扎针。车上放着累累的行李。

31. 车队旁　日　外

不远处，钱大人正在和谈纲道别，他一脸伤痛：只怪我来晚了一步……

谈纲虎目含泪：钱大人！

钱大人：记住，你们不能再姓谈了，嗯，这儿叫杭家湾，你们索性就改姓杭吧。太后娘娘这样做，也是为了你们好。孙贵妃这回可是恨毒了你们，要是知道你们侥幸逃生，一定会……唉，你们就依太后她老人家吩咐的那样，改姓换名，去北疆效力吧……

谈纲：太后娘娘和钱大人救命之恩，谈纲来日必当涌泉相报！您放心，我在北疆一定安分守纪，十年之内，决不回京！

（跳接）

钱大人目送着谈家的马车远去，远处夕阳若血，他轻轻地叹了口气。

话外音：宣德三年，宣宗以无子为由，废皇后胡氏之位，改立贵妃孙氏为后。宣德十年，宣宗驾崩，太子朱祁镇登基，世称英宗，并尊原皇太后张氏为太皇太后，垂帘听政。英宗生母皇后孙氏，亦尊为皇太后。

字幕：十二年后

32. 太和殿　日　内

朝堂之上，太后和皇帝正爆发着激烈的争吵，御座之下的大臣们低眉顺目，不敢抬头。

中年孙太后（以前的孙贵妃）在帘后，强压怒气：三杨虽死，但是当日先皇遗旨辅政的大臣中，不是还有英国公和礼部尚书胡濙两人吗？以哀家之意，还是应从他们两人中间择一担当内阁首辅为佳。

年轻的英宗（本场不露正面）：妇人之见！天下哪有武将做首辅的道理？母后，朕以为您还是在后宫颐养天年的好，何苦硬要插手政事？

一中年大臣上前：启奏皇上，太后娘娘乃天下之母，只因皇上年纪尚小，这才不辞凤体辛劳，代为辅政……

英宗不耐烦地站起来，一拍御案：年纪尚小？朕大婚都已经两年了，母后还不肯把玉玺交给朕！汪国公，你们迟迟不愿让朕亲政,还想再折腾出一个首辅大臣,难道是想把朕继续架空,好效仿当年唐朝武氏党羽吗?!

说到最后时,他故意看向帘后孙太后的方向,孙太后大怒,站了起来,掀开帘子走了出来:皇帝!你这是指责哀家吗?

英宗一惊,倒退两步,随即道:是,那又怎么样?

孙太后不怒反笑:好,那哀家现在就脱衣披发,去祖庙给太皇太后请罪去,说哀家无德无能,不能遵从她老人家的遗旨看顾天下,索性也削发为尼,到庙里当姑子去!

英宗先是一惊,然后脱口而出:此话当……

话音未落,旁边的一位中年太监悄悄牵住了他的袖子,示意他住口。

诸臣大惊,忙跪地道:太后娘娘息怒!太后娘娘不可!

孙太后伤心:哀家自十岁入宫,一心为了大明,可是怎么就养出这么一个不孝子出来……

中年太监:娘娘息怒,皇上不过是一时失言罢了。再说,您如今的尊荣,全因养育了皇上这位仁德之君,既然天下皆知您慈爱如斯,又何必轻言皇上不孝呢?

孙太后一怔,随即怒道:王振,朝堂之上,有你这个太监说话的地方吗?

英宗忙道:朕特命王振可以上朝!

王振却掀起帘子:奴臣知罪,不过奴才既居司礼监之职,自是有责提请宫内诸位贵人注意仪容。当年哪怕是太皇太后,也未曾出帘一步过啊。

孙太后这才注意到群臣正正看着自己,一滞之下,忙快步走进帘内坐下,生气地抓紧了手中的帕子。

帘外,王振的声音传来:当日先皇大行,老奴侍奉在侧,记得先皇遗言是:天下诸事,关白太皇太后而行,却并无请太后视政之事,赵大人,不知老奴说得可对?

一大臣迟疑地:王公公此言不差,只是太皇太后也遗命太后娘娘代为看顾朝政……

　　王振截断他的话：这是自然。所以皇上才会尊太后娘娘于御帘之后嘛。不过太皇太后当年可是亲自择选了曹鼐曹大人入文渊阁参与机务，如此现成大好的首辅人选，又何必另择他人呢……

33. 慈宁宫　日　内

　　孙太后生气地把茶碗砸在地上。旁边一位美貌少女吓了一跳，上前道：姨妈，您没事吧？

　　孙太后气愤地：最后居然还是让曹鼐那个应声虫做了首辅！

　　汪国公：娘娘息怒，皇上羽翼渐丰，自然是不愿意有阁臣凌驾自己之上。好在曹鼐也是三杨调教出来的，不至于跟着皇上一味激进……

　　孙太后：皇上现在只听得进王振的话，一心想要掌了兵权夺回安南，折腾他的文治武功，根本不知道哀家替他看着这个江山，有多不容易！

　　她眼中含泪：想学太祖爷开疆辟土，成啊，也得自己有那本事才行。可是你看看他，自登基以来，折腾了多少荒唐事？先帝爷原本定好要迁都回南京，可他呢，趁着太皇太后不注意，偷偷地就颁了圣旨，要永世定都北京！现在又一味纵着王振专权……养了他十多年，居然说哀家想当武则天！……要不是先皇临走的时候，千叮咛万嘱咐，要哀家帮他看好他这片江山，哀家又何苦背着这样的骂名……

　　少女奉上手绢：姨妈，您保重身子。

　　孙太后抹去眼泪：他要是有美鳞一半孝顺，哀家也就可以瞑目了。唉，只怨哀家当时没能争得过太皇太后，要不然，皇上娶了你做皇后，身边也能有个劝着的人……

　　汪国公眼睛一闪：皇后娘娘至今无子，娘娘，您看……

　　少女：爹！我不想当皇上的妃子！

　　汪国公大惊：放肆！这种话也是你一个姑娘家能说的吗？

　　汪美鳞站了起来，涨红着脸：我要不说，只怕什么时候就被你弄进官里来了！姨妈，不是美鳞不知羞，可美鳞实在是，实在是不想给别人做妾……

孙太后：贵妃哪算是妾呢，当年姨妈我不也是这样的吗？

汪美鳞：可那会儿先帝爷心里头只有姨妈您一个！皇上，皇上他可从来没把我放在眼里！

汪国公急了，打了她一耳光：闭嘴！越发不成样子了，婚姻之事，哪有你一个女儿家……

汪美鳞又急又怒：反正，我就算死了，也不要给人当妃子！我，我只嫁我喜欢的人！

她捂着脸一头冲了出去，孙太后忙道：兰草，快跟着你家郡主！

一侍女忙忙地去了。

汪国公跪下道：娘娘息怒，臣教女无方……

孙太后她摇了摇头：起来吧，美鳞说得对，皇上从来不拿好脸色对她，就算做了贵妃，只怕也……唉，只可惜，算命的说她是凤凰之命……玉香，你有什么话说？

她看了看旁边一位欲言又止的宫女。

宫女玉香：娘娘，依奴婢听来，安和郡主说她只嫁自个儿喜欢的人，只怕是心里已经有人了……

孙太后一下站了起来。

汪国公：休得胡言……

孙太后：让她说！

玉香跪下：请娘娘恕罪，其实郡主跟前的兰香已经求过奴婢好多次了，她一心为主，想着要是奴婢能悄悄在娘娘面前吹吹风，郡主的姻缘说不定也能……

孙太后：别绕圈子，美鳞她到底瞧上谁了？

玉香看了一眼汪国公：奴婢也是听别人说的……前年吴太妃娘娘五十正寿，皇上特许郧王殿下进京……

孙太后愕然看向汪国公：郧王？

汪国公再度请罪：娘娘恕罪，微臣也是刚刚才知道……去年这丫头随微臣回乡祭祖，在郴州附近不小心遇了匪兵，多得殿下及时救援，臣，臣原以为她只是感激殿下的救命之恩，没想到……臣实在教女无方，不过娘娘放心，回府之后，微臣一定会好好教训她……

孙太后脸上闪过奇异的表情，做了一个停的手势，喃喃道：郴王……吴贤妃那个闷葫芦，居然在哀家眼皮子底下，打这种主意……不过，美鳞配他，倒是真不错……

汪国公突然想到什么，突然上前一步：娘娘，微臣突然想到一件事，不知当说不当说。

孙太后看着他：有什么就直说吧。

汪国公一咬牙，上前附耳道：皇上既然处处顶撞您，何不……

孙太后的脸色大变：胡说什么！

汪国公：臣罪该万死！可臣也是为了社稷着想，才出此大逆不道之言！皇上如此荒唐，委实难承大业，娘娘，您别忘了当初曾经答应过先皇，要替他看好这大明江山……

孙太后紧紧地抓住了椅子：住口！

汪国公：娘娘，别忘了您今天说自己要削发为尼的时候，皇上那副高兴的样子！

孙太后：别说了！

她颓然道：让哀家想想，再想想……

一组碎镜

深夜，孙太后跪在先皇灵前：先帝爷，臣妾的心实在是乱得跟麻似的，皇帝毕竟在我跟前养了十多年……

她喃喃地说着什么。

（跳接）

玉香向孙太后禀报：西内那边的宫墙塌了……

孙太后：那就走蜂腰桥回宫好了。

玉香扶着孙太后走在桥上，突然，前面引路的宫女一声惊叫，只见她面前的木桥突然掉了一个大洞，宫女直直地掉入了水中。

孙太后吓得倒退了一步。

一个浑身是血的太监被拖走，孙太后脸色苍白地拿起一份供词：哀家不过是驳了份起兵安南的折子，他居然就能让人在哀家必经之路上设这种陷阱……失足落水，事出意外……他好细的心思，好毒的心肠！

汪国公：今日便已如此，若待他日羽翼丰满……

孙太后闭上眼睛，泪水滚滚而下，半晌才道：那道密旨，你发了吧……先帝爷，臣妾不是为了自个儿，只是如此不孝不仁之人，怎配身为大明之君！

汪国公的面上掠过一丝喜色。

34. 京城小巷　日　外

一群黑衣人正在追杀着一名英俊的青年。

英俊青年一边挥剑还击，一边竭力奔逃。

为首的黑衣人和英俊青年打得难解难分，英俊青年一剑挑破他的面罩，黑衣人露出了真面目。

英俊青年惊呼：曹吉祥！

曹吉祥脸上受伤，却阴阴一笑：没想到殿下还记得奴才。

英俊青年：你既然知道我是谁，还敢如此大逆不道？

曹吉祥：就藩的亲王历来不奉旨不得入京，你如果真是郧王，那现在郧州府里的人又是谁？你如果不是郧王，那我曹吉祥诛杀冒名之徒，也自是理所当然！

伴随着最后四字的，是他的一阵猛攻。

郧王奋力与之搏斗，但终于还是寡不敌众，被包围了起来。

曹吉祥：殿下，您还是束手就擒吧。

受了重伤的郧王将剑拄在地上，呼呼喘气，血不断地滴下。

曹吉祥刚想说些什么，突然，一阵震耳欲聋的爆竹响起，接着，从一个挂着"徐府"的牌匾下，走出来几个下人，点着炮仗，撒着红包：徐老夫人大寿！发红包了！

围观的人一拥而上，就趁着这混乱的一瞬间，郿王突然飞身跃起，一下子冲入了抢红包的队伍中！

黑衣人连忙追上。

（跳接）

黑衣人等从狼狈的人群里钻出，互相对视一眼。
曹吉祥：人呢？
众人无言。曹吉祥恶狠狠地：给我找，找到后就地处死，格杀勿论！

35. 徐侍郎府内道上　日　外

徐侍郎府中，四处挂着"徐"字灯笼。侍女们忙碌地穿行在道上，导引着年轻的贵族小姐们。四处花红柳绿，一派热闹气象。

庭院当中，放着一把太师椅，一位寿星打扮的白发老妇坐在其上，身边站着一位打扮华贵的中年夫人。

一位身着黄衣的少女上前行礼道：太常寺卿杜常之女淑月，特来为徐太夫人贺寿，愿太夫人寿比南山，福如东海！

一旁的侍女拿着黄衣少女丫环呈上礼单，唱道：金丝楠木寿星一座，千秋如意画屏一张！

老妇满脸堆笑：快起来，哪用得着这么重的礼？

中年夫人拉过少女：老太太，这就是杜家二姑娘，最是知书达礼的……

其间又有夫人或少女上前拜祝，徐太夫人和中年夫人一一含笑接待。

人们议论道：呵，这金丝楠木可是贵重得很……

一位亭亭玉立的绿衣少女带着丫环正站在人群后，听了议论，神情略带忐忑，这时，她的丫环提示道：姑娘，该咱们了。

她一横心，只得上前行礼道：徐老夫人，宣武将军杭纲之女允贤，特来贺寿，愿老夫人您萱草长春，松鹤延年！

徐太夫人刚刚转过头来，见着清秀的允贤，脸上颇喜：这个词倒新鲜……

但随即，她有些疑惑地问中年夫人：宣武将军，杭纲？

中年夫人正是徐太夫人之媳徐夫人，她想了一想，忙上前小声对婆母道：以前在北疆，前些日子才调回京的，就是上回到府上找过老爷，想转去带兵的那个……从四品……

徐老夫人恍然，看允贤的目光就有点平淡：起来吧，倒是个整齐孩子。

允贤听到了二人的对话，有些尴尬地起了身。

这时，侍女展开礼单唱道：人参四对，燕窝十二两，鹿茸六十片……

旁边的人立即面露不屑之色，窃窃私语道：这种东西都拿得出手？也不换成血燕，真是小家子气……

徐夫人听了礼单，也略觉不悦，但看到允贤不安的样子，忙堆出笑来：呀，你是稀客，能来就已经很不错了，快到那边歇着去吧。

允贤忙应声"是"，站到了一边。徐夫人不再理她，已经开始热情地接待下一位：哎呀王姐姐，这是你家大姑娘吧？

角落里的允贤看到自己的礼单被那侍女随手一放，塞在了一堆礼盒后边，不禁有点气馁。

丫环担忧地指指：这样行吗？……

允贤对她鼓励地一笑：别担心，多少也是个心意，徐侍郎不会怪罪我爹的。

两人走到拐角处，丫环还在担心地看着礼盒，允贤一拉她：走吧。

不料她一转身，却正好和一队女子撞在了一起，允贤眼前一花，就已经被一位侍女推倒在地，重重地跌了一跤。

丫环一声惊呼：姑娘！

——第一集完——

## 《无证之罪》第一集

1. 夜 小路绿化带 外

人物：孙红运 骆闻

冬夜。哈尔滨。僻静的小路街头。

身材干枯瘦小的孙红运的车停在路边，人走下来，呆立半晌，打了个大大的喷嚏。

孙红运：操……

孙红运揉着鼻子，骂骂咧咧地来到路边绿化带，解开裤子开闸放水。

正舒爽间，一只手搭上了孙红运的肩膀。

孙红运被人打断，恼怒地回过头去。

一声短促的惊呼后，一切归于平静。

2. 清晨 小路绿化带 外

人物：过路司机

早上六点，天地间依然一片黑咕隆咚。

绿化带上，堆了个一米多高的雪人，面朝马路。

一辆车从雪人面前驶过。

片刻，车子又倒回来，在雪人前停下。

几秒钟后，一个男人号叫着，从车门里爬出来，手脚并用地狼狈奔逃。

停在路边的汽车双闪的车灯，一下下照亮着绿化带，忽明忽暗。

那是个有些畸形的雪人，支棱着的歪脑袋，诡异的面孔，嘴里还叼着半截香烟。

雪人的身下，跪着孙红运的尸体，头向下耷拉着，已经僵硬。

雪人的手——一粗一细的两根树杈向前伸出，两手"抓着"一条跳绳的手柄，而跳绳就勒在孙红运的脖子上。

3. 日　小路绿化带　外
人物：林奇　小李　老宋　众警员

　　天色大亮时，整个绿化带四周已经被警戒线拦起来。
　　更远的地方，围观的人群被警方隔离开来。
　　孙红运的尸体依然跪在雪人面前，有警员在前后拍照。
　　林奇站在雪人面前，凝目望去，绿化带原本平整的雪地上，留下无数杂乱的脚印痕迹。
　　刑警小李和老宋跑过来。
　　小李：林队！
　　林奇点点头：什么时候发现的？
　　老宋：两个小时前，一个过路司机报的警。
　　林奇点了点头，沉吟观察着。
　　小李：杀了人还堆个雪人，套路挺深啊……
　　林奇伸出手去，轻轻掐住雪人嘴里的香烟，拿下来查看。
　　香烟的过滤嘴被撕掉，短短的一截。
　　林奇将香烟重新插回雪人的嘴里，盯着雪人。
　　林奇：把人先弄下来，注意保护现场。
　　小李：好——
　　小李离去，招呼警员们来帮忙。
　　老宋看了眼雪人诡异的面孔，打了个冷战，将林奇拉到一旁，附耳低语。
　　老宋：队长，这……应该就是……"那个"吧？
　　林奇不置可否。
　　一旁传来小李的呼喊声。
　　小李：林队！老宋——
　　二人闻声过去，孙红运的尸体已经被解下来，露出了雪人原本被尸体遮挡着的身子。

在雪人的胸前，冰封着一张纸，上面写着四个大字：请来抓我。

老宋：我操……

不远处传来一声急刹车。

赵铁民快步走过来。

老宋：赵局长！

赵铁民看到雪人和尸体，站住脚步，低声骂了句娘。

林奇：赵局，是他吗

赵铁民：……是，雪人——又来了。

一组幻灯片

伴随着赵铁民冷峻的男低音，大屏幕上不断变换着图片。

赵铁民：（O.S.）被害人李鑫，28岁，无业，参与售卖违禁药品，2014年2月15号夜间，在完成一起违法交易后遇害。

幻灯片上，一个男人的尸体被吊在树上，树下，一只雪人高举"双手"，如同欢庆一般。

赵铁民：（O.S.）除了一只雪人，现场没有任何有关凶手的痕迹，但在被害人携带的遗物上，找到一枚指纹，推断为凶手留下的指纹。

现场各个角度的照片不断切换。

赵铁民：（O.S.）道外区分局第一时间成立专案组，案情始终没有进展，三个月后，专案组解散。

幻灯片切换。

另一个人倚靠在雪人的身上，脖颈一道刀痕，大量的鲜血将雪人半个身子染成红色，而雪人的背上则贴着一张纸条：请来抓我。

赵铁民：（O.S.）一年后，第二名被害人出现。张强，37岁，无业，有强迫卖淫罪嫌疑，当时正在被警方盯梢，2015年1月31日，他在盯梢警员换班时失踪，十二小时后，尸体被发现。

死者苍白的面孔，正对着雪人的"笑脸"，雪人的嘴里叼着一支烟。

赵铁民：（O.S.）从凶器上，我们提取出了和之前215杀人案相一致的指纹，专案组再次成立。这一次，警方扩大了指纹搜索范围，仍然一无所获。

幻灯片切换。

死者瘫坐在公园的长椅上，整个脑袋全都拧到了脖子后面。

在他身后，一只雪人面对面地"看着"他。

赵铁民：（O.S.）2015年12月8号，第三名死者出现，死者名叫刘春平，33岁，小学体育教师，被人折断颈椎。在其死后的调查中查出，死者有猥亵幼女的行为——从现场被凶手遗留的物品上，再次提取到相一致的指纹，不过——第三次专案组依然没有更多的发现，已经在半年前解散。

幻灯片的最后，停留在孙红运案的死亡现场。

4. 日　警局会议厅　内
**人物：**林奇　赵铁民　众警员

大大的会议室内，赵铁民坐在台前首席，下面数十张桌子座无虚席。

赵铁民：林奇，新的被害人背景，你来说吧。

林奇起身。

林奇：被害人，也就是系列杀人案的第四个受害者，名叫孙红运，44岁，刑释人员，目前是一家货运站的老板，他的货运站就在案发地不远处。从现场分析，孙红运是在夜里十点三十分左右离开货运站，之后遭到凶手伏击。

根据林奇的讲述，大屏幕变换着幻灯片的内容。

孙红运的证件照，死亡现场照片等等。

林奇：孙红运死于机械性窒息，凶器是一根跳绳，从死者脖颈的勒痕来看，凶手是左撇子。另外在跳绳的手柄部分，已经提取到一枚指纹，虽然最终鉴定结果还需要时间，但基本可以肯定，和之前三起案件的指纹相一致。

跳绳的特写。

孙红运脖子上的勒痕。

被提取出来的指纹。

赵铁民：有思路吗？

林奇：从之前三起案件的结果来看，几名被害人的交集主要集中在"有案底"这个特性上，不排除凶手法外制裁的可能性，而凶手的指纹并不在警方的指纹库内。一味抓住这个线索不放，可能意义不大，我建议是先从孙红运本人的社会关系开始着手，逐步排查，寻找新的突破口。

赵铁民：好，思路很清晰，案发后的48小时是破案的黄金时间，大家抓紧时间分头找线索，有任何进展随时汇报！散会，行动！

赵铁民一声令下，警员们纷纷起身离去。

林奇来到赵铁民面前，后者终于发出了一声叹息。

林奇：赵局，没底？

赵铁民摇了摇头。

赵铁民：林奇，如果有困难，把案子报到市局吧。

林奇：……为什么？

赵铁民：过完年我就退了，无所谓了——你这个队长刚上任，没必要背一个破不了的命案在身上。

林奇皱眉，勉强笑笑。

林奇：现在就说破不了，还早了点儿吧？

赵铁民沉吟着，不置一词。

林奇：这案子，我追到底！

5.日　货运站经理室　内
人物：林奇　华姐　几名牌友　几个警员

烟雾缭绕的货运站办公室，说是办公室，除了简单的桌椅之外，房间最中央的却是一张麻将桌。

　　华姐一手夹着烟，一手捏着牌，思考良久，打出。

　　华姐：东风——到谁了？快打呀！

　　几个麻友犹豫地看看周围。

　　林奇和几个警察站在一旁。

　　麻友：华姐，要不——今天算了……

　　华姐：出牌！

　　众麻友无奈，只好勉强坐下，硬着头皮打牌。

　　林奇：李华，关于你丈夫孙红运的死，你有什么可以向警方提供的线索吗？

　　华姐头也不抬：没有——三条！

　　林奇：他最近有没有和什么人发生过冲突，或者有什么仇人？

　　华姐：谁知道他！早都该死！

　　手下一名警员"喂——"了一声，被林奇拉住，使了个眼色。

　　林奇：根据他手机里的信息记录，昨天晚上他从这里离开后，要去见一个叫朱慧如的女人……

　　华姐夹着烟的手微微颤抖着。

　　林奇：他和朱慧如是什么关系，你知道吗？

　　华姐长久地沉默着，最后，一伸手掀翻了牌桌。

### 6. 日　朱慧如公寓　内
**人物：朱慧如　小李　老宋**

　　面积不大的公寓，一眼看上去清素淡雅。

　　朱慧如静静坐在餐桌前，眉宇间冷淡中带着一抹愁色。

　　小李坐在朱慧如对面做笔录，老宋则在房中走来走去。

　　小李：你叫朱慧如？

　　朱慧如：是。

　　小李：和孙红运是什么关系？

朱慧如低下头，沉默。

小李：你们认识多久了？

朱慧如：四年……

小李翻阅着材料。

小李：四年前——你在区医院做护士？

朱慧如：对，当时……他是住院患者。

小李：你知道他结婚了吗？

朱慧如再次沉默。

小李：昨天晚上，你约了他在这儿见面，对吗？

朱慧如点头。

小李：找他干啥？

朱慧如：我想……和他谈谈。

小李：谈什么？

朱慧如：分手。

小李：为什么要分手？

客厅里响起一阵响动，老宋碰倒了一只花瓶，向朱慧如摆了摆手。

朱慧如：没事……其实，我早就想结束，但是他一直不同意……

朱慧如拿起桌上一摞房本、车本和存折。

朱慧如：四年前，我哥哥需要动一个大手术，我急需一笔钱……当时，只有他愿意帮我，但是后来，他就不让我出去工作，也不许我离开……每次我提出分开，他就会动手——昨天晚上，我把他给我的所有东西都准备好了，我想这就是最后一次谈判了，无论如何我都要离开他。

朱慧如理了理头发，抬头。

朱慧如：……结果我等了一夜，来的是警察。

小李审视地看着朱慧如。

小李：你一个人住？昨天晚上，你能证明你一直在家吗？

朱慧如：能。
朱慧如指了指门口。
小李：怎么了？
朱慧如：那是孙红运安在我这儿的监控，我只要出门，或者见朋友，他都要过问。
小李踩着椅子上去，门口的灯罩后果然藏着一只摄像头。
小李：王八蛋……
小李一把扯下摄像头，扔在一边。
此时，一旁的老宋拿来一副相框。
相框内，是朱慧如和朱福来的合影，朱福来坐在轮椅上。
老宋：这个男的是谁？
朱慧如：我哥哥，朱福来。
老宋：他有残疾？
朱慧如：……截肢。
老宋无语，翻了翻，找出另一张相片。
照片上，朱慧如抱着一只可爱的宠物狗。
老宋：你养宠物？
朱慧如：只有三天。
老宋：为什么？
朱慧如：他讨厌动物，踢死了。
朱慧如的语调虽然平静，却让两个警察都无言以对。

7. 日　林奇办公室　内
人物：林奇　小李　老宋　赵铁民
雪人、孙红运的尸体等照片，都贴在办公室的黑板上。
黑板另一边，是孙红运、华姐、朱慧如的照片。
林奇望着照片出神。

闪回，货运站。

麻将桌翻倒在地，一片狼藉。

华姐慢慢平静下来，又点起一支烟。

华姐：警察，我男人——给那小骚货花了不少钱，你能给我要回来吗？

林奇：抱歉，这不属于刑警的工作范畴。

华姐冷冷一笑。

华姐：你们不管，对吧？

林奇：有什么情况可以随时联系，再见。

林奇没回答，带着手下人离去。

小李和老宋拎着几只饭盒，敲门入内，打断了林奇。

小李：林队，开饭！

林奇回过神，点了点头。

小李和老宋在沙发旁坐下，将餐盒一只只打开。

老宋端上一只砂锅。

老宋：大冷天的，就得吃点热乎的——

突然，老宋看到了桌边的一只小玩意，兴奋地拿起来。

老宋：呦呵，好多年没见过这玩意了。

林奇刚刚端起饭碗，连忙放下。

林奇：你认识？

老宋：那有啥不认识的，嘎拉哈啊！

林奇：什……什么哈？

老宋：哦对，忘了你不是东北人了——嘎拉哈！满族话，就是猪马牛羊胳膊肘儿上的关节，东北小孩子拿来当玩具，看着啊。

老宋将嘎拉哈放在手背上，弹起，接住。

老宋：一般都是四个一起扔，比的就是眼疾手快——哪儿来的？

林奇：雪人的——眼珠子。

老宋：我操！

老宋摸了电门一样扔掉嘎拉哈，把手在小李身上反复蹭着。

林奇：一开始我觉得有点不对劲，就取下来了，后来我查了卷宗，过去每一个雪人，都有一个眼珠是这东西。

小李：……这变态——先吃饭！

小李给林奇夹菜，林奇端起饭碗。

林奇：先说案子吧，查得怎么样了？

小李：查过案发地点的监控，没啥线索，现在这监控就知道拍路面，人行道绿化带都是死角，啥也没照上。

林奇：还有吗？

小李：和他关系最密切的——不管是他老婆还是情人，都有不在场证明——要说这人得多招人烦，他死了愣是没一个说他好话的！

林奇：说正事。

小李：孙红运的社会关系也查过，一团乱麻！他是干货运的，手底下十几台大货车，欠他钱的他欠钱的多了去了，全是三角债——尤其他还有涉黑性质，欺行霸市的事儿没少干，得罪的人就更多了，一个一个筛，那可是大工程。

林奇：那也要一个一个筛，缺人跟我说。

小李：是……

林奇：老宋，现场呢？

老宋：现场就更麻烦了……有些线索对不上。

林奇：什么地方？

老宋：我们到现在还搞不清，他是怎么死的。

林奇：啊？

老宋：这么说吧，林队，筷子借我一下。

老宋拿过林奇的筷子，把林奇的餐盘摆到桌子中间比画了一下。

老宋：你看啊，这一部分，就是案发的绿化带。

闪回。
小路上，孙红运走向绿化带。

老宋夹起一块排骨，假装在"绿化带"上走着。
老宋：死者呢，一开始是走下车，在这里撒尿——

闪回。
孙红运解开裤子小便。

老宋从林奇碗里舀了一勺汤，倒下。
老宋：尿。
林奇无奈地看了老宋一眼。
老宋：凶手就是在这里下手的，用那个跳绳，从后面勒住了死者的脖子。

闪回。
骆闻突然出现，勒住了孙红运。

老宋夹着排骨一路向餐盘另一端走。
老宋：然后，凶手就拖着他，走走走走走走走——到这儿，把人勒死了。

闪回。
孙红运用力地挣扎着，被骆闻一路拖拽。
终于，孙红运不动了。

林奇：有什么问题吗？
老宋：也就是说，凶手拖着死者，在绿化带上走了将近三十米，从现场看，死者挣扎的脚印清晰可见——但是——没有凶手的脚印。

林奇：你是说，凶手把死者在那么厚的雪地上拖行了三十米，但是只留下死者一个人的脚印——这可能吗？

老宋：所以我说，麻烦了。林队，别光听我白话，你吃你的饭。

林奇看着盘子里的排骨，一口不动。

小李：雪人……能有脚印吗？

老宋：别起哄啊。

小李：（神秘）你说的呀——死者留脚印凶手没留下，那我能想到的就一点——凶手没有脚，你看，那雪人不就没脚吗？

赵铁民：胡说八道！

三人这才发现，赵铁民不知何时已经站在桌旁，连忙起身。

三人：局长！

赵铁民：我们是刑警，再匪夷所思的现场，也一定有它合理的解释，这个系列案为什么一直封锁消息，就是怕老百姓瞎传话！要是连咱们警队都这么说，社会上还不传飞了？

小李吐吐舌头：知道了……

赵铁民：顺着孙红运的社会关系，接着往下挖，抓紧时间！

二人：是！

小李和老宋起身，离去。

赵铁民看看林奇：小林，有头绪吗？

林奇沉默。

赵铁民：其实……这个案子从一开始就很怪……就拿这个来说吧，嘎拉哈现在已经不常见了，凶手是故意用它来做雪人的眼睛——还有每次命案现场都会留下的香烟，到底是什么意思，这些问题，我想了三年，都还没有结论。

林奇：给我点时间，我一定找到结果。

赵铁民：已经是第四条人命了，我们最紧张的就是时间！这和我对你的信任没有关系，我想给你找个帮手，也许，他对案子会有帮助。

林奇：（惊愕）……谁？

8. 日　律师事务所　内
人物：郭羽　邵海　金主任

　　"金辉律师事务所"的招牌，隐藏在临街的那一堆便民超市、平价药店、图文打印等小店之间，门脸虽然不大，但总算窗明几净，门口的大字牌上，上至刑事辩护，下到婚姻家庭，全在它的业务范畴之内。

　　长长的走廊内，回荡着邵海的声音。

　　邵海：郭羽——郭羽——

　　片刻，郭羽跌跌撞撞地跑进主任办公室。

　　郭羽：主任。

　　办公室内，金主任笔挺地坐在他的老板椅上，翻阅着一份厚厚的文件，抽出其中一张。

　　金主任：这份儿备忘，你写的？

　　郭羽：是，主任，里面涉及到一个关键的证据，我找了一个礼拜——

　　话音未落，金主任已经点起打火机，将那页纸烧掉。

　　郭羽愣住。

　　金主任：写备忘就写备忘，别整多余的，你那么厉害，你上庭啊？

　　郭羽：但是……这个案件的真相——

　　金主任：真相？有屁用？我们要的是帮我们的当事人打赢官司。真相——你是警察啊还是法官，真相要你找吗？

　　郭羽：我……

　　金主任不再搭理郭羽，埋头看文件。

　　前台敲了敲门。

　　前台：主任，有客户——

　　金主任头也没抬，摆了摆手：邵海——

邵海脸上堆起笑容：好嘞领导！

邵海向外走去，回头看了眼郭羽。

郭羽依然呆呆地注视着自己那页备忘，已经在烟灰缸里烧成灰烬。

邵海：走啊，呆着干啥呢！

邵海不由分说，拉走郭羽。

走出办公室，邵海在郭羽后脑上削了一记。

邵海：（低声）你傻啊你——领导都安排完了，那案子就是走个形式，你还扯什么新证据——回头对方上诉了你负责啊？！

郭羽沉默不语。

前台：海哥，有客人——

邵海不耐烦地推推郭羽：你去！

9. 日　事务所接待室　内

人物：郭羽 华姐 金主任

接待室内，华姐夹着烟，气势凌人地看着郭羽。

郭羽咳了两声，开口。

郭羽：情况我听明白了——您丈夫在世的时候，给那位女士——

华姐：骚货！

郭羽：……是，称呼不重要。总之，您丈夫给她花了不少钱，您现在呢，想把这笔钱拿回来，对吧？

华姐：对。

郭羽：那……您能拿出什么证据，证明这些钱是您丈夫赠与对方的呢？比如字据啊，录音啊，证人什么的——

华姐：哎哎哎，小伙儿。

郭羽：啊？

华姐：有这些玩意我他妈找你干啥？

郭羽：嗯……是这样大姐，根据婚姻法呢，原则上是保护夫妻二人的共有财产，但是在实际操作层面——

华姐：说人话！

郭羽：简单说，大姐，这案子不好打。我劝你——

华姐不等郭羽说完，将烟头扔在地上踩灭。

华姐：早放屁不得了？

华姐起身刚要走，金主任正好走进来。

金主任：呦！华姐！

华姐看了眼金主任，又叼上一支烟，金主任连忙为她点上。

金主任：华姐，你怎么来了？

华姐：我来问个事儿，这小伙儿说了，你们管不了。

金主任：郭羽，你胡说啥呢？

郭羽：主任，我——

金主任：出去！

金主任一脚将郭羽踢出门去。

金主任：华姐，坐下慢慢说。

接待室的大门在郭羽面前重重关上。

10. 夜　派出所　内

人物：严良　东子　金表　民警

欢快的音乐声从厕所的单间里奏响。

手机屏幕上，一个小人飞快地向前奔跑着，吃着金币。

严良蹲坑的背影，整个身体随着小人晃来晃去。

派出所的值班室内。一只戴着金表的手烦躁地敲在桌上。

金表的主人额头一角破了个小口子，有血迹渗出来，整个人神色阴沉。

在他旁边，年轻的东子坐在椅子上低着头，一动不动。

值班民警看看二人，愁眉不展。

民警无奈地朝着东子。

民警：瞅我干啥，你把人打了——赔礼道歉啊。

东子吸了口气，低下头，语焉不详地嘟哝着。

东子：对不起，我一时冲动——我认赔。

民警：行吗？

金表摇头。

民警：那你说——咋整？

金表摸摸头上的伤口，给民警看手上的血迹。

金表：没啥别的，你让我给他也开个口子，这事儿就算完了。

民警：胡闹！

金表：（笑）那我就没招了，我们自己解决吧。

派出所门外，停着两辆面包车，十几个流氓或蹲或站，将大门口围个水泄不通。

厕所里，严良玩手机的背影，游戏被打进来的电话铃声打断。

严良：靠……

严良接起电话，不耐烦的语气。

严良：喂？

女人冷漠的声音从电话里传来：严良。

严良：又干啥？

女人：家里怎么样？

严良：哦，跟你有关系吗？

女人：我的花呢？

严良：死了。

女人：金鱼——

严良：早死了。

女人沉默。

严良：还有事吗？

女人：没事了。

严良：没事你就早点回来把该办的手续办了，我最烦人磨叽——

严良话没说完，女人已经把电话挂断。

严良的背影愣了一会儿，重重扯了一把手纸。

金表拿出香烟，点火。

民警：哎哎哎，办公场所禁止吸烟。

金表从兜里掏出钱包，甩出两百块。

金表：罚款。

说着，金表又掏出几张票子。

金表：我烟瘾大，今天包宿了。

民警正无奈间，厕所冲水的声音传来，片刻后，严良提着裤子走进值班室。

严良：门口挺热闹啊，过年呢？

严良抬起头，看着金表和东子。

严良：……咋回事？

民警：他俩，在一家店里喝酒，上个厕所这小子尿人鞋上了，还把人给打了。

严良：哦，哦……

严良打量着两人，金表嚣张如故，东子更深地埋下头去。

严良：打坏了？赔呗。

民警：不行，非得给他脑袋也开个口不可，没看外面人都找来了，你看咋办吧。

严良：咋办——

严良突然变色，走到东子面前，一拳将他从椅子上打下来。

严良抄起折叠椅，狠狠砸了几下，又抓起东子的头发，让他站起来。

回过头，严良气喘吁吁地看着金表。

严良：行了吗？

金表的脸上红一阵白一阵，显然受了惊吓。

金表：这……我……

民警头疼地看着严良：严头儿，这笔录咋写啊？

金表闻言大惊。

金表：你是阎王？！不不，严头儿！

严良：啊，认识啊？

金表：谁、谁不认识您啊……

东子低头站在一旁，鼻子里流出血迹，滴在桌子上。

严良随手扯出几张纸巾。

严良：擦了。

东子接过纸巾，擦了擦鼻子。

严良又是一拳上去。

严良：我他妈让你把桌子擦了！（看金表）——现在你平衡了吗？

金表：严头儿，本来也是小矛盾，已经没事了。

严良：真没事了？

金表：真的真的，没关系！

金表勉强地挤着笑容。

严良：那和好吧。

金表：好好好！来——

金表强拉过东子的手，握紧。

金表：兄弟，没事了啊，没事了。

严良起身，拍拍金表的肩膀。

严良：行了，都解决了，我送你们出去。

金表乖乖跟在严良身后，离去。

11. 夜　派出所门前　外
人物：严良　东子　金表　赵铁民

　　严良和金表一前一后走出派出所。
　　严良：你说这都什么年代了，还大金链子小寸头呢，生怕别人不知道你是炮子？
　　金表：不是……
　　严良：我跟你讲你这一身早过时了，属于非物质文化遗产了，换个扮相吧！
　　金表：是，是。
　　派出所门外，一众流氓严阵以待。
　　严良：呵，派头不小啊。
　　金表：别这么说——都他妈看啥呀，滚！滚滚！
　　严良：屁大个事，以后别这样，传出去道上也说你欺负小孩，是不是？
　　金表：是！是！
　　严良：（笑）也算认识了，留张名片，以后常联系。
　　金表：哎哎哎，好——严头儿，我先走了！
　　金表忙不迭递给严良一张名片，逃命似的离去。
　　严良的笑容收敛起来，回头看着站在阴影里的东子。
　　严良：过来！
　　东子不情愿地走上前去。
　　严良伸手抹掉东子脸上的血迹。
　　严良：疼不疼？
　　东子一把打开严良的手。
　　严良：长点记性！整天就知道跟混混打架闹事！今天要不是碰上我值班，你都出不去门知不知道？！
　　东子嘴里嘟哝了一声。
　　东子：装什么呀……

严良：你说啥？

东子：我说你别装了！你又不是我爹！

严良：你当我愿意管你啊？！

两人长久地沉默。

严良：……再过几天，你妈回来带你走，这几天你给我消停眯着，听见没有？

东子倔强地转过头，离去。

严良：早点回家！别满大街晃悠！明天还得上学呢！再逃学看我收拾你！

东子头也不回，越走越远。

严良一声叹息，刚要回值班室，突然被叫住。

赵铁民：哎——

严良转过头，瞥见站在暗处的赵铁民，装作没看见，还要往回走。

赵铁民：严良！

严良无奈地站住。

12. 夜　赵铁民车上　外
人物：严良　赵铁民

严良坐在赵铁民的车上，低头玩手机。

赵铁民：这几年过得怎么样？

严良：还行。

赵铁民：工作呢？还习惯吗？

严良冷笑一声：还行。

赵铁民：听说，你又要离了？

严良沉默。

赵铁民：你也不小了，找个靠谱的行不行——

严良：我作风有问题，行不行？

赵铁民：……我手里，现在有个命案，你来参与一下。

严良：不去。

赵铁民惊愕，显然意料之外。

赵铁民：……不来？

严良：我一个片儿警，掺和刑警队的事？我算干吗的？

赵铁民：你对我有情绪。

严良：没有，老赵——赵局长，我对你只有爱没有恨，好吗？我回去值班了。

严良拉开车门，跳下去。

赵铁民：站住！

严良：（不耐烦）还干吗？

赵铁民：……你给我破了这个案子，我让你归队。

严良站在原地，如同定格。

13. 夜　面馆　内
人物：朱慧如　朱福来　几名服务员

入夜，面馆内已经没有客人，几个服务员正在里里外外忙活着扫除打烊。

朱福来坐在柜台后面，一边敲着计算器，一边记账。

朱慧如接过一个女服务员手中的活儿。

朱慧如：我来吧，早点回家。

服务员：谢谢小如姐——

朱慧如淡淡一笑，熟练地将餐具桌椅归置整齐。

朱福来：小如啊——

朱慧如：哥，有事吗？

朱福来：最近……医院还忙吗？

朱慧如沉默。

朱福来犹豫着，措辞：那个……你那边要是不想干了，就辞职吧……现在家里生意不错，你回来帮帮忙，多好。

朱慧如：我已经辞了。

朱福来从账本中抬起头，惊喜。

朱福来：真的？！

朱慧如：嗯。

朱福来笑逐颜开，刚要说什么，朱慧如的电话响了。

朱慧如：哥，我去接个电话。

朱慧如拿起手机，走出面馆。

面馆门外，朱慧如接电话。

朱慧如：喂？

金主任：（O.S.）我这里是金辉律师事务所。请问是朱慧如吗？

朱慧如：……我是，有什么事吗？

金主任：孙红运生前在我们事务所留下委托，你是受托人，现在有一份遗产要分给你，需要你来确认一下。

朱慧如：对不起，我不想要什么遗产。

金主任：你就算要放弃，也要来签个字，遗产分割是很严肃的事情，希望你能配合一下！明天早上八点半，我在事务所等你，不见不散。

电话被挂断，朱慧如握着手机，出神。

14. 日　警队　内

人物：林奇　小李　老宋　严良

　　林奇、小李和老宋围坐一起，正在讨论案情。

　　小李将那张"请来抓我"的打印纸贴在黑板上。

　　小李：物证科的结果出来了，最普通的A4纸，最普通的打印机，全国销量上百万台，根本没处查。

　　林奇点点头。

　　老宋举起手里那条装在证物袋中的跳绳。

　　老宋：凶器也查过，这款跳绳是专业训练绳，五年前就停产了，至少近几年内在市面上根本买不到。

林奇：看来……雪人为了这个系列杀人案，已经筹划了很多年了……现场的脚印呢？有什么思路吗？

二人对视一眼，都摇摇头。

赵铁民走进警队。

三人：赵局。

赵铁民：我带了个外援，给大家介绍一下。

严良从赵铁民身后走出来，一脸故作谦卑的笑容。

严良：各位领导好！

三人还没反应过来，严良已经走上前去，不由分说地挨个握手。

严良：严良——你好你好……多多指教……

握了一圈手，严良大喇喇在沙发上坐下，看着黑板。

严良：雪人杀人案，是吧？好！有啥想不明白的地方，说说吧。

严良抬头，环视一圈，无人回应。

严良：坐，坐！别客气，说吧——老赵找我来，不就是解决问题来了吗？

小李：（低声）……林队？

赵铁民：小林，来。

林奇向小李点点头，与赵铁民走到一旁。

赵铁民：这小子给你用。

林奇：我能说不用吗？

赵铁民：别看他这样，是真有两下子，要不然，我也不想找他来。

严良的声音传过来。

严良：哎，说人坏话麻烦小声点儿——你们接着说，没有脚印是吧……

赵铁民：小林，你们俩配合，我觉得有戏。

林奇看看严良，一声叹息。

林奇：接受安排。

身后，严良重重拍了下桌子，站起身来。

严良：咱也别讲聊斋了——走，现场瞅瞅！

15. 日　小路绿化带　外

人物：严良　林奇　小李　老宋

严良看着地上凌乱的脚印，如同考古学家面对遗迹一般投入。

林奇等人远远站在一边，旁观。

小李：头儿，这货到底是干啥的？

林奇：听赵局说，他之前在派出所，是赵局一手带出来的徒弟。

老宋：我听说过这小子，外号叫阎王。

林奇：……阎王？

老宋：我跟你们讲，这可是个茬子，听说在他们那片儿，黑白两道谁也不敢惹他——原来是赵局的徒弟呀！林队，你摊上事儿了。

小李撇嘴：那么牛逼，咋还当个片警——

话音未落，严良已经翻出绿化带，向这边招手。

严良：那个谁——你来一下。

小李：我？

小李疑惑地走过去。

严良：小李是吧，来，你站在这个角度，往雪人那边看，仔细看。

小李顺着严良指点的方向，望去。

小李：……咋啦？

严良：嘘——看。

小李：到底看啥啊？

严良：有没有什么发现？

小李眯缝着眼睛，全神贯注地远眺雪人：没有啊……

严良站在小李身后，趁他出神的时候，突然伸手勒住了小李的脖子，不由分说地将他往后拖。

小李：你……你干啥……救命——来人啊——

小李呼吸不畅，手脚拼命挣扎着，高声呼救。

严良丝毫不理，使出全身的力气，将小李向后拖。

林奇老宋大惊，连忙跑上去。

严良：都别过来！保护现场！

两人在几步之外停下。

片刻后，小李已经完全脱力，任由严良拖拽，严良也在这时候松开了手。

小李一屁股坐在地上，竭力缓过一口气来。

小李：你他妈要杀人啊？！

林奇：严良，你要干什么？！

同样精疲力尽的严良歇了口气，断断续续地说道。

严良：看……看脚印。

众人顺着严良的指点，看着地上的脚印。

严良：和孙红运一样，我和凶手同样是突然袭击，你们看看。

在严良下手"扼杀"小李的地方，地上挣扎的痕迹清晰可见。

另一边，孙红运被下手的地上，雪地却并没有那些凌乱的痕迹。

林奇：你的意思是——

严良：（笑）脚印的秘密找到了。

闪回，案发当夜。

严良：（O.S.）当天夜里，孙红运确实是停下车，来到路边撒尿。凶手也确实是在这个地方袭击了他。

孙红运下车，来到绿化带，撒尿。

踩下脚印的特写。

严良：（O.S.）不过和你们之前猜测的不一样，凶手并非一上来就用跳绳勒住了死者，而是控制了他。

骆闻的手搭在孙红运的肩膀上，随后，在他转过头之前，用电击器袭击了孙红运。在孙红运倒下前，骆闻扶住了他。

严良：随后，凶手换上了死者的鞋子，将死者拖向雪人所在的位置，同时伪造死者挣扎的足迹。

骆闻从后面拖起不省人事的孙红运，一路向后退，沿途制造脚印。

严良来到雪人身边。

严良：凶手真正杀人的地点，就在雪人身边——从现场消失的其实不是凶手的脚印，反而是死者的脚印！

小李和老宋听得目瞪口呆。

严良：怎么样领导，这个解释，还说得通吗？

林奇：只有一点——你说凶手在动手前先控制了死者，这是你的想象。

严良看了看手表，笑了。

严良：死亡时间已经超过36小时，尸检中心的复检结果应该出来了，是不是我瞎胡编，打个电话就知道了。

林奇将信将疑，拿出手机。

16. 日　尸检中心　内
人物：法医

法医站在孙红运尸体旁，将他的头拧向一边。

法医：（打电话）刚刚正要向你报告呢林队，复检结果已经有了，在死者后颈处，新发现了一处微小的电击伤，之前由于和尸斑位置相重合，并没有发现，这是最新的线索。

孙红运的后颈处，果然有一个暗红色的小点。

17. 日　小路绿化带　外
人物：严良　林奇　小李　老宋
　　林奇放下电话，惊叹地看着严良。
　　严良：行啦，最简单的问题已经解决了！难题都在后面呢——早点收队吧，冻死人了！
　　严良自顾自离去，突然又回过头。
　　严良：对了林头儿，这个现场，给我从头到尾地拍照拍下来，每一个细节都不要错过！还有这个——这个雪人，把它搬到咱们警队的院里去！
　　老宋：啊？！咋的？！
　　严良无奈，像教小孩子一样连说带比画着。
　　严良：搬——搬走——波安，搬。
　　老宋：这——这玩意咋搬啊？
　　严良：问林头儿！领导肯定有办法！……我就要这个啊，堆个一样的不算！
　　严良说完，甩手离去。
　　老宋：林队……
　　林奇看着严良的背影，良久，点了点头。
　　林奇：听他的，搬！

18. 日　律师事务所　内
人物：郭羽　邵海
　　郭羽拎着一壶开水，来到主任办公室门口。
　　邵海站在门外，正向里张望。
　　邵海：看，看！
　　郭羽疑惑地走上前去，向里看。

朱慧如架着一副墨镜，坐在屋里。

郭羽：谁呀？

邵海：华姐老公的小货啊！让主任给诓来了！

郭羽：华姐要告她？这官司能打？

邵海：打个屁！解决问题的办法多了，都像你那么死脑壳啥事都别干了——别愣着了，进去吧！

郭羽拎着水壶走入房间。

19. 日　律师事务所　内

人物：郭羽　朱慧如　金主任　华姐

郭羽悄然走进房间，向金主任点了点头，无声地在一边泡茶。

身后，朱慧如将一张存折摆在桌上。

朱慧如：他给我花的钱，我记了账，都在这里了，还给你。

华姐点着一支烟，逼视着朱慧如，拿过存折，看了一眼。

华姐：就这么点？

朱慧如：有我哥哥的手术费，房租——还有给我的"生活费"……

华姐：他是不是给你们盘了家饭店？

朱慧如：……一个小面馆，四年前盘下的时候，花了20万，也在存折里。

华姐将存折摔在朱慧如脸上。

华姐：别跟我打马虎眼！

郭羽闻声，回头望去。

朱慧如扶了扶墨镜，将存折捡起来，重新摆回桌上。

朱慧如：我知道你恨我，我也恨我自己。

华姐一声刺耳的冷笑。

朱慧如：我知道现在说什么你都不会相信，但是过去，我真的没选择——这些是我欠你们的，希望你能收下。

华姐一动不动，给金总使了个眼色。

金总：咳咳，朱小姐，很感谢你配合的态度，不过呢，我的当事人诉求很明确，就是希望你能归还她亡夫孙红运所赠与的一切财物——这里面，当然包含你们说的面馆。

朱慧如：盘下面馆的钱已经在存折里了！

金主任：但那二十万是四年前的价值，这四年里，你也知道，道外开发，已经成了商业街，从房价到地价都已经不一样了。所以，我的当事人想要的不是钱，是面馆本身。

朱慧如：面馆是我们兄妹俩最后一点财产了，我不能出让，你开价吧。

华姐：行，五百万。

正在倒茶的郭羽差点把水倒在外面。

朱慧如同样吃惊。

朱慧如：……你说什么？

华姐：要么给我五百万，要么把面馆交出来滚蛋！

朱慧如：我明白了……从一开始你就这么想的吧？抱歉，面馆产权在我哥哥手上，如果你一定要无理取闹，我们打官司。

金主任：朱小姐，你一定要把事情闹僵吗？

朱慧如：你们不给我活路，我还能怎么办？

金主任：你要知道，法律不是解决问题的唯一途径——

华姐：（打断）你哥哥——是个残废吧？

朱慧如：你什么意思？

华姐：你告诉他，出门千万小心点。

朱慧如忍无可忍，摘下墨镜。

朱慧如：你要打官司咱们就打——敢动我哥哥一根头发，我都不会放过你。

朱慧如站起身，推门而去。

郭羽在看到朱慧如摘下墨镜的一刻，已然惊呆。

20. 日　街头　外
人物：郭羽　朱慧如　华姐手下
　　律师事务所外不远处的街角，朱慧如坐在车里，在她的车外，已经被七八个人团团围住。
　　众人叫骂着，不停有人踢踹、拍打着车身与车窗。
　　男人A：华姐说了，就这个小娘们！
　　男人B：×他妈，你下来！
　　男人C：不要脸的，滚出来！
　　朱慧如沉默地坐在车内，紧锁门窗，突然心一横，猛地一脚油门，但围堵的人群太多，还是停了下来。
　　男人A：哎呀我操，还想撞人是咋的？
　　男人B：给她车掀了！
　　众人一呼百应，意欲掀车。
　　突然，郭羽的声音响起。
　　郭羽：都住手！
　　众人停下，起身，怒视匆匆跑来的郭羽。
　　男人C：有你鸡毛事？
　　郭羽举起手中的手机。
　　郭羽：我是她的律师！你们刚才做的事我已经录像了，我的当事人随时可以起诉！
　　其中一人冲上来想要动手。
　　郭羽：你们想吃官司？
　　身旁有人拉住冲动的家伙，众人恶狠狠地看了郭羽一阵，不甘心地散去。
　　朱慧如茫然地坐在车内，看着车窗外的郭羽将人群驱散。等众人散去后，郭羽敲了敲窗。
　　朱慧如落下车窗，看到郭羽的笑容。

郭羽：还记得我吗？

朱慧如注视着郭羽的面容，片刻，张大嘴巴。

21. 闪回　高中校园　外
人物：少年郭羽　少年朱慧如

少年郭羽和朱慧如背着书包，肩并肩走在校园内。

两个人之间，连着一条耳机线，各戴在一只耳朵上。

本来在哼着歌的朱慧如，突然发问。

朱慧如：郭羽，马上要毕业了，你有什么打算？

郭羽：我想……考到外地，去哈尔滨。

朱慧如：是啊，这种小地方……本来也不适合你。加油！你成绩那么棒，肯定没问题的！

朱慧如的目光暗淡了一下，语气有些失落。

二人继续前行，陷入沉默，走了几步，郭羽站住。

朱慧如：怎么了？

郭羽：……你也去哈尔滨吧。

朱慧如闻言，愣住。

郭羽：……我们一起考出这里！功课上我可以帮你，我知道……你也不愿意待在这儿。我们一起考高中，然后一起考大学——

朱慧如：我……也能离开这儿吗？

郭羽：我帮你，一定可以。

朱慧如感动地看着郭羽，终于露出笑容，点了点头。

继续前行，两个人的手自然地握在一起。

朱慧如：郭羽，你将来想干什么？

郭羽：我想当律师。

朱慧如：好厉害！

郭羽：你呢？

朱慧如：……不知道。

郭羽：你慢慢想，不管你干什么，我都会支持你的！

朱慧如跟着音乐，再次唱起来，夕阳下，二人并肩的背影越走越远。

22. 日　咖啡馆　内

人物：郭羽　朱慧如

郭羽和朱慧如对坐，都沉默着，良久，郭羽才开口。

郭羽：咖啡……要加糖吗？

朱慧如：谢谢……

郭羽替朱慧如弄好了咖啡，递到她面前。

郭羽：你一摘下墨镜，我就认出你了。

朱慧如点点头，不说话。

郭羽：我们，将近十年没见了吧？

朱慧如：……你真了不起，真的做了律师。

郭羽：我还在考资格证，现在只是实习。你呢，你怎么样——

朱慧如黯然不语。

郭羽：对不起……

朱慧如：（苦笑）没什么，我自己都瞧不起自己。

郭羽：别这么说，我知道你是为了你哥哥。当年我突然听说你哥哥出了事，又没有你的消息，我真的很担心……至少现在，知道你们兄妹都很好，我已经很高兴了。生活有的时候就是没得选，你别太自责了。

朱慧如望着郭羽，欲言又止。

郭羽：我们说说你的案子吧，差不多的案子，我也见过不少，你今天的表现，我很佩服，真的。

朱慧如一滴泪水落下。

郭羽慌了手脚：对不起……你别哭啊……

朱慧如微笑着擦掉眼泪：你怎么还是老样子，动不动就道歉的——我没事了，谢谢你，郭羽。

看着朱慧如的笑容，郭羽有些腼腆，岔开话题。

郭羽：……说说你的麻烦吧，你的案子我多少知道点，从法理来讲，他们打官司基本没戏，最多就是那四年前的二十万。

朱慧如：但是他们——

郭羽：对，有姓金的在——就是我们主任，这事没那么容易过去，他一定想赚华姐的钱，那个华姐，不好惹吧？

朱慧如点了点头。

郭羽沉吟着：……不过，没关系，从小我就信一句话，有事躲事，但是出了事不怕事——他们要是玩黑的，我可以帮你找人。

朱慧如：郭羽，你真没必要趟这个浑水。

郭羽：我肯定会帮你，谁让我们是……老同学呢。

23. 夜　迪厅　内

人物：郭羽　黄毛　朱慧如

嘈杂喧闹的迪厅舞池内，无数青年男女形同疯魔。

郭羽和朱慧如站在舞池外，陌生地看着一个个扭动的影子。

郭羽让朱慧如留在原地，自己钻进舞池。

郭羽一张张桌子，一个个人看过去，终于，在角落的卡座里，发现了黄毛那夸张的发型。

一个小混混摇着头从郭羽面前扭过，被郭羽拉住，指着黄毛的位置。

小混混走去卡座那边，将黄毛叫起来。

郭羽看到黄毛起身，连忙摆手致意。

突然，伴随着激烈的音乐，灯光开始剧烈地闪烁起来，黄毛几乎一下子从郭羽的视线里消失。

就在郭羽四处寻找的时候，黄毛如同鬼魅一般从人缝里钻出来，轻蔑地看着郭羽。

24. 夜　迪厅厕所　内
人物：郭羽　朱慧如　黄毛
　　迪厅的洗手间内，黄毛站在镜子前，检查着额角的伤口。
　　黄毛：你……找我干啥？
　　郭羽站在一旁，观察着黄毛的颜色。
　　郭羽：我想，找你帮忙摆个事儿。
　　黄毛的动作停下，转头，斜睨着郭羽。
　　黄毛：咱俩认识吗？
　　郭羽脸上闪过一丝赧色：……见过，在事务所，我们主任和兵哥是朋友……
　　黄毛看了看郭羽，想起来了：哦！哦——你，对你——你是跑腿那个。
　　郭羽：是……黄毛哥，是这样，华姐，就是孙红运的爱人——
　　黄毛：有屁快放，我知道。
　　郭羽：我的当事人，招惹了华姐，华姐现在跟她要五百万，还威胁她家人，所以我想黄毛哥你能不能——
　　黄毛：哥们，你叫啥？
　　郭羽：郭羽。
　　黄毛：郭羽，我教你个道理——别见人就叫哥，我和你不熟。
　　黄毛撇下郭羽，向外走去，郭羽连忙追出。
　　郭羽：黄毛哥，黄毛——
　　两人走出洗手间，朱慧如就站在门口。
　　看到朱慧如，黄毛立马站住脚步，眼睛在朱慧如身上扫了一圈。
　　黄毛：郭羽，这就是你说要帮忙的人？
　　郭羽：对……
　　黄毛一把扯掉头上的绷带，抬手搭在郭羽肩膀上。
　　黄毛：老铁，这事儿——办了！

25. 夜　迪厅包房　内
人物：郭羽　朱慧如　黄毛
　　　郭羽恭敬地将黄毛面前的杯中倒满酒。
　　　黄毛大大咧咧地坐在沙发上，看着朱慧如。
　　　朱慧如坐在角落，垂首不语。
　　　郭羽：黄毛哥，事情呢，就是这样，现在华姐无理取闹，你能不能想想办法——
　　　黄毛：行了，我知道了，没多大个事，我说办了就办了。
　　　郭羽：谢谢黄毛哥！另外这个——
　　　黄毛：（打断）我都听明白了，不用说了，这样，你先出去，我跟她单聊。
　　　郭羽：她是我的当事人，我——
　　　黄毛：那你说，听你说吧。
　　　黄毛瘫在沙发上，双眼望天。
　　　郭羽左右为难的时候，朱慧如轻轻拉了他一下。
　　　朱慧如：我跟他说，没事。
　　　郭羽点点头，不放心地走出包房。
　　　朱慧如：你说吧，这事要多少钱？太多我没有，但如果能把面馆留下来，我愿意拿钱。
　　　黄毛笑笑，端起酒杯，靠过去，搂住了朱慧如。
　　　黄毛：美女，跟哥说事，别动不动就谈钱，啊，听话，先喝一杯。
　　　朱慧如犹豫着，不动。
　　　黄毛：放心吧，我都混多少年了，孙红运我都不放在眼里，什么华姐，那就是个屁！干杯。
　　　朱慧如无奈，举杯，抿了一口。
　　　郭羽站在门口，忐忑不安。

26. 夜　警队　内

人物：严良　东子

　　严良站在警队窗前，低声打着电话。

　　严良：我说……你什么意思啊？

　　女人：东子在你那儿，那是生活费。

　　严良：我用不着你拿钱——赶紧给你家祖宗接走！咱俩也利索了！

　　女人：我现在不方便。

　　严良回头看了眼，东子坐在警队的角落里。

　　严良：（压低声音）那是你儿子又不是我儿子！我跟你说我现在特别忙，看不住出事了——

　　女人：夫妻一场你帮个忙行不行？

　　严良无语，放下电话，回到东子旁边，捧起一碗方便面，吃得稀里呼噜。

　　东子：我妈什么时候来接我？

　　严良：……快了。

　　东子起身就要走。

　　严良：站那儿！哪儿去？

　　东子：回家睡觉。

　　严良指了指沙发：睡那儿！

　　东子：我要回家！

　　严良：回家？出门就不知道上哪儿找你了！以后我在哪儿你在哪儿，明白吗？少废话，不吃饭就睡觉。

　　东子嘟嘟哝哝地将书包摔在沙发上，枕着书包躺下来。

　　严良把面汤一饮而尽，放下面碗，出神。

　　严良：什么速度啊……挖个雪人还这么慢……

> 27. 夜　小路绿化带　外
> 人物：林奇　小李　老宋　众警员　骆闻
>
> 　　原本僻静的小路，此时被施工的大灯照得雪亮。
> 　　伴随着巨大的轰鸣声，一辆挖掘机小心翼翼地，将雪人连同地上的冻土一并挖出来，向一台皮卡上"卸货"。
> 　　林奇等人都披着棉大衣，兀自瑟瑟发抖。
> 　　老宋在手舞足蹈指挥着挖掘机。
> 　　老宋：（喊）高点儿！高点儿听不见啊！太高了！小心点慢慢放——
> 　　小李吸着鼻涕，站在林奇身旁。
> 　　小李：这严哥也太欺负人了，这提的什么鬼要求！把雪人搬警队去？！亏他想得出来！
> 　　林奇：我觉得……他也许真的能把雪人给抓到……
> 　　小李：已经抓到了！挖掘机抓的！
> 　　现场一片喧嚣。
> 　　不远处的对街，骆闻的背影站在路边，看着雪人被高高地举起。
> 　　看了一会儿，背影转身，离去。
>
> 　　　　　　　　　　　　　　　　　　　　　　　　　　（待续）

## ✏ 剧本修改

剧本初稿完成之后，并非大功告成，一般来说至少还要经过两到三轮修改才能定稿。不仅如此，恐怕除了为数不多的能让制片方非常信任的资深编剧外，普通编剧尤其是新手都不太可能写完全部剧集的初稿才提交并等候反馈意见，而是每写完几集（三到五集比较常见，也可能一集一交）

就发给制作公司。所以大部分编剧的实际剧本创作情况是，一边按照制片方反馈的意见，修改已经写完的某一集初稿，一边继续创作新一集的剧本；在新剧本创作中亦需要根据前一集的修改意见进行相应调整，并吸取经验教训。当初稿剧本与制片方的期待严重相左时，新一集的剧本创作可能会被暂时叫停，制片方会要求编剧先把之前的剧本修改至甲方满意为止。如果始终达不到甲方的要求，编剧合同可能会被终止，甲方可能会重新聘用别的编剧完成剧本。

制片公司对于剧本初稿的意见可谓五花八门，比如主人公不突出、情节流水账、缺乏亮点和高潮戏、台词不生动、叙事节奏太慢、剧本字数不够、个别情节或场面设计有审查问题、人物虚假、剧情逻辑有漏洞、与某剧在情节桥段上有雷同之嫌等。其实总结起来就一句话，故事讲得不精彩。编剧收到制片公司的意见后，首先要冷静并保持良好心态，写作剧本确实是一件很辛苦的事情，尤其是如释重负完成了一集剧本（可能自我感觉还不错），却突然被劈头盖脸浇一头冷水，被指责种种不是；不过这样的情况在编剧职业生涯里应该是不可避免的，甚至是常态，编剧应该学会适应。有经验的编剧都会很清楚，制片公司提出意见并不可怕，可怕的是前后矛盾或十分笼统的意见。比如在分集大纲阶段，制作公司已经肯定了情节走向，可是进入初稿剧本后突然否定、推翻了原先的设计，这才是令编剧真正头疼的事情。不可否认，一些不够专业的制片公司确实缺乏对剧本笃定的判断和控制能力，决策人自己心里也摇摆不定，所以常常做出前后矛盾（不负责任）的指令。还有一种情况，就是制片公司内部"有权力"向编剧提出剧本意见的人不止一个，从制片人、导演，到剧本策划、剧本统筹和责任编辑，每个人提的意见和建议也可能相互矛盾，令编剧无所适从。面对这些棘手情况，编剧最好和制片方协商，每次由制片方提出的意见应该是制片公司内部各方意见统一协调后的结果，意见自身应该是清晰并且一致的；其次，意见应以书面形式提交编剧，意见尽量具体（最好细化到哪些场有问题，问题在哪里），逐条罗列，令人一目了然。这样的好处在于，每一回的意见都有据可查、清晰可见，编剧如果没有按照意见修改好，是编剧的责任，但如果是制片方意见前后自相矛盾，那就另当别论了。即便如此，编剧依然要做好反复修改剧本的思想准备，并且也无法避免制片公司提出前后矛盾的意见（甲方一定能找出借口为什么要这么做，编剧也别太"书生气"较真）；但制片方以书面形式统一向编剧提交修改意见，至少会谨慎许多，不至于想到哪儿说到哪儿地"随性"指挥。

对于制片方提出的意见，编剧并不是必须"照单全收"，而是应该积极沟通，看看哪些意见是合理的，哪些意见可能存在对剧本的"误读"，哪些意见又可能"牵一发而动全身"，从而引起更大的问题……总体来说，无论甲方还是乙方，都是方向一致，希望把剧本做好、把戏拍好的。在开拍前多听听各方对剧本的意见，取其合理部分多多磨砺，才更有可能磨出一部好剧本。尽管每个人都多少会有点自以为是，并且文字工作者多少也都会有点排斥别人对自己呕心沥血的作品挑三拣四，不过职业编剧还是应该尽量保持良好心态，配合好制片方，既有理有据提出自己的不同意见，也能求同存异，以"最大公约数"的方式完成剧本的修改。

初稿剧本的修改过程中，除了会收到对剧本本身的意见，也可能有其他"突发状况"。譬如演员发生了变化——也许在初稿写作时制片方已经有了属意签约的明星，因此可能已经要求编剧按照该明星的某些特质创作剧本和人物了，可是在具体写作过程中，由于某种原因，制片方可能要更换主演，那么编剧也会收到通知，需要按新的演员重新调整剧本。这种由于演员变化给剧本带来的修改和调整的工作量可能不大，只需要微调，但也可能会造成翻天覆地的变化，比如由于某位大明星的加入，整部戏的主人公都变了（如男二必须上位为男一，或者原本"大男主"的戏不得不调整为"大女主"），又或者人物关系也发生了巨大变化（如由于演员年龄的变化，原本"兄妹恋"的戏不得不改成"姐弟恋"）。以上这些情况当然是非常极端的，但并非不可能发生。这种"晴天霹雳"式的修改意见恐怕对于编剧来说是精神和体力的双重巨大考验（打击）。对于现代都市戏来说，拍摄场景也可能发生变化，譬如原先剧本设定的故事发生环境是北方某城市，但是在剧本初稿写作阶段，由于外联制片方面可能获得了南方某城市的拍摄优惠／补贴政策，整个戏都得改，这不仅涉及环境描写，甚至人物的生活习惯与台词都要发生巨大变化。"突发状况"可能还有很多，譬如制片方谈下了一个产品或品牌的植入，那么投资方就有可能要求剧情与之发生更多关联，而不仅仅是画面中出现产品，比如因为一家户外品牌的植入，主人公的业余爱好就变成了热爱户外运动。再比如某些影视剧政策层面的新规定出台，这也算一种"突发状况"，制片方为了规避风险，保证剧集能够顺利制作和播出，也会要求编剧针对新政做出相应调整（对于不同题材和内容，剧本修改工作量可能差异巨大）。

　　以上我们谈到的都是编剧根据甲方意见修改剧本。事实上，从初稿剧本修改至定稿，编剧自己也会对剧本质量有所要求，并主动琢磨，不断修改，以日臻完善。一般来说，有经验的编剧对自己的剧本会有比较清醒的认识，哪里写得薄弱，哪里逻辑上尚有漏洞，哪一段台词意犹未尽，哪一出情节设计不够精彩，末尾哪几场戏实在写不动了有点偷懒……当剧本初稿完成，体力和精力重新恢复，编剧是可以坐下来专注对问题进行修补完善的。如果编剧新手不太能清醒看到自己剧本的问题，最好的检查方法就是读剧本。可以自己一个人读，也可以邀请朋友一起来读。这里的读不是阅读，而是诵读。剧本主要由台词构成，台词一念出来，效果立竿见影，有没有问题马上就能发现。编剧自己读剧本可以发现不少问题，如果邀几个信任的朋友（业内或业外都无妨，各有优势），由你或他们中的一位读剧本，也是查找剧本毛病的好方法，这些朋友就好像看"试映片"的观众，有些你自以为讲清楚的情节，观众到底能不能领悟，可以通过他们的反应和意见来判断。当然，除了制片公司和圈外普通朋友，你的初稿剧本如有机会能得到第三方专业人士（剧本顾问）的阅读和指点，那更是可遇而不可求的幸运。

　　剧本写作和修改过程是一条甘苦自知的漫漫长路。当到了成片上线播出，看到演职员表上自己的编剧署名时，会有一种一切辛苦都值得的满足感和成就感。当然也可能很不幸，涌起另一种想"杀"了导演／制片人／演员，然后把编剧栏上自己的名字换成假名的冲动……

（参与撰稿：向添歌）

▶ 思考题

（1）在写作剧本台词方面有哪些技巧要点和注意事项？
（2）如何利用冲突设计台词？
（3）设置一个情境，练习写出不同身份和个性的人在相同情境下的对白。
（4）认真研读本章中作为范例的两集完整剧本，试着对其进行剧作技术分析。

[ 第三部分 ]

# 编剧生存技能

## 如何训练成为一名电视剧编剧

电视剧编剧和任何一门手艺的工匠一样,既需要一定天赋,也少不了后天的学习、训练以及机遇,这三者缺一不可。在年轻人中,喜欢看电视剧、网剧并渴望成为编剧的人不计其数,但真正能进入影视行业并获得成功(至少编写的剧本被投拍并且播出了)的人却可能远远低于大多数人的想象。坦率地说,大部分怀抱着编剧梦想的有志青年(以及少量中老年)将毫不意外地面临痛苦与失败,并在或大或小的挫折打击之后最终主动放弃或被永远淘汰。所以想成为一名编剧,首先要有良好的心态,能够认识到失败是常态,而成功只属于极少数幸运儿。因此,在真正迈出这一步前,请先认真问自己两个问题:我适合做电视剧编剧吗?我为什么要写作电视剧?

### ✎ 我适合做电视剧编剧吗

并不是所有爱看电视剧的人都可能成为编剧。在前面的章节中我们不止一次说过,"喜欢"和"有能力去做"之间隔着千山万水。"有梦就一定能实现""只要努力就一定能成功""我命由我不由天"这样的"毒鸡汤"

对大多数普通人来说比毒品还恐怖。相反地，有能力清醒认识自己和对未来有基本判断是避免悲惨人生的重要前提。

从某种角度来看，编剧是创造"幻觉"的人，而不是被"幻觉"蒙蔽的人。也许每一个看电视剧的人都觉得自己有资格和能力对剧情"指手画脚"、评论一番，并且可能在某一时刻觉得自己比那部剧的编剧和导演更高明，相信"这样的故事我也能编""我随便编一个都比这个强多了"，但事实是，这绝对是幻觉。电视剧的奇妙之一就在于它看起来非常简单，但是只有去做了你才会发现，它比你想象的要复杂千百倍。

电视剧编剧其实也并不神秘，首先这必须是一个善于说故事的人。有些人从小就是被一群小伙伴围着口若悬河讲故事的那一个；有的则天生复述事件的能力就很强，一件稀松平常的小事在他口中会变得生动活泼，细节都栩栩如生（甚至还添油加醋地"二度创作"）；还有的小朋友总能为自己"编故事"找理由，屡屡成功"哄骗"家长、老师和同学……总的来说，善于讲故事是一个人自小到大在人群中不可能被埋没的特质，很难想象，某个人一直没有显现出任何这方面的优势，然后突然有一天就靠努力奋斗成了一名编剧。所以你可以首先回顾一下自己的过往人生，看看自己是不是这块料。

检验自己是不是一个有讲故事天赋的人还有很多种方法，比如写小说，如果你发现虚构故事对你来说得心应手，并且你乐在其中，更重要的是把写出来的东西拿给周围的朋友看，能得到大多数人的赞许（当然要确定他们不是虚情假意地奉承），那就要恭喜你了。更进一步，假如你能把自己虚构的故事绘声绘色地讲给朋友听，而不是让他们去读文字，那就更棒了，这说明你基本上具备了可能成为电视剧编剧的必要素质了。相反，假如写小说对你来说相当吃力，即使抓耳挠腮，也觉得自己无非是在拼凑以前看过的故事桥段，那就要警惕了。你可以再试试把看过的电影或电视剧故事讲给家人或朋友听，假如你能让大家都听得津津有味，那或许还有救；如果连绘声绘色复述故事的能力都很弱的话，基本上做观众可能对你而言更合适。

还有一个必须弄清的问题是，讲故事的能力和笼统的写作能力是两码事。很多人声称自己小时候作文写得好，常常得高分甚至拿奖，但中小学作文往往都更接近散文式记叙文或议论文，其创作思维与小说或影视剧这种虚构故事的创作思维相差甚远。一个散文式记叙文或议论文写得特别好的人，很可能根本不会编故事。不仅如此，有些擅长写新闻纪实文学的人也可能完全不具备虚构故事的能力。因此，在下决心努力把自己训练成一名电视剧编剧之前，首先要确定你是不是一个善于讲故事的人。

## 我为什么要写作电视剧

埃伦·桑德勒（Ellen Sandler）[①]常在她的电视剧编剧课上开门见山问学员，你们为什么要写电视剧投销剧本（the spec script）[②]？回答五花八门，有的说因为很有意思，有的说喜欢讲故事，有的说想取悦观众，更有人直接说因为太想当编剧了。埃伦说你们讲得都不对，为电视剧写作的唯一目的应该就是——金钱！然后她会在白板上画上一个大大的美元符号，惹得全班都会心大笑。埃伦最喜欢讲的段子之一就是大作家萧伯纳（George Bernard Shaw）在20世纪30年代去好莱坞会见米高梅老板塞缪尔·高德温（Samuel Goldwyn）的趣事：塞缪尔一心想购买萧伯纳的剧本版权，但又希望把价钱压得越低越好，于是天花乱坠地奉承对方，并鼓吹艺术的价值远远不是金钱可以计量的。但萧伯纳对他的低价收购一口回绝："先生，问题是你只关心艺术，而我只对金钱感兴趣。"

我们不止一次说过，写作电视剧是一件"艰苦卓绝"的事情，尤其是在成名之前。事实上，即使成了一位名编剧，创作这条路上依然不可能常常一帆风顺。如果没有强烈的欲望，半途而废应该是大概率的事情。所以虽然听起来很庸俗，但金钱确实是一个一针见血的强烈驱动力，它远远比兴趣爱好或理想主义那些东西可靠（稳固且持久）得多。

---

[①] 埃伦·桑德勒，好莱坞编剧和剧作班教授。曾担任美国哥伦比亚广播公司（CBS）出品的热门喜剧剧集《人人都爱雷蒙德》的联合执行制片人，并获得艾美奖提名。

[②] 投销剧本是新人编剧尝试以投稿的方式进入好莱坞影视圈的常见办法。电视剧投销剧本指的是针对某一既定美剧（可能正在播出）而自发创作的一集原创剧本。写作的时候既没有合同、稿费，也没有其他任何保障：大多数情况下这样的投销剧本都不会被购买和投拍，但它的目的是让制作公司的专业人士读到它，并发现作者的编剧能力。

埃伦之所以强调金钱，另一个用心良苦之处在于写作者往往会为骄傲和虚荣迷惑双眼，这对于电视剧创作来说尤其危险。一个为了金钱去写电视剧的作家至少会努力尊重和讨好观众（哪怕不得不如此），并且不太会和甲方关系相处得太糟；但是如果把个人价值（往往是一种被误解为"艺术"尊严的自以为是和唯我独尊）凌驾于一切之上，包括金钱、老板、观众和审查制度，那就十分可怕了。一个做"大师"梦的创作者是不适合写电视剧的，通常来说也不可能写好。"站着就把钱挣了"（最好还是以昂首挺胸、傲视群氓的姿态站着）是许多有志青年的理想，但不得不说这又是一份"毒鸡汤"。制造这个幻觉的人不但弯过腰，而且下过跪，只是在人们看不见的地方而已。

写作电视剧需要强大的驱动力，这样才能让人不畏艰难、步履不停地走下去，并且成名之后，亦不可忘却初心。

## ✎ 养成持续写作的习惯

想成为一名电视剧编剧，最重要的训练就是坚持写作。除了天赋，任何作家都需要不停地写作，才能磨炼出本领。尤其对于电视剧编剧这样的长篇故事写作者，如果没有写过几十万字，根本连入门都谈不上。

很多自学者会把观看大量剧集当作训练的重要部分，这是危险的。并不是说观片量不重要，而是说在没有技术分析和思考的工作状态下，观片很可能收效甚微（我们将在下文介绍如何"拉片"）。这种低效率训练的观片，不仅占用大量时间，并且会产生一种一直在学习的幻觉，甚至可能成为逃避写作的借口。无目的的大量观片会令创作者变得更消极，并且毫无成就感。相反地，只有投入写作，不停地写作，才能真正磨炼作者的技术和毅力，并让人获得充实的成就感。

所谓"拳不离手，曲不离口"，一名作家几乎每天都需要写作。这不仅因为写作训练是一件日积月累、不可倦怠的事业，而且因为作为职业作家，重要的是使写作成为日常习惯。我们很少看到一名职业电视剧编剧会很长一段时间不写作（无论什么原因，尤其是因为"没有灵感"），然后某几天突然废寝忘食地突击写作（往往发生在截稿日前夕），这样的情形一般只会发生在新手编剧或者已经遇到创作瓶颈甚至江郎才尽的专业编剧身上。成熟专业编剧的日常是有固定的写作量，比如3000到5000字，或者10到15场戏，甚至可能有固定的写作时间。他们会把写作当成"上班"一样的日常工作，使其成为生活中不可或缺的一部分，这样一来，既不会让自己有那么大的压力（已成习惯），又使写作这件事顺理成章。养成有节奏的持续写作习惯对于电视剧编剧来说非常重要，因为写作电视剧是一件持久的马拉松式工作，而"匀速写作"可能是最科学的创作方式。保持每天写作一个小时，比一周只有两天写作，每天写作三个半小时效果会好很多（虽然总工作量完全相同）。而且写作周期越长，这种差别会越明显。

持续性的写作是克服拖延症的良方（关于拖延症问题，接下来还会专门探讨），因为每天哪怕逼着自己写作，也可以有效缓解压力，虽然在写作的过程中依然可能很痛苦——觉得没有灵感，或认为自己写得很差。不过想象一下，当你第二天打开电脑，看见文档里已经有昨天写的几千字，这和日复一日面对空白一片的文档，心情的差别会有多大。有写作经验和截稿压力的人应该都能体会这种差别，并且可能都会认同以下两点：第一，前一天写作时感到一无是处的东西，第二天再看可能会觉得并没有那么差，甚至能从中发现有趣之处；第二，灵感是有可能在写作过程中"自然流淌"出来的，如果不开始动笔，也许灵感永远都不会来。在焦虑的状态下，灵感只会逃之夭夭；而投入写作，逐渐放松，会有意想不到的收获。说到灵感，它其实并没有那么神秘，并不是"凭空"产生的，至少写作电视剧的灵感与经验（包括写作经验与生活经验）和写作状态（譬如某种兴奋感）紧密联系。所以与其等待灵感来了再进入写作，不如在写作中寻找灵感。另外，不少职业编剧也认识到，大多数时候，写作电视剧是一种经验写作，而不是在高度浪漫化的灵感中创作。这也是新手编剧们需要认真体悟的。保持每天写作的习惯可以让我们跨过各种心理障碍，包括所谓"等待灵感"，而进入真正的职业作家的工作状态。

养成持续写作习惯的另一个好处，就是有利于保持写作与真实生活的合理比例。因为对于编剧来说，脱离生活恐怕比脱离写作更危险。如果每天有固定的写作时间和工作量，完成之后编剧就可以暂时放下工作，重新投入"正常人"的日常生活。如若不然，突击写作或"连轴转"，会令编剧完全丧失个人生活，同时在不写作的日子里又会因创作压力而陷入深深自责的负罪感，无法正常生活。

所以，如果你想成为一名电视剧编剧，就要学会进入职业编剧的工作状态和写作节奏。保持每天写作，哪怕写得少一点、工作时间短一些也无妨。这是平衡工作与生活并保持写作状态的最佳方式。

## 克服拖延症

对于现代人而言，拖延症无所不在。同样，它可能也是电视剧编剧面临的最大敌人之一。对于写作者来说，产生拖延症的最常见原因分别是：

（1）对于写作任务（内容）毫无兴趣；

（2）不自信叠加完美主义，觉得无法完成目标；

以上两点主要发生在进入写作之前。写作中会发生：

（3）进展受阻，迷失方向；

（4）收到（很可能来自甲方）颠覆性意见，无所适从。

俗话说"万事开头难"，如果不尽快进入写作状态，而是采取逃避主义的态度，拖延症只会越来越严重。关于写作兴趣的问题有很多解决办法，从技术层面来说，专业编剧往往都有能力把一个看起来与自身兴趣无关的写作任务纳入自己熟悉并感兴趣的范畴内，譬如改造人物，设计或调整人物关系，加入某种类型，增添支线情节……总而言之，无论如何都能令剧本中哪怕一部分进入编剧驾轻就熟和兴趣盎然的领域。其次，就像专业演员在表演前要做准备工作一样，编剧也应该仔细研究接到的创作任务，揣摩角色、进入角色，寻找情感共鸣点和兴奋点，去琢磨其中的人物关系和情节，发掘动人的情感和令人愉悦的内容。从本质上来说，电视剧是讲述人物和人物关系的故事，所以即使抛开情节或题材不论，仅仅从人物入手，也一定可以找到某些令编剧关注和产生情感共鸣的地方。编剧对创作任务不感兴趣，往往是因为不熟悉以及某种成见或偏见，但随着案头工作逐渐细致深入，编剧对剧中人越来越熟悉，兴趣自然会随之而来。这一点就像我们起初面对某些陌生人，可能对他们印象不太好，可是随着交往的深入，往往都能发现他们当中大多数人有趣的一面。另外，正如我们在本章前面说过的，凭兴趣写作从来就不是电视剧编剧进行创作的良好驱动力，但如果是为了挣钱，这件事就会简单得多。同时，保持持续写作的状态也会大大缓解这种焦虑，因为写作已经变成一种日常化的工作，而不是心血来潮随兴趣所为，所以不管有没有兴趣，总能写出一些也许并不太完美的东西，这比停滞不前要强太多了。

完美主义与凭兴趣写作有相似之处，都是把写作这件事过于浪漫化和个人情绪化。事实上，我们前面也说过，电视剧写作是一件兼具感性和理性思维的文字创作工作，它跟写诗显然很不一样。甚至在某种程度上，我们有理由相信编剧与建筑师更接近。即使对自己的写作能力不自信，逃避也完全无济于事，而只有不把目标定得太高，脚踏实地去坚持写作，能力才有可能逐步提高。完美主义可以被视为一种妄想症，事实上没有几个人能够一开始就写出卓越的剧本，几乎每个人都是从傻乎乎的剧本起步的，这并不可耻，也不可笑，可笑的是永远裹足不前，一面幻想着一蹴而就，一面畏惧地不敢迈出一步。产生拖延症的完美主义也有可能来自懒惰，就是向往快速成功，而不愿付出漫长而艰苦的努力并接受各种挫折和失败的打击。事实上，这世界上绝大多数剧本都是不完美的，但是很多是有优点和有价值的，尽管与缺点并存。反而越业余的创作者，越容易异想天开，而越异想天开，越容易沮丧沉沦。所有优秀的电视剧编剧都是毅力顽强并且勇于接受不完美的人，他们能够在约定时间内完成并不完美而且由于某种限制自己也不那么喜欢的剧本，但能保证剧本质量不低于预期，这是一种了不起的能力和专业精神。

在写作中迷失方向而产生倦怠，这既是一种常见现象，但又是可以克服的。显然，在电视剧创作的漫长过程中，几乎所有编剧都会经历低谷期。编剧需要缓解焦虑，以及体力和精神上的疲惫感，可以在每天工作之余的真实生活中寻找一些乐趣，比如去吃一顿令自己开心的大餐，入手心仪已久的物件，甚至短期旅行一趟。用充分的休息放松和提高幸福感来犒劳自己，这些都是马拉松式电视剧写作过程中编剧必不可少的自我调整。

但是"满血复活"归来还是要直面问题。编剧产生倦怠感的一个原因可能是在创作中遇到了瓶颈，最好的解决办法是找人讨论。我们当然对专业人士的指点求之不得，不过即使是非专业的朋友和亲人，依然可以从普通观众的立场参加讨论，他们的建议很可能令你茅塞顿开。事实上还有些时候，在讨论过程中，并不是别人，而是你自己说着说着就能找到问题所在或者新的方向。至于来自甲方对于剧本的颠覆性意见，不让人头疼是不可能的。但请相信，没有哪个专业编剧没有经历过这些。首先，还是心态问题，不要本能地觉得甲方是故意找茬，因为基本上没有这个必要，除非你真得罪了他们中的某个人；其次，最好不要怀疑甲方的专业水平，虽然这种情况可能发生，但你最好暂时假装不存在这方面的问题，你要说服自己甲方至少也是观众中的一员，有理由提出不同看法。这样，问题就已经解决了一半，因为你相信甲方和你都想把这部剧做得更好，而不是更糟。你的友好态度也会令问题迅速进入技术层面，作为专业编剧，平心静气地讨论技术问题是你的优势。你可以解释你那么写的理由，也可能在你和甲方意见不一致的地方找到你觉得他们确实说得对的地方；同样地，甲方也可能被你的解释说服，认同某些部分你这么写是更有道理的。不出意料，甲方仍然会出于某种原因，强调某些你不认可但必须改的部分，这时候你没有必要针尖对麦芒地争论，可以换一个角度说明这样改不是不可以，但可能会带来某些连锁反应（包含某些不太好的结果）。你的态度已经表明，作为专业编剧你可以从甲方的意见出发考虑如何修改，但也诚恳告之可能造成的结果。最后，通过讨论，你们统一完成了一份剧本内容修改列表，每一项内容都是具体可见的，你显然就不会再陷入无从下手的困顿、沮丧或愤怒，也不会因此加剧创作的拖延症了。

只有写作的成就感才能够治愈拖延症，而将写作任务及其压力细分和具体化到每一天的工作，是完成写作任务、获得成就感的有效途径。

## 🖊 寻找老师和自我学习

电视剧编剧是否能自学成才？答案是肯定的，但又不尽然，因为寻找老师仍然是必要之举，而老师不一定在课堂里，也可能在书本、剧本、剧集和网络中。今天发达的资讯平台为各门学科的自学提供了前所未有的便利，只要做个有心人，我们都不难从各类书籍和网络上找到学习途径。

电视剧编剧初学者首先必须拥有几本剧作理论书。市面上专门论述电视剧的书远远少于电影剧作书，不过影视剧作有相通之处，先从电影剧作入手也是一种方法。这样的理论书不必有太多，因为剧作原理都差不多，而且如果缺乏实践训练而只是一味扎在理论书里，很容易让初学者晕头转向或产生困顿。所以剧作理论书有两三本即可，其中最好有一本如本书一样的实践创作指南，它将成为写作过程中不断被翻阅的工具书。其次，还应该有至少一本剧本书或剧本集。除了了解必要的剧本格式，阅读剧本也是比观看影视剧更有效的学习途径。由于在市面上能找到的电影剧本寥寥无几，电视剧剧本几乎更无处可寻，所以本书尽量节选了一些获得授权的优秀电视剧剧本供学习参考。除此之外，有些不仅仅针对影视剧创作的写作参考书也具有学习价值，比如关于小说情节和人物的写作书，也可以在手头上添置一本。

有机会报名参加专业老师授课的编剧辅导班也是不错的选择，当然你必须为此付出可能不菲的金钱和时间成本。参加辅导班有很多益处，不仅能比阅读书本获得更生动、感性的编剧技巧，还能间或听到编剧老师自己创作生活的经验之谈，甚至是教训，这些内容在某些时候甚至比单纯的剧作理论和技巧对初学者更有帮助。诚然，听课是一件比读书更"轻松"的事，但如果你只是听个热闹而没有用心思考，那收获会大打折扣。另一种极端是，有的同学会在课上认真记下老师几乎每一句话（更不用说给板书或者PPT拍照了），但实际上一门心思忙着记录是没有办法及时思考和吸收老师所传授的知识和经验的，这些同学也许会说等回到家再看笔记认真思考，但坦率地说，会不会仔细重读笔记是一件值得怀疑的事，而且即使重读，效果也一定远远不及现场听讲。

除了听课本身，编剧辅导班也是结识老师和志同道合朋友的好机会，在课堂上或者课间，如果你足够主动和活跃，可能获得与编剧老师互动交流的机会，你可以提出困扰自己的问题，如果幸运的话，还可能给老师讲你编的小故事并获得老师的点评，这都是非常珍贵和难得的机会，可能令你苦思冥想很久得不到解决的疑惑一下子就茅塞顿开。另外，编剧班里也可能藏龙卧虎，这样的班级里学员通常水平差异很大，既有完全不着调的爱好者，也有非常具有潜力的实力选手。如果能在班里结交可以互相切磋、探讨编剧技艺的好朋友，甚至成为日后合作的编剧伙伴，也将是一笔巨大的"财富"。如果你再足够细心的话，也许会发现编剧班里还"隐藏"着导演和投资人，他们来上辅导班的目的不是想做编剧，而是希望深入了解编剧是如何工作的，顺便也难保不会在班里发掘编剧新人。所以上编剧辅导班一定不只是傻乎乎听课这么简单。机会无所不在。

如果因为各种原因没法去上编剧辅导班，也可以通过其他方式向老师学习，比如相关的公众号或视频公开课，从中也能找到类似的小课程。此外还有一些热心又认真的网友，会把编剧老师在某些课堂或交流现场的发言整理成文章，发在一些论坛里，如果你足够有心的话，也能找到宝。

关于自我学习，我们着重说一下"拉片"这件事。所谓"拉片"，是专业院校里指导学生精读影片的一种方式。在电视剧学习中，就是超越一般观众的观赏目的，以专业编剧的角度细读片子，并做出必要的笔记和思考。所以从现在开始，我们看一部电视剧就不能是抱着零食躺在沙发上，而是应该捧着笔记本，拿着遥控器，随时准备记录、暂停、重播。看一部电视剧时如果从编剧的角度去研究它，我们随时都可能有收获，比如一种特殊的剧作结构（如《致命女人》）、一个漂亮的开场戏、一组精彩的人物关系、一个设计出色的桥段、一个离奇的案件、一句饶有意味的台词……如果你不立刻把它记下来，随着时间的流逝，你很可能会忘记其中的大部分。不仅如此，观看剧集也可能引发我们的某些联想，这种收获不是来自剧集本身，而是在某种特殊环境下由剧集激发出来的点子，这种转瞬即逝的灵感就更需要被赶紧记下来。

看完一集电视剧，你可以把电视关了，然后专心用文字复述它的分集故事大纲。接着你可以打开电视再重新看一遍，看看你到底遗漏了哪些重要信息，以及思考你为什么会遗漏。对于特别喜欢的某一集，你甚至可以做一件辛苦但绝对会有收获的工作——对照电视剧，一场一场地把影像故事"还原"成剧本形式。通过这个过程，你可以非常直观地了解一集剧本的结构和起承转合的精心设计，甚至可以模仿它的结构创作一集原创剧本（实际上美剧编剧新人的投销剧本大多就是这样完成的）。你还可以在观看到剧集的某一集时停下来，然后自己开始编写接下来一集的故事大纲，接着再看实际上新的一集是怎么编的，并对照自己的故事找差距。类似地，你也可以先在网上找到你还没有看的这一集的故事梗概，尝试着按照它来编写一集剧本，再打开电视看看编剧是如何具体设计的。这些训练工作当然耗时耗神，但你做过之后就会明白它对于写作来说会有多么大的实际帮助，因为模仿范本和对照找差距是自学编剧最好的方法。

## ✎ 剧本试写考验

经过一段时间的训练和积累，如果你觉得自己的编剧本领已经小有所得，那么不妨迈出书房，去"真刀实枪"地操练一番，看看自己的实力究竟有几斤几两。方法很简单，就是去制作公司应聘试写。

获得招聘信息的渠道也有很多种，最常见的是制作公司在公开平台上发布的信息，这样的平台可能是报纸杂志，但更多的是新媒体平台，比如公众号或者网络新闻。另外，如果你能获得影视圈的人脉（不需要多么厉害的高层人士，只要一般的编辑或工作人员即可），那么这些朋友多多少少都会有相关资讯，可以很快传递给你。最后，你也可以尝试毛遂自荐，直接找上门去，不要担心被拒绝，这家不行就换下一家再试试。主动找上门去的编剧新人并不多见（以前民间自由投稿的倒是很多，但大多数写得完全不靠谱），说不定你的自信和热情能够打动制作公司的决策者。

换个角度来看，对于制作公司来说，资料初审合格后的编剧新人是一笔零成本的创作资源，因此制作公司往往会拿可能前景不明朗的新项目或陷入瓶颈的"抢救"项目来给新人试写。当然，制作公司也会考虑想雇用的新人不仅是创作经验上的"新"，而且是年龄上的"新"，因为今天大多数影剧视项目都更向低龄消费者（青少年）倾斜，尤其是流媒体项目（网剧和"网大"），不少制作公司相信更年轻的创作者有更大可能写出吸引同龄人的娱乐作品。所以也不难看出，年纪比较大的编剧新人的劣势是十分明显的。

试写的方式通常是由制作公司提供某一集故事大纲或分场大纲，然后分配给不同的编剧新人同时撰写，试写的内容可能是前十或十五场戏，甚至是完整的一集。编剧新人必须在规定时间内完成编剧工作。制作公司在收到试写剧本后，相关负责人会进行"比稿"工作，即从不同新人编写的同样要求的剧本中择优录取。一般来说这样的试写剧本不会被直接采用，并且"比稿"更主要的目的是选拔编剧人才，这些被择优录取的新人可能会以编剧助理的身份加入这个项目的编剧团队，参与剧本讨论，在总编剧的指导下进行部分初稿写作工作。

对于编剧新人来说，试写是一次实战锻炼和获得认可的机会，但同时也是存在一定风险的，因为整个试写过程是没有任何合同、报酬和其他保障约定的。试写是一次名副其实的"义务劳动"。事实上，确实存在某些制作公司以试写为名剥削编剧新人的情况，甚至以反复试写的形式，不花一分钱就完成整个剧本初稿的写作任务。即使编剧新人以试写的方式被选中进入创作小组，仍然可能存在被严重剥削的情况，比如迟迟不签劳务合同，或者以极低的报酬干着无止尽的工作。一些制作公司会利用新人编剧进行"写作实验"，因为成本极低，所以项目一旦遇到不可控的意外被中止，也不会有太多损失；另一方面，当项目孵化成功，也有极大可能甩掉新人编剧，而聘用成熟编剧来完成最终剧本。所以对于编剧新人来说，剧本试写是一件需要端正心态并随机应变的事情。所谓端正心态，是要抱着被"剥削"的思想准备，你可以安慰自己的是，制作公司之所以选择"剥削"你而不是别人，正说明你有被"剥削"的价值（间接证明了你的编剧能力），同时在试写或试写后加入编剧团队的过程中也需要审时度势，在你学习到了该学习的东西，发觉制作公司在利用你的创作热情无休止地欺骗和剥削时，你就该选择退出。

在参加试写之前，有必要对制作公司的资质进行一定了解。一般来说，大公司比小公司更靠谱一些。但是在你还没有资格或机会进入大公司试写时，一些口碑还不错的小公司也是可以考虑的对象。事实上，即使"受骗"白写了剧本，对编剧新人来说也是有收益的，至少你获得了实战训练，并且可以在履历表中加上一段实践经历。

## 从写小说起步

除了去制作公司应聘试写剧本，另一条通往成为电视剧编剧的道路是写小说。尽管长篇小说与电视连续剧的文体与格式都不同，但它们在写作上还是有不少共通之处，比如构架较长篇幅的故事，设计引人入胜的人物和丰富多变的人物关系。从讲故事的角度来看，一个具备长篇小说写作能力的优秀作者，只需要通过一段时间转变写作习惯和格式，就有可能成为一名不错的电视剧编剧（当然是有可能，永远无法成为优秀影视编剧的小说家大有人在，包括不少网络小说作家）。

通常来说，写小说比写影视剧本更轻松、更自由，因此这一写作过程对于作家来说压力更少，更容易挥洒自如。我们在本书前面部分也提到过，电视剧全剧的详细故事大纲和主人公的人物小传，各自本身就可能是一部小说。那么换个角度来看，当你创作完一部长篇小说，它可能可以修改成一部长篇电视连续剧的故事大纲，而一部以人物为主题的小说（中短篇即可），可能就是你构想一部电视剧的主人公小传。

另一方面，对于编剧新人来说，如果你创作的小说能出版或者上线，并且获得不错的销量或流量成绩，那么就要大大地恭喜你了，你已经比同资历的编剧新人们提前迈上了一个新台阶，尽管到目前为止你可能连一个剧本还没有写出来。不过，小说的成功不但证明了你的写作能力，也让很多制作公司能够看到你获得市场（读者/观众）认可的影响力，这或许对某些制作公司的决策者来说更具吸引力和说服力。这时候你已经跨越了试写这个"任人宰割"的阶段，可能会比初级职业编剧更受制作公司的尊重，如果运气好的话，甚至会以 IP 小说原著作家的身份被邀请参加影视剧创作。你将面对正式的创作合约和版权购买合同。你已经比与你同时起步、还在不断遭受甲方剥削或欺骗、看不到未来的编剧新人们提前三到五年进阶成功了。

这也是不少编剧选择先写小说，在获得一定影响力之后再改编剧本的"曲线救国"创作思路。事实证明，这确实是一条可能行之有效的成功之路。但前提是，你必须写出一部畅销小说。

训练成为一名电视剧编剧并非不可能完成的任务，但往往也不会一帆风顺。每个人的资质和机遇不同，所以走完这段坎坷之路的过程也或长或短。最重要的是要保持不间断的写作和思考，并形成一种日常习惯。在接下来的一章中，我们将换一个角度，通过采访和分析来探讨作为甲方的制片公司（制片人）需要怎样的编剧新人和新作。这对我们新入行的编剧来说会大有启迪。

（参与撰稿：雷丙鑫）

▶ 思考题

（1）请列出你是一个善于讲故事的人的所有证据。
（2）请认真思考你为什么想成为一名电视剧编剧？这个驱动力能支持你克服一切艰难险阻走下去吗？
（3）成熟职业编剧的日常写作状态应该是怎样的？
（4）如何平衡写作时间和作为一个普通人的真实生活时间？
（5）如何克服写作拖延症？
（6）去制作公司应聘试写剧本应注意什么？
（7）试着写一部原创（长篇）故事，然后考察它是否可以被改编成一部电视剧。

# 12 制片方需要怎样的编剧新人和新作

## ✏ 制片方需要怎样的编剧新人

编剧新人如何进入影视行业？一方面是编剧新人在不断寻找进入圈子的机会——或者拿着自己的原创剧本（故事）四处推销，或者干脆推销自己，接受机构雇用写剧本；另一方面，大大小小的制片公司也在寻找未来的编剧新星，期待合作出惊喜之作。新人编剧常常吐槽遇到不靠谱甲方，不停地被骗试写剧本，或者拿着实习生的极低薪水，干着从助理编剧到会议记录、策划、编辑、秘书的各种工作，却始终看不到项目顺利投拍的那一天；而制片人们谈起不少新人编剧也是感到头疼，大倒苦水：没有团队合作精神，不敬业，拖稿，动不动闹失联，不开心就辞职，做事马虎，说起来天花乱坠、写起来一塌糊涂……事实上，无论是甲方还是乙方，确实都鱼龙混杂，不过对于靠谱的新人编剧来说，充分了解靠谱的制片公司的需求和期待，可以少走很多弯路。

下面我们就来看一看 2018 年秋在北京电影学院举办的一场名为《电视剧论坛——新人编剧入行的门与径》主题讲座的记录节选。论坛探讨了一系列渴望进入编剧圈的新人们所关心的实际问题：新手编剧如何寻找入门途径，如何在市场站稳脚跟？如何面对 IP 改编和原创剧本？制作公司主要考查哪些方面决定任用新人编剧？重点是新人编剧的故事创意、未来潜力，还是创作性价比？让我们来看看制片公司的决策者们在与主持人的对谈中是如何回答这些问题的吧！

## 讲座实录："电视剧论坛——新人编剧入行的门与径"

**特邀嘉宾**：徐晓鸥（柠萌影业执行副总裁）；戴莹（爱奇艺自制剧开发中心总经理）

**主持**：张巍（北京电影学院文学系副教授、著名编剧）

张巍：首先是同学们都很想知道的一个问题，我是一个新人，怎么才能成为编剧？怎样才能成为被制片公司聘用的靠谱编剧？

徐晓鸥：剧本是困扰制片公司最大的瓶颈。剧本是在这个行业里，决定创作者高度、深度的真正的因素。只要剧本好，所有的幺蛾子都不是幺蛾子。制片方怎么看好一个新编剧，新编剧怎么打动制片方？首先是对创作的真正的热爱，要让人从你的作品中读出你的热情，你的理想和渴望。其次要让制片方看到你的才华，才华其实可以从剧本的细节里看到，小的段落里的亮点、起承转合、出人意料、脑洞大开，都能让制片方看到你的才华。

张巍：有人说现在是一个"跪舔""90 后"的时代，是新编剧最好的时代，是不是说开脑洞就是一切？传统的技法不再受重视了吗？

戴莹：盲目"跪舔""90 后"是不对的。创作是有一个基本功在的，剧作的基本结构这些基础一定不能丢掉。从剧本大纲、人物小传，再到分集，再到整个剧本，有一条清晰的创作脉络是非常关键的。

张巍：那你们是怎么样来选择年轻编剧的呢？

戴莹：团队协作能力是我们比较看重的，因网剧的大体量、小组合作制更能让剧本得到更好的呈现。当然，创作的基本功也非常重要。

**张巍：** 责编是新人编剧入行的靠谱门道之一，爱奇艺和柠萌招聘年轻学生做责编有什么要求？现在很多学生都有这样的困扰，我做责编会不会太年轻，经验太少？我一旦成为责编了，就会离编剧越来越远，没有机会自己写东西？

**戴莹：** 责编要有基本素质及审美判断，有庞大的阅片量，要有广阔的视野，有一定的判断力、创新能力，要主动去汲取新的养分，不断学习。

**徐晓鸥：** 我想补充说明一下，责编首要的要求是阅片量。美剧、国产剧都该涉猎，其中必须以中国国产剧为本，扎根土壤，因为看不到自己土地的人，是没有前途的。好片烂片都该看，上档上星的影片也都该看，要学会分析这些片子赢在哪里，败在哪里。柠萌的责编有两个方向，一个是偏责编方向，自己写得相对较少，更多的是修、补、改，帮助编剧，指导编剧。还有一个是偏编剧的方向。其实剧本都是要改的，后期拍摄时要改剧本来适应剧组要求，这时就需要责编来上手改，渐渐地也能培养出编剧人才。编剧是很辛苦的，创作是孤独的，他们和世界沟通的通道会慢慢狭窄。在这一方面，责编更有优势，因为责编是在不断汲取新的养分，不断地打开窗口，有更广阔的视野。责编慢慢地会培养出行业的目光，会站在制片方和责编两个角度来创作，这样创作出的剧本是更丰富的。责编的才华是不会被埋没的。

**张巍：** 有很多同学经常会问到这个问题，在国内剧作教材稀缺的情况下，剧本没有专业的标准格式，导致市面上剧本面貌迥异，那么到底电视剧有没有标准专业格式呢？

**徐晓鸥：** 确实看到过不专业的格式，我们的要求是基本的场次、日夜场景等基础说明都要有。大概一集1.2到1.5万字，45到50场。中国的剧本格式没有那么多限制，主要还是内容。

**张巍：** 新人编剧接触到IP剧时，应该如何平衡原创和改编？

戴莹：我们之前改编了很多作品，如《你好，旧时光》《无证之罪》等，其中《最好的我们》中路星河这个人物就是我们原创的，他是为表现人物心理变化而服务的；而《无证之罪》的改编，比如增加男主角的感情线等，使人物更接地气，增强了代入感。作者进行二度创作时遵循的原则，就是要为原著服务，使原著转换为影像作品之后能得到更好的表达。

徐晓鸥：其实到现在为止，IP还未完全开发。现在同学们出来遇到的完本的大IP改编在减少，我们互联网公司现在更看重未完本IP，或者说是新IP。这些IP粉丝基础较弱，但更重视时代当下性。原著未完本的《九州缥缈录》就由江南亲自操刀完成，电竞IP《全职高手》的改编都是新人编剧，分工合作，各有所长，各自发挥想象力和"脑洞"。但小组合作也有缺陷，团队里有些人容易沉浸于自己的创作，不能顾全大局，和团队互动较弱。这个时候就得有成熟的责编来协调，责编、团队、公司就会一起来商量原著哪些地方保留，哪些地方该去除。

张巍：未来从事国产电视剧创作的新人，除了基础的阅片训练之外，应该向哪方面努力？

徐晓鸥：大家别看不起电视剧，（从事）电视剧比电影靠谱多了。我从事电视剧这个行业是有荣誉感的，有理想的。剧本最关键的是内容，内容是在市场立足的根本点。怎么样写出好剧本呢？一是要保持平常人的生活，平常心，知冷暖，能接地，保持痛感；二是从最擅长、最喜欢的东西写起，保持对写作的热情。

## 02

观众：我们接触这个行业的时候经常听人说，电影"逼格"高于电视剧，您三位有什么样的看法？

张巍：我肯定不同意这种说法。我没有专门学过电视剧这个专业，但我对这个专业怀有真挚的感情、深切的热爱，我坚定地认为我们这个行业干的就是为人民服务的事儿。家家户户原来在每天七点半新闻联播以后，留在电视机面前，民众们在闲暇时间里，花很少的钱，获得很大的精神快乐。我们才是真正的"Dreamworks"（梦工厂）。我们给人们提供了非常多的快乐。电视剧致力于关注中国民众的现实。无论是医疗、教育、卫生、子女，这些事儿都是从中国电视剧开始最早接触到的，我们是时代的传声筒，反映时代、描绘时代、表达时代，对时代有感情、有责任、有理想、有立场。我们一直在关注现实、表达现实，在古装剧中也能寻找到和现实主义的对照。电视剧也是有"逼格"的，我们的"逼格"没有让你们花钱进院线买爆米花！

观众：网站烧钱还能烧多久？如果网站不烧钱了，那我们的电视行业会像电影一样一夜入冬吗？

戴莹：如果有一天我们投出去的钱没有换到优秀的作品，那网站的冬天可能就会来得早一点，但如果我们投出的钱能换到好的商业作品，能得到好的回报，那网站的生态就能一直转下去。这个业态会一直存在，因为网站打开了一个很好的端口，就是对会员收费，只要有源源不断的内容，有人为内容付费，这个网站生态就会一直存在。

徐晓鸥：网剧这个行业才刚刚起步，是朝阳产业，只要大环境支持，我不担心网剧的前景。电视剧前进速度不低于电影，这个产业会有更好的明天。国产剧给我们的共鸣和英剧、美剧是不一样的，国产剧的受众还是主流的受众，这个产业会越来越好，不会有寒冬。

观众：没有粉丝基础的不出名IP小说改编，网络平台挑选时会看中哪些方面？

徐晓鸥：我们比较看重三个方面：题材的创新、概设的展现、人设的突破。比如韩剧《来自星星的你》、《鬼怪》(《孤单又灿烂的神——鬼怪》)、《当你沉睡时》基本都是换汤不换药的，都是写爱情，只是换了概设和人设而已。

从上面的对谈节选中我们大致可以分析并总结出制片公司需要的新人编剧所必须具备的素质：

（1）要有扎实的剧作基本功。传统的剧作理论和技巧并没有过时，而只是通过更贴合时代和观众的新形式展现出来。从故事创意到故事梗概和人物小传，再到分集大纲、分集剧本和完整剧本的创作流程依然行之有效。

（2）要在剧本中展现你的才华。从精巧的结构设计，拿捏到位的起承转合，到出人意料、脑洞大开的情节和人物，乃至各种细节。换言之，一个编剧的价值体现在剧本中，而剧本的价值则体现在某种与众不同的特质上。编剧新人的剧本有一些缺点很正常，但是不能没有优点或亮点，这就是你才华的体现，是你个人作为编剧的辨识度或独特之处。任何一位优秀编剧都应具有某种不可替代性。此外，作为年轻编剧，能创作出更符合当代青少年观众观赏趣味的作品也是一个明显优点。

（3）有巨大的创作热情。有些制作公司甚至把它放到衡量编剧新人标准的第一位。这不是没有道理的。一个不是真正喜欢电视剧与喜欢写作电视剧的人很难不会半途而废，更重要的是这样的作者也几乎不可能写出真正的好作品。所谓的好作品，不仅依赖技巧，还特别需要一种充沛的情感力量。如果作者自己都对作品中的人物和故事没有真情实感的热爱，那么怎么可能引起观众深深的共鸣呢？只有真正热爱电视剧创作，将之视为理想并抱着巨大热情为之不懈奋斗的编剧，我们才有理由相信，他们不但可以在技巧上不停打磨、日益精进，并且可以从作品中体现个人的热情、理想和渴望。"有温度"，同时不屈不挠、勇往直前，是电视剧编剧特别可贵的素质。

（4）有团队合作精神。今天的大体量电视剧和网剧往往采取编剧工作室集体创作的方式（我们将在下一章专门论述这种创作方式）。这种工作方式更有利于集合各人专长并高效率完成创作任务。因此如何与合作编剧以及总编剧（或编审、大编辑）沟通协作就变得十分重要。一般来说，写作的人多多少少都会有些"孤僻"和"清高"，一方面容易固执己见，另一方面与人面对面沟通的能力也可能偏弱，这就需要我们通过调整心态和不断提高人际沟通能力来适应和协调。一个自视甚高又缺乏合作精神的编剧，即使写作能力不错，也可能在目前广泛流行的工作室创作模式与创作环境下被淘汰出局。

（5）有丰富的观片量。不仅要看优秀境外剧（英剧、美剧、日剧、韩剧等），更重要的是也要看大量国产剧。不少电视剧编剧自己都看不上国产剧，只从境外剧中观赏学习，这不是一个好习惯。我们更需要从国产剧中学习经验和吸取教训，但凡口碑好或收视率（流量）高的国产剧，我们都应该有所了解，即使不一定全片都看完，但至少要看几集，并且研究其故事梗概，思考它好在哪里，不足之处又在哪里，这样才能在自己创作剧本时学习其优点，警戒其缺点。

（6）有审美力。

（7）有创新能力。

（8）有较开阔的视野。

（9）有不断学习的能力。

（10）不脱离生活，关注现实，知人情冷暖。

此外，对谈中还指出了新人编剧入行的另一种有效途径，就是先进入影视公司担任责编。责编工作不仅可以让人在推进项目、与编剧老师沟通中学习到编剧技巧，而且责编可能比一般编剧具有更广阔的视野，更能了解市场以及制片公司的需求和立场，为日后转型为全职编剧做充分准备。

## 制片方需要怎样的剧本

不同制片公司对于剧本的评价体系可能会有所不同，比如有的公司更依赖基于市场（观众）大数据分析的模块化评分系统，有的公司更倾向于传统的基于专业经验的资深人士们的判断。不过更常见的是将这两种方法结合在一起，只是可能比例上有所不同。总的来说，专业公司对于大部分剧本优劣的判断不会有太大误差，但也存在着因评价体系甚至决策者个人喜好和取舍态度而产生的不同判断结果。这并不奇怪，在全世界，哪怕是影视工业体系最健全的好莱坞也会出现这种情况。所以对于编剧新人来说，一方面要认真听取甲方的意见和建议,另一方面有些时候也不需要因为某一家公司对剧本的否定而失落、沮丧。制作公司也具有某种类似人格的个性,有的保守,有的激进,有的鼓励创新,有的只希望复制成功模版。好的编剧也需要找到适合自己的那个"对的"制作公司。

接下来我们通过对一位资深电视剧制片人的专访,看看他眼中的好剧本是如何被定义与被筛选出来的,他的态度也比较有代表性,值得编剧新人们认真琢磨。

## 访谈:"制片方需要什么样的剧本"

受访者:全浩进(电视剧《天盛长歌》《爱情公寓5》制片人)

"评估"

Q:在评估一个故事创意或原创剧本时,您最看重哪个方面?为什么?除此之外,还会主要考量哪些层面的内容?

全浩进:我可能没有想得很全面,但我至少会从两个维度来看。第一,我自己个人要喜欢这个东西,如果不喜欢……(就可能不会去做。)换言之,如果是一个很难判断好坏的东西,你就很难带着激情去做……(出来的东西就会不好。)第二点,如果我个人没有特别喜欢,但如果市场会非常喜欢,比如它是一个大热的类型,我觉得我也能接受,主要是从个人喜好和市场的热度(这两个方面来衡量)。

"评估流程"

Q:您的团队在评估一个故事创意的时候,大约需要哪些流程?最终拍板决定创意是否通过的是谁?评估依据是看"人物小传+故事大纲+前N集剧本",还是需要看完整剧本?

全浩进:其实严格意义上,每个公司的流程都不太一样。最终拍板这个事情,还是看制片人,看他想不想做。因为你总是会有正面和反面的评估意见结果，就看你这边的（是什么了）。其实，我团队的人跟我自己都会看（项目文案），然后一块儿聊。先自己看，看完之后再碰头。

评估其实不需要看完整剧本，绝大部分项目在听完故事大纲后我就没有再看下去了，已经没有这个必要了。能够让我（看完大纲又接着）去看剧本，这个项目的成功性已经很大了。会不会叙事从大纲里面就完全可以看出来。其实，故事大纲就显示了大概这个故事讲什么，如果大纲模棱两可，希望我通过剧本去看到什么东西，我觉得比较难，我时间有限，没有精力去看这些。

"遗珠"

Q：在您接触过的项目中，有没有剧本质量不错但没有被拍出来的？您觉得哪些原因会使这个优秀的剧本失去和观众见面的机会？

全浩进：当然会有，原因太多了。因为在这些环节（运作）当中，很多环节都可以把这个项目搞黄。其实对于一个好的作品，应该说只有每个环节都做得比较好，才会得到比较好的结果。

"人物小传"

Q：在您过去的职业生涯中，您印象最深刻的人物小传是来自哪部剧？或者说，来自哪个编剧笔下？为什么？

全浩进：其实没有意识到哪个人物小传让我觉得特别好，光看人物小传还比较难看出来（好坏），还是需要看到具体、落地的故事。

"分集大纲"

Q：按照您的阅读习惯，您认为，一个相对专业的分集大纲应该具备哪些特质？它应该详细到什么程度？

全浩进：我的理解是这样的，看这个大纲是用来干什么的，是编剧自己用的，还是给投资人用的。如果是给我用的，我还是想说，如果你到了让我可以看分集的地步，它本身的故事应该是能够吸引我的，我会看大概这个故事的走向是否符合我的预期，或者比如说，本来你的故事大纲中，我觉得拍30集是OK的，如果你说拍50集，那我就很好奇，另外多的20集大概是讲些什么内容，其实对我来说最主要的作用是这里。

"题材"

Q：在剧本的题材选择上，您和团队更偏爱哪一类题材？为什么？您是更愿意做已经被市场验证过、相对"安全"的题材，还是更愿意尝试新的题材？

全浩进：其实题材就是前面我第一个讲到的问题。一是个人喜好，二是市场需求。这两点相对来说会比较重要。

"新人编剧"

Q：您觉得，"80末"、"90后"这批新人编剧与年长编剧相比，有哪些优缺点呢？您在评判新人编剧的剧本时，最希望从他们的剧本中看到什么——脑洞？新题材？新鲜的人物设定？还是新的世界观？

全浩进：我其实挺喜欢这个问题。我非常欢迎新人编剧，我也很想去接触新人。我觉得，他们代表了新一代编剧的一些想法。我们指望一些（新编剧来创新），当然了，成熟的编剧也会有创新的地方，但是，我还是更多希望看到新的编剧。有可能（是因为我个人）比较喜欢创新的关系。但其实不单单对我是这样，包括对年轻编剧来说，难的一点就是，互相都没办法接触到。新编剧可能觉得找不到投资人去投资，对我来说，如果有合适的，我当然愿意接触。

"主创意见"

Q：在创作过程中，制片人、演员、导演等主创经常会从自己的角度对剧本提出意见。那么，多方意见如何协调为统一意见呢？又怎么样让编剧接受呢？如果一个极具话语权的参与者（比如投资人、大明星）提出了并不专业的修改意见，您会怎么协调呢？

全浩进：这个问题公司其实也发生过，我只能说这些方面可能（存在），还不仅仅是这些方面。如果一定要改剧本的话，一定有它的原因，各种可能性的原因都会有。而且，这是个普遍、相对的问题，你很难说它到底好还是不好。这是一个比较复杂的问题，包括你上面说的这些情况都会有，我只能说，就尽量（平衡各方意见）……其实最难的是有分歧的时候，这是很难的。情况也都不一样，不是一两句能说得清楚的，因为它涉及的东西都很特殊。我可以举个例子，有个律师题材剧本，男女主都很出名，都带着编剧入组。哪个大咖都会改自己的部分，这些方面就很痛苦，好在最后还是解决了。这本来就是一个特别复杂的问题。

"说服编剧？"

Q：当编剧不太能接受（甚至完全不能接受）你们的修改意见时，你们一般会怎么做？

全浩进：这个问题，要再加一个设定，就是在什么阶段，是在前期筹备的时候，还是说已开机了。要调整剧本，在不同阶段可能还不一样。在前期筹备、找编剧写剧本的时候，一定在大方向上是一致的，如果写到一半出现巨大分歧，就有问题了。所以这种情况不太会发生，一般早就会找一个比较合适的人（来写）。如果事先大纲都已经不接受，这个编剧写的不是你本来要的一个结局，实际操作上可能就会换一个编剧。如果大纲确认了，再到分集的确认，分集确认了，具体的（剧本）一般出入就不会太大了。

**"拖稿"**

Q：如果编剧拖稿了，你们通常会采取哪些措辞？

全浩进：拖稿有好多种情况。一种是拖一两天，一种是遥遥无期。其实对我来说最大的一个判断是他到底写了没有，有好多根本就没有写，这是我无法接受的。如果是一天两天，这个也（可以接受）……如果因为某些东西拖了半年，这种来说（就不能接受）……

**"编剧累了"**

Q：在创作的中后期，如果编剧的思维陷入一个比较疲劳的状态，写出的东西没有开篇时候精彩。这时候，您会怎么做？

全浩进：也是正常的，人之常情，好多编剧都有这样的问题。我觉得其实不是说我会怎么做，而是想怎么去帮助他。是找大家一块儿，找几个人聊，还是找别人去帮助他。也要看项目的进展程度，很多时候制片的过程也是妥协的过程。

**"年轻责编 VS. 年长编剧"**

Q：前段时间网上热议了年轻责编与成熟编剧之间的矛盾——影视公司通常为了照顾年轻人口味而让年轻责编给年长编剧提意见，但一些成熟的年长编剧可能会觉得年轻责编的意见缺乏专业性，不太能接受。您遇到过类似的情况吗？您觉得应该怎么协调这两者之间的矛盾？

全浩进：这要看提出的具体问题对还是不对。如果提出的意见都是不对的，即使是年纪大的（也不行）……反过来，即使非常年轻的编辑，如果他指出的问题确实存在，当然可以讲啊。如果纯粹是年纪大的编剧觉得面子上的问题（不用过多考虑）……

**"剧本定稿"**

Q：没有完美的剧本，即使是被奉为经典的优秀剧本也会有一些小问题。那您觉得，一个剧本达到哪些硬性标准才能开拍？

**全浩进**：其实没有完美的剧本，而且不要说完美，就市场上（以十分为标准）能达到七八分的剧本也非常少。好的作品太少，那我当然希望有更好的剧本。但是，其实一个剧本有闪光点，有与众不同的地方，我觉得在目前环境下已经算是不错的。

**"IP 与原创"**

Q：您是更倾向于做 IP，还是做原创？为什么？

**全浩进**：都无所谓。只要创意好都可以，是不是 IP 不重要。如果是一个好的 IP，再加上合适的修改，那当然是好的。但是如果是伪 IP 的话，那也没什么太大意思，核心还是看故事。其实，第一是故事，要有故事的 IP。

**"小说评估"**

Q：在筛选小说用来改编的时候，您的团队都会从哪些方面来评估小说？或者说，具备哪些条件的小说才会被您选中呢？

**全浩进**：经过这一轮之后，其实基本上有名有姓的 IP，都已经被挖得差不多了。现阶段你指望找到一个没被开发的 IP 是很难的。我最近其实小说看得都比较少，但我还是希望能看到一些新的东西，即使这个小说没有那么有名，但我想看到创新的地方。这个问题就跟新人编剧一样，就是你很难去找到，互相找到对方真的比较难。

**"改编剧本"**

Q：有一些热门网络小说的创意出色，但内容略显粗糙，需要编剧重新调整，但是调整之后原著粉往往并不满意。您觉得一个改编剧本应该尽量遵循原著呢，还是在原著基础上大胆创造呢？

**全浩进**：我举个例子，比如说，如果是很完整的一部小说，像金庸的小说，改编基本上都是遵循原著，最多是有精选，但它很少被大

> 动，因为它的故事已经很完整了。你看那么多个制片方，除了电影版这个脑洞大开，电视剧版其实都差不多。但有很多网络小说其实是没有内容，或者说很多内容真的是值得推敲的，肯定会有一堆问题。所以核心还是看这个东西（好不好）。这个问题，我觉得要多方面地去看具体情况。

这篇专访的前半部分主要针对新人编剧和剧本的评估，代表了不少制作方的态度。我们不妨简单总结一下有哪些需要注意的要点。

（1）剧本的故事梗概异常重要。它能否吸引制片人，几乎决定了整个剧本的生死命运。很多新人编剧都会犯轻视故事梗概的毛病，天真地认为剧本才是展现才华的地方，至于故事梗概和人物小传这些"附件"，随便糊弄应付一下就行了，殊不知，绝大多数剧本都会因为故事梗概写得很烂而从未被翻阅过。编剧要学会在很短的篇幅内将故事描述清楚，并且展现这个剧本故事与众不同的地方，当然文笔流畅和幽默生动也能加分。在信息爆炸的今天，没有人会静下心来看长篇大论的文字，尤其是如果你不能从一开始就抓住读者的注意。这绝不是危言耸听，假如你不能用几百字至多千字的梗概将制片人吸引住，那么接下来几万字乃至数十万字的剧本就可能真的白写了。

（2）虽然不能说投其所好，不过事先了解制片人的个人喜好（包括曾经制作过的片子）确实也是投稿前需要做的功课。同理，一般制作公司也会有自己的类型或风格偏好。剧本质量的好坏是一方面，趣味相投亦是合作的重要前提。在这一点上不能偏狭地认为制片人或公司太过主观，以个人喜好定剧本命运。首先，制片人的个人喜好中也必不可少地带有专业经验的判断，因此甚至可以说其个人喜好已经完全不同于一般观众的个人喜好，而是已潜移默化地结合了对市场和产品质量的衡量；其次，无论是制片人还是制片公司，选择自己更熟悉、亲近的题材或类型也是必要之举，因为只有这样才能发挥最大优势将作品做好。

（3）从降低风险的角度考虑，编剧新人的剧本可以有一定的"跟风性"，即选择目前市场上比较热门（最好是方兴未艾）的题材和类型，因为这样的作品能够与明显成功的作品对标，对于制作公司来说较容易判断和放心。不过需要注意的是，"跟风性"并不代表不动脑筋地照葫芦画瓢，而是应该在模仿题材和类型的同时，在人设或情节结构等方面进行创新，以达到令人熟悉又耳目一新的感觉。这样的剧本会更容易得到一般制作公司的青睐。

（4）剧本必须有某种创新性。这是所有制片人和制片公司对于编剧新人的期待。如果创新性具有某种较大的市场风险（比如太过独特，不确定观众能否接受），作者就可以在故事梗概之前或之后加上一个较简洁的"编剧阐述"，实际上起到市场策划说明的作用，编剧可以用这样的方式尽力说服甲方。

（5）对于某些制片人来说，人物小传并不那么重要，不过它很可能是（明星）演员最看重的部分，因此编剧在重视故事梗概的同时也应该对人物小传投入应有的关注。

（6）与制作公司合作过程中，编剧应在每一道工序（故事梗概／人物小传——故事大纲——分集大纲——分集剧本——完整剧本）上与制片人保持良好沟通，充分尊重制片公司及各有关方面的意见，如产生分歧要尽快友好商议协调，这样才能保证工作有效率地持续进行，以及不会因违背制片公司意图而被叫停出局。

此外，这篇访谈在后半部分也更深入地谈到了一般电视剧编剧工作中可能遇到的实际问题及解决方案，以及制片公司对于原创和IP小说的优选原则和态度。这些信息对于新人编剧来说也不乏学习价值。

至此我们大致从制片公司的角度知晓了对于编剧新人和剧本的要求与期待，这有利于我们有的放矢。接下来一章，我们将进一步研究如何进入编剧工作室以及如何展开集体创作。

（参与撰稿：陈天麒）

► 思考题

（1）制片方需要怎样的编剧新人？

（2）制片方对于编剧新人的剧本有哪些期待？

（3）试着为自己的原创剧本（故事）写一个简洁的编剧阐释（策划案）。

# 13

## 如何以编剧工作室的方式集体创作

我国传统的电视剧创作与电影创作情况类似，常常由一两位编剧从头到尾完成整部剧本创作，当然全部的创作也会凝聚其他工作人员的智慧和付出，比如责编、文学统筹、剧本策划、导演、制片人等。这种创作周期可能会比较长（甚至会给包括编剧在内的主创人员安排前期深入生活和实地采访的时间），同时项目的稳定性比如今更好，也就是说一旦项目确定下来，编剧可以比较踏实地有条不紊地完成剧本创作，在这个过程中不太会出现来自外部的不可控"变数"（包括阶段性稿酬拖欠），更较少发生整个项目被突然中止的状况。不过随着影视剧市场的扩大以及竞争更加激烈，大大小小的制片公司与出身五花八门的编剧人员都涌入这个行业，呈现出更大的不确定性。一方面，制片方为了争抢热点题材（类型）和快速回笼投资热钱，对包括剧本在内的制作周期提出了越来越高的要求，同时，影视管理相关政策的风吹草动也是项目不稳定性的影响因素之一，投资人和制片方生怕"夜长梦多"，因此也更倾向于缩短项目制播的周期；另一方面，从投入产出比的角度考虑，电视剧（包括网剧）会尽可能追求更长的剧集数或季播剧形式，整个剧本的体量会变得越来越大，同时网络小说 IP 的改编，使单人编剧凭自己的时间和精力越来越难以独自应付这样大体量、高强度的创作任务了，于是，过往大多只会出现在单元剧创作中的编剧团队，恐怕今天已经成为电视剧网剧创作的主流。尤其对于编剧新人来说，"单打独斗"式剧本创作的可能性并不大，而制片公司也更希望年轻人以团队的形式承包创作任务，这样会让他们觉得更"安全"（看起来时间和质量更可能有保障），并且比雇用传统资深编剧的价格也更便宜。

今天的电影剧本创作也往往会有很多编剧一同创作的情况，不过与大多数电视剧不同的是，电影剧本创作比较常见"前赴后继"的创作方式，即由不同的编剧接续创作出一稿、二稿、三稿、四稿；而电视剧由于体量的问题，需要几位编剧同时进入工作，再按照特定的分工合作模式共同推进。因此对于电视剧编剧来说，集体创作中的合作性就变得更为重要。接下来我们分别就新人编剧自组"创业型"编剧工作室和加入已经在业界有所成绩的成熟编剧工作室两方面来展开论述。

## ✎ 自组"创业型"编剧工作室

几个志同道合的编剧新人联合起来组队，以工作室的方式创作并接洽制片公司的项目，这是目前比较常见的一种状况。年轻人组合在一起有诸多好处，首先是年龄相近，思维方式和趣味取向可能更接近，因此更容易沟通顺畅；其次大家都是朋友，也更容易在平等、轻松、愉快的氛围下展开剧本讨论和创作工作。

编剧新人自组编剧工作室也有几点问题需要注意：

（1）工作室人数要控制适中。一般来说三到五人是比较合适的数目。少到两个人就叫搭档了，而且两人合作模式对双方的要求都会更高，这个要求不仅体现在各自的编剧技术上，更多还在于两人在技术上的互补性以及人际关系上的包容性。相对来说，人数达到三人或三人以上，不仅可以为彼此分担更多精神压力和创作任务，并且在人际关系上也更容易维护。有过创作经验的编剧都不难理解，在漫长创作过程中因为创意枯竭、体力不支、压力过大等原因，是很容易陷入情绪不稳定的状态之中的，如果这时候只有两位合作者，而双方又不能保持冷静和较高情商，爆发冲突几乎是大概率事件。这跟搭伴长途旅行差不多，不少人走到半途就从朋友变成再也不想见面的"仇敌"了。编剧工作室人数不宜过多的道理也非常简单，人越多，意见分歧也会越多，一场创作讨论会开下来，你一言我一语，七嘴八舌很难统一，并且开会走题、扯闲篇的概率也会大大提升，这必然会导致创作效率低下，所以"人多力量大"这句话也不一定时时都正确。一个编剧工作室由三至四人组成其实是最优选择，不过总人数是单数的话，在意见难以统一而进行表决时会更方便得出结果，因此五人也是可以接受的。需要补充的是，编剧工作室逐渐成长壮大之后，也许承接的剧本项目会不止一个，这样的状况下可以扩招更多的编剧新人。不过如果以项目为单位，仍然应该是三四个人一组，只不过需要更多的人分别投入不同的项目罢了。

（2）编剧团队中每人应各有所长并能够互补。既然组成合作创作模式，那么其中的每一个人都应该有所担当，而不是趁人多"滥竽充数"。比如有的人擅长故事创意，虽然剧本写得不一定最好，可是头脑灵活、思维活跃，很快就能为"山穷水尽"的讨论思路忽然打开一条"柳暗花明"的新方向；有的人原创能力不是很强，但是很善于在别人创意的基础上添砖加瓦，设计桥段；有的人整体结构感很好，能够高屋建瓴地为大家勾画宏观蓝图；有的人专注细节，特别能琢磨出具体而生动有趣的戏；有的人阅片量巨大，好像一个超级数据库，对可供借鉴的情节桥段信手拈来；有的人生活阅历比较丰富，对人物和体会会比一般人更精准和深刻；有的人擅长编织情节；有的人在写台词上极有天赋；有的人专攻犯罪推理类型；有的人深耕情感伦理题材……总之，编剧工作室应尽量集合有不同专长的人才，以达到"合体"后整体远远大于个体的最佳效果。在考虑人员组合方面，还有另外一些角度，比如专业人士与非专业人士的匹配。所谓的专业人士是指学影视（编剧）专业出身的人，而非专业人士是那些本身并未经过系统编剧课程训练，但对此极度热爱并自学成才的人。这两类人其实各有优势。一般来说，"学院派"出身的编剧新人具有较扎实的剧作理论基础和专业写作训练经验，在结构性和常规技巧方面会比非专业人士强不少。而非专业人士的优势在于比较不会受到理论和传统经验（套路）束缚，"脑洞"比较大，可能创造出更新鲜有趣的创意，并且创作的热情也可能更强烈。但这两类人在合作过程中也可能会发生比较大的争执，因为思维习惯有差异，并且心态上也会围绕所谓专业优越感而产生微妙的对抗，这都是需要细心解决的实际矛盾。不过不要害怕矛盾，没有任何矛盾而总是意见统一才是真正可怕的，那几乎完全没有组队创作的必要了。此外，因为男女性别可能产生思维差异，包括对不同性别主人公会有不同的拿捏创造能力，因此一般来说，编剧工作室里如果有不同性别的编剧，会比单一性别更合理。如果各位编剧成员在生活阅历等方面能带来不同的创作可能性，那就更完美了。

（3）工作方式应最大程度利用集体协作。编剧工作室的良性状态应该是既分工合作，又互相出主意，彼此扶持。和进入制片公司的集体创作不同，自组的编剧工作室里比较没有那么强烈的竞争关系，大家更多的是合作互赢，所以在这种编剧工作室里，通常不需要几个人各自单独去写同样的戏、通过"比稿"优胜劣汰的工作模式，这样不仅效率低下，并且不利于组员之间的团结。因此我们更建议建立"集体讨论——各自承包一部分工作——完成之后再一起讨论修改"的创作流程，这样既能保持和尊重每个人创作的相对独立性，又可以在友好的氛围下集思广益，融合每一个人的聪明才智。编剧工作室的分工创作模式应视具体情况而定。譬如可以有人负责故事创意、有人负责人物设计、有人负责编写情节、有人负责分场、有人负责台词、有人负责统稿这样的流水线模式，也可以是大家集体讨论到分集大纲，然后每个人认领几集剧本回去各自创作，最后再讨论修改定稿的模式。

（4）工作室可能产生人员变化。在合作的过程中，编剧成员们各自的优势和劣势会逐渐暴露出来，有的人因为专业能力突出以及更具有某种组织能力，可能会脱颖而出成为工作室的"灵魂人物"，而其他人自然而然扮演起相对辅助性的角色。这一点很像组乐队。"灵魂人物"可能渐渐演变成工作室的"主笔编剧"，这时候工作室的工作模式就会产生变化。"主笔编剧"在项目的大纲阶段具有更强的话语权，并逐渐扮演评判其他编剧工作优劣的重要角色，当然"主笔编剧"同时也需要承担协调、帮助其他编剧更好完成工作任务的职能，到了剧本完成阶段也更有可能担纲统稿任务。那么这种创作模式就比工作室刚刚建立时那种"人人平等"的方式更接近成熟的专业编剧工作室了。事实上，美剧的合作编剧模式大抵也是这样的，"主笔编剧"即创剧人，一般还会担任制片人或执行制片人的重要角色。除了催生"主笔编剧"，工作室可能产生的另一种人员变化，就是出现类似经纪人或前期制片人的角色，这样的人具有更强的与外界打交道的能力，善于与制片方沟通，善于结交和建立人脉网络，甚至有可能具有融资能力，但同时也了解创作。当编剧工作室里逐渐发生权力与利益的变化时，各种矛盾便不可避免会产生。矛盾如果恶化，就会有人离开或者拆伙。不过值得欣慰的是，无论如何，在共组编剧工作室奋斗的日日夜夜中，每个人都获得了收获和成长，编剧新人也不知不觉成长为成熟甚至资深的编剧了。

## ✎ 加入成熟编剧工作室

自组编剧工作室并不是编剧新人唯一的选择。除了饥一顿、饱一顿地在"机遇与地狱共存"的影视圈里独自奋斗，还有一条相对更靠谱的途径——加入在业界已经站稳脚跟的成熟编剧工作室。

一般来说，不少成名编剧（当然名与名之间也有区别，不过至少都是有播出作品并且已有相对稳定剧本项目渠道的编剧）都会选择在时机成熟时成立工作室。与编剧新人自组的编剧工作室不同，这些知名编剧工作室并不是出于"抱团取暖"或"创立招牌"的目的，他们在某种程度上已经在"江湖"上确立一定的地位了，成立编剧工作室的目的不外乎招兵买马，利用已有的声望和资源优势来扩张地盘，提高产量，以获得更高收益。编剧工作室通常招募的都是编剧新人而不是成熟编剧，当然少数大机构的编剧联盟性质的工作室除外。这对于编剧新人来说实在是天大的福音。对比大多数制作公司招聘编剧的要求，编剧工作室较少要求应聘者有署名播出的作品，因为仅仅这一条就能拦住大多数新人编剧。成熟的编剧工作室降低门槛吸收编剧新人也是有自身考虑的，首先编剧新人的工资（稿酬）成本较低，其次在项目合作中甲方拥有绝对控制权。试想，如果换作另一位成熟编剧，谁愿意拿着不高的酬金还得看人脸色写剧本呢？

好的专业编剧工作室不但能给编剧新人提供学习和实践的机会，还能保障较大的成长和上升空间。这样的编剧工作室里，甲方不仅是新人编剧的老板，也是老师，甚至在共同奋斗的创作过程中双方亦可结成朋友。编剧新人进入这样的工作室，有点类似于跟随传统手艺师父在作坊里工作、学艺，这和在一个纯粹商业机构的制片公司里工作会有非常大的不同。编剧新人可以从学徒逐渐成长为能够独当一面的手艺人，成为师父的左膀右臂、得力助手，甚至会成为帮助更年轻的编剧新人们亦师亦兄的角色。

编剧新人在选择投靠和加入一家专业编剧工作室前，还需要做一些准备工作。这有点像报考导师。因为每一间编剧工作室和它的创办者都会有自己专长的风格、类型和题材（就像导师有自己的学术或创作领域），你必须首先认真研究这位编剧及工作室创作的作品，从这些作品中发现工作室的偏好和特长，然后思考自己是否与之匹配，或者未来能否在这间编剧工作室里得到养料和帮助。另外，在进入编剧工作室后应该摆正心态，你在这里最主要的任务应该是学习编剧技巧，而不是单纯地卖文赚钱。有了编剧工作室成员的身份之后，你会获得很多便利和安全感，比如根本不需要担心如何才能接到剧本项目，以及项目靠不靠谱、会不会什么时候就突然黄了。凭借专业编剧工作室的优势，一方面剧本项目会有较稳定的渠道，接剧本订单或向制片公司推销会比个人顺畅很多，另一方面，项目本身的可靠性也会有一定保障。当然，鉴于影视圈相对比较复杂的现状，对于专业编剧工作室的"人品"，你也需要在进入前与合作中观察体会，做正确判断。

关于专业编剧工作室选招编剧新人的条件要求，以及在其中创作生活的种种细节问题，我们专门采访请教了两位知名编剧工作室负责人。访谈实录如下。

## 访谈:"大魔王剧本工作室"

**受访者:杨哲**(编剧,主要代表作品《法医秦明》《十宗罪》);"大魔王剧本工作室"(以悬疑刑侦剧闻名,在当今行业内其制作的悬疑刑侦剧颇有影响力)

Q:在一个编剧工作室中,请问您是从哪些角度来挑人的?

杨哲:我们是通过大量的面试、筛人形式来进行的。面试中我们筛人的比例也挺高的,面试过了的人就来这儿参与开会,开了几次之后,再刷掉也有可能。

因为确实才华不是那么好判断,有时候有些人貌不惊人,说话蔫不出溜,但是真正一落笔你发现他挺有才。有些人嘴巴挺能说,你让他一落笔就觉得写得是啥玩意儿。所以只能通过漫长的时间,你才能够发现哪些人特别合适。

我们主要是看努力程度。比如现在特别麻烦的一点,就是年轻编剧不太像我们当时受的苦那么多。我毕业的时候二十四五岁,一年可能赚到2万块钱,一个月2000块钱,基本上就是农民工的生活标准,所以我特别珍惜每一个机会。包括现在有时候想想我接很多活儿的原因是什么,是因为这活儿我好想做,以前是没机会做,现在能接到,简直是非常荣幸。所以这个工作态度就决定了我高高兴兴地每天都在写东西。我们在招人的时候,对于一个新人编剧的工作态度是非常看重的。

Q:当发现成员中出现不合适的情况,您会怎么安排?

杨哲:就放人家走。我也有时候建议有些人去选择更适合自己的项目,但是我会看这个人是不是努力。因为我们挑人的时候,首先会看努不努力,这真的是一个我们特别在乎的点。

其次是我们本身不是一个纯编剧公司,我们现在叫"大魔王"。"大魔王"是一家影视制作公司,所以我们参与投资,参与前期,我们顶多不做后期和演员部分，其他都做。所以我们也在一步步筛，有些编剧是做不好，但只要能"忽悠"事，我就会把他们往导演或者制片方向上去转，培养个人才、培养个朋友挺难的，能把他们都用起来就把他们都用上。将来我们希望可以做一个年产三四个片子的公司，那个时候我肯定不会每个片子都管，所以我希望大家各司其职。所以我们其实对不适合做编剧的人有两个办法，一个是踢出组，另一个就是转为他用。

Q：在一个编剧团队里面，保持这个团队和谐配合进行创作，您认为最关键的因素是什么？

**杨哲**：领头人要比手下强。到头来你会发现，钱不是最终能够激起大家工作积极性的，能激起大家积极性的是成就感。就是我们觉得这活好"牛逼"，觉得"跟老大混有前途"，其实这是支撑他们做下去的主要原因。我们也会特别在意这个活儿适不适合大家，有些活儿我们连接都不接，因为不知道接了以后大家愿意不愿意干。还有一些活儿，有时候也挺郁闷的，就是碰到的导演也不太好，这个时候我们也挺灰心丧气的。所以我们为什么会自己培养导演，（就是因为）外边的导演通常会有自己的想法，大家都要刷存在感，他们要改（剧本），但我们希望将来我们的导演就是严格按照我们的剧本来弄。

大家务必在统一的一个价值观里展开、推进项目。保持团队和谐创作，其实就是两点，一是头儿要比手下厉害，让大家觉得这个事儿能做出一部经典；第二件事是整个团队都要靠谱，但整个团队都靠谱我们目前控制不了，只能走一步算一步。再有应该是钱分配的问题，钱大家表面上不太在乎，其实肯定还是会很在乎的。我们有一个老员工比新员工更多钱的奖励机制，然后通过这个奖励机制来实现平衡，所以基本上大家还是会很高兴的。

> Q：如果接到一个项目，您怎样去给每一个成员分配任务？
>
> **杨哲**：看之前的了解。作为头儿，了解手下的人很重要，你要了解每个人的个性，其实也看自不自觉。我会在我们50多人的大群先吼一嗓，大家选这个吧，选那个吧，然后就会调集积极性。他们积极性来了以后，会在里边先跟几次，聊几次，还不合适，再拉倒。所以基本上我不会强制谁做什么，都因人而异，看谁适合就谁上。
>
> Q：怎样带领团队才能发挥出最高的效率？
>
> **杨哲**：我们经常一块儿出去玩，一块儿出去吃。但是我们不喝酒，因为我觉得喝酒没有什么大意义，喝酒不会留下什么回忆，喝趴下了、喝吐了，这没有什么很好的回忆。
>
> 但是如果我们一块儿出去爬个山去，我还能记住那个谁上去拉了我一下手；大家一起拍张合影，大家都很开心；我们一块儿吃羊肉，羊肉味道很美，大家会有一些共同的美好的回忆。而且团队嘛，有的时候就是需要大家在一块儿吃喝玩乐，大家觉得是一家人。因为团队工作最重要的是让大家互相了解彼此，才能更好地进行创作。

通过上面的采访不难看出，除了编剧技术水平或才华，编剧工作室也非常看重加入者的敬业精神和努力态度，这与上一章节中制片人选择编剧新人时提出的对电视剧创作的热情和理想精神要求也不谋而合。不仅如此，我们也可以发现，在一些有实力的编剧工作室里，编剧新人不但有编剧工作方面的发展空间，并且也有可能因特殊才干而转向导演或制片方面，并获得培养。接下来我们再看另一篇访谈。

## 访谈：极光工作室创始人自由极光

**受访者：自由极光**（作家、编剧，主要代表作品《加油你是最棒的》《我终于可以不再爱你了》《闺蜜》《不婚女王》等）；"自由极光"工作室（因为自由极光本身是一位极具才华的情感小说作家，其工作室以都市情感剧在行业内闻名）

**Q：在组建一个编剧团队的时候，请问您会从什么角度去挑人？**

**自由极光：** 挑人的时候就是我不要一个坏人。

我不要那种一上来就对自己自视甚高的人。我曾经招到过一个这样的人，他进来之后，那个人的能力也OK，但他会破坏整个工作室的环境，比如他对这个人说那个人的坏话，对那个人说这个人的坏话。

我如果答应了一个人一件事情，我就会做到底。我不喜欢中途变卦的人，就比如一个项目做到一半他就走了。虽然我不会怎么着，该给的钱我会给，该给的署名我也会给，但是将来再也不会合作了，我觉得这是职业道德。

包括拖稿，我也较为接受不了。一个编剧基本的职业道德就是不拖稿。哪怕你写出来的是一坨屎，但是你也要在我们约定好的"deadline"之前给我，前提是这个"deadline"是合理的。比如一周写一集，这是一个职业编剧要做到的。你有什么地方卡住了，大家可以聊，有这么多人可以帮你，拖稿这个事是我比较介意的。

另外我比较介意的一点是一直都"养不熟"的人。因为我是一个比较有感恩的心的人，我做工作室到今天，更期待的是我们大家都可以是朋友，大家是用情感去维系对方的，你为我想一点，我为你想一点，大家一起过上好日子。虽然这比较乌托邦，可是我觉得这分人，当然不是说那些不乌托邦的人就不好，他们可能有他们更想要的东西，但是我必须要在这个过程里面感受到大家相互的情感，我觉得这很重要。不能说我一心为你，我把你教得很好，我不会希望你一直留在这里，但是我希望你念我一个好，不要觉得我是"傻子"，这个情感上我接受不了。比如写到一个戏，你准备走了，好，我们好聚好散，你念我一个好，我念你一个好。

就比如别人经常给我介绍人过来，我这边没有招太多的人，但是我手头的工作其实是做不完的，于是我宁可推掉，也不会草率地招一个不熟的人进来，因为我很容易跟别人建立情感。不能说一心为人，就还是会希望对方好，一起过上好日子，但是如果在这里出现了一些让我不舒服的事情，其实对我本人来说是一种伤害，因为这会影响到我以后，万一我遇到一个很好的人，然而就会因为我的自我保护意识，推掉这个人。

如果工作室是一个企业的话，这个做法其实是不成熟的，因为你不可能期望每一个员工都待你如家人，这是不对的。但是我们写作这个行业本来就是感性的行业，而且我也没想过要上市，也没想过去融资，所以我们大家就是为了做得开心，这也是我的一点小坚持。

Q：在一个编剧团队里面，您认为最关键的东西是什么？

**自由极光**：最关键的是领导大家做这个项目的人不能乱了方寸。而且要肩负这个事情的责任，首先你方向要正确，再者你要承担最大的压力，因为你必然要面对制片方的修改，要面对导演的修改，甚至要面对演员的修改。这个时候，当大家都困在这里，你要站出来，如果是对的，你要去跟制片方搏斗，如果是想不出来了，你必须要有办法想出来，怎么样把卡在节点的项目推过去，我觉得这是最重要的。包括每个人在写作的时候遇到问题，比如我们进入剧本，他卡住了，你要帮他分析，帮他解决问题，也要找到对方的问题在哪儿，你要根据他的情况去帮他解决问题。所以对于一个所谓的领导者，他的压力会最大，虽然他可能没有写那么多，但是他可能面对最多的问题。

Q：假如在一个团队里面出现了分歧，应该怎么样去解决？

**自由极光**：吵架。因为我们这边经常出现问题，男生女生本来想的就不一样，所以必然会产生分歧，可是我觉得分歧是有意思的。我工作室的氛围是这样的，他们不会屈于我的淫威而轻易地被说服，大家对于分歧是真的有一个争吵的过程，在这个吵架的过程里面其实就是成长。

你在帮他人梳理的过程里面，自己也对这个问题越想越明白。所以只能靠聊，但是遇到时间很紧或者僵持不下的时候，我就会采用比较专断的办法，比如这段你先空着不写，我自己来，我写出来给你看，或者我交给另外一个人去写，用事实来说话有时候也比单靠聊有用。而且我们有七个人，实在僵持不下的时候，大家可以投票。因为有时候你没有你想得那么强大，你也没有你想得那么对，有时有一些不同的意见，这样才会成长。

Q：通常有名的编剧都会自己办一个工作室，而行业内对这种现象的看法是有名的编剧自己写才值钱，通过工作室写就等于在用枪手，请问您怎么看？

**自由极光**：我一直都是团队合作，工作室一直都是一批一起合作过的人，现在有七个人，我们更多的是一路成长的关系，我可能比他们在有些程度上好一些，但是他们每个人身上都有他们的闪光点。我觉得那个一个人单独创作的时代已经过去了，现在很少有编剧是单独一个人创作的，因为观众口味的变化实在是太快了。

我可能比刚毕业的编剧好的一点是多一些技术性的东西，我可能知道一个30集的故事该怎么讲，一个电影大概怎么走，不是单纯的是悉德·菲尔德告诉我们该怎么来，是真正会做这样一件事，就好比你懂衣服剪裁和真正做一件衣服是两码事。

我觉得每个人身上都有闪光点，就是别人可以帮我，比如他们在做人物小传上特别厉害，在做大纲上特别厉害，在做台词上有我觉得厉害的地方。这样的编剧工作室的模式其实可以让一个剧变得更好，但重点在于真的有一个人在帮助大家一起做这样一件事情，而且你有一双善于发现大家优点的眼睛，你可以知道他是一个擅长做什么事情的人，把这个给他最大化，这个过程让他有成就感，然后大家互相学习，共同成长。

但是我知道有一些操作模式是攒活儿的，他把活儿接过来，然后告诉孩子们怎么写，或者直接去扒一个美剧或者日剧，把这些结合一下，或者把单集的戏剧冲突给弄出来。其实对于电影学院或者中戏的毕业生来说，扒一个故事或者改头换面其实没有那么难，而且你可以看到很多类似的影视剧作品其实在做这样一件事情。

但我觉得这样的模式是不好的，一个孩子在刚入行的时候这样做是会写坏掉的，他自己原创的部分就丢失了。

Q：在一个团队分工以后，署名的先后安排是如何商榷的？

**自由极光**：谁写得多谁就放在前面。但是我是署在最前面的，因为制片方有他们的考量，而且我相信在这个过程中我的付出是最多的，我有这个自信说在整个故事大方向的把控上，我有最重要的作用。这是领导者靠自己的努力挣来的，不是说你建立了这个工作室你就要署第一，如果单纯因为这样，这个工作室长久不了。剩下的大家就按劳分配，谁写得多就靠前。

Q：新人编剧在刚入行的时候常常很难接到项目，或者所写的东西经常得不到认可，这个时候您认为新人编剧需要做什么？

**自由极光**：这么说吧，最近这一周给我打电话问我找编剧的就不下10通，这样的时代你都找不到编剧的工作，那就是你有问题。

电影学院文学系的群里每天都在发找编剧，叫你聊聊看，一上去就说，"我10万一集，没有定金就不写"，那谁找你工作呢？所以你要做好吃亏的准备，当然前提是你要有看人的手段。不是让你遇到骗子，而是你在跟对方的交往和接触的过程中，会发现对方是不是一个靠谱的人，包括根据他以往的作品（来看），如果是一个"野鸡公司"，刚成立三天，叫你们去写一个剧本，那你当然不会愿意。但是如果这个制片人他有着强大的作品背景，以前做过一些很"牛逼"的剧，人家说你回去写写看，但是我没有定金，这样的情况我觉得你当然可以写，当然钱是人家想给多少就给多少，这可能是一个学习的机会，等于说你在跟人家沟通的这个过程中是有学习的。如果最后没拿到钱，或者拿到的不多，比如人家说给你3万块，你只拿到1万块，但是剩下这2万的空，这个空并不是吃亏了，你在通过跟这个制片人的沟通中学习到了本事，一部跟下来，如果这部戏播得好，下一部你可能就拿一集10万了。相比给你一集3万，但是每次都只给你定金、做完大纲就跑了的那种，你永远是2万3万的级别，又有什么用呢？

这是我自己的一个小想法，我不知道这是不是站着说话不腰疼，但是目前市场是这样的情况，这是一个缺编剧的市场，但是不缺自称编剧的人。

在这篇访谈里毫不意外地再次看到了对于加入编剧工作室的新人在技术之外的要求和期待：人品、情感的温度、合作精神、敬业态度。此外，我们也能了解到一个有担当的编剧工作室领头人在合作创作生活中的责任和态度。

编剧的合作性、职业精神与个人能力已经成为编剧新人们进入创作圈子的三大条件，而绝不仅仅是才华这一条。在下一章我们将讨论一些非常实际或实用的问题——如何签订编剧合同，以及有哪些细节需要注意。

（参与撰稿：雷丙鑫）

▶ 思考题

（1）自组编剧工作室有哪些注意事项？

（2）如何选择适合你加入的专业编剧工作室？

（3）如何在编剧工作室里与他人合作？

# 14 如何签订编剧创作合同

能够以个人身份与制作公司签订正式编剧创作合同，可以视为编剧新人事业上的一次进阶，标志着作为编剧被认可，并在法律的保护与约束下开始有偿剧本创作活动了。

编剧创作合同与编剧新人进入商业影视机构签订的一般劳务合同不同，后者可能只承诺了甲方每月向乙方支付固定工资以及可能的一些其他利益保障，但乙方必须在工作期间完成甲方交付的一切任务并不能再获得额外酬金——这意味着即使乙方参与甲方布置的剧本创作任务，也无法获得固定工资之外的编剧劳务费，署名权更是无法得到保障。而正式编剧创作合同是为专门一部剧本的创作而签署的协议，乙方以编剧的身份从事创作，并获得署名权和报酬权。

编剧合同可以分为两大类，第一类是最常见的"委托创作合同"，第二类是"剧本购买合同"。从电视剧创作市场来看，第一类占九成以上。所谓"委托创作"，是指这个项目是由甲方公司发起的，乙方编剧是受聘来完成这个创作任务的。因此从法律意义上来说，这个剧本项目的源头来自甲方，也即这部剧本从最初起版权就在甲方手中；随着甲方支付给乙方一次次的阶段性稿酬，乙方创作的一系列成果——从故事梗概、人物小传到分集大纲、分集剧本乃至全部完整剧本——需要一一交付给甲方，乙方编剧不拥有任何版权。所以一旦发生创作上的纠纷，主动权主要掌握在甲方手中，甲方可以辞退乙方编剧，虽然不需要乙方退回已收到的稿费，但是之前所有的创作成果全部归甲方所有。合同终止后，甲方可以聘用别的编剧来继续完成创作，而乙方编剧就不再有权在离开甲方公司之后继续这个剧本项目的创作与再次出售了。有的编剧可能会认为这个剧本不是我自己一个人辛辛苦苦写出来的吗？为什么发生分歧、面临解约的时候，我就不能把"我的孩子"要回来呢？"孩子"的归属权从一开始就属于甲方，只不过"委托创作"是有法律依据的。有的编剧也许会提出异议，比如整个剧本项目最初核心创意不是甲方提出的，而完全是编剧自己想出来的，只不过受到了甲方的认可，决定启动这个项目。这位编剧所说的状况可能具有普遍意义，事实上甲方有明确故事创意后再委托乙方进行创作的只占实际情况中的一部分，很多时候甲方都只有一个非常模糊和笼统的项目意向（如类型、题材等），乙方提供具体故事创意，获得甲方认可后再向下推进，更有的时候是乙方带着故事创意或故事大纲，向甲方公司投稿推销并被赏识接受的。虽然事实是这样，但几乎所有的制片公司都会采取一种策略，即用定金方式购买故事创意，也就是说当乙方编剧与甲方签订"委托创作"合同并拿到第一笔定金后，故事创意版权"自然"就转移到了甲方手中，甲方便理直气壮地拥有了这个项目的初始版权，并且与乙方的关系不再是"接受投稿"，而是"出资聘用"了。

也许有的编剧会较真地认为，既然故事创意一开始就是我自己的，那劳资关系就不应该是"委托创作"，而应该是甲方出资购买我的剧本项目，即我们说的第二种"剧本购买合同"。这样的话，乙方能够拥有更多权利和主动权，一旦创作发生分歧，乙方也更有可能收回版权，在与甲方解约之后继续创作并寻找新的合作制片公司。这当然是一种非常理想化的关系，但绝大多数情况下只能是编剧的"一厢情愿"，而不可能实现。首先非常明确的现实是，在剧本创作关系上，甲方和乙方并不是"势均力敌"的，乙方编剧显然是弱势的一方，所以在不损害乙方权益的前提下，合同基本上主要维护甲方利益（因为通常合同都是由甲方提供的）。除非你是非常有名的大编剧，否则在合同的大原则、大利益方面是没有"资格"和甲方公司"叫板论公道"的。其次，只有一个故事创意或故事大纲和人物小传是没有办法以"剧本"的名义签订"购买合同"的，除非你已经完成了全部剧本，那你才可以拿着剧本的完整文案（包括故事梗概、人物小传、分集大纲和包含每一集完整剧本的全部剧本）跟制片公司商谈"出售"而不是"委托创作"合同。这种情况非常罕见，因为电视连续剧不同于电影，创作完成全部剧本的时间成本和风险非常高，一般编剧是很难完成这项任务的。甚至可以这样说，编剧新人如果选择这种创作方式，成功率接近于零。大概只有水平极高，并且享有非常高知名度和市场认可度，同时又不满足在创作过程中受制于制片公司意见，对自己作品极度自信的大编剧，才有资格、有可能采取这种方式。坦率地说，这样的处于金字塔顶端的编剧在全国范围内也是凤毛麟角、屈指可数。因此在我们接下来的讨论中只针对更常见的"委托创作剧本合同"。

接下来我们先看一个真实例子。这是一家电视剧制作公司专门针对小说改编电视剧的编剧合同样本。在编剧新人可能接到的创作任务中，改编剧本应该占大多数，所以这一份合同很有参考、学习价值。

表 14.1：委托创作剧本合同实例

---

### 委托创作剧本合同

甲　　方：
经营地址：
联系电话：

乙　　方：
身份证件号码：
联系电话：
电子邮箱：
常住地址：

---

根据《中华人民共和国著作权法》及《中华人民共和国合同法》等法律法规的规定，甲乙双方经友好协商，就电视连续剧《＿＿＿＿》（暂定名）剧本的创作及相关事宜达成以下协议，双方共同恪守执行。

## 第一章　剧本著作权

**第一条　委托事项**

甲方委托乙方创作四十集电视连续剧《＿＿＿＿》（下称：该剧）的文学剧本（下称"该剧剧本"），乙方同意接受甲方委托。

**第二条　创作标的及其版权归属**

1. 创作基础：乙方根据＿＿＿＿创作的小说《＿＿＿＿》为创作基础改编电视剧文学剧本，甲方已取得依据原著小说《＿＿＿＿》签署本合同的权利。

2. 创作目标：创作一部符合下列要求的文学剧本。

（1）类型：电视连续剧

（2）剧本长度：共40集，每集字数不少于15,000字，每集不少于36场戏。

3. 创作要求：

（1）乙方应独立创作该剧剧本，不得抄袭或剽窃他人作品或侵犯他人知识产权、名誉权、隐私权等各项权利。

（2）乙方应按照本协议约定进度、要求完成相应创作工作并提交甲方审核、确认后方视为完成。

甲乙双方约定：甲方委托乙方根据甲方提供的故事大纲和剧情梗概创作电视剧剧本，甲方根据乙方分阶段交付剧本创作成果的情况，在经甲方认可该阶段剧本创作成果并支付当期稿酬对价的情况下，该阶段剧本创作成果的著作权归甲方所有。甲方提供的故事大纲和剧情梗概的著作权归甲方完整享有，与乙方无涉，未经甲方许可乙方不得擅自使用。甲方对依据该剧本拍摄的电视剧享有完整、永久著作权及创作衍生作品的权利。

4. 甲方在全世界范围内绝对拥有根据该剧剧本摄制的电视连续剧作品（含录像带、影碟、DVD、录音带、音碟等以及将来一切发明载体）的著作权、邻接权、商品化权等所有权利（包括但不限于出租、展览、表演、放映、广播、信息网络传播、改编、翻译、复制、发行等全部权利），无论此等权利是现在或以后为任何地区及司法管辖区所认可。但甲方同意在该剧首轮发行播出完毕之后乙方可在该剧中剪辑一段不超过十分钟的片段，用于乙方制作个人资料宣传使用，除此之外，乙方不得做任何商业或非商业目的使用。

第三条　甲乙双方对该剧本著作权的约定

1. 该剧剧本系乙方受甲方委托创作完成，甲方依法享有该剧剧本全部版权，包括但不限于如下权利：

修改权，在创作过程中，甲方出于拍摄的可操作性及必要的二度创作、三度创作，拥有对剧本修改的权利；甲方有权修改该剧名称；

摄制权，将该剧本拍摄成 电视剧作品 的权利；

复制发行权，即该剧本在全球范围内，以各种语言文种、各种出版物形式（含图书、报刊、电子出版物等形式）出版并发行的权利；

表演权，对该剧本进行公开表演的权利；

广播权，对该剧本通过各类电台、电视台广播的权利；

改编权，改编作品的权利，即改编该剧本，创作出具有独创性的新作品的权利，包括但不限于有权将其改编成舞台剧等其他艺术形式；

信息网络传播权，将该剧本以任何形式在互联网上传播，使公众可以在其个人选定的时间和地点获得作品的权利；

翻译权，将该剧本从中国汉语转换成其他语言文字（含中国地区少数民族语言文字）的权利；

已交付剧本内容的自由使用权：有权自由使用乙方已经交付的剧本内容，包括但不限于对剧本内容的修改权、电影摄制权、转让权、舞台剧话剧电视剧等改编权等，甲方行使上述权利无须再征得乙方许可或支付报酬，更不视为对乙方权利的侵犯。

以及现在已存在的及未来产生的所有著作权权利。

2. 甲方享有版权的标的包括：剧本（含初稿、草稿、修改稿、最终稿等）、故事梗概、分集梗概和为完成剧本的相应讨论稿、修改意见等，本协议所述剧本版权均包含前述内容。

3. 在乙方全部履行本协议义务的前提下，甲方在该剧中对乙方作为编剧予以单屏署名，如本协议中途终止，解除而未能履行完毕或乙方仅创作了该剧剧本的部分成果，甲方将视乙方创作成果的多少，决定乙方在该剧中的署名职位、形式及署名顺序。

获得酬劳权，依本合同第三章之约定获得相应足额稿酬，该稿酬是支付给乙方全部的报酬，如乙方另聘合作者协助创作，甲方对乙方的合作者不再单独支付。乙方协助创作的合作者不享有本合同约定的任何权利。如乙方的合作者有任何异议，由乙方承担责任。

## 第二章 双方其他权利义务

第四条 甲方保证与承诺：

1. 甲方担保并声明甲方有完整之权利及授权签署本合同；

2. 甲方保证于本合同存续期间内，在未通知乙方的前提下，不签署任何与本合同权益相冲突之合同。

第五条 乙方保证与承诺：

1. 乙方担保并声明乙方有完整之权利及授权签署本合同，依本合同约定创作的剧本不含有侵犯他人著作权和其他权益的内容。乙方保证，该剧本的创作为其个人的独立原创，绝不出现由第三人代笔创作或者抄袭侵权的情况。

如因上述权利的行使侵犯他人著作权或其他权益，甲方因此造成的经济损失（给第三方的赔付等），由乙方承担全部责任，负责全额赔偿。

2. 乙方保证，该剧本创作的内容符合相关法律规定，不存在侮辱、诽谤他人名誉的情况，以及剧本的整体或者部分皆不存在侵犯第三方著作权的情况等。

3. 乙方保证在本合同签定前，乙方未接受任何第三方以与甲方相同的方式创作合同约定之剧本，也不在本合同有效期内、该剧本的商业经营期内为任何第三人创作相同题材的剧本，不再与第三方创作的剧本中使用涉及该片已使用的核心创意、人物设定、人物关系、主干情节、桥段等内容，甲方享有该剧本完整著作权，乙方不得再授权第三方与甲方相同的权利，乙方自己也不得行使该权利。

4. 乙方保证，创作的剧本必须符合国家广电总局和其他相关部门的审查要求，不存在任何政治或政策上的瑕疵，如因剧本政审问题造成该片的任何损失，由乙方承担全部责任。

5. 基于国家影视审查许可的相关要求，乙方同意：甲方在影视项目报批立项、宣传及申请《公映许可证》的阶段，乙方须配合甲方的需要，提交故事大纲、宣传稿件等；配合甲方按国家广电总局要求的格式签署《授权书》，甲、乙双方对该剧本的权利以本合同约定的为准。

## 第三章 报 酬

第六条 经双方协商，甲方按每集剧本人民币____元（¥____.00）向乙方支付酬金，本合同总金额为人民币＿＿＿万元整（¥＿＿＿.00），具体支付时间如下：

第一期，乙方交给甲方故事大纲、人物小传、第1—15集剧本初稿并经甲方书面确认后10个工作日内，支付＿＿＿%，即人民币＿＿＿元（¥＿＿＿）；

第二期，乙方交给甲方第16—25集剧本初稿并经甲方书面确认后10个工作日内，支付＿＿＿%，即人民币＿＿＿元（¥＿＿＿）；

第三期，乙方交给甲方第26—35集剧本初稿并经甲方书面确认后10个工作日内，支付＿＿＿%，即人民币＿＿＿元（¥＿＿＿）；

第四期，乙方交给甲方第36—40集剧本初稿并经甲方书面确认后10个工作日内，支付＿＿＿%，即人民币＿＿＿元（¥＿＿＿）；

第五期，乙方交给甲方剧本终稿并经甲方书面确认后10个工作日内，支付总额的＿＿＿%，即人民币＿＿＿元（¥＿＿＿）；

第六期，在甲方完成拍摄后30个工作日内，支付总额的＿＿＿%，即人民币＿＿＿元（¥＿＿＿）。

第七条　支付方式为：甲方将酬金直接汇入乙方指定账户，甲方只要按前款规定完成汇款手续即视为本条所定的支付已经完成，乙方指定账户为：

乙方收款人：

开户行：

账户：

## 第四章　剧本交付与认可

第八条　剧本交付：

1. 乙方应于＿＿＿年＿＿＿月＿＿＿日之前向甲方分阶段交付该剧故事大纲、人物小传、分集大纲、前三集剧本初稿，须经甲方认可后继续创作该剧全部剧本初稿，乙方须于____年____月____日之前完成该剧剧本终稿的创作并经甲方认可。

2. 在上述各阶段剧本创作过程中，如甲方提出修改意见，则乙方应进行返工或修改，直至甲方确认后完成方可进入下一阶段创作工作。

3. 剧本细化和打磨阶段：在乙方分别提交剧本初稿后，乙方应根据甲方意见或要求，对全集剧本进行深入完善、调整、修改及研磨，在此过程中，甲乙双方应反复沟通、协调、修改，直至经过甲方确认方为完成。

4. 如甲乙双方在上述任一阶段（故事大纲、人物小传、分集大纲、剧本初稿和剧本定稿）无法达成共识，或经过乙方三次修改仍不符合甲方要求的，甲乙双方均有权以书面形式通知对方解除合同。合同解除后，乙方按合同所得酬金不予返还，作为甲方购买乙方前期创作成果的著作权对价，甲方无须向乙方支付后期酬金。甲方对乙方交付的剧本享有另行委托他人进行修改和/或继续创作以及行使剧本著作权的权利，但甲方应根据乙方的创作量保证乙方的署名权。

5. 该剧拍摄过程中，甲方可以根据拍摄需要与乙方协调对剧本进行再次修改，甲方无须因此向乙方另行支付酬金，在不影响乙方工作和生活的前提下，乙方应予以配合。该剧拍摄期间如有需要，可由乙方跟组辅佐剧本修改工作，甲方无须因此向乙方另行支付酬金，但需支付乙方交通、食宿等费用。

6. 对于该剧本最后定稿的认定标准，双方应本着相互诚信的原则协调一致后确定。甲方确定导演之后，若导演应拍摄需要提出对于剧本的修改建议和意见的，乙方应与导演沟通协调，并充分考虑导演的建议和意见，对剧本进行修改和调整，或者由导演直接修改，无须征得乙方许可。

7. 乙方的剧本最终评审标准以甲方或该剧导演最终评审意见为准。

## 第五章　权利义务

**第九条**　乙方保证该剧剧本不存在剽窃或者抄袭等任何侵犯他人著作权的情况，不存在侵犯他人隐私权、名誉权等情况，乙方保证在为甲方创作服务期间没有参与第三方的剧本创作工作，如因存在上述情况而引起相关法律纠纷或损失，概由乙方承担责任并赔偿甲方因此而遭受的损失。

**第十条**　甲方将根据本合同约定，给予乙方"编剧：＿＿＿＿"的署名，甲方保证乙方的署名会出现于该剧片头字幕上，以及视惯例或排版允许在海报、报刊的编剧相应位置上。

## 第六章　保密

**第十一条**　剧本内容保密：
　　双方约定，对于剧本（电子版或纸介版）均负有保密、不对外泄露的责任。

**第十一条**　其他商业秘密的保密：
　　甲乙双方承诺关于双方往来期间所获知的对方之商业、财务信息等往来资料、文件、图片、档案，无论口头或书面，均不得对第三人泄露，也不利用其做本合同以外目的使用，此约定于本合同终止后仍然有效。

## 第七章　违约责任

**第十二条**　违约责任：
　　除不可抗力因素外，任何一方如严重违反本合同之约定，另一方有权解除合同，并要求对方赔偿造成的实际损失及救济的合理支出费用。

## 第八章 其他约定

第十三条 合同修改：

　　本合同非经甲乙双方书面同意，不得任意修改或变更，如需修改或变更，双方应通过协商达成一致后签订补充合同，作为本合同附件。

第十四条 争议解决：

　　双方因合同的解释或履行发生争议，由双方协商解决。协商不成，向甲方住所地具有管辖权的人民法院起诉。

第十五条

　　本合同一式两份，双方各执一份，自合同签订之日时生效，附件与本合同具有相同法律效力。

　　（以下无正文）


甲方：　　　　　　　　　　　　乙方：

授权签字人：


　　　　　年　月　日　　　　　　　　年　月　日

　　委托创作合同一般来说都是由甲方制作公司提供的，不同的公司提出的合同不尽相同。非常直观的是，有的公司交给编剧的合同非常简单，最少可能只有一页纸，而有的公司合同则长篇大论，甚至厚得像一本手册。通常来说，越是正规的大公司，提供的合同看起来越复杂，事无巨细，全都列举出来，其中每一个字、每一句话都是经过公司法务部门认真推敲过的，在逻辑和法律上滴水不漏。无论面对什么样的合同，编剧们首先必须清醒认识到，合同是严密的法律文书，一旦签订，就得承担责任。因此不论口头上有任何承诺，只有落在合同中的才受法律保护。出于保护自身利益和法律安全考虑，编剧必须在签字前认真研究合同，以免日后产生纠纷，让自己陷入不利局面。

甲方公司提供的合同一定主要站在甲方立场，因此在权利和义务的分配上肯定明显偏向自己的利益。编剧常常会听到这样的说辞，即合同是公司法务部门专门拟定的"格式文件"，具体条款是没有商量余地、不能修改的，编剧唯一可以与之商讨的只有酬金数目和创作时间期限这两部分。这种说法显然是值得商榷的，既然是甲乙双方签订的合同，理所当然应该有商量的余地，只不过这个余地有多大而已。但一个不争的事实是，编剧的"实力"决定了甲方可能接受商议的空间。知名编剧显然可以争取到比编剧新人更多、更大的合同修改权利，甚至他们拿到的"格式文件"与后者的合同本来就不相同。

编剧首先关注的很可能是酬金。在合同中涉及酬金的部分大概有这样几处。第一，全部剧本的酬金总数，并且清楚标明每一集的稿酬金额（以及总集数）。如果未特别注明，那么合同中的稿酬都是税前金额。如上例所示，这是一份甲方公司与乙方编剧个人签署的剧本委托创作合同，编剧个人收到酬金后，应按国家有关规定主动申报和缴纳个人所得税，甲方公司对此不负任何责任。因此编剧应该意识到，编剧合同中的稿酬金额并不是真正拿到手的钱，实际的个人合法收入是需要打一个折扣的（比如八到九折）。当然，编剧也可以与甲方商量由公司代缴税，或者在合同的稿酬项直接按扣除税金后的实际个人收入计，并注明是税后稿酬金额。但甲方是否愿意以这种方式支付就得看具体情况了，如果拒绝也很正常。合同中关于酬金支付的分次比例也是编剧比较关心的问题。一般来说，电视剧剧本创作合同都是按阶段性工作来依次支付稿酬的，常见的包括：第一阶段：故事大纲和人物小传；第二阶段：分集大纲（如果是超过20集的长篇连续剧，也可能会在这一过程中再细分为几个阶段，比如每10到15集的大纲为一个创作周期）；第三阶段：剧本初稿（一般来说以每5集为一个创作周期较为合理）；第四阶段：剧本修改至定稿；第五阶段：拍摄后结清编剧尾款。上例合同中第一期稿费的创作周期和成果包括了故事大纲、人物小传和前15集的剧本初稿，这种情况比较特殊，显然是非常有利于甲方的。对于乙方编剧来说，把创作阶段分得越细越好，尤其是前期，这样有利于降低风险，避免在拿不到钱或者很少钱的情况下进行大量创作工作。此外，就是关于尾款的比例，这是比较容易扯皮的部分。因为乙方已经交付了全部剧本定稿，于甲方来说已经没有什么"利用价值"了，所以拖欠尾款成了比较常见的现象。为了维护自身利益，编剧应尽量争取缩小尾款的比例。

与编剧创作有直接关系的第二个问题是创作时间。一般来说，甲方公司都希望在保证质量的前提下，剧本写得越快越好。编剧应该在努力满足甲方的同时，充分考虑到自身的能力以及实际创作环境，做出一个合理又能完成的计划。电视剧创作是周期很长的过程，编剧不可能像机器一样保持长时间的匀速高效"全职"工作状态，这期间可能会有创作低潮期、生病或者出现其他不得不暂时放下工作去应付的种种事情，以及节假日（如春节）等"不可抗力"降低工作效率的"干扰"。这些都需要在签合同的时候充分考虑到。因为一旦合同签订下来，甲方往往都会对截稿时间非常敏感，拖稿会成为编剧创作乃至整个个人生活中极大的压力和焦虑来源，也可能引起双方合作中的矛盾，有些制片公司甚至会在合同中明确写出发生拖稿情况后乙方必须做出的赔付，如每拖稿一天赔付已获得稿酬的一部分比例。在这样的压力下，编剧的创作更容易陷入焦虑和困顿，严重影响剧本质量，不能如期交稿，从而形成恶性循环，甚至导致被甲方解约。

编剧合同中第三个重要部分是关于署名。通常乙方编剧只有在完成一定阶段工作并获得甲方认可之后才能确定获得编剧署名。在这一点上甲方拥有强势的决定权。编剧必须认识到虽然签订了委托创作合同，并且在合同上注明了乙方拥有署名权，但是一旦发生分歧乃至合同终止，甲方可以将乙方视为没有完成有权获得署名权的创作阶段就被提前淘汰出局，从而剥夺乙方的署名权，或者在后继聘用其他编剧继续完成剧本后，在编剧署名先后次序上做出调整。这些乙方都只能被动接受。所以对于乙方编剧而言，最完美的结局还是愉快地与甲方从头到尾合作完成整部剧本，并且获得应得的署名（单独署名或第一编剧署名）。为避免合同纠纷，在签订前也可在署名的各种可能性上与甲方进行更明确的界定，总之，约定越模糊对甲方越有利。

此外，站在维护编剧利益的角度上，我们还有以下几点需要注意。

（1）剧本规格。一般来说，甲方公司都希望以最小的付出获得乙方编剧最大的工作成果。在合同中很可能会规定每集剧本的字数和场数，有的还会规定大纲和人物小传的字数。如果在合理范围内，本着友好合作的态度，编剧应尽量满足甲方的要求（毕竟人家是"东家"），但假如甲方要求太过分，比如一集剧本要求你写出一集半甚至两集的量，那你就要好好思量了，一个贪婪而苛刻的甲方很可能会在接下来的合作中给你带来更多的压榨和痛苦。

（2）阶段性创作成果的确认以及支付稿酬的期限。编剧应该认识到，在完成每一个阶段性剧本成果之后都必须得到甲方认可，才能获得这一阶段的稿酬，从流程上说也才有进一步推进工作的可能。为了维护自身利益，编剧在合同中应该与甲方明确，一是在提交剧本阶段性成果之后甲方反馈意见的时间，二是认可后给付稿酬的时限。不少甲方单方面苛刻要求乙方编剧交稿时间，但收到剧本后却不能给编剧及时回应，比如编剧废寝忘食一个礼拜按期写完应交的剧本部分，却苦苦等待一个月也等不来对方的批复，这不仅是对编剧创作的不尊重，更可能影响剧本的写作节奏，是一种相当不专业的表现。此外，拖欠稿酬的现象也不少见，一些制片公司总有各种理由，比如以公司会计出差或家里出事等理由一拖再拖。更狡诈的甲方，会一方面拖欠稿酬，一方面催促编剧继续工作。为避免这种不利情况出现，编剧有必要在合同中与甲方议定给付稿酬的时间限定。此外，编剧应注意合同中全部剧本的截稿时间，这个时限应充分考虑到甲方给付意见和稿酬的周期，由甲方造成的时间耽延不应由乙方编剧承担责任。

（3）关于合同终止的种种规定。在合同不能如期进行到底的情况下，编剧应尽量保障自己的利益。甲方虽然在整个创作活动中掌握主动权和更多利益保障，但也不能太过分，比如有的"不良"甲方会在合同中规定，当剧本合同终止时，乙方编剧必须退回部分或全部已得稿酬，同时剧本版权依然归甲方所有。这显然是典型的不公平"霸王条款"。合同终止的常见处理方法是，甲方获得自创作初始至今的所有剧本文案和版权，乙方已获得的全部酬金概不退还。当然有的时候还可能出现一种不常见的情况，就是乙方编剧退回全部稿酬但拿回剧本版权。这种情况需要双方具体问题具体协商。

接下里来我们再看另一个剧本委托创作合同案例。与上一个例子不同的是，这个合同是一份"三方合同"，甲方没有变化，依然是出资雇用编剧的机构，但乙方不再是编剧个人，而是一个编剧工作室，然后编剧个人再以编剧工作室即乙方成员的身份成为"第三方"（准确地说应该是乙方的一部分）。这个合同依然是一个"改编合同"，但原作不是小说，而是一部由甲方购买版权的外国电视连续剧。乙方编剧受聘改编原剧本，编写一个本土故事连续剧。这种制片公司与编剧工作室之间的合同也非常常见，也许工作室就是编剧本人的，这种机构之间（而不是机构与自然人之间）的合同在财务方面有某种便利，但在合同中就会呈现为更复杂的条款和手续。

表14.2：电视剧、网剧剧本委托创作合同示例

电视剧/网络剧《　　　》剧本委托创作合同

本合同由以下各方于____年____月____日在____市____签署：

甲　　方：
法定代表人：
地　　址：
邮　　编：
联 系 人：
电　　话：
电子邮箱：

**乙　　　方：**
法定代表人：
地　　　址：
邮　　　编：
联　系　人：
电　　　话：
电子邮箱：

**乙方成员：**
有效证件号码：
地　　　址：
电　　　话：

（如无特别指出，乙方和乙方成员在本合同中合为一方，以下统称"乙方"，甲方和乙方在本合同中各自称为"一方"，合称为"双方"。）

鉴于：

1. 甲方系在_____注册的从事影视文化娱乐事业的有限责任公司，准备委托乙方创作本合同约定的电视剧／网络剧（以下简称"该剧"）之剧本《_____》（暂定名，以下简称"剧本"）。

2. 乙方同意按照本合同约定接受甲方委托创作本合同约定的剧本，并且创作剧本过程中产生的一切成果（包括但不限于剧本大纲、人物小传、分集大纲、剧本初稿、修改稿、修订稿和剧本终稿等）的全部知识产权独占、永久地归属甲方。

3. 乙方安排乙方成员_____作为编剧负责该剧剧本创作，乙方承诺该乙方成员系具有一定经验和创作能力的编剧，愿意按照本合同约定接受甲方委托担任该剧的编剧。

4. 在签署本合同前，甲乙双方已就拟创作剧本的概要情况进行必要交流，乙方已充分了解和掌握了甲方的委托创作意图和基本要求，甲方愿意委托乙方为甲方创作剧本。

5. 本合同构成甲方与乙方、乙方成员之间的剧本委托创作合同关系。

为此，甲乙双方达成如下约定：

第1条 剧本创作

1.1 乙方根据甲方的创作要求，创作本合同约定的根据×国电视剧剧本《_____》（作者_____）为基础的电视剧/网络剧剧本（下称"剧本"）；

1.2 乙方根据甲方的创作要求和工作计划履行剧本委托创作工作职责，独立、自主完成一部符合下列要求的文学剧本，包括但不限于：

　　1.2.1 剧本名称：《_____》（暂定名，最终剧本名称由甲方确定，剧本名称的变化不影响本合同的效力）。

　　1.2.2 剧本长度：共____集，每集剧本字数不少于15,000字（本合同中关于字数的规定以电脑Word统计不计空格的字符数为准），以保证每集剧本可供拍摄出 45 分钟时长成片。

　　1.2.3 剧情：完全符合甲方与乙方商定的基本构思及甲方确定的创作意见。

　　1.2.4 创作要求：乙方应独立、亲自创作该剧剧本，不得抄袭或剽窃他人作品或侵犯他人知识产权、名誉权、隐私权及其他合法权益。

　　1.2.5 按照本合同约定进度、期限完成相应创作工作，并且对未形成终稿的剧本进行修改、润色直至获得甲方最终认可后形成拍摄剧本最终稿。

1.2.6 根据甲方要求，在剧本创作的各阶段参加策划会、论证会及甲方举办的各种与剧本相关的会议和讨论等，听取甲方意见。

1.2.7 根据甲方要求，为剧本创作和编写工作收集各种相关书籍、影像数据和故事素材。

1.2.8 完成甲方指定的与剧本创作和编写相关的其他工作。

1.3 甲方、乙方及乙方成员一致同意，乙方指派乙方成员担任该剧编剧工作。本合同项下乙方的全部义务应由乙方成员亲自履行，乙方自本合同生效之日起按本合同约定为该剧进行剧本创作和编写工作，直至完全履行本合同约定之一切责任及义务终止。

第 2 条  乙方创作安排及要求

2.1 乙方根据甲方确定的创意、思路，创作人物小传、故事大纲、剧本分集大纲、完整剧本（包括剧本初稿、剧本修改稿、剧本修订稿、剧本终稿等），应按照本合同约定及甲方的要求与指示完成剧本编写并交付甲方。

2.2 在乙方按照下述分期交付的人物小传、故事大纲、剧本分集大纲和完整剧本过程中，若甲方发现乙方创作的作品不符合甲方的创作要求，或者经要求乙方限期修改后仍不能通过甲方认可时，甲方有权单方解除本合同，双方结清与已完成工作成果相对应的费用。

2.3 乙方须按照如下进度安排向甲方以书面形式交付下列工作成果（下称"成果"）：

2.3.1 剧本分集大纲：乙方须在____年____月____日起开始剧本分集大纲的创作工作，并在此日期后最迟____日内，向甲方交付全部____集剧本分集大纲及剧本节点，以此确定____集事件节点。分集大纲每集不少于 1500 字。如甲方提出修改意见，则乙方应进行修改，直至甲方书面确认完成后方可进入下一阶段创作工作。

2.3.2 分集剧本初稿：

（1）乙方应在甲方书面确认全部剧本分集大纲后最迟 20 日内向甲方交付第 1 集至第 5 集剧本初稿。如甲方提出修改意见，则乙方应进行修改，直至甲方书面确认完成后方可进入下一阶段创作工作；

（2）乙方应在甲方书面确认第 1 集至第 5 集剧本后最迟 25 日内向甲方交付第 6 集至第 15 集剧本初稿。如甲方提出修改意见，则乙方应进行修改，直至甲方书面确认完成后方可进入下一阶段创作工作；

（3）乙方应在甲方书面确认第＿＿＿集至第＿＿＿集剧本后最迟＿＿＿日内向甲方交付第＿＿＿集至第＿＿＿集剧本初稿。如甲方提出修改意见，则乙方应进行修改，直至甲方书面确认完成后方可进入下一阶段创作工作。

（4）乙方应在甲方书面确认第＿＿＿集至第＿＿＿集剧本后最迟＿＿＿日内向甲方交付第＿＿＿集至第＿＿＿集剧本初稿。如甲方提出修改意见，则乙方应进行修改，直至甲方书面确认完成后方可进入下一阶段创作工作。

（5）乙方应在甲方书面确认第＿＿＿集至第＿＿＿集剧本后最迟＿＿＿日内向甲方交付第＿＿＿集至第＿＿＿集剧本初稿。如甲方提出修改意见，则乙方应进行修改，直至甲方书面确认完成后方可进入下一阶段创作工作。

2.3.3 剧本修改稿：在甲方提出修改意见后，乙方应马上进行修改、完善剧本工作，最迟应于＿＿＿年＿＿＿月＿＿＿日前，完成并交付全部＿＿＿集剧本修改稿及定稿。

2.3.4 剧本拍摄修改稿：该剧开机拍摄后，乙方有义务配合甲方对剧本进行修改，如需乙方进组，则相关必要的交通、食宿费用由甲方提供，进组时间及具体安排由甲方根据实际拍摄情况确定，但甲方无须另付乙方除本合同约定之剧本服务费以外的其他任何费用。乙方须完全履行其在该剧拍摄过程中配合甲方修改剧本的义务。

2.3.5 每个阶段乙方交付相关电子文档后，甲方均须于 14 个工作日内以邮件形式给予乙方修改意见，或进一步工作的清晰指示。如甲方确实在 14 个工作日内不能做出书面修改意见或认可的，可在乙方交稿后 14 日内与乙方邮件确认延迟回复的具体日期，延迟回复最长时限为 15 日。如甲方提出意见，则乙方须做出修改或回复，修改或回复时间为 14 个工作日内。其中所需等待及修改时间，在本合同约定的时间内予以自动顺延。

2.3.6 创作日期如有变动，甲乙双方应友好协商，以双方的另行书面约定为准。如因乙方参与创作讨论，导致剧本创作时间受到影响时，经甲方书面确认，则该阶段的创作周期自动按照实际进度顺延。

2.3.7 在上述各阶段分集大纲及剧本创作过程中，双方应本着互相尊重的原则共同讨论并制定出新的修改方案，若甲乙双方产生严重分歧时，以甲方意见为准。

2.3.8 乙方在剧本创作过程中，应定期（每 7 日一次）及不定期向甲方汇报剧本创作进度及情况并保持沟通，与甲方书面确认完成后方可进入下一阶段创作工作。

2.4 剧本细化和打磨阶段：在乙方交付剧本初稿后 3 个月内，乙方应根据甲方意见或要求，对全集剧本进行深入完善、调整修改及研磨，在此过程中，甲乙双方应反复沟通、协商、修改，直至经过甲方书面确认方为完成。

2.5 甲乙双方一致同意，本合同签署后，甲方有权决定是否由乙方独立完成该剧剧本的创作工作，如甲方认为乙方创作的剧本不符合甲方的创作要求，在甲、乙双方经友好协商未果时，甲方有权以书面形式通知乙方终止本合同，甲方已支付乙方之费用部分不再收回，乙方已经创作完成的全部工作成果之各项权利（包括著作权等全部知识产权及任何类似或相关的其他权利）归甲方所有，乙方不得再以任何形式向甲方主张支付任何费用（包括但不限于本合同项下剩余部分的费用等）和任何权利（包括但不限于其已创作完成的全部工作成果的著作权及相关权益等）。在前述情况下本合同终止的，未经甲方书面同意，乙方无权再就该剧剧本及该剧相关资料继续进行剧本或其他艺术形式的创作，否则，乙方创作的一切工作成果的著作权及相关权益全部归甲方所有。

## 第3条 费用总额及支付方式

3.1 双方约定，乙方的剧本服务费为¥_____元/集（大写：人民币_____整/集），_____集剧本服务费共计¥_____元（大写：人民币_____元整），前述金额为含税金额。甲方同意乙方如约履行相应阶段的义务后，甲方按如下比例以转账方式分期向乙方指定账户支付剧本服务费。剧本服务费已经包括乙方及乙方成员履行本合同约定全部义务的全部费用，除此之外，甲方再无其他款项或费用支付义务。乙方与乙方成员之间的分配与甲方无关，无论何种原因，乙方成员均无权再以任何形式向甲方主张任何权利。

3.2 甲方支付乙方全部剧本服务费后，除甲方另行书面要求乙方增加本合同第1条约定的剧本长度外，无论何种原因，乙方均无权再以任何形式向甲方主张任何权利。

3.3 具体支付方式为：

第一期：本合同生效后 14 个工作日内，甲方向乙方支付剧本服务费总额的 5% 作为首付款，计¥_____元（大写：人民币_____元整）；

第二期：乙方已交付故事大纲（包括人物阐述、人物关系表）并得到甲方书面认可。甲方同意在本合同生效后＿＿＿个工作日内向乙方支付剧本服务费总额的 10% ，计￥＿＿＿元（大写：人民币＿＿＿元整）；

第三期：乙方交付分集大纲＿＿＿—＿＿＿集并经甲方书面认可后的 14 个工作日内，甲方向乙方支付剧本服务费总额的 10% ，计￥＿＿＿元（大写：人民币＿＿＿元整）；

第四期：乙方交付分集剧本＿＿＿—＿＿＿集并经甲方书面认可后的 14 个工作日内，甲方向乙方支付剧本服务费总额的 10% ，计￥＿＿＿元（大写：人民币＿＿＿元整）；

第五期：乙方交付分集剧本＿＿＿—＿＿＿集并经甲方书面认可后的 14 个工作日内，甲方向乙方支付剧本服务费总额的 10% ，计￥＿＿＿元（大写：人民币＿＿＿元整）；

第六期：乙方交付分集剧本＿＿＿—＿＿＿集并经甲方书面认可后的 14 个工作日内，甲方向乙方支付剧本服务费总额的 10% ，计￥＿＿＿元（大写：人民币＿＿＿元整）；

第七期：乙方交付分集剧本＿＿＿—＿＿＿集并经甲方书面认可后的 14 个工作日内，甲方向乙方支付剧本服务费总额的 10% ，计￥＿＿＿元（大写：人民币＿＿＿元整）；

第八期：乙方交付分集剧本＿＿＿—＿＿＿集并经甲方书面认可后的 14 个工作日内，甲方向乙方支付剧本服务费总额的 10% ，计￥＿＿＿元（大写：人民币＿＿＿元整）；

第九期：甲方书面认可全部剧本定稿（经过细化打磨创作并由甲方审核通过）并向乙方发出剧本定稿通知书后 14 个工作日内，甲方向乙方支付合同金额的 10% ，计￥＿＿＿元（大写：人民币＿＿＿元整）；

第十期：该剧杀青后 30 个工作日内，甲方向乙方支付剧本服务费

总额的 <u>15%</u> ，计￥____元（大写：人民币____元整）。

3.4 甲方支付剧本服务费的日期如遇节假日，付款日期顺延。本合同所约定的服务费为含税服务费，甲方无须再就本合同项下乙方提供的服务或成果另行支付包括税金在内的任何其他费用。

3.5 乙方成员完成的各阶段的一切工作成果，包括但不限于故事大纲、人物小传、分集大纲、剧本初稿、剧本修改稿、剧本修订稿、剧本终稿等全部创作成果，其审定和通过的权利全部属于甲方。

3.6 如甲方通过书面通知要求乙方创作超过原定____集长度，则新增加的剧集按照￥____元（大写：人民币____元整）一集另行支付，前述金额为含税金额。

3.7 乙方指定账户信息如下：

账户名：

开户行：

账　号：

3.8 乙方须在甲方支付每笔费用前 <u>5</u> 个工作日内向甲方开具合法有效的等额增值税专用发票（税率 <u>3%</u> ，发票内容编剧服务费），甲方收到发票后向乙方履行本合同项下相应进度款项的支付义务，如上一期付款发票未开具，则下一期付款顺延至上期发票开具后进行支付，且不视为甲方违约。

甲方的开票信息如下：

公司名称：

税　号：

公司地址、电话：

开户行：

银行账号：

### 第4条 权利归属

4.1 乙方按本合同约定履行了其全部权利和义务后，除按本合同第6条享有署名权外，乙方在创作剧本过程中产生的一切成果（包括但不限于故事大纲、人物小传、剧本元素、分集大纲、剧本初稿、修改稿、修订稿和剧本终稿等）在全世界范围内的各项权利（包括著作权、商标权等全部知识产权及任何类似或相关的其他权利）不可撤销并独家、永久地由甲方享有。即乙方因提供本合同项下的服务而产生的一切阶段性的、附属的及最终成果或其他衍生产品（包括但不限于剧本、剧情、人物、造型、故事、桥段、对白、元素、片名，根据该等资料制作的刊物、小说、短片、漫画、卡通、游戏、广播剧、舞台剧，以及摄制、重拍、续拍电视剧或以类似摄制电影的方法创作的作品、电影、MV、视讯、网页及互联网产品等）的全部知识产权（包括全部著作权、商标权及财产权利和人身权利）及任何类似或相关的其他权利均由甲方享有，甲方是否使用不影响前述权利的归属。为免歧义，该剧人物形象、人物小传、人物关系表及故事要素等都视为剧本的组成要素及部分，无论上述要素、部分能否单独成为著作权法上的作品，其全部著作权不可撤销并独家、永久地由甲方享有。甲方有权将上述之任何权利自由转让给任何第三方或以任何方式行使，无须经过乙方的同意。未经甲方事先书面明确同意，乙方不得以任何形式行使上述各项权益或将任何上述权益转让和/或授权给任何其他第三方行使。

4.2 如果甲方将乙方完成的剧本摄制成电视剧/网络剧或以类似摄制电视剧的方法创作的作品或本合同第4.1条所述的衍生产品之任何或全部形式，则甲方依法享有依据剧本摄制的电视剧/网络剧或其他任何衍生产品的全部权利（包括著作权、商标权等全部知识产权及任何类似或相关的其他权利）。甲方绝对永久拥有电视剧/网络剧或其他任何衍生产品之一切权益，包括但不限于全世界范围的电影、电视、录像带、影碟、录音带、数码录音及录像、互动电影、互动电视、万维网、互联网、网页，及过去现在将来所发明播放、播送及播映之媒体或媒介等之一切权益及任何类似或相关的其他权利。

4.3 本合同中"知识产权"包括但不限于商标法、反不正当竞争法等所保护的权利，以及著作权法规定的包括但不限于发表权、署名权、修改权、保护作品完整权、复制权、发行权、出租权、展览权、放映权、广播权、信息网络传播权、翻译权、汇编权、改编权、摄制权及应当由著作权人享有的其他权利。

4.4 无论本合同因任何原因而终止、中止或被解除，甲方均排他性地享有乙方交付的作品的全部权利（包括著作权等全部知识产权）及相关权益，权利范围如本合同第4.1条、第4.2条、第4.3条所列。

## 第5条 双方的权利义务

5.1 甲方的权利和义务

    5.1.1 本合同签订后，未经甲方书面许可，乙方不得以任何形式将创作剧本过程中产生的一切成果（包括但不限于故事大纲、人物小传、剧本元素、分集大纲、剧本初稿、修改稿、修订稿和剧本终稿等）自行或者许可或者转让给除甲方以外的任何第三方。

    5.1.2 甲方有权随时了解该剧剧本创作的进展情况，并对乙方创作完成的内容进行审查。若无正当理由，乙方不得拒绝。

    5.1.3 甲方有权自行或委托第三方根据剧情对剧本进行修改、续写、扩写和改编并无须经乙方同意，且不视为对乙方权利的侵犯。

    5.1.4 乙方同意向甲方出具书面的著作权声明或其他法律文件，

声明该剧剧本著作权由甲方享有或由甲方与投资合作方共同享有，甲方独家享有依据该剧剧本自行拍摄或与其他第三方合作拍摄该剧的权利。

5.1.5 乙方同意根据甲方要求对该剧剧本进行修改完善，若甲乙双方意见不一致时，甲方享有最终决定权。

5.1.6 为配合甲方对该剧宣传或市场推广的需要，乙方同意甲方有权自行或许可第三方免费使用乙方的姓名、肖像及生平传记等信息，但不得恶意损害乙方的形象。

5.1.7 根据甲方的工作安排，乙方应配合参加该剧的开机仪式、首映仪式以及其他宣传活动，并且同意不因参加该等活动而向甲方收取任何费用，但甲方应负责乙方因参加该等活动产生的相关必要交通、食宿等费用，标准与主创人员等同。

5.1.8 未经甲方同意，乙方不得在公开场合（微博、微信、新闻发布会等公众可知悉的任何形式）提及甲乙双方之间的合作关系以及有关本合同的任何信息。乙方对外发布的任何信息、对外洽谈所需项目资料经甲方提前书面确认后，方可对外公布使用。

5.1.9 甲方或甲方指定第三方自主拥有剧本权益的处置权及投融资、摄制、发行、宣传推广权利，并有权自行决定最终是否依据该剧本摄制电视剧/网络剧，独立收取该剧本产生的全部收益，除本合同约定的服务费外，乙方无权要求甲方另行支付任何其他费用。

5.1.10 甲方有权与任何单位或个人联合摄制该剧及决定该剧的主要创作人员，甲方有权将其在本合同项下的权利或义务全部或部分转让给第三方，并无须经乙方同意（包括口头同意和书面同意），乙方不得干涉，但需保证乙方在本合同中的权利义务不受影响；在任何情况下，乙方不得将其在本合同项下的权利义务全部或部分转让给任何第三方。

5.2 乙方的权利和义务

5.2.1 乙方保证，其在本合同项下乙方的创作行为及乙方向甲方交付的所有工作成果或作品均未侵犯任何第三方的著作权和任何第三方的在先权利（其中包括但不限于：姓名权、肖像权、名誉权、荣誉权、隐私权等），否则，若因乙方的创作行为和该等工作成果和作品侵犯第三方权利导致甲方遭受任何损失或承担任何法律责任的，甲方有权要求乙方退还全部费用，并且赔偿由此给甲方造成的一切损失（包括但不限于直接损失和间接损失）。

5.2.2 乙方应在本合同约定期限内优先高质量地完成该剧剧本的创作，不应有任何其他工作实质影响到本合同项下义务的履行。且乙方保证在本合同签署前及本合同履行期间，没有/不得签署任何与本合同权益相冲突的合同、协议或文件，本合同另有约定除外。本合同履行期间及本合同履行完毕后，乙方亦不得将创作剧本过程中产生的一切成果、剧本中的人物、故事、情节等该剧相关资料提供给任何第三方，不论有偿或无偿，否则，因乙方违反本条约定导致甲方损失的，甲方有权要求乙方退还全部费用，并且赔偿由此给甲方造成的一切损失（包括但不限于直接损失和间接损失）。

5.2.3 乙方保证，可以全权代表乙方成员签署本合同，乙方亦保证无任何其他合同约束乙方签署本合同，如因乙方签署本合同引起任何乙方与本合同以外之法律纠纷，乙方应负全部法律责任及承担一切后果，且与甲方完全无涉。乙方同意自本合同签约之日起至完全履行本合同规定之一切责任及义务，须向甲方提供最佳之服务。

5.2.4 乙方保证其所提供之人物、造型、故事、桥段、分场、对白、片名等全属乙方原创作，不含诽谤、反动、色情等成分，亦非抄袭或翻译他人之作品，亦从未向他人提供、编写或发表过。如因乙方所提供之人物、造型、故事、分场、对白、片名及剧本等引起任何纠纷，由乙方负责解决，且乙方须赔偿甲方因此而遭受之一切损失。

5.2.5 为保证最终剧本的思想性、艺术性和观赏性，更加符合中国大陆政策导向和观众的兴趣，乙方可在保证该故事框架、人物、定位不走样的基础上，在编剧的专业范围内进行局部再创作，但创作成果须经甲方书面确认。

5.2.6 乙方保证依照甲方或甲方所指派之负责人及该剧导演之指示履行其在本合同项下的一切有关该剧编剧之工作，包括但不限于资料搜集，提供人物、故事、桥段、对白及剧名等，并同意接受甲方对其工作的监督及对该剧艺术创作质量的认定。若甲乙双方对剧本创作有不一致意见时，应认真研究，及时协商解决，无法达成一致意见时，以甲方的意见为准，乙方知悉并认可且不得表示异议。

5.2.7 乙方保证在本合同规定之时间内，向甲方交付剧本创作成果，经甲方书面确认后方可进入下一个创作阶段。因乙方润饰剧本产生的服务，甲方不必另行向乙方支付任何额外费用。

5.2.8 乙方在该剧剧本全集定稿后，有义务向甲方推荐适合该剧的导演和主要演员，是否采纳由甲方决定。

5.2.9 乙方在本合同履行期间不得以甲方或者该剧剧组的名义，与甲方以外的其他任何方签订与该剧投资、发行、赞助等有关的任何法律文件，如果乙方需要签订任何合同等，须甲方以书面形式确认同意，亦不得借以或借用甲方或该剧之名义作任何借贷或令二者在名誉上或财务上招致任何损失的行为。

5.2.10 在乙方反复修改仍然达不到甲方要求的情况下，甲方有权决定是否依据乙方所撰写之剧本拍成电视剧／网络剧、是否继续摄制电视剧／网络剧，或在任何创作阶段终止本合同、聘请第三人参与剧本的创作及修改、撤换乙方并另行指派他人代替乙方完成该剧之编剧工作等，且乙方同意服从该等决定及不提出任何异议或向甲方提出任何索赔主张，或主张任何有关剧本或其阶段性成果的任何权利。如甲方终止摄制电视剧／网络剧或解除或终止本合同，乙方在本合同解除或终止前完成的工作成果的全部权利（包括但不限于全部著作权、商标权及财产权利和人身权利）归甲方所有，除已经收取的相应创作阶段之剧本服务费外，乙方不得向甲方索取未付之剧本服务费或其他任何费用。

5.2.11 乙方不得私自携带该剧本参加任何展映或评奖活动，经甲方同意并通过政府主管部门许可方可参加展映或评奖活动。

5.2.12 本合同项下乙方所负委托创作义务系带有人身性质且不可转移的合同义务。未经甲方书面同意，乙方承诺不得出现如下情况：

（1）由他人代替乙方成员完成本合同项下全部或部分创作义务；

（2）擅自转委托／再委托、分部分转委托／再委托；

（3）未经甲方书面同意，乙方擅自采取上述行为的，该行为对甲方不发生法律效力。甲方有权拒绝任何第三人向甲方履行本合同项下乙方应尽之义务，并且甲方有权要求乙方继续履行本合同项下的义务，或者要求乙方退还已支付的全部费用，并且赔偿甲方的一切损失。

5.2.13 乙方承诺：在签署本合同前三年内至该剧播出后三年内，乙方严格遵循知名人士或公众人物应当承担的良好社会形象，不会发表、传播任何有损国家利益或严重违反社会公德的言论及不利于甲方及该剧的言论（包括但不限于支持台独、藏独、港独、疆独或反华、反党等），不存在、也不参与或从事涉毒、涉赌、涉黄、酒驾、醉驾行为或事件，也不会发生与社会道德或公共秩序相背离的行为，或发生与公众人物所肩负责任不符的行为，或导致影视主管部门将其确定为影视剧慎用人员的行为。乙方理解、知晓和认可，如违反前述承诺，或者因为乙方的行为导致影视主管部门将乙方确定为慎用影视演职人员，或者导致电视台、网络、院线等播映机构拒绝采购、拒绝播映乙方所参与创作的该剧，将导致甲方及其投资方的投资损失和预期利益落空。乙方应返还已收取的全部剧本服务费并支付本合同约定的剧本服务费总额 <u>50%</u> 的违约金，同时乙方自愿放弃该剧署名权，并赔偿给甲方造成的全部损失，包括但不限于：甲方对该剧已投入的人员、制作等投资成本及费用，向其他方支付的赔偿及预期利润损失等全部损失。

5.3 双方共同权利义务

5.3.1 在剧本开始创作至该剧制作完成及播出的全过程中及之后，甲、乙双方均不得有相互诋毁、诽谤或不利于该剧之言行。

5.3.2 该剧如获编剧单项奖，则奖金、奖杯归署名的编剧共同所有，甲方共享荣誉，该剧如获编剧单项奖之外的任何奖项，甲乙双方共享荣誉，但奖金、奖杯等物质奖励归甲方所有。

### 第6条 署名

6.1 乙方在该剧中的署名为"编剧"，暂定为"＿＿"，如因乙方原因需要更改笔名，可以在与甲方共同协商后更改一次。署名方式、字体、大小由甲方决定。

6.2 署名顺序按下述方式处理：

6.2.1 如乙方完成的故事大纲及人物小传未得到甲方审核通过，则乙方不享有署名编剧的权利；

6.2.2 如乙方能够完成故事大纲及人物小传并得到甲方审核通过，则乙方享有该剧署名权，署名顺位至少为编剧最末一位；

6.2.3 如乙方能够完成前 20 集剧本并得到甲方审核通过，则乙方署名顺位不低于编剧第二位；

6.2.4 如乙方能够完成超过 30 集剧本并得到甲方审核通过，则乙方署名顺位为编剧第一位；

6.2.5 如甲方侵犯乙方相关署名权，则乙方有权追究甲方违约责任，甲方赔偿因此给乙方造成的一切损失；

6.2.6 乙方自行处理乙方成员的署名安排，如乙方侵犯乙方成员相关署名权，相关责任及损失均由乙方自行处理。甲方不负任何责任，不承担任何乙方成员的损失；

6.2.7 如甲方安排其他成员对乙方创作的剧本进行续写、扩写、改编和修改时，参与续写、扩写、改编和修改人员有权在该剧中进行署名，甲方对此拥有最终决定权。

### 第 7 条  保密条款

7.1 因本合同的订立和履行而交换或获悉的有关对方的任何资料或信息均属机密资料（包括但不限于文件、资料及信息、公司计划、运营活动、财务信息、技术信息、经营信息、相关材料等），甲乙双方保证所有该等资料绝对保密，除非得到对方的事先书面同意或依本合同约定，不会向任何第三方披露。

7.2 乙方应当对该剧以及签订和履行本合同过程中知悉的甲方的商业秘密予以保密，包括但不限于不向任何第三方泄漏剧本的内容、剧情、导演、演员、拍摄进度等与剧本或该剧相关的一切信息、资料。剧本完成后，乙方不得披露、使用在工作中获得的信息、资料及相关摄影作品，并保证不再将该剧剧本及剧本中人物、情节、故事、细节等主要元素另行创作影视剧本并向第三方提供。乙方违反本条约定的，应当向甲方支付相当于本合同剧本服务费 3 倍的违约金并赔偿甲方的全部损失（包括直接损失和间接损失）。

7.3 本合同项下保密义务在本合同有效期内和期满或中止、终止、解除后均持续有效。

#### 第 8 条　合同变更、解除和终止

8.1 本合同一经双方签署后即生效并具有法律约束力，除本合同另有约定外，未经双方书面同意，任何一方不得擅自变更、撤销、解除本合同。但任何一方均可以书面形式向对方提出关于合同内容变更、修改或补充的建议，该建议经双方签字盖章后方对甲、乙双方产生约束力。

8.2 如乙方因身体原因丧失全部或部分创作能力，则甲方有权单方解除本合同，合同解除后该剧的选题、故事及乙方的创作内容的著作权、商标权等全部知识产权及其他合法权益均归甲方所有，乙方无须退还甲方已支付的剧本服务费（乙方尚未进入创作阶段的除外），未支付的剧本服务费甲方不再支付，甲方有权委托其他人对剧本进行进一步创作或修改，由此导致署名方式变化的，由甲方酌情处理。

8.3 本合同签订后在履行期间，若因乙方原因需解除合同，乙方应提前一个月书面通知甲方。如甲方同意，则乙方已获剧本服务费归乙方所有，乙方的全部创作成果的著作权、商标权等全部知识产权及其他合法权益归甲方所有；如甲方不同意，而乙方仍坚持单方解除本合同，则：

8.3.1 乙方须退还甲方已支付的全部款项；

8.3.2 如乙方行为对该剧制作进度造成损失，甲方保留向乙方追索由此造成的一切损失的权利。

8.3.3 乙方的全部创作成果的著作权、商标权等全部知识产权及其他合法权益归甲方所有。

8.4 如乙方交付的工作成果经修改仍不能达到甲方要求至满意，甲方保留聘请其他编剧进行该剧剧本修改的权利，但根据第 6 条的约定保留乙方署名的权利。

8.5 在乙方创作的故事大纲及人物小传尚未得到甲方审核通过前，因乙方原因甲乙双方需解除合同的，乙方应返还甲方已支付的首付款。

第 9 条 违约责任

9.1 若任何一方不履行本合同的义务（含：保证义务、协助义务、附随义务）即构成违约，除本合同另有约定外，违约方应当向守约方支付 剧本服务费总额30% 违约金，并赔付对方的实际损失；本合同上述其他条款对违约责任另有约定的，优先适用其他条款的约定。若乙方或乙方成员任何一方违约，则乙方中的另一方须共同承担连带违约责任。

9.2 任何一方延迟履行义务逾期超过 30 日的，另一方有权立即解除本合同。乙方成员创作内容如存在侵犯他人知识产权或其他合法权利的情形，需由乙方连带承担全部赔偿责任（包括但不限于实际损失及预期收益及律师费等）。

第 10 条 不可抗力

10.1 若在本合同履行期间内发生不可抗力事件（包括但不限于地震、台风、洪水、火灾、战争、罢工、暴动、法律规定或其适用的变化等），受到不可抗力影响的一方的义务在不可抗力事件持续的期间内自动中止，其履行期限自动延长，延长期等同于中止期，且无须为此承担任何责任，但该方有义务及时通知对方，并向对方提交发生不可抗力的充分证据。双方应立即就不可抗力进行协商，寻求双方认可的解决方案。但如果此种情况超过三十天，则甲乙双方均有权解除合同。合同解除后，乙方按合同规定完成相应创作工作所得费用不予返还，甲方无须向乙方支付后期费用，但乙方已创作完成的部分工作成果的知识产权及其他合法权益全部归甲方所有。

第 11 条　争议的解决

11.1 本合同的签订、履行、解除、终止、解释、效力和争议的解决均适用中华人民共和国的法律。因本合同而引致的任何纠纷，双方应当友好协商解决，若协商无法解决的，双方同意提交北京仲裁委员会通过仲裁解决。

第 12 条　通知

12.1 甲乙双方因履行本合同而相互发出或者提供的所有通知、文件、资料等，均应按照本合同扉页所列明的通讯地址及电话号码，并限以当面送达、特快专递或电子邮件方式送达，否则不产生通知送达的法律效果，即不视为发件方发送了该通知，也不视为收件方收到了该通知；甲乙双方如果迁址或变更电话、电子邮箱，应当及时书面通知对方，否则应当承担由此产生的全部不利后果。

12.2 当面送达的，应视被送达人签收为送达，被送达人拒绝签收的，送达人可将上述文件留置于被送达人的地址并保存留置送达的证据以视为送达；通过特快专递送达的，视被送达人签收或通过互联网查询相关邮件已妥投为送达；通过电子邮件送达的，视电子邮件进入送达人特定系统为送达。

第 13 条　其他

13.1 本合同未尽事项，由双方协商后签订补充合同约定。补充合同是本合同的重要组成部分,与本合同具有同等法律效力。如补充合同与本合同发生冲突的,则以补充合同约定为准。双方经协商不能达成合同的,按相关法律规定执行。

13.2 本合同的每一条款均可分割且独立于其他每一条款,如果在任何时候本合同的任何一条或多条条款成为无效、不合法或不能执行,本合同其他条款的有效性、合法性和可执行性并不因此受到影响。

13.3 本合同一式 贰 份,双方各执 壹 份,具有同等法律效力。

13.4 本合同自甲乙双方签字盖章、乙方成员签字之日起成立生效,至本合同项下之义务全部履行完毕时终止。

(本行以下无正文)

附: 乙方企业营业执照副本复印件(加盖公章);
　　乙方成员有效身份证件复印件;
　　乙方及乙方成员权利声明书。

（本页为签署页）

甲　方（盖章）：
代表人（签字）：

乙　方（盖章）：
代表人（签字）：

乙方成员（签字）:

# 权利声明书（乙方成员）

本人_____（有效身份证号码：_____）受_____公司委托，策划创作____集电视剧/网络剧《_____》（根据×国电视剧剧本《_____》改编）文学剧本。

现本人在此确认并声明：

本人系电视剧/网络剧《_____》（暂定名，名称改变不影响本声明书的效力，以下称"该剧"）文学剧本（以下简称"该剧本"）的编剧，本人仅依《电视剧/网络剧<_____>剧本委托创作合同》第6条享有该剧本的编剧署名权，该剧本及所有相关工作成果在全球范围内除本人的署名权之外的全部权利（包括著作权等全部知识产权、财产权利和人身权利）及全部衍生权利自始且永久地均归_____公司享有。_____公司可依法自行或授权第三方行使著作权人所享有的一切权利，收取全部相关收益并独立进行相关维权事宜。

本人保证在创作该剧本期间所形成的一切工作成果均无任何权利瑕疵，不会产生任何纠纷或遭受第三方索赔，亦不存在权利被质押等权利限制，_____公司享有并行使该剧本之任何权利（包括但不限于著作权）均不会出现任何障碍。否则本人自愿放弃该剧相关署名权，自行解决上述纠纷并承担全部责任，如因此导致该剧的投资方或制片方损失的，应赔偿投资方或制片方的全部损失。

特此声明！

声明人（签字）：

年　月　日

# 权利声明书（单位）

　　本单位_____受_____公司委托，策划独立创作____集电视剧／网络剧《_____》（根据 X 国电视剧剧本《_____》改编）文学剧本。

　　现本单位在此确认并声明：

　　_____公司作为电视剧／网络剧《_____》（根据《_____》改编，以下称"该剧"）文学剧本（以下简称"该剧本"）的著作权人，自始且永久享有本单位受托独立创作完成的该剧本及所有相关工作成果在全球范围内的完整权利（包括但不限于著作权等知识产权及任何类似或相关的其他权利）（但本单位编剧依《电视剧／网络剧<_____>剧本委托创作合同》第 6 条享有编剧署名权）及全部衍生权利，可依法自行或授权第三方行使著作权人所享有的一切权利，收取全部相关收益并独立进行相关维权事宜。

　　本单位保证在改编该剧本期间所形成的一切工作成果均无任何权利瑕疵，不会产生任何纠纷或遭受第三方索赔，亦不存在权利被质押等权利限制，_____公司享有并行使该剧本之任何著作权均不会出现任何障碍。否则本单位及本单位编剧团队自愿放弃该剧相关署名权，自行解决上述纠纷并承担全部责任，如因此导致该剧的投资方或制片方损失的，应赔偿投资方或制片方的全部损失。

　　特此声明！

声明人（盖章）：

年　月　日

这个合同案例有几点值得我们单独讨论，与前一个例子的相似部分不再赘述。

（1）关于剧本增加集数和相应增加报酬的问题。在剧本创作或者拍摄剪辑后这两个阶段增加集数是比较常见的现象，尤其是后者。一般来说，甲方都不会给乙方编剧追加稿酬。但是对于比较"仗义"的甲方如本例，是有可能加注的——按照约定好的每集片酬补偿给编剧。这其实也是鼓励编剧创作、增加其积极性的"聪明之举"。话说回来，集数的增加给制片方带来的利润远大于多支出给编剧的稿酬。另外，实际播出集数增加（剧本本身并没有增加集数）的情况下，绝大多数编剧都不会再拿到任何补偿，只有极少数有实力跟甲方"论公道"的知名编剧才有可能获得这个"公平"待遇。不过随着有关管理部门对电视剧集数限制规定的出台，"拉长"集数的现象可能会减少。

（2）乙方以工作室名义签订的合同，需明确规定在收到每一期稿费之前都须提前开出等额增值税专用发票并提交给甲方，发票内容一般要求填写为"编剧服务费"。这是作为自然人编剧的创作合同中不需要规定的部分。

（3）关于乙方编剧自律方面的新规定。随着国家管理部门对影视主创人员法律法规和道德方面管理约束的加强，越来越多的创作合约都会增加一条自律规定。不仅仅是演员明星，包括编剧都需要向甲方做出承诺，不得因自己的不法政治言论、涉黄赌毒等以及自身道德问题受到国家有关部门的惩治与大众舆论的挞伐，从而影响该影视作品的播出和收视，如有违反，甲方有权追究问责，乙方必须依法做出相应赔付。这一条款是以前编剧合同中不曾出现的，是新形势的要求，编剧应该努力遵守，严格自律。

除此之外，虽然在上述两个合同中没有出现，但是在不少其他"剧本委托创作合同"中都常常会有"订金"或"定金"这一条款。乙方编剧必须注意，跟所有合同一样（包括购买家电家具等），"定金"和"订金"的法律概念是截然不同的，前者是无论如何都不需要退还的，而后者在某些情况下甲方可以主张退还。所以编剧在签合同的时候，作为乙方，应主张"定金"而不是"订金"。

通常来说，合同是一份君子协定，真正发生纠纷、诉诸公堂的并不是大多数。乙方编剧在维护自身利益、仔细推敲合同的同时，也要注意与甲方始终保持友好合作态度，毕竟大多数甲方还是以合作出一个好剧本而不是坑蒙拐骗编剧为目的的。即使在履行合同的过程中，万一出现纠纷，也应尽量本着友好协商的态度，充分考虑双方利益，以和平解决为宜。当然，对于那些骗子甲方，编剧也应保持警惕，毕竟影视圈鱼龙混杂，一般从甲方提供的合同就可以大致判断出对方合作的诚意，判断他是不是从一开始就想挖坑骗你白白为其干活的骗子。

在下一章，我们将探讨另一个非常实际而具体的创作问题——如何改编IP。

（参与撰稿：陶梦洁）

▶ 思考题

（1）编剧签订的创作合同为什么绝大多数都是"委托创作合同"？
（2）签订委托创作合同需要注意哪几个方面？
（3）编剧合同中会有哪些"陷阱"？
（4）乙方是编剧工作室或自然人，在合同上会有什么不同？

# 15 如何改编 IP

"IP"即"Intellectual Property",意为"知识产权"。国内大概从 2014 年起兴起了 IP 改编热潮,影视公司纷纷"烧钱"抢购畅销 IP,这些 IP 原著主要集中在网络小说上,其次是电子游戏;不仅如此,但凡是能形成"品牌"的大众文化产品,纷纷成为被哄抢的 IP,如流行歌曲、话剧,甚至某个广泛深入人心的人物形象等,如中学生英文教科书上的"李雷和韩梅梅"。不少 IP 改编影视剧赢得了商业上的极大成功,也有些收获了观众的好口碑,如《小时代》系列、《何以笙箫默》、《花千骨》、《盗墓笔记》、《鬼吹灯》、《步步惊心》、《琅琊榜》、《三生三世十里桃花》、《最好的我们》、《你好,旧时光》、《陈情令》、《九州缥缈录》等,不过失败之作也很多,即便是大 IP,遭遇滑铁卢的状况近些年也愈演愈烈。与此同时,在网络小说超级大 IP 逐渐被消耗殆尽的今日,高点击量、阅读数过亿、微博话题过千万、贴吧粉丝过百万的几乎任何"题材"都可能摇身一变成为被影视改编的新 IP。其实 IP 并非中国影视界发明的新的商业概念,它接近"franchise"(特许经营)这个至少从 20 世纪 80 年代初就在好莱坞推出的商业模式,"franchise"催生了商业系列大片,最突出的代表就是超级英雄电影及其周边。

从编剧的角度来看,原创和大 IP 各有所长。不过我们也应该清醒地认识到，对于畅销 IP 来说，好的流量数据并不一定代表作品本身一定是好的，它能否被改编成一部好的影视剧也是不确定的。毋庸置疑，好的流量数据说明了它有一定的关注度、粉丝量和话题性，在未来被改编成影视作品后可能会引起一定的关注，但也仅此而已。与原创作品比较而言，IP 作品预先积攒了很多人的期待，这就是之前大 IP 会被疯抢的一个原因。在我们不知道做什么的时候，这个作品已经在小说领域或者游戏领域就积攒了很多人的关注，那么改编它自然比较有市场保证，这是有一定科学道理的。因此 IP 的这个属性是我们做影视剧改编时，考虑剧本方向的决定性要素之一。

目前的现实情况是：第一，大 IP 已经被消耗得差不多了；第二，在引领新潮的全新 IP 出现之前，现在市场上的 IP 同质化倾向越来越严重，在这种状况下，编剧在接手 IP 改编时就必须认识到，就算它数据很好，但作为编剧，最重要的还是戏剧作品本身，如果你创作的东西无法实现、无法发挥你作为编剧的个人价值，仅靠 IP 带来的漂亮数据是没有太大意义的。所以在决定面对 IP 小说改编的时候，第一件事情就要思考这部小说除了数据喜人之外，在题材上有没有什么特殊性？要引起观众的注意，一定需要特别的切入点和题材，也就是卖点。

首先，要对题材进行分析、判断。拿到小说之后，要评估里面的人物关系能不能撑 30 集到 40 集，倘若不能，就要把它架构到更大、更丰满。其次，在着手改编前，负责任的方法是先与制片公司充分沟通，了解清楚公司购买这部小说最看中的是什么，公司希望在改编电视剧时尽可能保留什么，传达什么，同时又对哪些方面不甚满意，譬如有的公司在购买 IP 时能以更专业的眼光考量它的题材、概述故事、人物设定、作品特点和营销点，而并不仅仅因为原著 IP 有多少粉丝和流量。接下来，作为改编编剧，你还需要与制片公司沟通清楚聘请你来改编的用意——公司为什么找你来完成这次改编工作？你作为编剧有什么特色？公司最希望你在这部作品中发挥的是什么？然后再通过这一系列问题的答案，将你个人的能力、对市场的分析和这部小说结合在一起，得出综合的改编思路。

在设计改编思路的时候，需要认识到：改编不一定要尊重原著的情节、细节，但一定要尊重原著精神。什么是原著精神？就是它受到大家喜爱的原因，也就是原著的魂。编剧首先要分析一部小说为什么受到读者喜爱，要尽可能在改编过程中保留受到读者喜爱的这部分特质。它不一定是情节，不一定是细节，不一定是人物，不一定是人物关系，但一定有一个东西要保留下来，那就是原著精神。改编时要有全局观。有时候大刀阔斧地增减内容也能做到让原著形神俱在。大 IP 原作提供了故事大纲和基本人物，而编剧要做的，是要让故事更好地呈现。比如在没有损害原著精神的前提下，增添原著没有的人物来弥补其叙事缺陷，这可能就是十分有效的手段。改编编剧只需要保留原著内核，可以在内容上寻找更多的变通。编剧应该多从观众角度来审视，为故事服务，既不要畏首畏尾，也不要脱离轨道。此外还要分析想保留的东西跟当下时代需要的东西是否吻合，要怎么做才能使原来精彩的东西得以理性地保留，同时又合理地规避可能触及的禁忌（包括法律法规和道德的限制）。编剧必须要考虑电视剧观众（不一定是原著粉）对于作品"三观"的接受尺度，如果他们有可能接受不了，一定要调整价值观的冲突。这种调整也是改编过程中需要深入思考和复杂技术化处理的问题。同时，改编还有一个很重要的方面，我们必须要解决本土化的问题，否则改编就是不负责任的。

为了更深入地了解 IP 改编过程中的具体操作方式和注意事项，我们特别采访了两位编剧，他们既是改编 IP 作品的编剧，也都有过小说创作经历，因此对这一问题拥有更深刻的感受。从他们的经验之谈中我们能收获不少。

## 访谈：编剧杨陌

受访者：杨陌（作家、编剧，代表作《择天记》）

Q：在改编《择天记》时，您当时遇到的有关改编的困难是什么？

杨陌：改编的困难，如果仅仅就《择天记》这个项目而言，首先在于这本书当时没有写完，我们拿到的能改编的书稿只是前面的

200多章，相对于整本书的体量而言，它仅仅是一个开头，我们要把它改成一个闭环的有始有终的故事，第一，势必牵扯到作者以后作品的结局是不是跟我们的吻合，第二，在这么短的内容中，实际上整本小说的实质性内容有很多还没有呈现出来，我们做不了预判，没有办法代替原著作者去构思整本小说。这么短的体量改成那么大体量的电视剧，中间会添加很多原创的东西，这是见仁见智的事情，就是你是否能够在自己做的补充原创内容的同时能吻合原著的气质和味道，是否能够赢得读者和观众对原著的认可，这是一个特别需要辩证思考的问题。有很多观众可能不太理解，就觉得你在瞎改、瞎编。

第二个困难就是我们在为甲方服务，影视公司如果跟我们达成了合约，有一个诉求，我们要完成这个诉求，很大程度上我们没有办法完全实现自己或者作者的意图，可能出于影视的商业层面的考虑，我们要做出很多调整与科学的修改，可能以后要面临的问题会很多，这也是当时的顾虑之一。

Q：在做一个改编作品时，您认为最重要的一个环节是什么？

**杨陌**：可能需要看不同的项目而言。有一些影视公司对整个剧本的诉求会很清晰，我知道我要什么东西，它是不是符合原著，但对甲方、对影视公司来说这不是那么重要的事情，因为他的诉求可能有商业上面的考虑，比方说男主的戏份应该有多少，女主的戏份应该有多少，这种比例可能在小说里没有办法那么直观地体现，这种诉求可能会导致你对小说进行大幅度的甚至是方向性的一些扭转、改变。

从另外一个角度考虑，就我们改编者而言，可能更大程度上希望的是还原原著，把原著的精髓，就是我们认可的一些特质性的情节、事件、情绪、人物关系这些，尽力地去保留，因为我们觉得这是原著本质的写作特色之一。在这个程度上，结合甲方的诉求，往往可能会出现一些偏差，这个偏差到底是往好还是往坏的方向发展，在这个时候考验的还是编剧的能力。

**Q：在做一个原创故事时，请问您有什么建议和看法？**

**杨陌**：这个问题我们还蛮熟悉的，因为我们自己也做原创，我觉得这两年尤其是从去年下半年开始，前两年经历的 IP 改编大潮流开始逐渐消退，慢慢地原创有一些抬头的迹象，终于有一些机会开始能够做自己的原创了。如果是从这个角度来说，可能我最大的忠告还是在于你个人对于你的剧本，对你的创作，要能够找到最清晰的一个卖点，这是第一步，你想把一个东西卖出去，它一定要是独特的，有鲜明特色的，不是那么随大流的。这特别特别重要，关系到人家对你的题材和方向是否能在第一句话就被你打动，在这上面你不下功夫，就很难把它卖掉。

有了这一步以后，你才谈得上自己很扎实地把内容做到实战、好看、精彩，我觉得这已经到第二步了。所以包括我们自己公司的编剧也是这样，自己会很有兴趣来做一些原创作品开发，他们会……比方说有一个编剧看了《深夜食堂》，黄磊那个版本，就跑过来跟我说"不行，我也要写一个美食题材"，这时候你会产生一个感觉，就是他想拯救这个题材，但是我会首先条件反射地质疑，你有没有能力拯救这个题材和你的愿望是两回事，就是你的理想和你能写出来东西是两回事。我说你写写看，你写出来的东西，如果卖点没有那么鲜明，故事不是那么精彩，那我不觉得你可能会比《深夜食堂》更好。你能找到一句话打动我，让我觉得你的创意很"牛"，这时候我愿意支持你。但是在没有做出这样的总结之前，不要跟我说你要超越别人。

接下来这位编剧从写小说的创作经历谈起，比较特殊地谈到了改编自己小说 IP 的编剧经历，又给我们提供了另一个视角。

## 访谈：编剧自由极光

Q：请问您在什么情况下，想到写小说的？

**自由极光**：当时我大四，特别无聊，那个时候还是 QQ 空间的年代，所以毕业论文写完了也没什么事情做，当时我认识他们校园版的一个运营总监，她说你要不要来我这边写点东西，可以写点电影学院的事情。

我随便写了一千多字，写了一个关于表演系的故事。好多人会觉得每到周末会有人开着豪车到我们学校门口来接人，但实际上那条路根本停不了车，就算停得了车，也是一些趴黑活的车，绝对不是什么名车展。我去过上海戏剧学院，他们门口就是一家玛莎拉蒂的专卖店，但我们学校绝对不是这样的。我们学校表演系的女生其实个顶个的有钱，在那个年代大家还是会带着有色眼镜去看我们学校的女生和大款之间的关系，觉得我们学校所有女生都被包养，特别是表演系的漂亮女孩，所以我就写了这样一千多字，大概就说这个事情，没想到发出去一天就莫名其妙地被放在了腾讯首页，那天的流量就有两三百万，所以大家对这个都挺有兴趣的。那个时候腾讯的人就说，是不是你可以过来写一个故事，所以我就写了这样一个故事，这就成了我的第一本小说。

Q：您认为开始写作一部小说的时候，最早开始着手的工作是什么？

**自由极光**：我觉得不是故事。我其实不是一个擅长故事编造的人，也不是一个故事先行的人，我认为重要的是你想写什么，就像我一开始就想写我们学校一个表演系女生的故事，想说我们艺术院校不一样，我们学校的孩子不一样，这是我想讲的东西，也就是说一开始你要明白你想讲什么，这是重要的。

我是一个情感驱动型的作者，我会特别清楚我想表达什么。比如最近刚拍的《不婚女王》，我就想讲新一代的不结婚的女生，她们为什么不结婚，不结婚会发生什么故事，我首先要做的是我情感上有一些想表达的，所以才会开始。

其实这就是人物先行或故事先行，很多人是故事先行的，而且故事先行其实有它的好处，它可能不特别费劲，在真正展开的时候，因为有故事节点，根据每一个故事节点来就行。可是像情感先行的，你就必须把人物的每一面，通过一些小细节、台词展现出来。我从上电影学院，2004年开始到2018年，14年过去了，好像一直没有致力于怎么通过故事驱动的形式去完成一个故事。

Q：您认为把一个小说改编成电视剧，就拿您的《不婚女王》来讲，您认为最难的是什么？

自由极光：因为小说是很情感驱动的，当小说写不下去的时候，你可以用情感去填充，去解释，可是这些情感是没办法用影像去表现的，只能通过戏，只能通过台词，甚至台词都是弱的，台词用多了就像一个相声剧，单靠台词去推人物、推情节的时代已经过去了，所以必须要在人物和台词中找到一个折中，必须要加大你的事件，这是我在改编《不婚女王》的时候遇到的一个问题。

而且现在的观众很挑剔，我写《不婚女王》的时候是2015年，当时他们可能能够接受一条线的叙事，但是现在不行了。所以，我在做最后一稿的时候加了两条线进去，这样就满足了不同类型女生的需要，也就是不单纯地只是为了对不结婚这个话题有兴趣的女生感兴趣。其实每一个小说作者，哪怕不是小说作者，只是改编的编剧……就是很多事件放在小说里是合理的，但是放在影视作品里是不合理的，如何进行替换，这是两件事情。小说能够提供的更多的是精神层面的东西，但是电视剧叙事的一个规律，或者电影也是一样的，就是你必须会做加法或者减法，最困难的地方就在这里。而且我本身就是这部小说的作者，取舍就特别重要，也会比较难。

> Q：在做一个 IP 项目的时候，请问有什么建议吗？
>
> **自由极光**：我的建议就是不要做太大的改动。因为大家会先入为主，你还是要尽量地保持原著。小说已经先入为主了，如果你做了较大的颠覆性的改动的话，制片方买这个是为了什么，难道就是为了这四个字吗？但是但凡只买一个 IP 名字，将它改编成新故事的都失败了。
>
> 所以这是为什么呢？其实你作为编剧的话会很累，而且你的原创难道就是好的吗？一、你的东西就是好的吗？二、你的东西是好的，但是对方认吗？所以这会很委屈的，可能辛辛苦苦地写，认为自己写得特别好。我作为小说作者，在改编自己小说的时候觉得改得特别好，但是制片方看了以后会说"我看小说的时候不是这样的"，你其实里外不是人。哪怕在这个过程当中有什么新的想法，那我觉得不如去写一个新的故事。改编 IP 就是尽量在这个 IP 现在 60 分的基础上，把它做到 80 分，而不是先把它减到 0 分，再做到 100 分。我觉得这是有问题的，有时候会是吃力不讨好的。而且每个故事它之所以能够成为 IP，肯定是有它的闪光点的，必须要把这个闪光点提出来，而把它闪耀的东西加强。

所谓 IP 改编，其实是电视剧改编课题下的一个分支，既有一定的特殊性，也和所有的改编项目一样有很多共性。有兴趣深入了解"影视剧改编"理论与技巧的读者可以参考《电视剧改编教程》[①] 这本书。

在下一章，我们将讨论最后一个话题——写网剧与写电视剧有什么不同？

（参与撰稿：雷丙鑫）

---

① 张巍：《电视剧改编教程》，中国电影出版社 2014 年版。

▶ 思考题

（1）影视剧改编的 IP 指什么？IP 有什么特点？

（2）接到 IP 改编任务后，需要与制片公司沟通哪些内容？

（3）改编 IP 小说需要注意哪些方面？

（4）试着为一部你喜欢的 IP 小说写电视剧改编方案。

# 16 写网剧和写电视剧有什么不同

网剧，顾名思义，就是在互联网平台上播映的剧集，国外比较多称之为"流媒体剧"。传统电视剧也可以在网上播出，因此从剧作内容来看，网络剧与电视剧的区别似乎并不十分明显。不过，随着网络自制剧的出现，一批专门为网络观众制作并只在互联网平台播出的剧集渐渐形成了比传统电视剧更加形式灵活、脑洞大开、趣味年轻化的"新风格"。

2014年被称为中国"网络自制剧元年"。据《2014年骨朵网络剧数据统计报告》显示，2014年上线的网络剧数量达到205部，共计2968集。这一年播放量超5亿的就有《屌丝男士3》（搜狐）、《匆匆那年》（搜狐）、《风云再起》（迅雷）、《万万没想到2》（优酷）和《灵魂摆渡》（爱奇艺），这些片子中单集片长从7.5分钟到50分钟不等，集数少则8集，多达116集。2014年作为网络剧里程碑的原因还在于前一年大洋彼岸的网飞公司（Netflix）推出了首部自制网络剧《纸牌屋》并风靡全球，这给予互联网流媒体公司极大的信心和鼓舞。追本溯源，2007年首部普法栏目网络剧《迷狂》的出现，就早已宣告了国产网剧的诞生。其后的《嘻哈四重奏》（2009）、《毛骗》（2010）、《屌丝男士》（2012）、《万万没想到》（2013）等也在国产网剧史上占据着重要位置。

在经历过低成本"段子喜剧"的辉煌期后，网络剧开始转向体例上更接近于电视剧的"连续故事"剧集（单集片长 30 分钟以上）。2015 年到 2016 年的网络剧在播出总量上虽没有持续增加，但在点击量上却翻倍狂涨：据骨朵数据显示，2015 年前台总播放量 274 亿次，比 2014 年增幅超过 120%；2016 年网络剧总播出量比 2015 年减少了 30 部，但总播放量却达到了 892 亿次，增幅超过 220%；2015 年《盗墓笔记》（爱奇艺）的年度点击量超过 27 亿，创历史纪录；2016 年冠军《老九门》年度点击量更是超过百亿。高成本制作、明星出演、大 IP 改编的超级网剧开始出现，题材和类型也变得更多元化。除上述两部年度冠军剧集之外，《花千骨》（爱奇艺）、《暗黑者 2》（腾讯）、《屌丝男士 4》（搜狐）、《执念师》（PPTV 聚力 & 搜狐）、《无心法师》（搜狐）、《我的奇妙男友》（腾讯）、《欢喜密探》（优酷）、《最好的我们》（爱奇艺）、《余罪 1&2》（爱奇艺）、《极品家丁》（优酷）、《如果蜗牛有爱情》（腾讯）、《重生之名流巨星》（腾讯）都获得了很好的商业成绩。到 2016 年底，中国视频网站的付费规模已经达到 7500 万，成为全球第三大付费市场，且增速高达 241%，是美国的九倍。2017 年之后，自 2015 年底出现的"网台联动"成为新常态，并逐渐呈现出网站"压制"电视台的局面，网剧市场空前火爆。同时，部分网络剧开始走精品化路线，到 2017 年底，同时满足"豆瓣评分超过 8 分，参与评论人数超过 10000"的网络剧就高达 11 部，包括《白夜追凶》《无证之罪》《河神》等，此外，《热血长安》《九州·海上牧云记》《龙珠传奇之无间道》《将军在上》《春风十里，不如你》《如懿传》《延禧攻略》《镇魂》《招摇》《动物管理局》《陈情令》《亲爱的，热爱的》《长安十二时辰》等接续引领风潮。

关于网络剧究竟与电视剧有何不同这个问题，尤其是在剧作方面，在业界其实并无明确和完全统一的意见。不过多数专业人士认为，至少到目前为止网络剧在叙事（如人物塑造、情节组织和结构模式等）方面并未出现"全新"变化，但确实也表现出一些传统影视剧中较少见的灵活形式，并且更贴近当代年轻人（网络受众）的思维方式和新鲜语汇。有些人把这种只可描绘却无法精确定义的特质称为"网感"。不过"网感"这一概念在有些时候也是捉摸不定的，就好比网络电影（俗称"网大"）中的诸多"网感",其实与二十世纪八九十年代的不少香港电影(尤其是"B级类型片")的趣味与形式仿佛"不谋而合"。这恐怕也不仅是单纯的"抄袭"(王晶语),或许正是"趣味相投",才导致"抄袭"——这又是一个鸡和蛋的诡辩问题了。不如让我们通过对两位网络剧制片人的专访,看看他们对于网剧与电视剧异同的认识和看法,并帮助我们从创作角度更深入地了解、体会网剧。以下访谈结合了他们各自的创作实战案例,可让我们从多个维度来观察一部成功网剧是如何炼成的。

## 访谈:《无证之罪》制片人齐康

"小说"

Q:您在决定做这个项目之前,华影欣荣的版权库有爱情、玄幻、罪案等十余个题材的版权储备,爱奇艺手中也有紫金陈的《坏小孩》和《长夜难明》两部小说的版权。最终,你们选中了《无证之罪》。这部小说的哪些特质打动了你们呢?

齐康:分几个方面。第一个层面是自己的能力,量力而行,因为当时处在还是新人的状态,在选择项目的时候,得选择一个可控范围之内的。我之前做的电影,都是两百万到四百万,最多经历过一千五百万,参与度比较深的是做执行制片和制片人,这种完全独立当制片人抓项目其实是第一次。在这种情况下,就得选择一个自己能够控制的项目。在筛选小说的过程当中,发现玄幻之类的(资金投入)不可控,一起手就飞得太高了,我觉得两三千万的状态是比较可控的,于是在这种情况下,我们就做了这样的选择。这是第一个维度,就是你能控制什么体量的项目。

在这两三千万项目的诸多类型里,第一要类型感强,首先咱们不是做文艺片,是在商业片领域做事,类型感强的有爱情、青春、玄幻、犯罪等各种,而犯罪(类型)比较能打动人,因为它类型感强，又有我们做电影（追求）的那种人性诉求和艺术诉求，它是兼具的，所以这种情况下选择了《无证之罪》。

先把类型框定了，在这个类型里面，小说的特点是什么？有两方面，第一个方面是所谓的戏剧性上的独特性，比如它是犯罪悬疑、连环杀人，最特别的一点是"杀人找人"，这在其他悬疑作品中是没有的。然后（第二个方面）涉及情感上的独特性以及共鸣性，因为"杀人找人"的目标不是作恶，也不是所谓的替天行道，他其实是为了找他的妻女，这个情感本身来讲是动人的，也有共鸣性。中国人的家庭感是最扎实的，爱情和友情千变万化，而且也都有做的，但亲情这个点相对来说是最稳定的、最保险的。所以说从情感上和戏剧性上，既有独特性，又有共鸣性，所以选择这部小说做，而且它的场景、制作难度，都正好匹配自己能够控制的那个量级。

"三角合作"

Q：虽然编剧署名只有马伪八一人，但是您和导演是深度参与了剧作工作的：保留"双雄对决"关系，增加"苦命鸳鸯"线，将杭州改成哈尔滨，丰富郭羽和李丰田的形象，作品以人物为中心，走现实主义路线……这些剧作层面的内容都有您和导演的印记。那么，您和导演吕行、编剧马伪八是如何合作的呢？

齐康：我们三个人一起来做，关键是怎么配合，怎么定位。比如说，我会把我的产品诉求告诉他们，我的目标是什么，我想要什么样的影片形态，甚至给一个参考，比如《冰血暴》。之所以参考《冰血暴》，是因为它里面有所谓的小人物的状态，它的情感点跟《无证之罪》是有一定的契合度的，也显得高级，这是我最开始要定的。

导演也是深度参与剧作，这种想法得到了导演和编剧的认可，大家觉得可做，导演会更加深入和全面地跟编剧商定，跟编剧一起讨论，人物线怎么理，什么样的人物关系，剧情是什么样的。然后编剧再更细节地去做，由大到小，逐渐地由宏观到微观，大家是三角的关系，不是两角的一对一的关系。

做一个项目会有一个项目的定位，这个定位不是由导演和编剧来定，这其实是制片人的工作。最幸运的是我们三个能在一定的价值取向和审美取向上达到一致，这在大多数项目中是很难遇到的。大家的趣味点一致，所以合作得比较顺畅，可能也会很正常地遇到一些矛盾，但是这些矛盾和问题都是很常见的，都会遇到的，我们的优点和缺点其实是一个互相补足的过程。我之前的主要精力在做电影，就会有电影观。电影观无论是在制作上，还是在视听语言上都有要求，然后单场戏情境的要求，人物的要求和台词量的要求，其实它是一个维度的。而导演和编剧之前一直在做电视剧集，剧集的要求在氛围营造，视听语言的要求以及其他的方方面面，跟电影是完全不一样的，他们两人的优点是他们对于长剧集的叙事节奏的把握。我们三方的撞击不断地去校正很多细节。电影永远是放大的，但剧集有时一带而过，细节有的时候反而会没那么好，我们就在这个过程中，不断地互相校正，所以出来的东西相对来说就比较舒服一些，是这样一种合作的状态。

所以说这个项目的成功，是编剧、导演和制片人三个人建立起来的一个三角形的相对稳固的合作关系，大家一起从不同的维度来确定这件事。可能导演和制片人更多地从宏观上（考量），制片人更多地从项目形态、市场定位、类型比较和独特性去找，导演从大的叙事节奏或者线索上去发现，编剧对单场戏和具体细节掌握和调配，大家各自有各自的擅长，我认为这是一个良性的合作关系。

"剧本"

Q：《无证之罪》的剧本一共修改了几稿？在修改过程中遇到最大的难题是什么？是如何解决的呢？

**齐康**：我们的分集大纲，做了有四到五稿，真正的剧本不是写完12集再推翻重新写，我们是写完前三集就回来推，三集过了，再往下走，基本上最后形成的是：每一集最多改过五六稿，最少可能也得有三四稿。

修改都不是颠覆性的变动，而是在调整，调整的主要维度是在于"亡命鸳鸯"这条线。这条线是导演和编剧从原著小说中拎出来的，因为原小说的体量是一部电影的体量，它主要集中于双雄这条人物关系，小说的体量也撑不起来600分钟的内容。原著小说里有一条亡命鸳鸯的线索，但相对来说比较浅，主要是作为一个证据放在那。因为我们原来确定的产品的方向是小人物的状态，在过程当中我们发现了"亡命鸳鸯"这条线可以发展成一个故事，一下就把这12集的故事给支撑起来了，这是比较好的一个发现。

修改过程中遇到的最大的困难就是在体量上，即如何将一个轻体量的故事发展成一个600分钟的剧集？有没有能力发现一条人物线索对人物关系进行延展？中间遇到一个比较大的障碍是这条线的比重到底有多大？因为原著迷对于这个故事的认知主要还是围绕着双雄故事，那你要把我们"亡命鸳鸯"提得有多靠前？它跟双雄那条线的配合度有多高，这是一个难题。其实我们中间进行过相对比较大的调整，把这条线稍微又往下拽了拽，原来特别冒，基本上就是他们俩的主线故事，把双雄往后放了，但是后来想到一是对于原著的尊重，另外也会有一些其他考量，就把"亡命鸳鸯"这条线稍微削减一下，跟主线和原著的剧本找一点点匹配度。这是调整过程中火候的问题。

另外，"亡命鸳鸯"中郭羽的戏份其实比男一的场次要多，因为它的人物线和人物弧光是最明显的，人物的变化和起伏是很清晰的，但是对于主角严良，他的弧光和变化并不大，因为原著已经给你框在这儿了，警察（身份）也给你框在这儿了，就不好再做大的改变。

"改编原则"

Q：从最终呈现效果来看，这部剧的改编是十分成功的。那么，在着手改编之前，有没有对编剧提出相对具体的改编原则？原则包括哪些方面呢？

**齐康：** 在探讨这个问题的过程当中，首先，你既然选了这本小说，它一定得有自己最大的核心价值和定量，这个定量你一定得找到，得抓住，然后再在变量上进行生发和创作。我们必须提炼它的所谓最大的定量，这个定量尽量不要变，在这个定量的基础上，不断地去完善。现在部分网络小说或者 IP 有一些东西没有那么扎实，但你一定要在这个上面给它完善，比如说，我们这个故事的定量就是双雄两个人物、"杀人找人"的设定、故事中的家庭观和家庭情感，还有小人物的无力感。这种无力感在原作当中非常强烈。法医骆闻为什么走向极端道路？其实原作中会有警察的不作为，他报案，但没有结果，最后只能自己干，这种内心的无力感和共鸣感是在的。

这几个要素是定量，在这几个元素当中，原小说中严良的警察和神探人物形象，各方面不够丰满，我们必须去将他充实丰满，无论是从剧作上的丰满，还是吴哥（秦昊）从表演上的丰满，都给这个人物增加了很多色彩，这些定量是一定要把握住的。至于变量，变量就是不够，我们可以进行创新。比如"亡命鸳鸯"这条线，原作当中没有那么扎实，我们可以拎出来去做；另外原著中周边的社会质感比较弱，没有那么多社会性，没有边边角角的人物来构成这个社会，在创作过程中这又成了一个可塑造的空间，比如你看到的李丰田，在原作当中虽然有这个人物，但形象很模糊，还有兵哥、火哥这些人物，都是变量。因为导演和编剧本身都是东北人，他们对于东北的生态是比较了解的，所以在变量上，把他们拎出来了。我觉得这是改编的最核心的原则，比如我们之前遇到的问题，我们把"亡命鸳鸯"拎得过于靠前，就违背了这个原则，让变量超过定量，就失去了原有小说的魂和气质。

**"以人物为中心"**

**Q：** 本格派推理重视理性推导情节，社会派推理更注重的是人物。其实不光在推理题材上有这种划分，几乎所有的故事一般也基本分为"重情节"和"重人物"两种倾向。你们团队为什么会走"重人物"的路线？

**齐康：**我们学电影，本身是对于人的探讨。为什么叫"人情世故"，这能说明一定的问题。人情世故就是一个排序，首先写什么？写人，人物能带着观众走，让观众感受、感动或者期待，人物有情感，情感能让人产生感动或者共鸣，比如《前任3》，它的人情是比较清晰的，能够打动人，剩下的就是世故。

我觉得无论是什么样的题材，都要遵从于此，没有人物的故事，没有情感的故事，编得再好，逻辑再缜密，它都不会让人感动。文化产品的终点还是让人感动，情感体验很重要，变形金刚也是人，也有人情世故。很多烂片就是人情写得不好，《疯狂的石头》虽然情节曲折，假定性强，但终究人物写得好，小人物的状态刻画得好。我认为，不论任何题材，任何故事，都是这个排序。

## "审查"

**Q：**您之前在接受采访的时候曾经说过，审查的标准无非强调三个要素，第一是正义，第二是法律，第三是温暖。这是开拍确立的尺度，还是播出后的总结？

**齐康：**这纯粹是我自己的个人总结，因为之前也做文艺片，经历过审查，我觉得做影视产品还是要有责任感的，网剧和小成本文艺片不一样，小成本文艺片是可以有作者思维的，是可以探讨人性的，是可以展现阴暗的。但现在网剧的空间和主要的工作不在于此，而是在大众趣味的前提下去做事，写能够让大多数人感受到温暖的事。我们的审查一方面是从法律上、程序上进行的审核，另一方面是从意识形态上进行的审核，这不是非得国家来要求什么，而是我们要主动地去做些什么。

可能会在一些规定的情节上和细节上有一些尺度不好把握，我们要去和审查部门呼应，市场、审查者和创作者，三者之间有互相感化和配合的过程，因为大家都是人，审查者也不是高高在上的，大家都是普通人，也都是观众，都有自己的生活，也都有自己的生活困境，只不过在这个环节上，他们要做的事是履行他们的职责和义务。但大家都想出好东西，"好"是最基本的概念，除了制作以外，就是善良和善意的东西，把这些善意的东西把握住，我觉得就可以了。

Q：在作品送审之前，团队内部有没有自己确认一套相对具体的"尺度规范"？

**齐康**：这又是一个值得探讨的问题。尺度的问题不好指导，比如真正的犯罪悬疑剧，它的要素是什么？除了戏剧上的悬念以外，不可否认，会有一些血腥的镜头、暴力的情节，以及原来说的所谓"网感"的软色情的东西，这些作为商业元素，确实是有效的。但是，我们要把握的特别大的尺度规范是，我们做的镜头，首先不要让人不适，第二不要有一些坏的引导，所以你可以看到我们在片中没有情色的任何元素。其实是可以做的，可以让郭羽和朱慧如，不停地亲，甚至可以给他做一条"上床线"，这是可以实现的。我们知道它有效，观众可能也爱看，"睡了跑，跑了睡"，这其实是很简单的，但我们不能做这样的引导，因为这样太下作了。血腥暴力，可以挖肠子，比如在第六七集的地方，火葬场，李丰田去找郭羽的那场戏，完全可以拍拉肠子的事儿，但这件事会让人不适，没必要去做这样的拍摄和处理。

另外，这个片子在审查过程中遇到过一些困难，主要还是警察形象的问题。

**"现实主义"**

Q：您在接受骨朵采访的时候曾说过，在剧本改编和拍摄制作中，方方面面要追求的就是真实感：主角不再是专家和神探，场面也写实，没有追车、爆炸、反恐，没有手法华丽的高智商反派，有的只是陷入困境的普通人——这是典型的现实主义创作理念。那么，在别的网剧都在"下海盗墓，上天飞仙，魔幻奇幻，天马行空"的时候，您的团队为什么会选择现实主义的创作方法？

**齐康：**还是那个原则——人情世故。首先，现实主义的人物我们好抓，我们有情感基础，超脱于这个范畴之外的，我们不能去猜，我们没有这样的情感，没见过这种人。当然，不是不能写，但我觉得超出自己能力范围之外和认知范畴之外，写起来就会虚假，这是挺重要的问题，比如我设计一个神探，多神算是神探，他得有多聪明？我们也没有那么聪明，创作者我都没有达到巨聪明的程度，怎么写他的手段高超呢？原著小说也没有这样的设定，所以就不如写普通的。

另一方面是跟我们受到的教育有关，我们被大量地灌输过这样的东西，会被这样的东西影响和感动，所以相对来说会好做一点。

"网剧 VS 电视剧"

**Q：**您觉得网剧与传统电视剧相比，有哪些新特点？

**齐康：**与传统电视剧相比，网剧更加类型化、更丰富了。这可以从受众和媒介来分析。原来电视台的受众主要是家庭受众，以前电视剧的收视群体和观影模式一般都是在家庭当中，以结婚之后的中年人为主，大家都在茶余饭后看电视，所以电视剧会更家长里短一些，都市情感剧会多一些，当然也会有一些青春题材和历史题材的正剧，但随着互联网的兴起，空间就大了，什么类型都有。到底有多少类型，可能教材中都已经写到了，基本上是那几大范畴。先确定类型，类型都有了，再有题材，那就更打开了，它是这样一种包含关系。

**Q：**与传统电视剧相比，网络剧在题材选择上表现出了更大的自由性。题材虽然拓展了，但却主要集中在涉案、青春校园等几个领域，其他的类型题材，比如软科幻、运动竞技等领域，却较少涉及。对此您怎么看？

**齐康：** 我觉得有两点，一是制作门槛低，涉案和青春题材对于资源要求没那么高，原来开玩笑叫"技术集约型"和"资金集约型"，它们要求没那么高，没有大（制作）的玄幻科幻那么多要求。门槛低，供给量就大了，很多人都能做，首先量有了，面上就显得占有率高了，这是从内容供给的角度而言的。

另一方面，从受众的角度而言，互联网最开始还是以年轻人为主，年轻人的需求，更多的肯定是偶像、爱情的体验、青春的回忆，所以这种类型就多一些。对于犯罪悬疑（类型），按照原来的说法，互联网的年轻男性用户较多，男性可能会喜欢口味重的、动脑子的、逻辑思维比较强一点的，所以犯罪类型就会多一点。但对于惊悚，我们国家的市场没有那么开放。这两类题材火是从这两个角度来看，一个是内容供给，另一个是受众，促成了现在这样的情况，显得这两个题材比较多。

另外，喜剧其实特别难。随着观众口味越来越高，市场越来越细分，我们技术的门槛越来越高，有专业的制作团队在了，控制成本的能力强了，就会产生一些好的古装或者科幻、玄幻之类的，就有更多的可能性产生。但是它的供给量和真正能够跃入制作门槛的人还是有限的。

**"创新"**

**Q：** 与电视剧相比，网络剧在题材的创新之外，还表现出了一些新的趣味和形式，像《无证之罪》的视听风格是在传统电视剧集中从未见过的。有了这次成功经验之后，将来再着手一个项目的时候，除了题材创新之外，你们会更在意哪个层面或者说哪些环节上的创新？

**齐康：** 我觉得创新主要在于视听上和短剧集形态上的创新，这个创新是相对的概念。首先，对于市场的判断而言，观众的时间和之前不太一样了，以前的选择面少，生活节奏慢，现在大家的生活节奏越来越快，选择面越来越多，我为什么要花生命中30到50小时来看一部电视剧？这对于部分人来说，太浪费生命。而对于这种短剧集形态，只需要花600分钟，10个小时，看完了，体会了，就看下一个，符合大家的心态。当下时间太宝贵了，所以我要想消费故事，消费情感，买一个单就够了，而不是长久地浸泡在几十个小时里。但是这是一个相对创新的概念，在国内少，但是美剧方方面面已经实现了。

第二是在视听语言上，这需要从所谓的技术层面和媒介层面进行分析。原来咱们在看电影的时候，在"黑匣子"里面，（电影在）大银幕上，大家在一个封闭空间之内，需要沉浸式地关注银幕信息，所以对信息的密度就要求非常非常高，单一画面出来之后，它给我带来的细节很多，信息量很大，所以这是对于电影所谓的工艺要求高。随着电视媒介的出现，大家看电视的模式是以听、休闲为主，所以对信息的密度要求不太高，因为如果密度太高，一旦掉线，就跟不上了，而且原来的电视也没有回放和暂停功能，都是电视台同步播的，甚至中间差两集，到后面都能接上，对于信息密度要求本身并不高，听也能听明白，这是从媒介的角度讲。对于网剧而言，现在大家戴着耳机，通过iPad、电脑或者手机，其实是聚焦在银幕上的，我的沉浸感和聚焦感更强，反而要求信息密度又要提起来。信息密度提起来之后，我们就要通过视听语言的方式、美术的方式以及台词的各个方面去进行补足，就要借鉴一些电影的方式，让它显得好。这是比较个人性的思考。一定要有媒介的意识和概念，这不仅仅是创作，影视的创新与科技和媒介是息息相关的。

Q：《无证之罪》的美术风格给观众留下了极深的印象，当初是按照什么样的思路进行设计的呢？

**齐康**：片子是在写实的基础上做了一些风格化的处理，比如小餐馆就是纯真实的，基本没动。警察局的风格化和戏剧感，是因为哈尔滨的城市风格和其他城市不太一样，它有一些原来俄国的元素在，所以在这个城市里能够看到西方的巴洛克式建筑，这种建筑内景也是这样的状态。我们在此基础上做的美术，你看它的绿墙，它的柱子，其实是跟外景和城市的元素相关的，如果把它放到四川，可能就违和了。这都不是我们凭空决定的，只不过在色彩上做一些强调而已。律师事务所其实跟人物性格有关系，我们一开始想把他设定为一个从南方来的人，因为这个律师事务所显得更港味一点，但是一进屋两个推拉门的木质门框也挺北方的，挂的这些锦旗，这种文化在中国普遍盛行，对于这样一个平事儿的、没有那么正规的律所而言，也是装门面的。这其实是能从生活当中和戏剧性当中找到连接点的。

"弹幕"

Q：弹幕的出现一定程度上改变了作品与观众的互动方式。您在之前接受采访谈到弹幕时曾说过"弹幕都是展示观众的第一感受，这是最真实的"。《无证之罪》前几集中的晃镜头在艺术上来说是没有问题的，甚至是高级的，但在弹幕中却有一些关于晃镜头的调侃。这种"非专业角度的调侃"会影响您接下来的创作吗？

**齐康**：不影响。因为观众的即时反应，对于创作者的要求就是你哪个方面都要做到考究和严谨。观众现在太聪明了，那么多人盯着这个东西看，有一个细节做得不到位或者有问题，观众就会指责，好和坏都是这样。比如镜头晃的这个问题，一方面通过晃动营造呼吸感，也是一种主观的视角，是一种风格化的处理，显得真实。但同样，你晃动幅度有多大，你晃的感觉有多强，这是在技术上可以规避和处理的，比如用斯坦尼康，它的稳定性就要强一些，用肩扛，它的晃动感就会更强烈一些。在都是强调呼吸感和手持的状态下，选择哪种方式是会引发我们的思考的。因为之前没有这方面的预设，所以细节做得也没有那么考究，我们觉得晃得看起来差不太多。

有些细节做得到位反而会效果特别好，比如李丰田拿的小布包，我们在当时设计时没有想到这么好的效果，但观众通过弹幕把不错的有心思的设计给挖掘出来了，小布包成为淘宝爆款。弹幕其实反映了一种要求，这种要求作为一个卡尺，不断地要求和督促我们去创作。

另外，其实现在的营销中还有所谓的"弹幕引导"，这是一个工种，也是一种营销手段。有些弹幕是需要做特别引导的，营销公司去做，比如我会提前预设，要在什么样的情节点上发什么样的弹幕。

**"网剧受众"**

**Q**：罪案剧的受众不是最广的。用您的话说，"在类型片的众多门类中，罪案剧是一个容易切入的大道窄门"。从结果来看，这条路被你们走通了，《无证之罪》也成为您职业生涯目前为止与受众交流得最成功的一次。经过这次交流，您对网剧受众的认识有了哪些更新吗？

**齐康**：对于受众的分析，更多还是要从传播学上去理解。真正对于受众的分析其实就是"5W"，对受众分析的维度，年龄是一个维度，受教育程度、地域也都是维度。不能说互联网用户就是"90后"为主，这只是透过媒介看年龄层的分布，但"90后"里面也有喜欢严肃的，有文艺青年，也有低俗的。所以，我觉得还是要从类型的角度去分析，回到类型本身相对来说科学一点。

我一直觉得，在创作过程当中要有这样一种状态，从传递信息的角度而言，你要把观众想得傻一点，对于商业片和网剧而言，信息要尽量地准确和直接，不能模棱两可，或者默认观众应该知道。但在细节、情感等方方面面，你要把观众当作智者，因为任何狡猾的、偷懒的或者觉得自己高级、别人弱智的地方，都会被观众识破。比如我们片子出来之后，观众都很明白这是参考的《冰血暴》，你参考的东西一下就被对标出来了，所以从这个层面而言就要把对方当作智者。并且，我觉得网剧的观众更聪明一些。

> 对于目前的国产网剧来说，最重要的还是用户的培养。而观众的喜好培养，并不是一蹴而就的，是媒介技术变革和内容变革共同促成的结果。作为内容生产的一方，能做的无非是在内容上多尝试，给观众更多的选择，服务好细分市场。

上述访谈非常细致地从《无证之罪》这部现象级网剧入手，以制片人的角度探讨了小说改编、剧本创新、协同创作、适应审查和网站意见等各个具体层面的话题，并且在网剧与电视剧相比有何以及为何具有某种特殊性的问题上做出了非常深入又诚恳的回应。这些都是难得的一线创作者和网剧项目"掌舵人"的心声。从中我们也不难发现，网剧在改编和创作时重点考量的诸方面与电视剧剧本创作并无本质区别，甚至是非常相像，但网剧的特殊性主要在于，相较于电视剧：（1）受众更年轻，可能更多涉猎国外剧集以及拥有网络化思维等；（2）观看时聚焦性更强，体现出个人观看模式而不是家庭观看模式；（3）早期网络影视剧"尺度"往往比电视剧更大，但现在网剧的审查标准已趋同于电视剧；（4）创作者更年轻化等。因此也呈现出比较突出的特点：（1）更加商业化和强烈类型化；（2）部分视听电影化；（3）人物和情节追求更极致的个性化和新颖化；（4）题材和内容上更大胆实验；（5）在集数和每集时长上更灵活，12集到24集的类似"季播剧"模式流行，短剧兴起；（6）追求夸张化和漫画化倾向等。

事实上，网剧作为一种新媒介（互联网）上的影像叙事–观赏形式，才刚刚崭露头角，很多技术潜力以及基于技术潜力的创作革新都还没有真正发掘和应用起来，比如"互动剧"或者"VR剧"。2018年12月28日（恰恰是世界电影123岁生日）网飞推出互动剧《黑镜：潘达斯奈基》(*Black Mirror: Bandersnatch*)，2019年又出品了具有大胆形式革新意味的动画剧集《爱，死亡与机器人》(*Love, Death & Robert*)第一季。脸书（Facebook）开创社交媒体参与叙事的新流媒体剧《羞耻：奥斯汀篇》(*SKAM Austin*)也在2018年到2019年连续推出两季。对传统电视剧叙事具有颠覆性革新的还有 YouTube 早在 2012 年就上线的每集 3 分钟的 Vlog 剧集《利兹·贝内特日记》(*The Lizzie Bennet Diaries*)，这部剧集到 2014 年共上线 5 季，共 112 集。网飞在 2015 年至 2018 年连续制作两季加两部特别篇的《超感猎杀》(*Sense8*) 也可视为流媒体剧在叙事结构方面超越传统电视剧的例证，此外，Hulu、HBO+、Apple+、Disney+、Amazon Video 等新兴的流媒体影视巨头公司也在不断推出令人耳目一新的佳作。或许在不久的将来，我们会为编剧们专门再写一本有一定前瞻性的关于网络剧（流媒体剧）叙事革新的书。我们到时再见。

（参与撰稿：陈天麒）

▶ 思考题

（1）为什么说到目前为止国产网剧在剧作规律上与传统电视剧并无"革命性"的变化？

（2）网剧呈现出的新特点是什么？为什么会形成这些新特点？

（3）未来的网剧还可能有哪些发展方向？

# 出版后记

电视剧故事如何创作？电视剧剧本怎么写？市面上，讲授电影剧本写作的专业书比比皆是，但是将电视剧剧本写作方法倾囊相授的专业书却少之又少。《电视剧编剧教程》就是一本全面讲授电视剧、网络剧等长篇剧集编剧方法的实用教材。两位作者以北京电影学院文学系电视剧教研组的教学经历，融会电视剧、网剧创作经验，结合业界制片人、编剧等提供的原创剧本，为读者细细建构长篇剧集创作的知识基础，传授电视剧行业所看重的技术与能力。全书分为三个部分：第一部分"写作前应知道的"，论述了电视剧剧作相关的理论内容，如对"类型"的认识；第二部分"创作全流程指南"，讲解了从故事创意、故事梗概、故事大纲、人物小传、分集大纲、分场大纲、初稿写作与修改各个环节的工作方法；第三部分"编剧生存技能"，结合实际经验，敬告读者找回写作初心，养成持续写作与自我学习的能力，并帮助新人编剧熟悉行业规则，为新人编剧在迈入电视剧、网剧剧作行当中遇到的常见问题与疑难问题进行解答。三部分内容环环相扣，兼具理论基础内容与实践指导经验，对立志成为职业编剧的新人、影视专业的学生都是一本必不可少的指导教材。

本书的特色在于，直面国内影视行业需求，提供了大量创作实例与真实经验。精心选取的案例均来自创作过程的第一手材料，收录的剧本示例大都是拍摄前的原创定稿剧本，可使读者能够直观看到故事梗概、故事大纲、人物小传、初稿剧本等的样式与标准；业界人士的访谈实录，披露了制片方和平台方的需求、集体创作的方式、IP 改编的方法等从业经验；合同样例与重点条款分析，更是为新手入行提供了切实的参考。

　　回溯电视剧发展至今的历程，可以看到流媒体视频平台对传统电视行业产生的巨大影响，网剧的"高质量""精品化""差异化"发展路线，使电视剧、网剧的界限正在变得模糊，而制播模式、剧集形式也在发生变化，本书对这些变化也做出了适时的回应。

　　在编辑过程中，我们尽量使全文版式清晰、层次分明，并对书中出现的剧集片名、播出时间、创作者等信息进行了查证，以方便查询。如有疏漏之处，敬请广大读者提出宝贵的意见与建议。

　　服务热线：133-6631-2326 188-1142-1266
　　读者信箱：reader@hinabook.com

后浪电影学院<br>2022 年 7 月

图书在版编目（CIP）数据

电视剧编剧教程/洪帆,张巍编著.－－北京：北京联合出版公司,2022.10

ISBN 978-7-5596-6474-7

Ⅰ.①电… Ⅱ.①洪… ②张… Ⅲ.①电视文学剧本—创作方法—教材 Ⅳ.①I053.5

中国版本图书馆CIP数据核字(2022)第183947号

Copyright © 2022 Ginkgo (Beijing) Book Co., Ltd.
All rights reserved.
本书版权归属于银杏树下（北京）图书有限责任公司。

## 电视剧编剧教程

编著者：洪 帆 张 巍
出品人：赵红仕
选题策划：后浪出版公司
出版统筹：吴兴元
编辑统筹：梁 媛
责任编辑：高霁月
特约编辑：徐小棠
营销推广：ONEBOOK
装帧制造：墨白空间·黄怡祯

北京联合出版公司出版
（北京市西城区德外大街83号楼9层 100088）
北京天宇万达印刷有限公司 新华书店经销
字数366千字 690毫米×960毫米 1/16 25印张
2022年10月第1版 2022年10月第1次印刷
ISBN 978-7-5596-6474-7
定价：68.00元

后浪出版咨询(北京)有限责任公司 版权所有，侵权必究
投诉信箱：copyright@hinabook.com fawu@hinabook.com
未经许可，不得以任何方式复制或者抄袭本书部分或全部内容
本书若有印、装质量问题，请与本公司联系调换，电话010-64072833

# 《美剧编剧入行手册》

★ 亚马逊、Goodreads 高分推荐
★ 电视编剧界的《救猫咪》
★ 美剧大佬写给新人的贴心入门书
★ USC、UCLA、NYU 等影视院校教材

让你的完稿次数更多
写作过程更专注、更有控制力，也更有技巧

"埃伦这本编剧书里表现的智慧与幽默，丝毫不逊色于她编剧的《人人都爱雷蒙德》剧本，那个全程笑点不断的剧本演起来实在太有趣了。"

——多丽丝·罗伯茨，美国艾美奖最佳女演员

"这是一本奇书！它令我向往成为一名电视编剧，并让我相信我真能做到。《美剧编剧修炼手册》不仅是电视写作方面技巧全面深入、内容翔实的专业书，并且行文风趣、激励人心，循序渐进地指导读者如何创作出一部了不起的剧本并开创一番辉煌的电视写作事业。"

——迈克尔·豪格，《编剧有章法》作者

"埃伦·桑德勒是一位风趣的作家！这本书也很有趣。书中充满了对写作和电视工业的种种细致描述。这可是每一位有志投身编剧行业者的必备宝典！"

——琳达·西格，《编剧点金术》作者

**作者简介** | 埃伦·桑德勒（Ellen Sandler），电视剧编剧、制片人，美国编剧工会成员，代表作有《教练》《人人都爱雷蒙德》等，曾艾美奖提名。此外还为 NBC、ABC、CBS、迪士尼频道、福斯家庭频道、澳大利亚青少年电视基金会等写作原创试播集剧本。其创立的"桑德勒墨水"（Sandler Ink）剧本咨询公司为编剧新人与职业编剧提供剧本发展咨询和职业辅导。

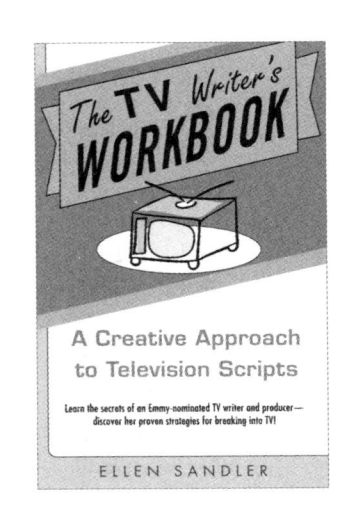

著者：埃伦·桑德勒
译者：洪帆
出版时间：2022.10（暂）
定价：58.00（估）